T0062152

BESTSELLER

Abraham Aguilar Ruiz (Lleida, 1981). Afincado en Australia desde el 2010, actualmente reside en Melbourne, donde trabaja como experto en marketing digital. Es diplomado en Ciencias empresariales por la Universidad de Lleida y licenciado en Investigación y técnicas de mercado por la Universidad de Barcelona. Su primera novela, *La piedra caída del Paraíso* (2019), ganó la IV edición de los Premios Caligrama en noviembre de 2020 en la categoría Bestseller tras lograr un gran número de ventas, repercusión en los medios y buenas críticas. En noviembre de 2021 ha sido reeditada por la editorial Debolsillo y lanzada en formato audiolibro internacionalmente por Penguin Audio.

Biblioteca

ABRAHAM AGUILAR RUIZ

La piedra caída del Paraíso

DEBOLS!LLO

Papel certificado por el Forest Stewardship Council®

Primera edición en Debolsillo: noviembre de 2021

© 2019, Abraham Aguilar Ruiz
© 2019, 2021, Penguin Random House Grupo Editorial, S. A. U.
Travessera de Gràcia, 47-49. 08021 Barcelona
Diseño de cubierta: Penguin Random House Grupo Editorial
Imagen de cubierta: Composición fotográfica a partir de las imágenes de
© UliAb / Shutterstock y © Yasonya / Shutterstock

Penguin Random House Grupo Editorial apoya la protección del *copyright*.
El *copyright* estimula la creatividad, defiende la diversidad en el ámbito de las ideas
y el conocimiento, promueve la libre expresión y favorece una cultura viva.
Gracias por comprar una edición autorizada de este libro y por respetar las leyes del *copyright*
al no reproducir, escanear ni distribuir ninguna parte de esta obra por ningún medio sin permiso.
Al hacerlo está respaldando a los autores y permitiendo que PRHGE continúe publicando libros
para todos los lectores. Diríjase a CEDRO (Centro Español de Derechos Reprográficos,
http://www.cedro.org) si necesita fotocopiar o escanear algún fragmento de esta obra.

Printed in Spain – Impreso en España

ISBN: 978-84-663-5784-5
Depósito legal: B-12.961-2021

Compuesto en Pleca Digital, S. L. U.

Impreso en Liberdúplex, S.L.U.
Sant Llorenç d'Hortons (Barcelona)

P357845

Los epígrafes de los capítulos son extractos de cada uno de los dieciséis libros que componen el *Parzival* de Wolfram von Eschenbach, un poema épico sobre el grial escrito a principios del siglo XIII.

Prólogo

> Si la desesperación anida en el corazón, nacerá amargura en el alma. Si se unen, como los dos colores de la urraca, el ánimo inamovible del hombre y su contrario, todo será a un tiempo laudable y deshonroso. Este puede estar contento, pues el cielo y el infierno forman parte de él.

Año 2000
Terrassa. Martes, 16 de mayo

Podrían pasar otros mil años y, en el mejor de los casos, todo seguiría igual. En este mes de mayo del año 2000, la piedra caída del Paraíso no es más que una de esas leyendas temerosas del presente que sobreviven gracias al olvido. El secreto mejor guardado de la humanidad, un misterio oculto entre relatos épicos de caballeros, castillos y el destino. Nadie hubiera imaginado que la cruz de oro encontrada junto a dos cadáveres en Terrassa pudiera estar relacionada con la leyenda del grial y que, en el transcurso de dos meses, la piedra caída del Paraíso dejaría atrás el mito para convertirse en realidad.

A las ocho de la tarde, un compañero llamó al intendente Martí, jefe de la Unidad Central de Robos y Patrimonio Histórico de los Mossos d'Esquadra, para comentarle el hallazgo de una cruz de oro por parte de unos obreros en una excavación de Terrassa. No era necesario que se desplazase hasta el lugar, pero, al haberla encontrado en un cadáver que, por su apariencia, debía de llevar varias décadas enterrado, querían saber si él podía reconocer la cruz, un tanto inusual, para ayudar en la identificación del cuerpo.

El intendente Martí reconoció las características de la cruz mientras hablaba por teléfono. Intrigado por la pieza y porque le aseguraban que era de oro, prefirió no pronunciarse. Tenía que verla de cerca y conseguir que lo incluyeran en la investigación. Con el pretexto de que no se arriesgaba a realizar una valoración telefónica que pudiera inducir a equívocos, viajó a Terrassa.

Han pasado seis horas desde esa llamada. Tiempo suficiente para cambiar la perspectiva del policía en cuanto a su futuro. Hasta ese momento, el nuevo milenio no ha traído más que pereza y aburrimiento, un desánimo propiciado por la falta de acción en el trabajo —ya que desde comienzos de año no ha entrado en comisaría ni un solo caso digno de su valía ni han recuperado ninguna obra de arte de interés— y por no haber sido posible avanzar en la investigación que le ha mantenido ocupado durante los dos últimos años: la persecución de un ladrón de arte medieval que desde otoño pasado no ha mostrado signos de actividad.

Pero ahora todo es diferente.

Agachado junto a la fosa, oye silbar las cintas de plástico rayadas de blanco y azul que delimitan el perímetro de la excavación. La lluvia empieza a caer de nuevo tras concederles una tregua de media hora, pero en esta ocasión viene acompañada de un fuerte viento. Desde que han exhumado el segundo cadáver, no se ha alejado del agujero. Estaba atento, con la esperanza de que pudieran encontrar algo más. Pero no ha sido así.

Mira la cruz dorada sobre el fondo negro y mojado del

cuero maltratado de su guante. Se trata de una cruz occitana. En el centro hay un pájaro semejante a una paloma o a una tórtola; de ella salen los cuatro brazos simétricos que se ensanchan hacia afuera y finalizan en tres puntas coronadas por unas esferas pequeñas. La paloma insertada en la cruz occitana es una característica muy singular, nunca antes había visto disposición semejante. Dos claras referencias a la religión cátara.

Un olor fuerte a gasóleo le hace volver en sí. Le crujen las rodillas al levantarse, las piernas se le han quedado entumecidas de estar tanto tiempo agachado sin cambiar de postura. Mira la cruz por última vez, el reflejo áureo de la luz de los focos en el pecho de la paloma, antes de guardársela en el bolsillo del pantalón. No tiene ninguna duda. Conoce bien ese brillo, ese color, hasta cree reconocer su aroma. Es de oro. Intenta contener la sonrisa, pero no logra disimularla. La pieza podría alcanzar una buena suma de dinero en el mercado negro. Nota un pinchazo en el estómago. Son las dos de la madrugada y no ha comido nada desde el mediodía. Por su garganta solo han pasado dos copas de whisky que se ha tomado al salir de la oficina. La emoción y los nervios le han hecho olvidarse de todo.

A pocos metros del intendente Martí se encuentra el inspector Font, perteneciente al grupo de homicidios de la provincia de Barcelona y principal investigador del caso.

El inspector Font cierra las puertas traseras del furgón policial y se despide de sus compañeros con la mano. Se vuelve hacia la fosa y ve levantarse al intendente Martí, agarrarse la capucha del poncho y echársela por encima de la cabeza. Tal vez haya encontrado algo.

—Señor intendente, ¿alguna novedad? —le grita alzando la voz sobre el sonido de los generadores eléctricos de combustible.

—Nada por el momento, señor inspector. Yo me voy para casa, estoy cansado de tanta lluvia, esto se está poniendo hecho un barrizal. Mañana nos reuniremos en comisaría, necesito consultar los archivos antes de poder decirle algo concreto acerca de la pieza. Que tenga una buena noche.

El inspector Font sigue con la mirada al intendente Martí, difuminado entre una cortina de agua brillante por el resplandor de las luces, hasta verlo desaparecer en la negrura de la noche. No sabe para qué ha venido, su presencia no los ha ayudado en nada, más bien ha sido un estorbo. No se ha cansado de dar instrucciones mientras desenterraban el segundo cuerpo, como si esperase encontrar algún tesoro escondido allí abajo. Ni siquiera se ha atrevido a realizar una primera valoración de la cruz de oro encontrada.

Font se ha presentado en Terrassa a las cinco de la tarde. Unos obreros han encontrado lo que parecían ser restos humanos durante las obras de acondicionamiento de unos terrenos para una nueva urbanización. Cuando ha llegado al lugar y ha visto los huesos amarillentos mezclados con la tierra, casi quebradizos al tacto, ha pensado que podía tratarse de una fosa común de la Guerra Civil. Ese cadáver llevaba muchos años ahí enterrado. Han tardado dos horas en exhumar el cuerpo. Por la corpulencia y la forma de sus caderas, parece ser un hombre. Tiene un balazo en el cráneo. Cuando murió llevaba colgada la cruz de oro en el cuello y vestía una túnica gris atada a la cintura con una cuerda, conservada en buen estado después de tanto tiempo.

La intuición del inspector se ha confirmado con la aparición, debajo del primer cadáver, de un trozo de tela. Había otro cuerpo. Pero cuando han retirado la tierra y han descubierto la mano, ha sabido que estaba equivocado: esa fosa no era de la guerra. Ese hombre acababa de morir. La mano, el rostro, su cabello, las uñas..., el estado del cuerpo indicaba que no podía llevar más de un día muerto, dos como máximo. Antes de que se llevaran el cadáver en una bolsa negra hace media hora, se ha acercado y ha abierto la cremallera para cerciorarse y convencerse por última vez. Habían limpiado la cara al cadáver y le habían desplazado la barba hacia un lado para mostrar el enorme tajo que tenía en el cuello, la causa más probable de su muerte. No cabía ninguna duda, ese hombre acababa de morir. El inspector Font conoce bien el rostro de la muerte. A veces se pregunta si no lo ha visto ya en demasiadas ocasiones.

La humedad le produce escalofríos. Se ajusta el cuello de la gabardina y se acerca al agujero de donde han recuperado los cuerpos. En el fondo se empieza a acumular el agua. Hubiese preferido encontrar una fosa común, de ese modo estaría más tranquilo sabiendo que no anda otro asesino suelto. En tales casos se dice a sí mismo que, mientras haya asesinos, él seguirá siendo policía. La muerte no puede quedar impune.

Echa un vistazo al móvil; no tiene ninguna llamada. Los compañeros en comisaría no habrán encontrado información relevante. Tampoco han tenido constancia de ningún desaparecido en la zona que se asemeje al perfil del fallecido. Hasta que no realicen la autopsia, no podrán saber el año aproximado en que falleció el primer hombre.

A la falta de información obtenida por las fuentes policiales, se suma la futilidad de los interrogatorios. Ni los obreros, ni el jefe de obra ni los chóferes han detectado nada extraño desde que empezaran a trabajar el lunes por la mañana. El empleado de seguridad que ha llegado a las diez de la noche al trabajo le ha asegurado que es imposible que alguien haya entrado en la obra el fin de semana o de madrugada para enterrar ahí los cuerpos. La zona está vallada y vigilada las veinticuatro horas del día.

No lo considera un gran candidato para incluirlo en la lista de sospechosos, una lista llena de interrogantes y falta de nombres por el momento. El vigilante, que también ha estado de guardia el fin de semana y ha trabajado sin librar ningún día desde hace dos semanas, apenas tiene veinte años, es de Granada y se mudó a Terrassa hace solo dos meses. Su relación con el primer asesinato sería algo rocambolesca, aunque nunca se puede descartar a nadie.

La lluvia arrecia. Los últimos coches policiales abandonan la zona acordonada. El inspector Font se dirige a su vehículo. Antes de abrir la puerta, se vuelve para mirar la fosa. El hecho más significativo del caso es que hayan encontrado el cuerpo del hombre acabado de morir debajo de los huesos del cadáver que, por lo menos, debía de llevar muerto tres o cuatro décadas. Eso lo desconcierta, no consigue entender los motivos o circunstancias que llevaron al asesino a ocultar los cuerpos de esa manera. No quiere precipitarse en extraer conclusiones. Mañana se citará con algunos de los representantes de la iglesia de Terrassa. Hoy era tarde y no han podido entrevistarlos. Por las túnicas que vestían, los dos fallecidos parecían ser religiosos.

Primera parte

Capítulo I

El féretro en el que descansa el héroe cabal estaba decorado de oro y con gran riqueza de piedras preciosas. Su joven cadáver fue embalsamado.

Catorce días después la reina dio luz a un niño, tan grande que casi le costó la vida... Habéis oído algo de la dicha y la desdicha de su padre. Ahora sabréis de dónde procede la figura principal de esta obra y sabréis cómo se le protegía. Se le ocultó todo lo de la caballería hasta que tuvo su propio entendimiento.

Balaguer. Miércoles, 17 de mayo

El día que Onofre Vila llegó a la ciudad de Balaguer, más de medio siglo atrás, procedente de Terrassa, hacía más de una semana que, cargado con tan solo una mochila a la espalda y acompañado de su hija Claudia, de ocho años, llevaba recorriendo distintos pueblos y ciudades, parando a dormir de fonda en fonda, para encontrar un nuevo lugar donde instalarse.

Le impresionó el santuario que dominaba la ciudad desde lo alto de la colina; allí descansaba el santo Cristo que había llegado a la población desde Tierra Santa tras navegar a la deriva por el mar Mediterráneo y remontar el cauce del río

Segre, donde había sido rescatado por las hermanas clarisas. Antes de la llegada del Cristo, los sarracenos habían ocupado la ciudad durante los siglos X y XI. Encontraron en ella un magnífico enclave defensivo, provisto con una atalaya desde donde controlar a los enemigos y un río caudaloso a sus pies. Los restos de la muralla que construyeron se conservan en buen estado, a pesar del paso del tiempo, numerosos asedios y cientos de cañonazos. Pero quizás su legado más valioso fuera la construcción de canales, embalses y acequias, que hicieron de la zona uno de los núcleos más fructíferos de al-Ándalus en cultivos de regadío.

Y eso fue precisamente lo que acabó por convencer a Onofre Vila y lo llevó a comprar una pequeña finca de melocotoneros. En Balaguer nunca le faltaría el agua y, a pesar de que en ocasiones el río se desbordara y anegara sus campos, siempre sería mejor que la dependencia de la lluvia de aquellos sembrados de cereal de Terrassa que su familia había trabajado durante varias generaciones y que él acababa de malvender.

Aquel fue el inicio de una nueva vida para Onofre Vila, quien nunca imaginó que la fortuna y su buena mano para los negocios acabarían por convertirle en una de las personas más poderosas de Cataluña.

Su mansión está situada a las afueras del pueblo, construida en la ladera de un altiplano desde donde se divisan decenas de kilómetros de campos de árboles frutales, maíz y alfalfa en dirección este, así como el bosque de ribera que marca el curso del río Segre. Onofre Vila contempla el cielo a través de la enorme cristalera que ocupa toda una pared del salón. Dos golondrinas se empeñan en avanzar hacia el norte. Luchan con rápidos aleteos para vencer al viento helado que baja de las montañas. Tres metros ganados, cinco perdidos. La ventisca ruge en el tejado. Cuando lo hace más de lo debido, Vila se vuelve para ver si es la sirvienta que entra en el salón. Todavía no. Vuelve a mirar los pájaros, una nube acaba de tapar el sol, hay muchas más, altas todas ellas, alargadas. Pequeñas ramas, hojas y polvo se arremolinan por doquier. El viento se ha llevado la niebla matinal que había cubierto el río los días anteriores, pero ha dejado el cielo enturbiado.

Son las ocho y diez de la mañana. Espera el café con impaciencia sentado en la butaca. El repartidor de prensa ha llegado antes de lo habitual y el jardinero, residente en el mismo edificio, acaba de subir los periódicos. Le gusta disfrutar de su único café diario —el médico le ha prohibido mayores cantidades tras haber sufrido varios amagos de ataques al corazón que casi lo arrastran corriente abajo— mientras lee las noticias.

La sirvienta, una joven ecuatoriana ataviada con un vestido negro y delantal blanco, aparece por la puerta. Se apresura al ver los diarios en la mesita, aunque es consciente de que ella no ha llegado tarde; es el repartidor quien se ha adelantado. Por si acaso, se da prisa; conoce bien al señor y tiene muy mal genio. Aparta los periódicos hacia un lado y con cuidado deposita la bandeja dorada, con la tacita de café, la jarra del agua, un vaso y una servilleta, sobre la mesita de cristal. Le pregunta si desea algo más. El anciano gruñe y niega con la cabeza. No le gusta esperar, pero él mismo fijó las normas.

Onofre Vila coge *El Segre*, un periódico de ámbito provincial, lo pone en su regazo y, entrecerrando un ojo, mira la foto principal a color de la portada. La ve borrosa, pero sabe que en ella aparece algún gobernante. Se pone las gafas —la noticia habla de Jordi Pujol, el presidente de la Generalitat— y coge la taza de café dispuesto a darle el primer sorbo. El segundo titular, situado en la parte inferior de la página, reza lo siguiente: «Los Mossos d'Esquadra hallan dos cadáveres en una excavación de Terrassa».

La pequeña foto que acompaña al titular muestra una excavadora de grandes dimensiones, un camión naranja, varios policías y un terraplén que Onofre Vila distingue perfectamente: el embalse propiedad de la parroquia de San Pedro de

Terrassa. Curiosa la memoria, que de un trozo de papel reproduce en décimas de segundo centenares de imágenes y sensaciones del pasado: siluetas recortadas en la noche, el olor a pólvora quemada, el sonido de los truenos, la lluvia golpeando el agua revuelta de la balsa, sus manos sucias de barro, la tierra entre sus dientes, una luz celestial que brilla en la oscuridad.

Al anciano se le atraganta ese cúmulo de recuerdos con el expreso. Empieza a toser, el café le sale por la nariz, se le vuelca la taza y la derrama por el batín y el periódico. En un intento por defenderse de su propia torpeza, le da un manotazo al diario que, con la taza, sale volando por los aires. La tos es tan fuerte que apenas puede respirar y tiene que darse golpes en el pecho. La cara se le ha puesto de color púrpura, las venas del cuello se le han hinchado como si alguien lo estuviera estrangulando. Se mueve hacia atrás y hacia delante, se pone de pie, se apoya en la mesita. Esta y la bandeja caen al suelo. Él evita la caída, aunque apoya una rodilla en el parquet. Así lo encuentra María Fernanda, que ha venido corriendo desde la cocina alertada por el jaleo que se ha armado en el salón.

—¡Señor, señor! ¿Qué pasó? ¡Santa Madre de Dios! —comienza a gritar María Fernanda al ver la escena.

El anciano logra enderezarse con la ayuda de la sirvienta, que no para de exclamar.

—Agua, agua... —consigue balbucear el hombre.

Afectada por los nervios y confundida por la situación, la sirvienta no comprende las palabras del anciano. Onofre Vila se desespera con la indecisión de la muchacha, que tan pronto lo agarra como lo suelta del brazo, hasta que decide darle un empujón. María Fernanda parece interpretar el gesto y sale corriendo hacia la cocina. El agua y las palmaditas en la espalda que le proporciona la sirvienta ayudan a calmar el ataque de tos del anciano. Exhausto, se sienta en el sillón. Mira las hojas del periódico esparcidas por el suelo, manchadas de café, aunque no las ve bien; se le han caído las gafas. María Fernanda le pregunta si necesita alguna cosa. Él responde que no, aún con la voz áspera.

—¡Deja eso! —grita Onofre cuando la sirvienta se agacha para coger la jarra de agua—. Ve a buscar a mi hija, que venga inmediatamente —le ordena.

La sirvienta lo mira desconcertada; después, sale corriendo del salón por segunda vez en pocos minutos.

Mientras espera, Onofre Vila se levanta y se acerca a la cristalera. El viento sacude los árboles de la ribera del río, las golondrinas ya no están. Estudia sus manos reflejadas en el cristal, aprieta el puño. Si hubiese podido coger a uno de esos pájaros, lo habría estrujado entre sus dedos deformados por la artrosis. El reflejo parece vaticinar su muerte. Por vez primera siente que su final está cerca. Las noticias del periódico han despertado sensaciones nuevas para este hombre solitario. A sus ochenta y ocho años no conserva amigos ni tiene relación con sus familiares, pero acaba de sentir la necesidad de compartir sus secretos con alguien para dejarlo a cargo de todo su legado. El elegido es Sergi, el hijo adoptivo de su hija, un joven al que detesta y por el que nunca ha tenido el más mínimo apego. No hay tiempo para probar la alternativa que hubiera deseado, contactar con su verdadero nieto, Mario Luna, puesto que el muchacho no sabe que él es su abuelo y su reacción ante tal noticia resulta incierta. Haberlo dejado al cuidado de aquellos curas en Barcelona cuando solo tenía unos meses es el único acto del que se ha arrepentido en toda su vida y, aunque lo haya ayudado en la sombra —hasta consiguió que trabajara en sus canteras durante una temporada— y controle todos sus movimientos, nunca se ha atrevido a enmendar aquel error. Ahora ya es tarde.

Claudia, la hija de Onofre Vila, entra en el salón con la sirvienta pegada a su espalda. Hace seis años que no se habla con su padre. No sabía lo que se iba a encontrar. María Fernanda ha llegado a su casa sin aliento, con lágrimas en los ojos y el vestido negro cubierto de polvo, recogido a la altura de las rodillas, tras correr los cien metros que separan la casa de la mansión. De las pocas palabras que tenían sentido, intercaladas entre una retahíla de santos nombres, bendiciones y exclamaciones, ha deducido que su padre se encontraba mal de salud y que debía ir a verlo con la máxima celeridad. No podía haber otra razón por la que la hubiera llamado.

Pero su padre está de pie, con el hombro recostado en la cristalera del salón y la vista perdida en el horizonte. El anciano vuelve la cabeza al percatarse de la llegada de su hija.

Claudia observa desilusionada el rostro colorado de su padre sin atisbos de una indisposición para que la sirvienta estuviera falta de palabras. Esperaba encontrarlo tirado en el suelo sin vida, pero, en lugar de manchas de sangre, no hay más que agua derramada por el piso de teca y salpicones de café. Tan funesto desenlace solo era fruto de sus deseos.

—Ya se puede ir, María Fernanda —manda el anciano.

La sirvienta sale presurosa de la estancia. Onofre Vila camina hasta el butacón sin perder de vista a la muchacha hasta que cierra la puerta. Después, se sienta con un sonoro suspiro. Claudia permanece inmóvil, con los brazos cruzados y mirada incomprensiva, junto a la puerta.

—¿Y bien, padre? ¿Para qué me ha mandado llamar?

—Quiero hablar con mi nieto —dice, rehuyendo su mirada mientras se alisa el batín.

—¿Para qué? —lo interrumpe con descaro.

—Claudia, trátame con respeto, que todavía soy tu padre. —Onofre Vila se apoya en el sillón en un intento por levantarse. Después, la mira visiblemente molesto por su actitud desconsiderada—. Quiero que venga inmediatamente. —Se golpea el muslo repetidas veces con el dedo índice.

—¿Para qué desea verlo, padre? —pregunta con acentuado tono irónico.

—No es de tu incumbencia. Quiero hablar con él y no se hable más. He decidido que ha llegado el momento de ponerlo al corriente de ciertos aspectos del negocio. —Se detiene un instante antes de finalizar la frase y, con dificultad, como si se sintiera avergonzado o temeroso, masculla a regañadientes—. Y de mi vida.

—De su vida —repite, malhumorada—. Pero si nunca lo ha tratado como si fuera su nieto. ¿A qué viene esto ahora?

—Cállate. Si ni siquiera tú sabes quiénes son sus padres, pero da lo mismo. —Onofre Vila se levanta, la mira con gesto de desaprobación y, dándole la espalda, anda despacio en dirección al ventanal—. El día de mañana todo esto puede ser suyo. —Repica en el cristal con la punta engomada de la garrota—. Esta casa, la tuya también. Esos árboles que yo mismo planté y todo lo demás. Se lo voy a dar todo a él. Pero antes quiero asegurarme de que lo merece y para eso necesita aprender, apenas sabe nada el ignorante.

Claudia sopesa sus palabras antes de replicar a su padre. Retarle nunca ha sido una opción, siempre acaba perdiendo. Le cuesta reprimir la ira que siente. Respira hondo, traga saliva y, muy a su pesar, decide ceder para rebajar la tensión de la disputa.

—No lo meta en esto, padre. Déjenos en paz, él ahora es feliz. Ya sabe cómo acabó la última vez. Por favor, padre, se lo ruego. —Se le acerca con las manos en súplica.

—Esto no tiene nada que ver contigo, esta vez es diferente. —Se vuelve hacia ella.

—¿Es que no lo entiende, padre? Él ya tiene su vida. Por favor, no le haga pasar por lo mismo que me hizo pasar a mí. De todos modos, ya le dije que no hablaría con usted nunca más. Por esa misma razón, espero que comprenda que yo no voy a ayudarlo.

Se da la vuelta con decisión y atraviesa el umbral de la puerta.

—Hija, espera un momento —le espeta su padre—, te he dicho que tengo que hablar con Sergi. Llámalo, tú sabes por dónde anda. Quiero que venga lo antes posible y no se hable más, ¿entendido? —pronuncia la última palabra con voz rasposa y remarcando cada una de las sílabas.

Claudia se detiene unas décimas de segundo, no necesita más tiempo para convencerse de que no volverá a entrar en ese salón mientras su padre siga con vida. Después, continúa hasta el ascensor y pulsa el botón de llamada.

—¡Claudia! —grita el anciano con tono amenazador—, contesta a tu padre.

—Adiós, padre —se despide sin volverse.

—Parece mentira que seas mi hija —le oye decir.

El anciano se seca la saliva blanquecina que se le ha acumulado en la comisura de los labios con la manga del batín, agarra el bastón y se dirige hacia el recibidor negando resignado con la cabeza.

Suena el pitido del ascensor. Las puertas comienzan a abrirse. Cuando Claudia se dispone a entrar, su padre llega en ese momento y le cierra el paso con la garrota.

—Contigo solo valen las amenazas —le habla pegado a su cara—, te he dicho que lo llames. Siempre comportándote como una niña consentida. Desde el maldito día que me traicionaste, que perdiste los modales y la buena educación. Ahora mírame. —Ella permanece inmutable con la vista hacia el frente—. Como tú prefieras, pero acuérdate y no olvides nunca, por tu propio bien, que en esta casa el que manda soy yo —le advierte agarrándola del brazo.

—Suélteme, padre, por favor —dice con serenidad mientras le agarra la mano para retirársela.

—No te lo volveré a repetir. Te doy de tiempo hasta mañana por la noche para que venga el bastardo ese de tu hijo —la amenaza, clavándole las uñas.

—Haré lo que pueda. Ahora deje que me vaya, por...

—¿Que harás lo que puedas? —Una risa sardónica se perfila en el rostro del anciano, el bastón empieza a temblarle descontrolado—. Aquí lo quiero —le salen las palabras acompañadas de escupitajos—. ¿Me has oído? Dos días te doy. Te lo prometo, Claudia. Aunque sea lo último que haga, yo mismo le cortaré los ocho dedos que le quedan. La mano entera si hace falta. Y ahora vete de mi casa. —Le suelta el brazo con desprecio.

Claudia ha bajado la vista y no osa levantarla. Los sentimientos de odio, rencor, tristeza, miedo incluso, han sido reemplazados por otros completamente distintos. Una sensación tan repentina de esperanza y felicidad que ha pensado que iba a desmayarse. Oye los pasos de su padre en el salón. Vuelve la cabeza hacia la izquierda antes de subir en el ascensor. María Fernanda está observándola detrás de la puerta entreabierta de la cocina, al otro lado del pasillo. Distingue sus gestos nerviosos en la oscuridad, sus manos que no paran de santiguarse. Le sonríe piadosa y entra en el ascensor.

Tiene que llamar a Sergi. No puede perder ni un segundo. «Todo va a salir bien», se repite mientras corre hacia su casa, las lágrimas resbalándole por las mejillas. Pedro, el hombre con quien tuvo a su único hijo, puede estar vivo. Han pasado más de veinticinco años sin saber de él, desde el día que su padre se enteró de que estaba embarazada de ese hombre y le prohibió verlo. Su padre lo había tenido secuestrado durante casi dos años y la amenazaba con matarlo si acudía a la policía. Ella tuvo miedo y prefirió no hacer nada para protegerlo. El sentimiento de culpa la persigue desde entonces.

Entra en casa y sube las escaleras hasta la primera planta, directa a la mesita de noche donde guarda el teléfono móvil. Le cuesta atinar para marcar el teléfono de su hijo guardado en la memoria. Pulsa la tecla de llamada. Cinco tonos y salta el contestador, una uña mordida por cada pitido. «Por favor, Sergi, contesta. —Vuelve a marcar—. ¿Para qué lo querrá ver ahora si va a hacer dos años que no se hablan? ¿Qué le ha pasado a mi padre de repente? —Oye el buzón de voz otra vez—. ¿Estará vivo Pedro? ¿No será una argucia de mi padre? No, tiene que ser verdad, mi padre nunca miente».

—¡Contesta, maldita sea! —exclama cuando su hijo tampoco responde a la tercera llamada.

Tras el cuarto intento, estampa el móvil contra la pared y se echa en la cama a llorar.

Costa Brava. A continuación

Las olas rompen con estrépito en las rocas del acantilado. El mar, de un azul oscuro y apagado, está repleto de crestas de espuma blanca visibles en lontananza, donde se funde en el supuesto horizonte con unos nubarrones que avanzan en formación de combate hacia tierra firme. La tramontana sopla con fuerza. Las embarcaciones están amarradas con varios cabos de más, las velas recogidas, las drizas tintinean al repicar con los mástiles, como si anunciaran el inevitable desastre.

En pocas semanas, los nuevos inquilinos podrán presenciar desde sus balcones el azote del mar y del viento que caracteriza tanto a esta zona costera que hasta le ha dado su nombre. La urbanización, en la pendiente de un risco, está finalizada, pero resta a la espera de la resolución de un litigio presentado por un grupo ecologista. La promotora, propiedad del multimillonario Onofre Vila, ha negociado con las autoridades, aunque para obtener los permisos definitivos ha tenido que hacerlo entre bastidores, recurriendo al chantaje y a una serie de maletines extra con los que no contaba en un principio.

Un teléfono móvil suena sin cesar e, impulsado por la vibración, se desplaza por el cristal de la mesa del comedor. Sergi Vila, nieto de Onofre Vila, hijo adoptivo de su hija Claudia, está en uno de los apartamentos con su novia Mónica. Consiguió unas llaves a espaldas de su abuelo tras convencer a uno de los comerciales de la promotora. Mónica no ha sido la primera mujer en pasar una noche con él en la vivienda.

Nada en la abundancia desde niño, una visión de la vida donde el dinero lo hace todo posible: compra privilegios, suple las carencias, permite los desmanes y agranda la inteligencia. Su abuelo es una de las personas más poderosas e influyentes de Cataluña. Poder e influencia que, como en muchos casos, acarrean popularidad, condición aborrecida por su abuelo por no permitirle pasar desapercibido como él quisiera. Pero a veces resulta imposible escapar a la fama, y el viejo no ha podido evitar, a pesar de intentarlo por todos los medios, que se publicaran dos biografías sobre su persona en los últimos años.

La historia es digna de admiración: un campesino que, a fuerza de constancia y trabajo duro, ha llegado a crear un gran imperio. Hasta en los círculos universitarios relacionados con el estudio de las ciencias empresariales hablan de su éxito. Pretenden analizarlo, examinar sus tan acertadas decisiones, sinónimo de ganancias, convencidos de que algún alumno dará con la fórmula y seguirá sus pasos. Pero la solución es complicada. Todos los factores parecen estar ahí, a la vista, pero fue la Providencia quien se encargó de juntarlos y aportó alguno de más para obtener tan sorprendente resultado. Ni el estudioso más perspicaz conseguirá acercarse ni por asomo. Si las claves del éxito pudieran desgranarse, el mundo estaría repleto de triunfadores, y ese nunca ha sido el caso, o lo fue algún día, pero ya nadie lo recuerda. Esta historia jamás volverá a repetirse.

A pesar de todo lo contado, la juventud de Onofre Vila Escofet y su vida en Terrassa es difusa, casi un misterio salvado por unos cuantos acontecimientos fáciles de documentar, tal vez descuidada por la escasa importancia para explicar su obra.

Nació en Terrassa. Luchó en la Guerra Civil recién cumplida la veintena. Su padre y su hermano mayor perdieron la vida en las trincheras, el pequeño se exilió a Sudamérica. Onofre se casó al poco tiempo de finalizar la contienda, un matrimonio que apenas duró año y medio: su esposa murió al dar a luz a su única hija. No ha habido otra mujer en su vida.

A finales de la década de los cuarenta, lo vendió todo —un poco de tierra para el cultivo de cereal y la masía familiar que había heredado— y decidió probar fortuna en Balaguer, donde compró una finca de melocotoneros. Hay quienes dicen que trabajaba veinte horas diarias; otros, que su carácter ahorrador y austero lo ayudó a progresar durante los primeros años. Aunque las especulaciones no atinen en los motivos, lo cierto es que, en menos de cinco años desde su llegada, el campesino adquirió varias parcelas más de árboles frutales, que, si bien eran pequeñas, debieron de proporcionarle el impulso necesario para realizar el movimiento definitivo que cambiaría su destino.

Nadie se explica cómo Onofre Vila tuvo aquella extraña revelación o visión de futuro —si alguna persona le dio un chivatazo o encontró algún documento antiguo, o si fue el mismísimo santo Cristo el que se lo susurró al oído— cuando compró una decena de hectáreas en un altiplano donde ni las malas hierbas crecían. Terreno más árido no había en la comarca, duro como el cemento, odiado por las plantas y sus raíces, similar a un desierto o a la luna. Tras una vida ligada a la tierra, el campesino sabía perfectamente que de aquel pedregal no obtendría fruto alguno. Debido a su escaso valor y a la pobreza que atosigaba en aquellos años de posguerra, nadie se extraña de que un humilde labrador pudiera haberlas comprado, sobreentendiendo *de facto* que, si los pobres pudieran comprar tierras, el mundo estaría lleno de terratenientes.

En el pueblo se dice que se contaron por millares las pepitas de oro encontradas bajo aquella superficie yerma y baldía. Hallazgo que en la ribera del Segre no representó un hecho fuera de lo común, aunque la gran cantidad sí que fue del todo inesperada. Las crónicas de la ciudad relatan que los musulmanes consiguieron reunir un cuantioso ejército de pago gracias al oro que extrajeron de ahí, lo que les permitió asegurar por más tiempo sus conquistas en la zona. Incluso se cree que los romanos, a pesar de no disponer de documentos que lo atestigüen, también conocieron su existencia.

Sin embargo, no fue el oro lo que ayudó a cimentar la fortuna de Onofre Vila —tampoco se conoce con exactitud la cantidad que encontró, puesto que cada vez que la historia fue contada su cantidad aumentó considerablemente—, sino que fueron piedras y rocas; cantos rodados y granitos procedentes del Pirineo que el ímpetu del agua se encargó de arramblar durante milenios en las cercanías de Balaguer para quedar a disposición del campesino. A finales de la década de los cincuenta, la demanda de materiales de construcción se disparó en la provincia de Lleida debido al inicio de las construcciones titánicas de varias centrales hidroeléctricas en el cauce del río Segre. El régimen franquista se había obcecado en no dejar escapar ni una sola gota de agua caída en las montañas sin pasarla antes por un sinfín de turbinas y estaba decidido a acometer su plan.

La pequeña cantera Vila se creó en aquellas circunstancias. Al haber luchado su propietario en el bando nacional durante la guerra y haber adquirido considerable rango, relatan que se le asignaron importantes contratos de suministro sin necesidad de concursos ni disputas. Los negocios de Onofre Vila entraron en una espiral vertiginosa de ganancias a partir de ese momento. La cantera quintuplicó su talla e incorporó una planta de prefabricados de hormigón. Después vinieron la constructora, la promotora, las cadenas de distribución y las cadenas hoteleras, bodegas en la Rioja y Vilafranca del Penedès, empresas de conservas de pescado, granjas, miles de cerdos, gallinas y codornices, vacas, corderos, conejos, clínicas privadas, olivos, caballos, envasadoras de aceite, recolectoras de frutos secos, concesionarios de automóviles, camiones, maquinaria agrícola... Pocos sectores sobreviven en España sin que Onofre Vila posea algún tipo de participación. Su fortuna se cuenta por miles de millones.

Es la segunda mañana que Mónica y Sergi Vila despiertan

en el apartamento. Ella aceptó su invitación para pasar una semana en la playa, cargada de ilusión y esperanza por salvar una relación que cumple ya cuatro años, pero que perdió el rumbo hacia el tercero y navega a la deriva desde entonces hacia un final anunciado. No era el momento más apropiado para ella —en apenas un mes tiene que finalizar la tesis doctoral en Historia Medieval que la ha mantenido ocupada durante el último año, y aún le faltan muchas horas de trabajo—, pero tenía que intentarlo.

Poco tardaron en resquebrajarse sus anhelos. Discutieron en el trayecto desde Barcelona el lunes al mediodía, continuaron por la tarde, la noche y ayer todo el día. Los motivos siempre son los mismos: Sergi quiere que ella deje los estudios y se vayan a vivir juntos. Respecto a la segunda cuestión no habría ningún inconveniente: lleva instalada más de un año en uno de los apartamentos que el abuelo de Sergi tiene en Barcelona y su novio pasa largas temporadas con ella. Pero, en cuanto a su carrera profesional, no hay lugar a discusión. Se lo ha explicado innumerables veces. Ella quiere trabajar, desarrollar una carrera profesional que le permita construirse un futuro a base de su propio esfuerzo y tenacidad. No es mujer para quedarse encerrada en casa y el dinero no es lo más importante para ella, sino sus metas, que este no puede comprar, suplir, ocultar ni disfrazar. Es posible que echara de menos algunos de los restaurantes caros, viajes paradisíacos, hoteles de cinco estrellas o la ropa de *boutique* a la que Sergi la tiene acostumbrada; mas no serían un impedimento, volvería a trabajar de camarera o vendiendo promociones en algún supermercado con tal de finalizar sus estudios.

Todas esas discusiones son minucias comparadas con los verdaderos problemas que amenazan con destruir la relación. Los celos de Sergi comienzan a ser insoportables, y el único tema de conversación cuando están separados y hablan por teléfono. Sospecha de ella, la acusa de mentir. Últimamente, hasta la ha insultado. Y lo que es peor, ese trastorno obsesivo ha venido acompañado por un cambio en su comportamiento: Sergi desaparece durante semanas enteras en Londres o en cualquier rincón de Europa con el pretexto de estar trabajando para las empresas familiares. Un hábito que se repite cada vez con más frecuencia. Cuando eso ocurre, ella sufre en un estado de continuo desasosiego, pendiente del móvil por si él la llama, incapaz de concentrarse en su trabajo o de dormir una noche entera sin despertarse sobresaltada para coger el teléfono que solo suena en sus sueños.

Ayer, durante la cena, le preguntó por su última escapada y sus excusas tampoco la convencieron. Se fue a dormir con un gran disgusto. Ha pasado la noche en vela. En cuanto ha visto que amanecía, no ha podido soportarlo más y se ha levantado decidida a curiosear los correos electrónicos de su novio. Se ha sorprendido de haber tomado esa decisión, pero es la única manera que se le ha ocurrido para demostrar que miente.

Ha llorado mientras leía los mensajes: Sergi le es infiel. Le cuesta aceptarlo cuando recuerda los maravillosos dos primeros años de noviazgo, pero debe asumirlo. Ahora todo se ha acabado: no puede seguir con él.

Los truenos de la tormenta hacen vibrar las ventanas del comedor. El cielo se ha oscurecido como si cayera la noche. La pareja hace media hora que discute. Sergi está en calzoncillos; Mónica, con los pantalones del pijama y una camiseta de algodón.

—Apenas conozco a esa Jane —se defiende él.

Mira hacia atrás alertado por un ruido. El teléfono móvil acaba de estamparse contra las baldosas de gres del comedor. La batería y la carcasa ruedan por el suelo en direcciones opuestas.

—Solo la he visto una vez y fue en una reunión. —La vuelve a mirar.

—No me lo niegues otra vez —le responde Mónica, irritada—. ¿Qué te crees? ¿Que no sé inglés? «*Last night was awesome, I need to see you again. I love you»* —pronuncia las frases con marcado acento inglés, alargando las palabras— y todas esas guarradas que no quiero ni repetir.

—Ya te lo he dicho —se expresa, quejumbroso—, no es la primera chica que me acosa cuando se entera de quién es mi abuelo. Olvídalo, no ha pasado nada. Anda, cariño, ven aquí —dice en tono conciliador.

—No puedo más, Sergi —articula tras una larga espiración—. Lo nuestro se acabó, estoy harta de tantas mentiras.

Sergi se le acerca y le intenta acariciar el pelo.

—No me toques —le dice, apartándole la mano—. Ahora déjame, por favor. —Y se marcha a la habitación.

Abre los armarios y empieza a recoger su ropa. Sergi, agarrado al marco de la puerta, asoma la cabeza poco después.

—¿Qué estás haciendo? —le pregunta, indignado.

—Lo siento —responde sin mirarlo—. Tengo que irme de aquí, no soporto estar por más tiempo en esta casa.

—¿No estarás hablando en serio? —dice, entrando en el cuarto. Ella no le presta atención y continúa preparando su equipaje—. Cuando te hable, me contestas —le recrimina, enfadado.

—Sergi, por favor, déjame tranquila —se queja ella—. Lo nuestro se ha terminado.

—Piénsatelo bien, Mónica —la desafía con aspereza en su voz—. Te juro que como...

—Por favor, Sergi, no te enfades —dice, conciliadora—. Necesito estar sola, necesito tiempo para pensar. Ahora mismo lo veo todo negro. Creo que lo mejor para los dos será que estemos separados una temporada, alargar por más tiempo esta situación no beneficiaría a nadie. Voy a ir a casa de mi padre para centrarme en la tesis y pensar qué va a ser de lo nuestro.

—Que necesitas pensar —se burla Sergi con sarcasmo.

Se la queda mirando por un instante y, tras un suspiro cargado de rabia, sale de la habitación. Regresa al dormitorio al cabo de un par de minutos. Mónica está arrodillada al lado de la cama, con la maleta medio llena en el suelo y el resto de sus pertenencias sobre el nórdico, de espaldas a él.

—Deja eso —demanda Sergi con voz grave.

—¿Qué pasa? —Alza la vista, sorprendida.

Al ver que él guarda silencio, se vuelve para coger una pila de pantalones y meterla en la maleta.

—¡Que dejes eso! —exclama Sergi, agarrándola por el pelo.

—¡Suéltame! ¡Suéltame! —grita ella entre exclamaciones de dolor.

—No grites, que nadie te va a oír. Estamos tú y yo solos —le susurra al oído con aire juguetón.

Mónica tuerce el cuello, alcanza a verle la nariz de refilón. Sin detenerse a pensarlo, le propina una bofetada con todas sus fuerzas. El bofetón coge a Sergi de improviso y la suelta del pelo. Ella aprovecha para ponerse de pie , darle un empujón y escapar corriendo por el pasillo.

Sergi levanta la cabeza despacio. Con la punta de la lengua, saborea el gusto oxidado de la sangre que impregna su labio superior. Se limpia la boca con el dorso de la mano. Mira las líneas rojas sobre su piel, apenas unos hilillos, y sonríe para sus adentros.

—No irás muy lejos —masculla dirigiendo su mirada hacia el corredor.

Mónica se concentra en trazar un plan para escapar del apartamento mientras corre descalza por el pasillo. Está convencida de que lo conseguirá. Abrir la puerta. Bajar las estrechas y empinadas escaleras; no hay demasiadas —están en un primer piso— y además son rectas, sin curvas ni descansillo. Bordear el bloque de apartamentos para llegar a la calle que desciende por una pendiente muy pronunciada hasta la carretera principal. Allí pedirá ayuda, eso si no encuentra a alguien durante los quinientos metros del recorrido.

El corazón le late con fuerza, la situación ha generado dosis elevadas de adrenalina. Ya se imaginaba corriendo por la calle cuando agarra el pomo de la puerta y lo gira hacia la derecha. Pero la puerta no se abre, está cerrada con llave. Echa una mirada por encima del hombro y no ve a Sergi. Coge el agarrador con las dos manos y tira de él desesperada: la cerradura tampoco cede. Suelta una patada de impotencia a la puerta de madera que le recuerda que solo lleva puestos los calcetines.

Piensa en la puerta de cristal del balcón. Si también estuviera cerrada, tendría que enfrentarse a Sergi. Él es todo huesos, delgado por naturaleza y de musculatura escasa, un cuerpo casi infantil al borde del metro setenta de estatura. Similar a la talla de ella. Ya se ha deshecho de él antes en el cuerpo a cuerpo, cree que podría salir victoriosa de repetirse la pelea. Corre hasta la cristalera del salón. Sergi está en la cocina a juzgar por el ruido que llega desde ahí de cajones y armarios abriéndose y cerrándose con violencia. Ahora tiene dudas de si enfrentarse a él.

La puerta del balcón también está cerrada. Inspecciona el salón y agarra una de las sillas de la mesa, con el asiento redondo de cuero negro y patas metálicas, con la intención de romper el cristal. Es incómoda de coger, el asiento es demasiado ancho. Mientras se la apoya en la barriga para levantarla, ve entrar a Sergi en el salón.

Sergi se acerca a ella despacio, con el brazo derecho escondido a la espalda y las llaves del apartamento girando en el dedo índice de su mano izquierda.

Las patas de la silla chocan contra el cristal. El vidrio no se rompe, ni siquiera se resquebraja. El impacto no llevaba la fuerza suficiente. Mónica se vuelve y, aunque en un primer momento pretende hacerle frente con la silla, cuando lo ve venir hacia ella con un cuchillo cocinero con la punta en alto, se siente desfallecer y la deja caer al suelo.

Sergi se detiene a menos de un metro de distancia. Ella no sabe cómo reaccionar. Cierra los ojos y agacha la cabeza a la espera del golpe que le haga perder el conocimiento. En su lugar, nota la mano de Sergi bajo su barbilla, presionándola para que levante la cabeza.

—No pasa nada —le dice él mientras se guarda las llaves en el bolsillo.

Ella abre los ojos. Mira el cuchillo en la mano que Sergi le ha puesto bajo el mentón, muy cerca de su pecho, con la punta hacia el suelo.

—Ven conmigo —le propone con voz dulce, tendiéndole la otra mano.

Vacila antes de aceptarla, pero no tiene otra opción. Le ofrece la suya temblorosa. Sergi la agarra por la muñeca y tira hacia él con un movimiento rápido a la vez que le retuerce el brazo. No sabía de su dominio en las artes de la defensa personal; la ha obligado a girar sobre sí misma y ha quedado inmovilizada con la espalda pegada contra su pecho.

Contiene la respiración cuando Sergi le coloca el cuchillo en vertical delante de la cara, desciende hasta el cuello y juega pausadamente a simular el corte que acabaría con su vida en cuestión de segundos. La respiración excitada y húmeda de él en su oreja la pone aún más nerviosa.

—¿Te querías escapar, cariño?

Sergi se responde a su pregunta mediante tres chasquidos de interpretación negativa. Después, la empieza a arrastrar andando hacia atrás. Ella recula como si el suelo fuera de brasas; cada vez que tropieza y pierde el paso, le duelen tanto las articulaciones del brazo derecho que cree que se le van a romper. Sus chillidos de dolor no hacen que él se detenga, sino que continúa hasta la habitación y la arroja sobre la cama.

—Ahora aprenderás a no salir corriendo. —Le anticipa un castigo.

Observa su rostro descompuesto. Nunca lo había visto así, tiene la mandíbula tan apretada que se le desplaza hacia la izquierda. Está segura de que si pudiera concentrarse hasta sería capaz de oír el rechinar de sus dientes; su mirada también es extraña, sus ojos, con las pupilas más grandes de lo normal, se mueven histéricos de un lado para otro.

—Túmbate bocarriba —le ordena. Sergi agarra una sudadera de la maleta y le tapa la cara con ella—. Te prometo que como te muevas te clavo el cuchillo —la amenaza.

Lo oye agacharse y rebuscar por debajo de la cama. Prefiere mantenerse en silencio y acatar sus órdenes, tiene la impresión de que cualquier cosa que diga solo lograría enfurecerlo más. Se pregunta qué podría esconder ahí abajo. El apartamento está nuevo a estrenar y, según le ha dicho él, son las primeras personas en pasar una noche. Ahora le entra el temor, debería dejar de preguntarse: «¿Qué podría ser peor que el cuchillo?». Siente las manos y los pies helados; el latido de su corazón que se acelera y le retumba en los oídos; su respiración descompasada; las pestañas rozando la tela de la sudadera; las lágrimas mezclándose con el sudor y resbalándole por la mejilla. Cierra los ojos e intenta concentrarse en no pensar en nada para no acabar presa del pánico.

Sergi coge las esposas que guardaba escondidas en el somier. Las utilizó el mes pasado con una prostituta que recogió en la AP7. También se ha divertido con esas mismas esposas con Mónica en un par de ocasiones. Hoy solo se divertirá él. Pasa la cadena entre los barrotes de hierro de la cabecera de la cama y las cierra sobre las finas muñecas de su novia. Sonríe al destaparle la cara y ver que está con los ojos cerrados. Aparta de un zarpazo la ropa y el neceser, aún sobre el nórdico, con la intención de provocar el mayor ruido posible, y van a parar al suelo. Mónica sigue sin inmutarse. Se sienta encima de ella. Traza una línea imaginaria por encima de la camiseta de algodón, sin llegar a tocarla, desde la garganta hasta la cintura. Ahí se detiene. Le saca los pantalones del pijama y los lanza lejos. Después, le introduce la hoja afilada de acero inoxidable por debajo de las bragas y las corta. Se apea de la cama de un salto, se hace con dos pares de medias de la maleta de Mónica, le abre las piernas y se las ata a la estructura de hierro de la cama.

Ella ha dejado de llorar. Las clases de meditación que ha realizado durante el último año, cuando los desencuentros con Sergi comenzaron a ser más constantes e incomprensibles, han surtido efecto. Sobre las sábanas solo resta su cuerpo tendido, dispuesto a aceptar el destino, cualquiera que sea, como si no fuera el suyo. Su mente se ha cerrado a este mundo, se mueve por un espacio incoloro y atemporal donde los sentidos tienen vetada la entrada; donde, si logra quedarse grabado algún recuerdo, lo hará como si fuera ajeno.

—¡Despierta! —le grita Sergi al oído—, que aquí no hemos venido a dormir.

Abre los ojos sobresaltada. Al intentar levantar el cuerpo tras la conmoción, descubre que está atada a la cama por las muñecas —no logra separarse más de unos centímetros del colchón— y también por los tobillos. ¿Cómo no se habrá dado cuenta? Un chillido se agolpa en su garganta antes de llegar a materializarse. Mira a Sergi, el cuchillo, su desnudez. Cierra los ojos para relajarse de nuevo. Esta vez no logra evadirse. La sensación de la punta fría y afilada del cuchillo en contacto con la piel, deslizándose por su vientre, y el sonido del desgarro de las fibras de algodón de su camiseta son demasiado explícitos como para ignorarlos.

—Abre los ojos —le dice él con tono amenazante mientras corta el sujetador.

Sergi se quita los calzoncillos y se tumba encima de ella.

No le molesta ni el cuchillo bajo su hombro derecho punzándole la paletilla ni la mano abusiva que le agarra el pecho izquierdo, solo su pene erecto rozándole en el muslo. Quizás experimente ese mecanismo de inhibición en el que el dolor más agudo enmascara los demás, aunque en este caso se trate únicamente de sensaciones. Ahora lo siente queriendo entrar. El estrés le impide lubricar. A él no le importa, presiona con fuerza hasta abrirse camino tras varios intentos fallidos. Rasga la vagina a su paso. La sensación se transforma en dolor físico.

El sufrimiento dura menos de cinco minutos. Sergi la obliga a mantener los ojos abiertos. Ella chilla con el objetivo de excitarlo para que expulse toda su agresividad dentro de ella cuanto antes y acabe el suplicio. Parece que lo ha conseguido, acaba de sentir el calor de él manchando su cuerpo. Tiene náuseas. Para que Sergi no la descubra, mueve la lengua, manteniendo la boca cerrada, a fin de deshacerse de la bilis que le amarga el paladar. Se consuela pensando que hoy ha tomado la píldora, hace seis meses que empezó el tratamiento a petición de él.

—¿Sergi?

—¿Qué pasa, mamá?

—El abuelo. —Su madre suspira entrecortada.

—¿Se ha muerto? —le pregunta con asombro.

—No, no. Quiere que vengas a verlo.

—¿Que lo vaya a ver? Después de casi dos años sin dirigirnos la palabra, ¿para qué?

—No lo sé, hijo. Me ha dicho que es muy urgente, que necesita hablar contigo lo antes posible —manifiesta con voz trémula.

—¿Y por qué estás así, tan nerviosa? Dime la verdad. ¿Qué le ha pasado al abuelo?

—Sergi, ya te he dicho que no le ha pasado nada. Me ha causado mucha impresión volverlo a ver después de tanto tiempo —le explica entre sollozos—. Tienes que venir, por favor, no quiero que el abuelo se enfade.

—Está bien, mamá. No me gusta verte así, aunque sabes que si fuera por mí... —Se muerde el labio mientras recapacita—. Iré el fin de semana.

—No, eso es demasiado tarde —reacciona, aterrada—. Pero ¿dónde estás? ¿No estabas en Llançà?

—Sí, mamá, y aquí sigo, pero tranquilízate. Si ya estamos a miércoles —observa, extrañado.

—Sergi, por favor, no tenemos tiempo. Al abuelo se le ha metido en la cabeza que quiere verte hoy, mañana como máximo, si no... —se contiene.

—Si no, ¿qué? ¿Qué va a hacer? A mí ya no me da ningún miedo. Si voy a verlo es porque tú me lo pides —formula, arrogante—. Ya sabes que estoy pasando unos días con Mónica. Hacía más de tres semanas que no nos veíamos. No creo que ella esté muy de acuerdo con que me vaya ahora.

—Que venga, puede quedarse en casa mientras tú hablas con el abuelo —le propone apresuradamente.

—No creo que le apetezca mucho ir a Balaguer. Bueno, mamá, no te preocupes, iré en cuanto pueda. Díselo al abuelo. Lo siento, tengo que colgar, ahora tenemos cosas que hacer, un beso.

Sergi corta la llamada. La voz de su madre deja de oírse al otro lado del aparato. Apaga el teléfono móvil, lo mira —tiene un canto resquebrajado— y lo tira con desgana al sofá. Se le acaba de ocurrir una idea. Coge el cuchillo que ha dejado sobre la mesa y regresa a la habitación.

Mónica oye los pasos de Sergi aproximarse por el pasillo. Se había quedado medio dormida. Abre los ojos tras repetidos parpadeos, como si despertara de un sueño profundo y la luz la dañara. Sigue atada a la cama de pies y manos. La camiseta, que Sergi le ha introducido en la boca y ha sujetado con una media por detrás de su cabeza, también sigue ahí. Le duele la mandíbula de tener la boca tan abierta, las comisuras de los labios se le han rajado debido a la tirantez. Se ha acostumbrado a respirar solo por la nariz, aunque al principio le ha costado. El llanto le había obstruido las fosas nasales. Ve cómo Sergi se le acerca, le desata la media de la cabeza y le retira la camiseta de entre los dientes. Coge aire, como si llevara mucho tiempo bajo el agua y saliera a la superficie. Cuando también le libera los tobillos, cree por un momento que la pesadilla ha llegado a su fin. Solo quiere marcharse de allí y olvidarlo todo cuanto antes. Pero Sergi frustra sus ilusiones. Le hace darse media vuelta sin quitarle las esposas, le vuelve a anudar las piernas abiertas a la cama y la penetra por detrás.

Rompe a llorar desconsolada. Es la primera vez. Se maldice por no haberlo probado cuando él se lo propuso hace unas semanas. Las primeras experiencias siempre son de las que se guarda mejor recuerdo o, cuando menos, sus memorias quedan registradas en algún rincón especial reservado a tal efecto. Ahora sabe que nunca lo podrá olvidar, ese trauma la acompañará de por vida.

Capítulo II

Por la mañana, al amanecer, el joven se decidió rápidamente. Quería ir enseguida hasta el rey Arturo. Herzeloyde lo besó y fue detrás de él. Entonces sucedió una gran desgracia para todos. Cuando ya no alcanzaba a ver a su hijo, que se alejaba cabalgando, cayó la dama en el suelo, con el corazón tan roto que murió. Su muerte por amor de madre la salvó de las penas del infierno.

Balaguer. Viernes, 19 de mayo

A las nueve de la mañana, la niebla que cubría todo el valle al amanecer se concentra sobre el cauce del río y su ribera arbolada. El sol se deshará de ella en breve, salvo por unas pequeñas motas nubosas que flotarán sobre el agua por más tiempo, pero también condenadas a desaparecer sin dejar rastro. El camino de la margen derecha del río está en penumbra, la tierra húmeda presenta un color oscuro, negruzco. Hay pisadas de jabalíes en el barro y también las huellas de Claudia, que ayer al atardecer estuvo allí.

—Pero, señora, ¿qué pasó? ¿A quién le cortaron el dedo?

Es la segunda vez que María Fernanda se lo menciona.

La sirvienta, sentada en el sofá, se inclina hacia delante sin retirar la vista del paquete negro que hay sobre la mesita de cristal.

Claudia ha estado observándola, agazapada tras el cristal de la ventana del primer piso, antes de hacerla entrar en casa y obligarla a sentarse un rato. El comportamiento errático de María Fernanda, dudosa entre dejar el paquete en el suelo, llamar a la puerta o marcharse, anunciaba el mal presagio, al tiempo que la delataba. La sirvienta conocía el contenido de la cajita negra. Claudia le acaba de traer un vaso de agua para aliviarla.

Aún le llega el olor a tierra mojada cuando apoya la cabeza en la mano. Cierra los ojos y, por un momento, se olvida de la presencia de María Fernanda. Siente una extraña sensación de alivio y bienestar, a pesar del cruento desenlace, tal vez por haberse acabado el sufrimiento de tan angustiosa espera y haber vertido la tristeza anticipada en millones de lágrimas.

Recuerda la primera cajita negra que recibió de manos de su padre. Le había confesado que estaba embarazada el día anterior. Han pasado veintiséis años. En su vientre llevaba al hijo de aquel hombre que su padre había hecho prisionero un año antes. Ella se había enamorado de él y pretendía salvarlo, pero no lo consiguió, sino todo lo contrario.

Se llamaba Pedro, o ella lo llamaba así, puesto que él decidió ocultar su verdadero nombre por miedo a que Onofre Vila pudiera localizar a su familia. Su padre lo tenía encerrado en una habitación de la casa, que después demolieron para construir la mansión, donde vivían por aquel entonces. Nunca supo las razones exactas de su secuestro, aunque siempre imaginó que debía de guardar relación con aquella esmeralda de tamaño desproporcionado que Onofre había encontrado años atrás. Pedro prefería no hablar de ello —el patrón lo acusaba de ser un ladrón y un avaricioso— y le suplicaba que no acudiera a la policía porque podría poner en riesgo a sus familiares. Encontrarían la manera de escapar si eran pacientes. Pero, cuando Claudia quiso reaccionar, ya era demasiado tarde.

Su padre le prohibió verlo, la amenazó con matarlo y le entregó el primer dedo de Pedro para que sirviera de advertencia.

Aquel día escapó de casa de su padre tras enfrentarse a él. No sabía adónde ir. Corrió en dirección al río como podría haberlo hecho hacia la sierra. Por el camino lloraba sin cesar, se tropezaba, se caía, gritaba de rabia. Llegó a la ribera, sucia y agotada. Se sentó en una piedra de la orilla y metió el pie desnudo en el agua. No necesitó estudiar su reflejo como su padre acostumbra a hacer en los cristales —tampoco hubiera podido: el agua baja revuelta por ahí y es de un color verde pardo—, sino llevarse la mano a la barriga para sentirse culpable por haber puesto en peligro al bebé que crecía en sus entrañas desde hacía seis meses. Después, se tumbó sobre la hierba, dejó caer la cajita negra al suelo y lloró largo rato mientras miraba ese recipiente lleno de dolor.

Pasaron las horas hasta que logró recomponerse. Solo encontró una salida para afrontar aquella situación. Tenía que luchar por su hijo y por aquel hombre. A su lado había unos lirios hermosos, de modo que cavó un agujero con las manos en la base de las plantas y enterró el dedo de su amado entre las raíces. Para cumplir su propósito, valía más la pena quedarse en casa de su padre que escapar. Así podría tener a la criatura y estar cerca de su enamorado, aunque no pudiera estar a su lado, con la esperanza de liberarlo algún día. No lo ha vuelto a ver nunca más.

Unos meses más tarde, su padre también le arrebató a su hijo recién nacido cuando no había cumplido las veinte semanas. Tampoco ha vuelto a saber de él. Aquel día recibió el segundo dedo —el último hasta hoy—, un recordatorio para que supiera que el prisionero seguía con vida. Si le contaba a alguien lo sucedido, lo mataría.

Salió corriendo de casa de su padre en dirección al río como la primera vez, pero en esa ocasión lo hizo con un propósito. Tenía que encontrar aquellos lirios para enterrar el segundo dedo junto al primero.

Era una mañana helada de finales de otoño, tiritaba de frío mientras buscaba las flores. La ribera ya no era la misma, la vegetación estaba seca, las plantas mustias, las flores marchitas. Consiguió encontrar la planta gracias a la roca de la orilla. Hizo un agujero en el suelo con las uñas y depositó la cajita. Después, regresó a casa de su padre, cogió algo de ropa y dinero, y se marchó con la intención de no volver a poner un pie en aquella ciudad por el resto de sus días.

Pero, muy a su pesar, regresó cinco años más tarde. Durante aquel periodo había residido en la abadía de Santa María del Desierto, un monasterio de monjas del sur de Francia cercano a la ciudad de Toulouse, consagrada a Dios como único remedio para escapar de su triste pasado. Una noche abandonaron a un niño a las puertas de la capilla y convenció a la madre superiora para que la dejase quedarse con él. El niño tenía ocho o diez años y había perdido la memoria. Lo bautizaron a la mañana siguiente con el nombre de Sergi y ese mismo día se presentó con el niño en Balaguer. Su padre los recibió de buena gana, la ayudó a resolver ciertos asuntos burocráticos para legalizar la adopción y hasta pareció alegrarse de su vuelta. Mandó construirles una casa —donde se encuentra ahora— para que vivieran cerca de él, a un centenar de metros de la mansión que aún estaba en obras. Solo le puso una condición: no volver a interesarse por lo que había sido de Pedro.

En cuanto su padre le dio las llaves de su nueva vivienda, lo primero que hizo fue bajar al río para recuperar lo único que le quedaba de su amado. Encontró los lirios con sus flores radiantes al sol de mediados de junio y los trasplantó junto a las cajas con los dedos en su jardín, la más bella estela para recordar a Pedro. No hay primavera en que no haya disfrutado de sus flores ni día que no piense en él mientras los observa desde la ventana de su habitación al despertarse.

Ayer por la tarde bajó a la ribera del río; esa vez lo hizo con una sonrisa. No se podía hacer a la idea de que estuviese vivo después de tantos años. Tendría que esperar hasta el amanecer para acabar de creérselo. Caminó por la senda enfangada durante dos horas en busca de los lirios silvestres más radiantes que hubieran crecido esa primavera. Los arrancó con sus manos. El dolor que sintió mientras cavaba en la tierra —las piedrecillas clavándosele entre las uñas, la sangre en las yemas de los dedos— fue un dolor placentero, un dolor que ya no confiaba en volver a sentir.

Sin abrir los ojos, vuelve el cuello hacia la mesa del comedor; encima está el ramillete de lirios. Percibe el olor de las flores, su presencia inunda toda la estancia. Los plantará en el jardín junto a los otros. El agujero ya está preparado, la cajita acaba de llegar. Será el tercer dedo enterrado; la tercera vez que su padre cometa semejante acto de locura y que ella, en lugar de condenarlo, lo utilice para recuperar la esperanza de que la vida continúa.

Abre los ojos y mira a la sirvienta que, con la boca abierta, espera una respuesta.

—María Fernanda, ya puede marcharse —le indica mientras coge la cajita—. No desearía verla metida en un lío por mi culpa.

—Pero, señora, Santa Madre bendita, pero ¿qué pasó?

—Olvídelo, por favor. —Se levanta del sofá—. Vuelva para casa antes de que el señor Vila la eche en falta. No le haría ningún bien.

María Fernanda se pone de pie nerviosa por haberlo hecho después de Claudia. Su madre siempre le decía que fuera educada y que no preguntara más de la cuenta. «En este oficio te vas a encontrar y vas a ver cosas que jamás hubieras imaginado. Los señores, cuanto más tienen, más extraño se comportan». Su mamaíta tenía razón, en esa casa ya ha vivido varias situaciones de lo más extrañas. Se dirige a la puerta con la cabeza gacha. La señora así lo ordena y el señor es buen pagador. Si ha visto el dedo ensangrentado es porque ella se lo ha buscado. La curiosidad no es virtud en su trabajo, sino defecto y motivo de despido.

—Lo siento, señora, todo ha sido culpa mía —se despide con cara de niña arrepentida tras haber copiado en un examen.

—No se preocupe —la compadece con una sonrisa.

La acompaña hasta la puerta, se despide y regresa al sofá. Abre la cajita negra, coloca el dedo en su mano. Está frío, pálido y arrugado. El tajo ha sido limpio, hecho con un arma blanca bien afilada por una persona diestra en el macabro arte del desmembramiento. Tal vez su padre lo aprendiera en la guerra o en aquellas matanzas del cerdo de las que alguna vez le ha hablado. Recuerda la delicadeza con que esas manos la tocaron el primer día, aquel hormigueo que le erizó todo el vello del cuerpo, un calor descontrolado emanando desde lo más profundo de su corazón. Una relación amorosa que para Pedro quizás solo duró una noche, pero para ella toda la vida. No ha habido otro hombre después, ni lo hubo antes.

Coge la cajita, se levanta, ase las flores y sale al jardín situado en la parte de atrás de la casa. Rompe a llorar cuando ve los lirios ahí plantados, se acerca a ellos y se tumba a su lado.

Terrassa. A continuación

Siete proyectiles en blanco y negro, calibre siete milímetros, de largas vainas y procedencia española. El inspector Font deja la fotocopia sobre el montón de papeles que hay en el asiento del acompañante. Ha estado revisando los informes balísticos y forenses que le entregaron ayer al finalizar la jornada. Sale del vehículo, un Seat Córdoba plateado, y, antes de cerrar la puerta, mira una vez más la fotografía. Esa imagen podría ayudar a resolver el caso en cuestión de horas. A pesar de la impaciencia que le oprime, se abstiene de llamar a los compañeros encargados de rastrear la munición y comprobar los registros de armas.

En todos los culotes aparecen las siglas «FNT 1929», que se corresponden con la Fábrica Nacional de Toledo y el año de fabricación. Gran parte del armamento relacionado con la Guerra Civil española está en posesión de coleccionistas o anticuarios, situación por la cual la mayoría de las transacciones quedan registradas. El arma empleada también es singular, un rifle Máuser del año 1893 o el modelo español de 1898. Si el asesino compró las balas o es el propietario de uno de esos rifles, tendrán muchas posibilidades de identificarle, la lista no puede ser muy extensa.

Se detiene junto a la fosa donde rescataron los cuerpos hace tres días. La mañana es fresca, pero el sol, en un cielo sin nubes, le hace sentir calor. Tal vez sea más producto de su cuerpo destemplado —solo ha dormido un par de horas— que de los veinte grados de temperatura. Ha pasado la noche estudiando los informes, memorizándolos, realizando anotaciones —elementos, distancias, fechas y cálculos— en unos papeles que en estos momentos están esparcidos por el salón de su apartamento. Ha regresado a la escena del crimen para asegurarse de que no se le haya escapado ningún detalle.

La parcela, delimitada por calles recién asfaltadas, mide cincuenta por cincuenta y seis metros. El antiguo embalse ocupa la mitad izquierda, de norte a sur. Los planos iniciales de la urbanización mostraban cómo este, antes de ser desmontado —en la parcela contigua ya han excavado los cimientos de los nuevos edificios—, tenía una longitud de cien metros.

Trepa por el terraplén hasta el borde de la balsa. En su interior crecen las malas hierbas; sus compañeros inspeccionaron el terreno rama por rama y no hallaron nada. Mira hacia el norte. La urbanización finaliza dos calles más abajo. Un camino de tierra pasa por debajo de la autopista y asciende en línea recta hacia la sierra. Hay algunas masías en esa dirección, rodeadas por campos de cereales y zonas boscosas. Hasta principios de la década de los noventa, ese camino constituía el único acceso al embalse, la única conexión entre esas masías y la ciudad. El asesino tuvo que utilizarlo en el primero de los crímenes.

Ayer tomaron declaración a la decena de obreros que habían estado trabajando en la parcela durante las últimas semanas. El resultado fue el mismo que el primer día: nadie detectó ninguna cosa extraña las jornadas previas al hallazgo de los cuerpos. El conductor de la excavadora juraría que el terreno donde se encontraron los cadáveres no presentaba signos de haber sido removido. El empleado de seguridad se reafirmó en su argumento; allí era imposible que hubiera entrado alguien sin que él lo hubiese visto, menos aún que se hubiesen producido disparos. Este último apunte de su declaración es desconcertante. La segunda víctima recibió seis disparos con un arma antigua que debió hacer audibles sus descargas en varios kilómetros a la redonda. Más plausible es que el empleado de seguridad no hubiera visto a nadie; a pesar de que el asesino necesitara entre dos y cuatro horas para enterrar los cuerpos —no hay duda de que debió de hacerlo de noche—, no sería el primer caso de un vigilante seducido por las garras de Morfeo.

Aún están investigando a todos los trabajadores, aunque posiblemente será una pérdida de tiempo. El primer cadáver llevaba muerto más de cuarenta años y ninguno de los empleados supera la cincuentena, eran solo unos niños cuando se cometió el crimen. Tampoco son de la zona. Como el empleado de seguridad, el resto también llegaron hace unos meses a la ciudad desde otros puntos de España, mediante una subcontrata, para trabajar en esa obra en concreto.

La investigación se encuentra en un *impasse* debido a la dificultad para identificar a las víctimas. No han podido determinar el móvil de ninguno de los crímenes ni tienen a ningún sospechoso. Un cura, de los más viejos de la ciudad, pareció reconocer a uno de los hombres, pero después se retractó. Esa es la única vía abierta por el momento —la posibilidad de que esos hombres estuviesen relacionados con la Iglesia— y no piensa descartarla. Aunque el obispo en persona les haya manifestado de manera rotunda que no ha desaparecido ningún sacerdote desde la Guerra Civil, los terrenos donde han encontrado los cadáveres pertenecían a la parroquia de San Pedro de Terrassa y las víctimas vestían como si fuesen religiosos. Esta tarde empezarán a interrogar a los vecinos de las masías que asoman en la distancia. Alguno tuvo que oír los disparos.

Desciende por la ladera del terraplén y se sube en el coche. Mira de reojo la fotocopia. Proyectiles de cincuenta y siete milímetros. Uno de ellos mató a la primera víctima, lo encontraron entre la tierra, sus dimensiones coinciden con el orificio que presentaba en el cráneo. Seis más sacados de las entrañas del hombre que fue asesinado con ensañamiento hace unos días. ¿Cómo no se dieron cuenta cuando desenterraron el cuerpo? La tela de su túnica estaba tan deteriorada y mezclada con el barro que no acertaron a adivinar los agujeros de los balazos en el pecho y el abdomen. El criminal, según el forense, insatisfecho con tan excesiva cantidad de plomo, lo degolló como a un cerdo cuando aún estaba con vida.

Balaguer. A continuación

El termómetro del Ferrari marca veintitrés grados. Sergi se apea del vehículo arreglándose el cuello de la camisa. El ventilador del motor se acaba de poner en funcionamiento. Mientras rodea el coche, ve la ingente cantidad de insectos aplastados que hay en el capó rojo metalizado y en los faros delanteros. Le dan asco.

Mohamed, el jardinero de la finca, se acerca para hacerse cargo del deportivo. Pasa por su lado sin mediar palabra ni saludarle y abre la puerta del conductor. Él se lo queda mirando, con gesto de desdén y con la barbilla alzada, y le recalca, antes de que el muchacho cierre la puerta, que se asegure de limpiarlo bien, señalándole la parte delantera del vehículo. Después permanece inmóvil, siguiendo el deportivo con la mirada, hasta verlo desaparecer por el lateral de la mansión.

El caserón de su abuelo parece más propio de una estrella de Hollywood que de un campesino venido a más: el impresionante edificio, el camino adoquinado de cien metros que asciende desde la carretera y que acaba formando un óvalo en el jardín con una franja en medio que lo divide en dos, así como las dos majestuosas fuentes sobre el césped, están acabados con mármol blanco traído expresamente de las canteras de Novelda. A esta hora del día el sol se estrella inmisericorde contra la fachada principal, produciendo un sinfín de centelleos en la piedra blanca que conceden a la mansión el aspecto de estar esculpida en diamantes. A la primera planta se accede mediante una enorme escalinata que parece desparramarse por el jardín; ocho gruesas columnas de estilo clásico sostienen el segundo piso, todo acristalado en la fachada principal, a más de seis metros de altura.

Estar delante de la casa de su abuelo le hace sentirse incómodo. Siempre que visita a su madre —la última vez fue hace tres meses—, bordea el edificio e intenta no mirar en esa dirección.

Se frota los párpados con las yemas de los dedos mientras menea ofuscado la cabeza. No sabe qué hace aquí. Camina hacia la entrada. Mira a los lados, miradas vacías al acecho de una presa con quien descargar su ira. Le da un puntapié a una piedra, que salta por los aires y va a parar al césped. El calor, las tres horas de asfalto por culpa de unas obras y la falta de sueño no han hecho más que reforzar su convencimiento de que abandonar el apartamento no ha sido la decisión correcta. Si su madre no se hubiese puesto tan nerviosa, todavía estaría en Llançà con Mónica.

Comenzó a practicar actividades sexuales sadomasoquistas a los pocos meses de mudarse a Londres para estudiar en una de sus universidades más elitistas. Un compañero de estudios lo introdujo en el mundillo. Se convirtió en una adicción desde el primer día. Nunca se lo ha contado a Mónica, pero sí le ha insistido en introducir algunos juegos en la relación, que ella siempre ha rechazado. Después de la última experiencia ha descubierto que al placer ofrecido por la realidad es imposible ponerle un precio: ni las profesionales más cotizadas son capaces de despertar emociones tan profundas. El miedo lo cambia todo. Ella se lo ha buscado. Al fin y al cabo, no ha sido para tanto. Solo un poco de sexo. Le puede estar agradecido por no haberle hecho daño y por haberla dejado marchar.

Alza la vista hacia la mansión alertado por un movimiento en la segunda planta; ha tenido la sensación de que una sombra se movía retirándose del cristal. Maldito viejo, ¿qué querrá ahora después de tanto tiempo?

Onofre Vila no se ha perdido detalle del progreso del coche desde que ha aparecido tras los cipreses que protegen la senda adoquinada en el primer tramo. Ha esperado la llegada de su nieto —ora de pie junto a la cristalera, ora sentado en su butacón reclinable encarado en la misma dirección— durante más de cuarenta y ocho horas. En ese lapso de tiempo, ha visto cómo los cipreses despertaban a dos amaneceres y sucumbían al ocaso el mismo número de veces, difuminándose en la negrura tras proyectar unas sombras funestas y alargadas que se iban extendiendo hacia el valle hasta ser engullidas definitivamente por la noche. Tampoco han escapado a su mirada las garzas reales que sobrevuelan los melocotoneros y manzanos ni el continuo cambio, según la hora del día o dirección del viento, de tonalidades níveas a verdosas en las hojas de los chopos y olmos que conforman la ribera del río.

Su fijación en el camino ha sido tan intensa que, para no abandonar el salón, pidió a María Fernanda que le trajera el orinal. Ha realizado todas las comidas sentado en el sillón, ha dormido ahí mismo y, aunque apenas ha tenido apetito, se ha tomado tres cafés por día. Para que la sirvienta no le distrajera ni le recordara las advertencias del médico, le ha prohibido la entrada si él no le daba antes permiso. Ni siquiera ha dejado que sacara el polvo ni limpiara los cristales y, por primera vez después de diez años desde que acordaran sus servicios, le ha dicho que no quiere leer el periódico.

Se retira a la habitación para asearse y cambiar el batín por un traje. Mientras tanto, piensa en su hija. Él ha sido claro en sus condiciones y Sergi ha llegado unas horas tarde. No ha tenido más remedio que cumplir su amenaza. Ella ya debería saber que su padre nunca falta a su palabra.

Sergi agarra el picaporte de la gran puerta de madera de más de cinco metros de altura, con la intención de desahogar en él todas sus preocupaciones, cuando oye el ruido de la puerta al abrirse. María Fernanda aparece detrás y le sonríe con un extraño ademán nervioso que le hace temblar el labio superior. Se deshace de ella con la misma mirada de desprecio que ha dedicado al jardinero y enfila las escaleras que conducen a la segunda planta.

Al entrar en el salón, ve las mantas y los cojines desordenados encima del sillón; las tazas de café vacías y los platos con restos de comida en la mesita; las marcas grasientas de dedos y otras partes del cuerpo sin definir en la cristalera. Ese ambiente enrarecido, en la siempre pulcra y ordenada casa de su abuelo, contribuye a alimentar, aún más si cabe, la inquietud y ansiedad por no comprender los motivos de su visita.

Para relajarse mientras aguarda a su abuelo, decide contemplar la colección de arte que abarrota las paredes y parte del suelo del salón. Los tres muros están recubiertos de retablos, pinturas, libros y esculturas dispuestos de tal manera que apenas se puede distinguir un ápice de la pintura marrón de la pared. Todas las piezas pertenecen a la Edad Media, son de estilo románico o gótico y proceden en su mayoría de Cataluña o zonas limítrofes. El valor de las obras es tal que muchas de ellas obtendrían un lugar destacado incluso en el

Museo Nacional de Arte de Cataluña, que cuenta con una de las colecciones más destacadas a nivel mundial en la materia.

Conoce la disposición de las piezas de memoria. Hay ciertas obras que siguen despertando su asombro y curiosidad, a pesar de haberlas visto centenares de veces. Ahí siguen los cristos tallados en madera policromada que le vigilan con los ojos abiertos; las macabras escenas de muertes de santos en retablos y pinturas murales; las ilustraciones en libros antiquísimos de pasajes bíblicos con sus castigos, relatos épicos, enseñanzas o advertencias con la finalidad de adoctrinar al vulgo iliterato, acompañadas de textos explicativos en latín, catalán, castellano o provenzal.

Se detiene junto a la única incorporación que su abuelo ha realizado en su ausencia. El códice está dentro de un expositor hermético con la temperatura y humedad controladas. Tiene que ser muy valioso para que su abuelo lo haya colocado en el centro de la pared principal, la opuesta a la cristalera. El ejemplar, abierto por la mitad, contiene una ilustración que ocupa todo el espacio de la página izquierda. Se fija en las tonalidades densas de los colores, oscuros y cálidos al mismo tiempo, como vestigios de una época caracterizada por la ausencia de luces en una Europa dominada por las sombras. Cierra los ojos y se imagina al eclesiástico que, encerrado en una habitación de piedra negra y paredes mohosas, daba pincelada sobre pincelada a la luz de un candil. Es viejo, su vista cansada le hace inclinarse sobre el papel para controlar que ningún pelo del mechón del pincel invada los demás colores en su lento desliz. Cuenta una historia estructurada en tres cenefas que le sirven para delimitar verticalmente los niveles de sus miedos y sus creencias.

En la parte superior aparece el Cristo todopoderoso, vestido con una túnica verde y con un libro en blanco en las manos, sentado en el trono, dentro de una mandorla circular anaranjada sostenida por dos serafines. En las dos franjas siguientes hay muchos personajes: unos parecen predicadores;

los otros, sus oyentes. Se fija en el color de sus cabellos. Cuenta cabezas de pelo canoso, cetrino, rubio o negruzco. Hay doce hombres en la cenefa central, trece en la inferior. Podrían representar a los doce apóstoles, puesto que ese es el número total de predicadores entre las dos viñetas. No satisfecho con su interpretación, comienza a leer el comentario de la página siguiente, convencido de que entre todas esas palabras latinas escritas a dos columnas y caligrafía visigótica reside la solución al acertijo.

Hubo una etapa en su adolescencia en que su abuelo lo obligó a que aprendiera a leer y escribir en latín como si no hubiera necesidad más importante en la vida. No recuerda el año con exactitud, pero sí las innumerables tardes de verano encerrado en casa para finalizar las lecturas, traducciones y resúmenes que tenían que superar el estricto rasero impuesto por su abuelo. La satisfacción que lo embriaga al comprender las dos primeras frases del texto le hace olvidarse de los esfuerzos pasados. Sonríe mientras inspira cargado de orgullo y mira hacia la derecha como si buscara la aprobación de un público conocedor de su talento. El semblante se le marchita cuando ve a su abuelo observándolo bajo el dintel de la puerta.

—Por fin has llegado —lo amonesta Onofre Vila.

Se le acerca, apoyándose en el bastón, a paso lento, mirándolo a los ojos.

Le extraña no encontrar en él esa expresión desafiante que le caracteriza. Le aguanta la mirada mientras se yergue despacio —estaba inclinado sobre la vitrina— con la espalda recta como si fuera un autómata.

—¿Qué te parece? —le pregunta su abuelo cogiéndolo por el codo para estabilizarse. Con la otra mano, sin soltar la garrota, se aferra con sus dedos torcidos a la esquina del expositor.

—Está en perfecto estado —le responde—. La ilustración es espectacular. Estaba leyendo el comentario.

—¿Y ya has averiguado de qué códice se trata?

—Todavía no —suspira—. Si me deja...

—*Y los muertos fueron juzgados según lo escrito en los libros* —le interrumpe—, *en ellos se encuentra el reflejo exacto de la vida de cada ser humano.* —Hace una pausa para darle tiempo a reflexionar. Vuelve a suspirar—. *El libro de la vida del cordero, que es don de gracia y perdón, fue entregado en favor de los humanos* —prosigue su abuelo con carácter solemne—. *La salvación está abierta para todos aquellos que se inscriban en el libro y se dejen salvar por Cristo.*

—El Juicio Final —razona en voz alta—. Esto le da un significado diferente.

—Muy bien. —Le aprieta el brazo—. Dime, ¿cuál es el título del manuscrito?

—Abuelo, hoy no tengo el día para adivinanzas —le dice con sequedad—. ¿Para qué quería verme?

Onofre Vila se pone colorado, se le hinchan las venas del cuello, arruga la nariz. El gesto tira de sus labios hacia arriba y deja al descubierto unos colmillos manchados de sarro más largos que el resto de los dientes. Abre la boca para regañarle —le tiembla la mandíbula—, pero se abstiene. Toma una gran bocanada de aire, acompañada por el sonido de lo que parece ser una incipiente bronquitis, y suelta el aire despacio por la boca. El último aliento suaviza la fiereza de su rostro.

—Hace un par de semanas que lo recibí. —Respira entre palabras, como si estuviese sediento—. Este códice es uno de los más valiosos que se conservan en el mundo entero, se merecía estar en uno de los lugares más destacados de mi colección.

—¿Un beato? —pregunta, incrédulo.

—Efectivamente, el Beato de Liébana de La Seu d'Urgell —enuncia su abuelo con arrogancia mientras desliza la mano por el cristal—. Más de mil años de existencia se le atribuyen y, como todos los relacionados con el Beato de Liébana, contiene comentarios al Apocalipsis de san Juan. En esta página en concreto, se puede ver al Cristo triunfante, el Pantocrátor, representando a Dios como principio y fin de todas las cosas, dispuesto a juzgar a la humanidad en el día del Juicio Final

—carraspea al finalizar la frase—. ¡María Fernanda, tráeme un vaso de agua! —grita, malhumorado.

—Lo recuerdo, me hizo leer tres códices diferentes del Beato de Liébana en menos de un mes —le replica con sorna—. Creía que después de su robo la policía lo había recuperado.

—Ilusos —se ríe su abuelo—. Se llevaron una copia. Les hicimos seguir una pista falsa, pero no te creas que me salió gratis, tuve que pagar una buena suma de dinero a la policía. También al ladrón, aunque ese muchacho es un genio, nunca llegué a pensar que se atrevería con piezas de este calibre. En cualquier caso, ahora está aquí. Ya sabes que, para el arte y los coches, el dinero nunca me ha importado.

Su abuelo cierra los ojos un par de segundos, el rostro se le endurece. Después, los abre y, tras una respiración prolongada, le advierte:

—No vuelvas a llegar tarde.

Sergi no le estaba prestando atención, pensaba en el robo del Beato de Liébana. Recuerda las historias que su abuelo le contaba acerca de algunas de las obras de arte que hay en el salón. Crónicas de buscadores de tesoros, ladrones, matones, mafiosos, policías a sueldo y delincuentes de toda índole. Personajes que conforman el entramado de un mercado negro, tan descarado e impune que es capaz de legalizar la mayoría de las piezas mediante la colaboración de las casas de subastas más prestigiosas. A pesar de la procedencia ilícita de las obras, estas empresas basan su inocencia en la falta de reclamaciones por parte de los propietarios. Las víctimas de este expolio suelen ser los Estados, víctimas también de su propia incompetencia y apatía para defender su patrimonio.

«No vuelvas a llegar tarde». El subconsciente rescata la última frase de su abuelo y se la escupe a la cara. Un escalofrío le recorre el espinazo. Lo mira de reojo —el anciano da un sorbo al vaso de agua que le ha traído la sirvienta y se retira ensimismado hacia la cristalera— y se frota la mano derecha con la otra mano. Nota los surcos de las cicatrices en los cuatro dedos. «No vuelvas a hacerlo», le había advertido en aquella ocasión al enterarse de que había suspendido dos asignaturas en el primer semestre de la carrera de Historia. Cuando le comunicó el suspenso en Arte Medieval del segundo semestre, con un cuatro coma siete, estaba en este salón. Su abuelo entró en cólera, comenzó a insultarlo; después, se fue por el pasillo, regresó con aquella escopeta antigua que conservaba de la guerra y le puso el cañón del arma en el pecho. Lo obligó a caminar hasta la habitación, abrió un cajón de la mesita. Allí guardaba aquel aparato medieval de tortura: una tabla de madera con una especie de anillas de hierro donde meter los cinco dedos de la mano y una más grande para apresar la muñeca. Le obligó a poner la mano en ese artilugio. Después, sacó el cuchillo. Le hizo un corte de ida y vuelta en todos los dedos, a excepción del pulgar, mientras le amenazaba con cortárselos enteros la próxima vez.

Siente un mareo al revivir aquel suceso: la sangre goteando en el parquet, la orina bajándole por la pierna. Las sensaciones son igual de intensas pasados seis años.

Superó el trance sin la ayuda de nadie. A su madre le dijo que fue un accidente con el cortacésped; defendió esa versión hasta la saciedad, a pesar de la insistencia de ella en que le contara la verdad. Pero en ciertas cuestiones es imposible engañar a las madres y los hechos demostraron que no lo consiguió. Su madre no se habló más con el abuelo desde aquel día. Mónica es la única persona a la que le ha confiado su secreto.

Ya no hubo más suspensos. Finalizó la licenciatura de Historia con calificaciones brillantes. Hecho por el que su abuelo le perdonó y hasta acudió a la ceremonia de graduación. Esa ha sido la única ocasión en la que lo ha acompañado. Nunca ha permitido que los vean juntos en público, salvo dentro de los dominios de sus terrenos y empresas.

Sin embargo, la indulgencia de su abuelo duró menos de un verano. Enloqueció de nuevo cuando le comentó que estaba decidido a mudarse a Londres para estudiar Económicas. Tuvo que escapar corriendo de la mansión para salvar la vida. Tres imágenes se le quedaron grabadas para la posteridad: el capitel románico al romper la cristalera del salón; el cáliz plateado volando hacia él cuando corría por las escaleras y que acabó por impactarle en el hombro; el retrovisor del Ferrari saltando en mil pedazos tras un disparo en el momento que agarraba el tirador de la puerta para subirse en el deportivo y escapar de allí. Esa fue la última vez que se vieron. En septiembre se cumplirán dos años.

—¿Y tu corbata? —le pregunta su abuelo.

—En el coche —responde a la defensiva.

—Entonces, ya nos podemos ir.

Desde que lo ha visto entrar en el salón vestido con el traje negro, corbata a juego y camisa blanca, ha sabido que irían a algún sitio. Su abuelo no abandona la mansión de otra guisa, ni siquiera para salir al jardín. Se ha acordado de que ha traído la corbata y ha sentido alivio; su olvido siempre fue motivo de riñas y castigos.

Descienden en el ascensor hasta el garaje. Mohamed está frotando el capó del deportivo con una esponja. Sergi percibe la mirada de odio del jardinero cuando abre la puerta del deportivo para coger la corbata. Está a punto de recriminárselo, pero se contiene por estar su abuelo presente.

—Mohamed —dice Onofre Vila—, dale las llaves del Land Rover.

El jardinero duda un instante antes de dirigirse hacia la pared donde está colgada la caja con las llaves de los vehículos. Después, se acerca a Sergi y, tras mirarlo con suspicacia, se las entrega. Sergi se las quita de las manos con violencia y se vuelve para ver dónde está su abuelo. Al comprobar que se encuentra de espaldas, subiendo al todoterreno, agarra a Mohamed por el cuello y amaga con pegarle un puñetazo.

Apaga el motor del vehículo y saca las llaves. No han transcurrido ni cinco minutos desde que han abandonado la mansión. «Les Franqueses», le ha indicado su abuelo, siendo estas las únicas palabras que han intercambiado durante el trayecto. No hacían falta más. Por esos campos correteó centenares de veces acompañado por la dulce sonrisa de su madre; también es donde aprendió a montar en bicicleta tras varias caídas que lo hicieron volver a casa llorando y con las rodillas ensangrentadas; donde se entrenó con ahínco para conseguir lanzar las piedras hasta la orilla opuesta del río.

Al salir de la mansión han seguido por la C12, la carretera que discurre paralela al cauce del Segre y que une las poblaciones de Balaguer y Lleida, en dirección a Balaguer. Se han desviado a la derecha al cabo de un kilómetro para bajar hacia el río. El camino —asfaltado en el primer tramo, de gravilla después— que lleva hasta la finca de Les Franqueses está rodeado de campos de trigo y alfalfa, así como de melocotoneros y manzanos que en esta época del año ya han perdido casi todas sus flores.

El viejo se habrá puesto nostálgico y querrá visitar la pequeña casucha que le sirvió de hogar a su llegada a estas tierras, y que hoy no es más que un cobertizo abandonado, para aleccionarle con algún sermón de los de antaño, cavilaba Sergi entre recuerdos de infancia mientras conducía, cuando su abuelo le señaló con el dedo el desvío que lleva al monasterio de Santa María de Les Franqueses. Receloso, obedeció sus órdenes y siguió por el camino sin salida que desemboca en la explanada de la iglesia.

El monasterio se encuentra a menos de doscientos metros del terreno de tres hectáreas que adquirió su abuelo hace casi cincuenta años después de emigrar de Terrassa. En la actualidad, la finca de Les Franqueses cuenta con veinte hectáreas de superficie cultivable e incluye el monasterio también en propiedad. Si dependiese de su abuelo, habría comprado toda la franja de cultivos, de unos cinco kilómetros de longitud, que se extiende desde Balaguer hasta el pueblo de Menàrguens, entre la carretera y el río; pero la reticencia de los payeses de la zona a vender sus tierras, incluso multiplicando por diez su valor de mercado, le hizo desistir hace ya algunos años. Esa gente de campo, con sus fincas heredadas generación tras generación, es tan testaruda como el viejo; comparten la misma filosofía de vida, adquirida de nacimiento, en la que importa más cada metro cuadrado de tierra donde poder clavar la pala que la cantidad de ceros en la cuenta bancaria.

La abadía de Santa María de Les Franqueses apenas es un espejismo de lo que llegó a ser tiempo atrás; el único edificio que se mantiene en pie es la iglesia de estilo románico. Fundada en el siglo XII por los condes de Urgell bajo el amparo de la orden del Císter, fue regentada por monjas hasta finales del siglo XV, cuando, debido a la falta de fondos y a los aires malsanos que se respiraban en el lugar —porque las aguas se encharcaban y los vapores que se levantaban corrompían los aires y a sus habitantes—, decidieron clausurarla. A partir de aquel momento, el priorato de Poblet, al que rendían tributo, se hizo cargo de las tierras de la abadía hasta su venta a un particular en el año 1700.

El anciano baja del todoterreno ayudándose con el bastón y se dirige a la iglesia. Avanza rápido, con pasos cortos y arrastrando los pies. El polvo que levanta se adhiere al betún de sus zapatos negros. A pesar de que la chepa le obliga a mirar hacia el suelo, se esfuerza por mantener la cabeza erguida. Varias palomas levantan el vuelo y se alejan ante la presencia de los recién llegados; volverán más tarde; ellas son las únicas residentes del convento, donde cohabitan con las malas hierbas que crecen por la mayor parte del tejado y entre las fisuras de la malgastada piedra.

Sergi le sigue a un par de metros de distancia. Ha tenido que dar unas cuantas zancadas para alcanzarlo. Desconfía de las intenciones de su abuelo para haberlo llevado al monasterio; de pequeño siempre le prohibió la entrada. Soñó muchas noches con entrar en la iglesia y descubrir los tesoros fantásticos que se escondían allí dentro. En estos momentos el temor supera a la curiosidad y teme por su vida. Pero quizás se equivoque y hoy no sea el día que entre en la iglesia. Su abuelo ignora el pórtico principal y se dirige hacia el ábside, en dirección al río, sin fijarse tampoco en la pequeña puerta que hay en el transepto. Rodean el ábside y llegan a la fachada sur.

Onofre Vila deja el bastón apoyado en la pared de piedra amarillenta y comienza a sortear los restos de muros —algunos superan la altura de sus rodillas— que pertenecieron al antiguo claustro y a otras estancias de la abadía antes de su decadencia. Se detiene junto a la tercera y última entrada de la iglesia, una puerta pequeña de arco como la del pórtico principal, a la sombra de un árbol que ha crecido silvestre. Comienza a rebuscar en los bolsillos de la americana. Las gotas de sudor se condensan en los pliegues de su arrugada frente y amenazan con resbalarle hasta los ojos. Sergi piensa por un instante que está buscando un pañuelo. Ese pensamiento absurdo se disipa cuando su abuelo mete la mano en el bolsillo del pantalón, saca una llave y la introduce en la cerradura. La puerta comienza a abrirse de forma automática precedida de tres pitidos electrónicos.

—Usted primero —le dice a su abuelo con cierta reserva.

—Llevarás mucho tiempo esperando este día —manifiesta el anciano, secándose el sudor de la frente con un pañuelo— y te habrás preguntado cientos de veces qué es lo que guardo con tanto celo en el interior.

—Más o menos, me hago una idea —le responde sin mirarlo a la cara.

—No lo creo —le replica Onofre Vila, enarcando las cejas con gesto burlón—. Adelante —lo invita a entrar con la mano.

—Usted primero —repite él con un deje nervioso en la voz—, por favor.

—No seas ingenuo —se ofende su abuelo—, si quisiera hacerte algún mal, no me habría hecho falta traerte hasta aquí.

Su abuelo se echa a un lado para dejarlo pasar. Él lo mira con desconfianza y cruza el umbral para adentrarse en la oscuridad del templo. No es tal en el interior; el contraste del sol del mediodía, reflejado en las paredes claras del edificio, engañaba a los sentidos. Su visión se adapta a los pocos segundos. Multitud de haces de luz se cuelan por las brechas de los muros en su parte más alta, los ventanucos y los agujeros del tejado, como una lluvia de alfileres. Los rayos descubren legiones de motas de polvo en suspensión alborotadas. Las intenta dispersar con la mano. Las motas se revelan, ruedan en círculo y retornan a la posición inicial para continuar su baile de música infinita.

Se percata, por el rabillo del ojo, de la presencia de dos cámaras de seguridad protegidas por unas urnas de cristal. Una situada en la pared del crucero que tiene enfrente, bajo el gran rosetón con la figura de una cruz en el centro, y que le ha parecido ver que se movía ligeramente; la otra, sobre el pórtico principal al fondo a la derecha. Sospecha que no deben ser las únicas. Es probable que haya otra sobre su cabeza o en el ábside, aunque no se molesta en localizarlas. Su abuelo utilizará la iglesia como almacén para obras de arte. No puede haber otra razón que explique la puerta blindada con doble capa de acero por la que acaban de entrar ni las excesivas medidas de vigilancia.

Avanza cuatro o cinco metros hasta situarse bajo el crucero de la iglesia. Da una vuelta sobre sí mismo para inspeccionar el edificio. Está vacío, se sorprende. Ni pinturas en los muros, ni retablos en el ábside, ni obras de arte apiladas por los rincones; ni tan siquiera hay altar. La única decoración presente, si se la puede catalogar como tal, son los dos sepulcros que hay en el centro de la nave. Camina hacia ellos con la certeza de que, sea lo que sea que esconde su abuelo, está dentro de esas tumbas.

Las lápidas son completamente lisas y del mismo tipo de piedra arenisca que el resto del monasterio. Desliza la yema de los dedos por una de ellas en busca de alguna inscripción que pudiera haber quedado oculta bajo la gruesa capa de polvo. La suciedad no esconde nada. Se sacude las manos mientras se vuelve para preguntar a su abuelo.

—¡Maldita sea! —maldice al darse cuenta de que lo ha perdido de vista.

Retrocede dos pasos, vuelve el cuello de un lado para otro buscándolo. Recuerda haberlo visto entrar detrás de él y cerrar la puerta. Es como si su abuelo se hubiese desvanecido en el aire cargado de la iglesia y escapado por entre los muros. Corre hacia la puerta, con el miedo de verse atrapado, para comprobar si sigue abierta.

—¿Dónde vas, Sergi? —La voz del anciano resuena amplificada por la excelente acústica del edificio.

El susto provocado al oír esa voz de ultratumba le hace detenerse en seco.

—¿Qué haces ahí de rodillas en el suelo? —le pregunta cuando lo ve agachado entre los dos sepulcros.

Su abuelo no responde. Sergi se acerca a él para ver qué hace. El viejo está picando la tierra incrustada entre dos baldosas, de las pocas que hay en el suelo de la iglesia, con una llave; después, sopla la arenilla que ha quedado suelta, agarra la baldosa por el borde, como si fuera un gato que con las uñas se aferra a lo alto de una tapia, y tira de ella con empeño. La baldosa no se mueve. Su abuelo suelta un gruñido de impotencia.

—Déjeme probar a mí —se ofrece.

El silencio significa permiso; si no, se lo hubiera hecho saber. Se arrodilla junto a él, mete la mano en el bolsillo trasero de los vaqueros y saca una navaja. La había traído como defensa ante un previsible conflicto; a la mínima sospecha de que su abuelo pretendía hacer uso de la escopeta, se la hubiera puesto en la garganta.

Acuchilla la tierra de alrededor de la baldosa como si fuera el gaznate del viejo; después, limpia las juntas, la baldosa comienza a tener juego. Repite la operación hasta que consigue despegarla del suelo. Debajo se esconde una cavidad de forma cúbica y paredes de cemento, iluminada por una luz roja intermitente.

—Échate hacia un lado. —Su abuelo lo empuja con el brazo cuando se dispone a examinar el agujero.

El empujón le hace perder el equilibrio; apoya la mano en el suelo para evitar la caída. Aprieta el puño de la navaja. Como le vuelva a provocar, se la clava. Se reincorpora y observa los movimientos del viejo.

La luz procedía de dos ledes situados en una caja negra de plástico instalada en una de las paredes del receptáculo. El anciano abre la tapa, haciendo palanca con la llave. Saca un pañuelo blanco del bolsillo con sus iniciales bordadas en el centro y limpia el aparato. Después, coloca el dedo índice encima. Una línea verde tipo escáner reconoce su huella dactilar de arriba abajo. Las luces rojas se tornan verdes y se mantienen fijas.

Un fuerte golpe procedente de los sarcófagos hace que Sergi se ponga en alerta. Cuando se vuelve hacia esa dirección, se encienden tres focos de gran potencia colocados en el ábside. Entrecierra los ojos para protegerse de la luz. El suelo comienza a temblar. Oye el chirriar producido por la fricción entre dos piedras; siente el vello de sus brazos erizándose bajo las mangas de la camisa; se tiene que morder la punta de lengua para apaciguar la dentera. Se pone de pie y ayuda a su abuelo a incorporarse asiéndolo por el codo.

El anciano se sacude el polvo de las rodillas y fija la mirada en el sepulcro más a su vera.

Sergi sigue su mirada y descubre, fascinado, cómo la lápida superior de la tumba se desplaza longitudinalmente sobre su base con un movimiento lento pero continuo. Se acerca al sepulcro, de poco más de un metro de altura, e inclina la cabeza para mirar en el interior. La luz de los focos penetra en la tumba y dibuja una línea transversal en el suelo. También está vacía.

—No te impacientes —le dice su abuelo al ver su gesto desencantado.

Vuelve a mirar en el interior. La luz se ensancha conforme avanza hacia la pared posterior. Llega a un punto donde parece detenerse y empieza a retroceder. Abre la boca asombrado cuando comprende qué está sucediendo. La base de la tumba también se desplaza, pero en sentido contrario a la lápida superior.

El mecanismo que mueve las losas se detiene al cabo de tres minutos. La base de la tumba se ha desplazado la mitad de su longitud y ha dejado al descubierto una escalera estrecha y empinada que se pierde en la tenebrosidad del subsuelo de la iglesia.

El anciano se ha subido en una caja de plástico —en su día contuvo fruta de sus fincas, aún conserva sus apellidos serigrafiados en letras blancas desgastadas—, dispuesto a entrar en el interior del sepulcro. Levanta la pierna y arrastra el zapato por la pared con decisión, pero no consigue más que ensuciarse sin alcanzar siquiera un cuarto de su meta.

—¿No querrá subirse ahí usted solo? —le pregunta Sergi.

—Cállate —le recrimina su abuelo—. Hacía mucho tiempo que no venía. Anda, no te quedes ahí mirando y ayúdame.

Acata sus instrucciones y junta las manos para servirle de estribo. Su abuelo consigue encaramarse a la pared del sepulcro, se sienta en el borde y descansa en esa posición mientras recobra el aliento.

—Entra tú primero —logra articular el anciano entre respiraciones fatigosas—. Me ayudarás desde dentro.

Sergi salva la pared del sepulcro sin mayores apuros, agarra a su abuelo por las axilas y lo ayuda a bajar. Tan pronto como Onofre Vila pone un pie en el suelo, comienza a propinarle manotazos a su nieto para que le suelte.

—¡Basta ya! —se defiende Sergi.

No puede contener la risa, no hay nada que fastidie más a su abuelo que necesitar de la colaboración de alguien.

El anciano lo mira con gesto de odio y desciende por las escaleras. Pulsa un interruptor instalado en la pared unos peldaños más abajo. Se encienden tres bombillas que cuelgan del techo, la más alejada titubea y acaba por fundirse.

Otra vez el sonido brusco de activación del mecanismo. Le pitan los oídos. Ahora el temblor es ocasionado por la fricción de las lápidas; vibran los cimientos del edificio, se desprende arenilla del techo. La sensación es más angustiosa que antes si cabe, como si él formara parte de ese engranaje creado para su tortura. Vuelve la cabeza hacia atrás. Los focos del ábside se han apagado, la base de la tumba se ha puesto en movimiento, cerrándose sobre sus cabezas.

Onofre Vila continúa el descenso con los brazos abiertos para sujetarse en las paredes, pisando cada escalón con ambos pies. Las carcasas de cucarachas secas crujen a su paso; el sonido no le detiene, así como tampoco las numerosas telarañas que pueblan el corredor.

Sergi, por el contrario, trata de evitar cualquier tipo de contacto con los insectos disecados que atestan el suelo. Se detiene cada vez que las telarañas se le enredan en el pelo o le acarician la frente, para apartarlas minuciosamente, cogiéndolas entre los dedos índice y pulgar. A pesar de creerse en la guarida fúnebre de algún insecto prehistórico, su fobia no es tan paralizante como para hacerle perder la razón. Estudia las paredes de hormigón; el pasaje tiene que ser obra de su abuelo y no el camino hacia unas viejas catacumbas como ha pensado en un principio. Comienza a dudar de lo que el viejo pueda esconder ahí abajo. No parece el lugar más idóneo para almacenar obras de arte; demasiado polvo, y abarrotado de bichos. Además, a su abuelo nunca le ha importado exhibir sus posesiones más preciadas, aunque sean robadas, en el salón de la mansión. Expuesto en una vitrina está el Beato de Liébana que hasta hace unos años pertenecía al Museo Diocesano de La Seu d'Urgell, el robo de la década en España. Las pocas visitas que acuden a la mansión tienen prohibido el acceso a la segunda planta; su abuelo las recibe en otra sala, decorada con pinturas y otras piezas de arte contemporáneo, situada en el primer piso.

El anciano abre el candado de la puerta de barrotes de hierro que hay al final de las escaleras. Se adentra en la sala llevado por el mismo frenesí que le ha impulsado al salir del coche, pasitos cortos y el cuerpo echado hacia delante, y se dirige hacia la izquierda.

Sergi asoma la cabeza y lo ve alejarse. Alza la vista hacia el techo, está tan oscuro que le cuesta adivinar su altura. Entra muy despacio, como el que, sabedor de una sorpresa inevitable, ralentiza sus movimientos, creyendo que así logrará evitarla. La penumbra es total a su derecha; a la izquierda, una luz tenue y ondulante —su abuelo oculta la fuente con el cuerpo—, como la llama de una vela, baña el suelo y las paredes de un color verdoso. Inspecciona la sala: es de proporciones similares a la iglesia construida arriba y, para su desconcierto, tampoco encuentra ahí abajo los tesoros con los que siempre ha soñado. Observa a su abuelo, su extraña figura recortada a contraluz. Empuña la navaja —le tiemblan las manos— y se acerca a él. Onofre levanta los brazos en ese momento.

—¿Pero qué mierda es esto? —se dice Sergi en voz alta.

El viejo se ha puesto rígido, con la espalda tan erguida que es difícil comprender la desaparición repentina de la joroba. Sergi extrema la prudencia, da unos pasos hacia la derecha para acercarse por el costado. Entonces lo ve: ahí está el tesoro. Una pirámide tallada de un mineral verde luminiscente, expuesta sobre un pedestal de mármol negro, palpita como si fuese un corazón. Es tan grande que la base no cabría en la palma de su mano. Se aproxima un poco más, piensa que podría ser de jade o tal vez una enorme esmeralda, por esa translucidez apreciable en los intervalos donde la luz cobra mayor intensidad. La pirámide consta de siete caras pulidas a la perfección; le falta un trozo en la parte inferior, un corte irregular afecta a tres de sus aristas, como si alguien le hubiera dado un mordisco.

Onofre Vila se ha olvidado de su nieto. Permanece con los ojos cerrados frente a la pirámide. La luz verdosa ilumina su rostro desde abajo y, al combinarse con las sombras, le confiere un aspecto diabólico que parece surgido de una pintura surrealista. Baja los brazos hasta colocarlos en posición horizontal, extiende las manos. Sus dedos sobrevuelan la pirámide con movimientos suaves, parece acariciarla aun sin tocarla, sentir su tacto a distancia. Alza la cabeza, abre unos ojos completamente en blanco, la saliva se le escapa por entre los labios tersos y le resbala por el mentón. En plena efervescencia extática, su alma divaga por el pasado, profundiza en los recuerdos hasta llegar al momento en que su vida cambió, el origen de su poder y su riqueza, el día que encontró esa esmeralda: la piedra caída del Paraíso.

Se ha escrito más de lo que él desearía sobre sus éxitos, pero todos los que lo han hecho han fracasado, uno tras otro. Cronistas erráticos, afamados periodistas y catedráticos que no abandonaron el salón de sus casas y que no tienen la más mínima idea de lo complicada que es la vida. Sin esa piedra él no sería nadie, solo un campesino anónimo de los que miran al cielo todos los días y guardan sus escasos ahorros en latas de conserva bajo baldosas de cocinas centenarias.

Los años posteriores al hallazgo de la piedra caída del Paraíso fueron los más felices de su vida. Unos recuerdos de aquella época que comparten un denominador común: el oro. Las pepitas que encontró en el zurrón que contenía la esmeralda le sirvieron para comprar la finca de Balaguer; con las aparecidas en la acequia que riega Les Franqueses adquirió los terrenos de la cantera; los sacos de oro llevados de estraperlo a Francia le proporcionaron el dinero para comprar las voluntades de aquellos mandatarios del Antiguo Régimen y así obtener importantes contratos de obra civil. Pero, a partir de entonces, su memoria se agría, cada recuerdo le devuelve una ilusión frustrada.

Desde la noche que contempló la esmeralda por primera

vez en la solitud de su masía, pensó que podía haber encontrado una especie de piedra filosofal capaz de proveer buenas cosechas y transmutar ciertos minerales en oro. Tuvo suerte cuando colocó la esmeralda en la acequia de Les Franqueses y, a la mañana siguiente, apareció repleta de oro. Entonces empezó a investigar para averiguar la procedencia de aquel mineral maravilloso.

Era analfabeto. Primero, aprendió a leer; después, leyó muchos libros y ensayos hasta dar con la epopeya de *Parzival*, donde se relatan las andanzas de un caballero en la búsqueda del grial. Lo que finalmente encontró Parzival tras mil y una aventuras fue la esmeralda que él tenía en su poder, descrita en el libro como la esmeralda de luz, la piedra caída del Paraíso. Y, según cuenta la leyenda, también posee la propiedad de otorgar la vida eterna. En cierta manera, él ya se lo imaginaba. Incluso mientras enterraba a aquel hombre que tenía la garganta abierta en dos, dudaba que estuviera muerto.

Su determinación por encontrar el método para hacerse inmortal lo llevó a aprender latín; realizar rituales de alquimia, cada cual más bizarro; comprar códices, manuscritos, obras de arte; promover excavaciones; hablar con los académicos más doctos en la materia. Todos sus esfuerzos fueron en vano. Sin embargo, el destino volvió a ponerse de su lado y un buen día le envió a un hombre a su casa con las claves para resolver el misterio. Ese hombre sabía que él tenía la esmeralda y, más importante, era la viva estampa de su padre, el último guardián de la piedra caída del Paraíso. Lo secuestró, lo tuvo encerrado en una habitación de su casa. Intentó hacerle hablar de todas las maneras posibles; fue amable, fue un déspota, probó a ganarse su confianza, le sometió a las peores torturas, pero el prisionero estaba dispuesto a morir antes que revelarle el más preciado de todos los misterios. Con el paso de los años, fue perdiendo las esperanzas de obtener la colaboración del prisionero. Tras conocer que su hija estaba embarazada de ese hombre, hecho que jamás le perdonará a ella, lo trasladó a la iglesia de Les Franqueses por miedo a que ambos escaparan o a que Claudia acudiera a la policía. Ese hombre estuvo allí secuestrado durante quince años. Onofre Vila, su único contacto con el mundo exterior, le llevó la comida a diario y, con la misma frecuencia, le preguntó, lo coaccionó e intentó engañarlo para que confesara.

Hace ocho años, después de una búsqueda infructuosa de más tres décadas, Onofre Vila decidió resignarse, aceptar la muerte y olvidarse de todo. Mohamed, probada su confianza, se encargaría de los cuidados del hombre. Lo llevaron a la mansión y desde entonces permanece encerrado en el tercer nivel inferior, construido a tal efecto. Onofre Vila no había regresado a la iglesia en todos esos años hasta hoy; no soportaba ver la esmeralda. Tampoco ha vuelto a ver al prisionero.

Pero las noticias del periódico han avivado viejos sentimientos y le han devuelto la esperanza. Solo pensar en la inmortalidad le hace sentirse joven, recuperar esa sensación de impaciencia —los nervios desbocados jugando en la boca de su estómago— que creía haber perdido con los años. Que se preparen, porque el periplo de Onofre Vila todavía no ha acabado. Él no fracasará. Con la ayuda de Sergi, reemprenderá la búsqueda que creía inútil. Tiene que encontrar la fórmula antes de que se le acabe el tiempo. Seguirá buscando como lo hizo antaño, promoverá más excavaciones, comprará más obras de arte, matará a ese hombre si hace falta.

Esa obsesión le despierta repentinamente iracundo del trance. Abre los ojos, la luz de la esmeralda se refleja en sus reaparecidas pupilas. Esa piedra es la culpable de todos sus males, la doble cara de su poder y su fracaso. Le asesta un golpe con la mano abierta, y la esmeralda cae al suelo seguida del pedestal.

—Vámonos —le espeta a Sergi.

—¿Cómo? —pregunta Sergi confuso.

—Vámonos —le repite—. Ha sido un error traerte hasta aquí.

Sergi baja la vista y mira la esmeralda, sus latidos como ráfagas eléctricas que se propagan por el suelo.

—¿Para qué me ha hecho venir? ¿Para mostrarme un numerito de circo?

—¡Cállate, estúpido! —le reprende Onofre Vila.

El anciano da media vuelta y se dirige a la salida. Sergi lo agarra del brazo con fuerza y lo obliga a detenerse.

—¡Suéltame! —grita Onofre Vila.

Se queda mirando a su nieto con gesto desafiante. Su primer pensamiento pasa por cómo matarle en ese preciso instante; el segundo, le produce una extraña sensación de orgullo que pocas veces ha experimentado en su dilatada existencia. Parece que Sergi, aun sin llevar su sangre, comparte alguno de sus valores. Puede ver la rabia en sus ojos, la determinación por no amedrentarse ante nada ni ante nadie. Algo ha aprendido, al fin y al cabo, el ignorante. Además, tiene razón, le ha hecho venir para confesarle su secreto. Es preferible dejar a alguien a cargo de su legado, en caso de que él muriera, para que relate sus hazañas y toda su grandeza a las generaciones venideras, en lugar de llevárselo consigo a la tumba. Ahora se arrepiente de no haber intentado contactar con Mario Luna, el hijo de su hija Claudia que él dio en adopción, para decirle la verdad; quizás en estos momentos estaría aquí a su lado. Pero ya no hay vuelta atrás: Sergi será su heredero, aunque nunca haya sido de su agrado. Es la opción más rápida y segura.

Saca el pañuelo del bolsillo para limpiarse la barbilla, la mano le tiembla tanto que no atina y se frota la nariz.

—Esta piedra es la esmeralda de luz de la que hablan las leyendas del grial —manifiesta con la voz entrecortada—. Su poder es ilimitado. Lo que cuentan todas esas historias es cierto, yo he podido comprobarlo. Si quisiera, sería capaz de convertir el peor de los desiertos en un vergel o llenar toda esta sala de oro en un santiamén. Te enseñaré a utilizarla, será tuya si algún día yo muero. —Se detiene un momento y lanza un largo suspiro—. Pero todavía guarda un último secreto y en todos estos años no he conseguido descifrarlo. Su propiedad más valiosa: la capacidad de otorgar la vida eterna.

Sergi mira a su abuelo con perplejidad. Después, mira una vez más la esmeralda en el suelo. Se agacha, la coge y, tras ponerse de pie, la alza con las dos manos por encima de su cabeza. El viejo nunca miente.

—La *lapis exillis* —pronuncia con una sonrisa maliciosa.

—Sí, hijo, la «piedra caída del Paraíso». Quiero que me ayudes a encontrar el secreto para ser inmortales. Esta esmeralda pertenecía a los cátaros, como nos enseñaba el *Parzival*. Tenemos que dar con ellos. Han de saber cómo realizar el ritual o, si hallamos el trozo pequeño que le falta en la base, tal vez sea suficiente para alcanzar nuestro propósito.

Capítulo III

> Kyot de Cataluña y Manphilyot, ambos duques, condujeron allí a la reina del país, su sobrina. Por el amor de Dios habían abandonado sus espadas... Allí besó ella al noble héroe.
>
> Parzival libró de grandes sufrimientos a su gente, a su país y a ella misma, quien le ofreció a cambio su amor.

Barcelona. Viernes, 26 de mayo

Las sombras del ocaso trepan por las paredes de la sala de la cúpula del Palacio Nacional. El profesor Llull acude muchas tardes a esa hora para contemplar los reflejos de la luz crepuscular en el interior del edificio. Si está solo, se tumba en el centro de la sala y contempla los frescos que decoran la cúpula. Su preferido es el de la musa como representación de la Tierra, con el sol a sus pies y la luna alzada en una mano; aunque en otras circunstancias también se deleita con los de Miguel Servet en su afán por desentrañar los fundamentos de la circulación humana o el musulmán cordobés que estudia las estrellas, exponentes de una ciencia orgullo del pasado. Sin embargo, hoy es el profesor Llull el centro de todas las miradas. Subido en una tarima, está a punto de terminar su ponencia:

Y para finalizar la sesión, damas y caballeros, permítanme una última reflexión. La epopeya *Parzival*, escrita a principios del siglo XIII por el alemán Wolfram von Eschenbach, relata con gran detalle la leyenda de los caballeros del grial, encargados de proteger uno de los secretos mejor guardados de la humanidad: la piedra caída del Paraíso, también descrita como la esmeralda de luz o esmeralda de Lucifer. Su asociación con la verdadera historia cátara viene de lejos. Alrededor del año 1600, el rey de Francia Enrique IV se obsesionó de tal manera con el grial que hizo desmontar el castillo cátaro de Montréal-de-Sos piedra por piedra en su búsqueda. Más recientemente, tenemos las diferentes expediciones nazis comandadas por Otto Rahn que realizaron excavaciones en el castillo de Montségur y en cuevas de su entorno; sin mencionar la ingente cantidad de cazatesoros que todavía deambulan por esas montañas ávidos de fortuna. Pero díganme ustedes, si los cátaros se hubiesen hallado en posesión del grial, ¿qué sentido tendría buscarlo en tierras francesas? ¿Acaso no se lo habrían llevado consigo cuando huyeron del sur de Francia y cruzaron los Pirineos? Tenemos constancia de su presencia en nuestro país y también tenemos indicios que apuntan a que no desaparecieron por completo en el siglo XIV, como dicen los escritos de la Santa Inquisición, con la muerte del último perfecto cátaro. Siguiendo este razonamiento, descrito a lo largo de la ponencia, me atrevo a aventurar que los últimos herejes se escondieron en el Pirineo y desaparecieron de la vida social por voluntad propia con la intención de salvaguardar su secreto, sin obviar que también lo hicieron para escapar de una muerte segura. Por lo tanto, si existiera algún tipo de tesoro cátaro, lo más probable es que estuviera oculto en algún lugar de Cataluña.

Las luces de la sala se encienden mientras el profesor Ramón Llull, catedrático de Historia Medieval de la Universidad de Barcelona, agradece la asistencia a los presentes. Se quita las gafas y se frota la nariz con las dos manos. Suenan los últimos aplausos, algunos de los asistentes se levantan de las incómodas sillas de madera y se dirigen hacia las mesas repletas de canapés que hay al fondo. El profesor coge los papeles del atril y los guarda en el maletín. Tras dar el primer paso hacia las escaleras para bajar del entarimado, se mira los zapatos. Debería hacerle caso a su hija y comprarse otros náuticos; los que lleva están tan desgastados que el marrón oscuro apenas pasaría por beis. Trata de suplir ese defecto planchándose los pantalones azul marino de pinzas con las manos y estirando la camisa de cuadros blancos y rojos hacia abajo. Como retoque final, corrige el cordón negro de las gafas, que le cuelgan a la altura del pecho, para que la caída a ambos lados sea pareja, junta los bolígrafos que asoman por el bolsillo de la camisa y cierra el penúltimo botón del cuello, que se había desabrochado durante la exposición debido al calor.

En la gran pantalla de la sala todavía se proyecta la última diapositiva de la conferencia, con la imagen de una pintura mural del capitolio de la ciudad francesa de Toulouse en la que un cordero con una lanza da muerte a un león. El león representa a Simón de Montfort, el despiadado jefe de las cruzadas que acabó con la vida de miles de cátaros en el sur de Francia y murió en el asalto a la ciudad. El cordero —el *agnus Dei* o cordero de Dios— simboliza la ciudad de Toulouse; la lanza está coronada por una cruz de oro sobre gules, el escudo heráldico de la ciudad, típico de toda la región occitana; en el estandarte, también rojo, ondea la inscripción: MONTFORT ES MORT. VIVA TOLOSA.

El profesor Llull ha utilizado esta fotografía para sustentar su teoría de que parte de la simbología cátara es tan parecida a la católica —en este caso, el cordero y la cruz— que resulta muy complicado determinar cuáles de esos símbolos pertenecen en exclusividad a solo una de las dos vertientes cristianas. En consecuencia, existen infinidad de ejemplos en la iconografía religiosa, tanto en el sur de Francia como en Cataluña, donde podría encontrarse la influencia cátara mucho tiempo después de su desaparición.

Mientras desciende los escalones del escenario, ve a su amigo José María Martí, intendente de los Mossos d'Esquadra, que viene a su encuentro, sonriente y aplaudiendo, junto con otro hombre.

—Sobresaliente, señor catedrático —lo elogia José María—. Le doy mi más sincera enhorabuena.

—Muchas gracias, señor intendente —lo saluda estrechándole la mano—. ¿A qué debemos tan grata visita?

El profesor Llull se alegra de encontrar a su amigo de buen humor; que lo llame señor catedrático es prueba de ello. La última vez que estuvo con él hace cinco meses sufría de cierta ansiedad y estrés laboral debido a la persecución de un ladrón, conocido en el ámbito policial como el Nuevo Erik el Belga, que lo había mantenido ocupado durante los dos últimos años y que hasta aquel momento había resultado infructuosa. Tal vez el delincuente le haya dado un respiro mientras trama con sigilo su próximo golpe.

—Ahora hablaremos de eso —responde José María sin soltarle la mano—. Te presento a mi compañero, el inspector Font, del grupo de Homicidios e Investigación Criminal del área de Barcelona.

Desde que ha visto entrar en la sala a su amigo, ya iniciada la conferencia, se ha estado preguntando quién es el hombre —robusto como un toro y de casi dos metros de estatura— que le acompaña. Si su presencia imponía a lo lejos, se supera en las distancias cortas. Una enorme cicatriz le recorre la mejilla, desde el pómulo izquierdo hasta el labio superior, e impide que la boca le cierre bien por ese lado de la cara, dibujándole una mueca de repulsa perpetua. Parece la antítesis de José María, que, a pesar de medir metro setenta, aparenta ser más bajito debido a su complexión rechoncha, la barriga abultada y la alopecia extrema que hace brillar su cabeza excepto por debajo de la coronilla, donde le crecen unos pelos largos, grasientos, negros y canosos manchados de nicotina y mal cortados. Además, el rostro de su amigo también presenta ciertas características únicas e irreversibles: las marcas de una viruela severa y un tono de piel granate casi violáceo que motea su nariz chata y mejillas sebosas debido a la obstrucción capilar, fruto de una larga acumulación de excesos de todo tipo con predominio de los nocturnos.

—¿Habéis venido para hablar conmigo? —pregunta el profesor Llull.

—Sí —responde José María—, pero vamos primero a picar algo y después charlamos, que, como nos descuidemos, se lo comen todo esos buitres. —Señala con la cabeza hacia las mesas rodeadas por la muchedumbre y empieza a andar para hacerse un hueco en una de ellas.

—Pero no me entretengas, que también debo atender a los demás invitados —le recalca.

—Venga, señor catedrático, tampoco será para tanto. —José María suelta una carcajada .

Al profesor Llull se le escapa una sonrisa. José María no tiene remedio, ni la entrada en el cuerpo policial ni los años servidos han conseguido cambiar su actitud chulesca y desvergonzada. Se conocieron en la universidad, su amistad se forjó durante largas horas de estudio y alguna que otra juerga. Al finalizar la carrera, se distanciaron. El profesor Llull realizó su tesis y obtuvo una plaza de docente universitario, mientras que José María trabajó como profesor de bachillerato durante casi una década antes de ingresar en la academia de los Mossos d'Esquadra. Por aquellas fechas, los dos amigos ya habían perdido todo el contacto. El profesor Llull se había casado y había tenido una hija. El intendente Martí había prolongado su soltería e incorporado nuevos vicios a su cartera, vicios que aún conserva, como la veintena de habanos que fuma a diario, el whisky caro, el abuso de los placeres del paladar y el pago por compañía a su antojo. Pero el infortunio los uniría de nuevo al reencontrarse en el funeral de la esposa del profesor Llull hace diez años y, poco a poco, retomaron la amistad que los había unido durante su etapa universitaria.

Aquel mismo año a José María lo nombraron responsable de la Unidad de Investigación Histórica de los Mossos d'Esquadra. Desde que ocupa el cargo, el profesor Llull ha colaborado con él en sucesivas investigaciones policiales relacionadas con robos o hallazgos de obras de arte.

Los tres hombres se alejan de las mesas encabezados por el intendente Martí, que, tras haber bebido dos copas de cava y engullido una decena de canapés, se pasea con una copa de vino tinto en la mano derecha y un plato de papel rebosante de jamón serrano en la izquierda. Al profesor le ha parecido ver un gesto de desaprobación en el rostro del inspector Font cuando José María se ha bebido de un trago la segunda copa de cava. Ha tratado de no darle mayor importancia, aunque tiene la impresión de que la relación entre los dos policías es algo tensa.

Los pierde de vista —han venido vestidos de paisano— al detenerse para saludar a un grupo de invitados. Se apresura a reunirse con ellos cuando los encuentra, separados del gentío, junto a una de las grandes columnas blancas que sostienen la cúpula. José María siempre se muestra cauto cuando tiene que tratar, fuera de las oficinas, algún asunto policial, más aún si prevalece el secreto de sumario.

—Ven aquí, Ramón —le dice el policía para que se le acerque—. Hemos encontrado algo —le susurra al oído mientras le apoya la mano con la copa de vino en el brazo.

—¿Y bien? —se interesa al ver que no continúa la frase.

El intendente Martí, nervioso, lanza miradas furtivas en todas direcciones; ni los personajes pintados en lo alto de la cúpula se le escapan.

—Verás, ahora tampoco te puedo explicar mucho, ya sabes que no me gusta hacerlo fuera de la comisaría. —El intendente Martí suspira y vuelve a mirar hacia arriba.

—Por favor, José María —se impacienta—, que esta noche estoy muy ocupado.

—Está bien, está bien, señor catedrático. —El intendente Martí da un sorbo a la copa de vino mientras inspecciona los alrededores para asegurarse una vez más de que nadie los oye—. Pero que sepas que todo esto no ha sido idea mía; ha sido el inspector Font el que ha querido venir a verte. Es amigo de Ramos, ese caporal que ha trabajado conmigo en algunos casos, y él le ha dicho que tal vez podrías ayudarnos. Pero da igual. —Mira al inspector Font con gesto de reproche antes de volver a dirigirse a él—. Ya sabes que no me siento a gusto teniendo este tipo de conversaciones en público, ¿quién sabe si esas jodidas cámaras nos estarán grabando? —Señala hacia arriba con el plato de jamón—. Bueno, iré al grano: hemos encontrado una cruz occitana y tal vez, escúchame bien, solo tal vez, podría estar relacionada con el catarismo.

—¿Con los cátaros? —pregunta, perplejo.

—Calla, calla, por el amor de Dios —gesticula exaltado José María, que a buen seguro le hubiera tapado la boca de no ser por tener las dos manos ocupadas—. Mañana te la dejaremos ver.

El profesor Llull cierra los ojos y se lleva las manos a la cabeza.

—¿Y no podrías haberme citado en comisaría para enseñármela? —le recrimina—. ¿O haberme enviado una fotografía, por lo menos? —Suspira profundamente para contener su irritación—. Si ya me conoces, José María, solo pensar en esa cruz y ya se me acelera el corazón. Sabes de sobra que no pegaré ojo en toda la noche esperando verla.

—No me culpes —le dice José María—. Ya te lo he dicho; venir aquí ha sido idea del inspector Font, y a él también se lo había advertido.

—Déjalo estar —le responde más sereno—. Mañana iré a tu despacho a primera hora. Ahora voy a intentar hablar con toda esa gente que me está esperando. —Da media vuelta y se encamina hacia los invitados meneando la cabeza, contrariado.

—Mañana a las nueve —confirma apresurado el intendente Martí.

—Señor Llull —lo llama el inspector Font.

La voz grave del inspector parece detener el tiempo. El profesor, que se ha alejado cuatro o cinco metros, se vuelve extrañado. Es la primera vez en toda la noche, a excepción de cuando los han presentado, que le ha dirigido la palabra. Observa su rostro, ¿está sonriendo? Difícil saberlo, complicado adivinar qué se esconde realmente detrás de esa cicatriz; bien podría estar enfadado, quizás porque acaba de dejarlo plantado. En todo caso, mejor volver, no le gustaría granjearse un enemigo de semejante envergadura. Sí, parece que está sonriendo.

—Lamento de veras habernos presentado sin avisar y no haberle puesto antes al corriente —se excusa el inspector Font—, pero hay otro asunto que también me gustaría tratar con usted, aunque, dada la situación, será mejor que lo hagamos mañana en comisaría.

El profesor Llull lo mira desconcertado unos instantes antes de reaccionar.

—No hace falta que se disculpe, señor inspector. Si alguien merece una disculpa, ese es usted.

El intendente Martí se lleva la copa de vino a los labios, esperando disimular así la sonrisa que se le escapa en forma de aire por la nariz. La cara de cordero degollado de su amigo Ramón era para haberla filmado; parece no haber roto un plato en toda su vida. Pero, para ser sincero, hasta a él le impone su acompañante. La primera vez que tuvo ante sí a esa mole de ciento veinte kilos que lleva por compañero y lo miró a esos ojos de un negro impenetrable fue incapaz de sostenerle la mirada; quizás sea ese tajo desgarrador que le cruza la cara lo que obliga a las personas a bajar la vista o, simplemente, la certeza de que esa mirada las está analizando desde las alturas y no pueden escapar a ella. En cualquier caso, cuando el inspector Font acudió a su oficina, hará un par de años, le subió un malestar por el pecho que le robó el aliento y hasta las palabras; se sintió tan desarmado que echó la mano al cinto para comprobar si realmente también se había llevado su pistola.

—No lo quiero entretener más —dice el inspector Font—, solo felicitarle por la presentación. Espero verlo mañana.

—Muchas gracias, inspector Font —responde el profesor Llull—. Celebro que le haya gustado. ¿Conocía usted la historia cátara?

—La verdad es que apenas había oído hablar de ella, a pesar de haber nacido en La Seu d'Urgell y haber pasado mi infancia en esa zona de los Pirineos. Me ha resultado muy interesante conocer la influencia cátara en el sector textil de Andorra, a pocos kilómetros de mi ciudad natal, aunque la industria ya haya desaparecido por completo.

—Pues más le sorprenderá saber que el principado de Andorra fue creado en el siglo XIII para acabar con las disputas entre los nobles cátaros que regían la zona y sus homólogos sacerdotes católicos. —Sonríe el profesor Llull con gesto afable—. Aquel pacto todavía sigue vigente hoy en día, y el principado sigue teniendo dos jefes de Estado, uno religioso y otro laico, denominados copríncipes. El primer cargo lo ostenta el obispo de La Seu d'Urgell, y el segundo el presidente de la República francesa, en estos momentos Jacques Chirac, que sustituye al originario conde de Foix, viejo aliado de los cátaros.

—Bueno, Ramón —interviene tajante José María—, no queremos hacerte perder más el tiempo, tienes demasiados compromisos que atender. —Le indica con un gesto que vuelva con el resto de la gente—. Nos vemos mañana a primera hora.

El profesor Llull reacciona un poco despistado, estrecha la mano a los dos mossos y regresa con los invitados.

Ramón Llull abandona el Palacio Nacional cerca de la medianoche. Le fascina poder compartir sus investigaciones en un recinto tan cargado de historia, no solo por la majestuosidad del edificio situado en la montaña de Montjuïc, construido milagrosamente en menos de tres años para albergar la exposición universal de 1929, sino también porque en su interior se encuentra el Museo Nacional de Arte de Cataluña, uno de los más importantes del mundo relativos al arte medieval, su especialidad de cátedra.

Comienza a descender por la larga escalinata que concluye en el paseo María Cristina. Para intentar evadirse del pensamiento recurrente de la cruz cátara, hace memoria de los asistentes a la conferencia. No han sido muchos, alrededor de un centenar, la mayoría de ellos compañeros académicos, políticos para cumplir el expediente y algún estudiante. En lugar de inquietarse por la asistencia, más bien se da por satisfecho. Al fin y al cabo, no son tantas las personas interesadas en el catarismo. Quizás debería haber centrado la ponencia en el grial y sus misterios; suele ofrecer mejores resultados. La publicidad tampoco ha sido la adecuada, por no decir inexistente y, para comprometer aún más los números de asistencia, no le ha quedado más remedio que realizar la conferencia un viernes por la noche, cuando la gente prefiere estar cenando en alguna terraza al fresco o camino de su apartamento en la costa para pasar el fin de semana con la familia o amigos. Quien no ha faltado a la cita es el viejo Onofre Vila. Han conversado un rato —más bien ha sido un monólogo, el abuelo como siempre es parco en palabras— sobre el posible tesoro de los cátaros y otros aspectos sobre los que ha tratado la ponencia. A sus casi noventa años, el multimillonario sigue manteniendo viva su pasión por el arte medieval catalán. Es mecenas de varios museos y, durante las últimas tres décadas, no ha parado de financiar estudios y excavaciones arqueológicas relacionados con la citada época histórica. Él ha participado en varias de estas iniciativas como responsable principal de los proyectos a petición del anciano, por lo que siente un gran aprecio y gratitud hacia su persona. Su entusiasmo había decaído algo de un tiempo a esta parte, pero hoy lo ha vuelto a encontrar cargado de ilusión y optimismo.

Se detiene a medio camino. El Palacio Nacional queda a

sus espaldas como guardián imponente de la montaña; enfrente de él, la Fuente Mágica, apagada ya a estas horas de la noche, y por consiguiente la zona casi desértica. En otros puntos de la ciudad estarán ahora los turistas y los curiosos que han acudido en manada atraídos por la música o por el espectáculo luminoso, y que han contemplado atónitos, abrazados en algunos casos, los cañonazos de agua dirigidos al cielo. Quizás se puedan ver desde aquí, donde las vistas abarcan gran parte de la urbe, camuflados entre esa atmósfera borrosa de neblina, luces y destellos de neón, o atrapados en el frenesí de los coches que deambulan al acecho de una plaza de parking o entre las líneas interminables de farolas que se extienden desde el pie de la montaña y recorren las cuadrículas del Eixample hasta la falda de la opuesta sierra de Collserola.

Pero, en esta ocasión el profesor Llull no se detiene a contemplar su ciudad. Por más que quisiera, sus ojos vidriados no podrían ver más allá del siguiente rellano de escaleras. Rebusca en el maletín a toda prisa; tiene que encontrar el inhalador de Ventolin, sus pulmones han empezado a pitar sin previo aviso. En esta época del año, cuando a su asma se le asocia la alergia a las gramíneas, es cuando lo pasa peor; no hay prácticamente día que no tenga que recurrir unas cuantas veces al inhalador. Complicado escapar de las gramíneas a finales de primavera —se consuela mientras aspira el frescor mentolado—, más aún teniendo en cuenta que el 20 por ciento de las plantas del planeta pertenecen a esa familia tan alergénica. Cuando se jubile, dentro de ocho años, se irá a vivir a algún rincón de la Costa Brava; allí el aire del mar es más limpio y la lluvia más frecuente. Ya recuperado, continúa bajando las escaleras, pero esta vez por las mecánicas.

«¿Por dónde íbamos?», recapacita, acostumbrado a pensar en primera persona del plural, vicio de la profesión que sirve para distribuir la responsabilidad de sus divagaciones con sus oyentes. Tras unos instantes y varios metros de escaleras metálicas engullidas por la tierra, consigue retomar el hilo de sus pensamientos previos al ataque asmático. En Onofre Vila pensaba, el octogenario que nunca falta a sus presentaciones. Por el contrario, algo que sí le ha llamado la atención es que el anciano viniera acompañado de su nieto Sergi. Nunca antes había acudido con su abuelo a ninguna conferencia, excavación ni asunto relacionado con la arqueología o la historia; para ser franco, es la primera vez que los ha visto juntos. Pero ahí no se acaban las rarezas de la noche; más extraño es todavía que su hija Mónica no haya ido al museo; junto con Onofre Vila, es su seguidora más fiel. Cuando se han visto ese mediodía a la hora de comer, le ha asegurado que subiría a la montaña para ver la presentación.

A pesar de que no se lo haya contado, y sin necesidad de recurrir a ninguna argucia detectivesca, el profesor Llull da por sentado que algo le ha pasado con su novio Sergi, el nieto de Onofre. Que Mónica volviera a casa hace una semana, después de haber vivido con su pareja durante el último año —aunque de manera intermitente; él suele estar la mayor parte del tiempo de viaje por el extranjero—, es un hecho al que le sobra obviedad. Se pasa el día sin salir de casa, encerrada en su habitación y sin comer apenas. Ha intentado hablar con ella, pero Mónica esquiva el tema cada vez que le pregunta o le echa la culpa a la tesis que tiene que finalizar el mes que viene. Parecen excusas; sería la primera vez que los estudios la agobiaran; o quizás diga la verdad: las hormonas del estrés y la juventud que a uno le cambian el estado de ánimo. Sergi se ha interesado por ella. Se lo comentará, tal vez se anime.

Autopista A2, Barcelona-Lleida. A continuación

Sergi agarra fuerte el volante con la mano izquierda y vuelve a mirar la pantalla del teléfono móvil. Es el cuarto intento desde que han salido de Barcelona; como en los dos anteriores, la llamada se corta sin llegar a coger línea. Se asegura de que no sea fallo de la cobertura, pero el indicador marca más de la mitad. Habrá apagado el móvil tras la primera llamada.

No ha podido dejar de pensar en Mónica desde que la vio entrar en la sala del Palacio Nacional donde tenía lugar la conferencia. Sus miradas se cruzaron y, casi sin darle tiempo a reaccionar, ella se dio media vuelta y desapareció por la puerta. Sergi se disculpó con su abuelo y salió en su busca. Preguntó al encargado de seguridad que estaba a la entrada de la sala; el hombre le informó que una joven había salido nada más entrar y se había marchado corriendo por las escaleras de la derecha. Sergi corrió tras ella, pero, al llegar al vestíbulo, no había ni rastro de Mónica.

Miró a su alrededor y corrió de un lado a otro del vestíbulo, inspeccionando cada pasillo de los que dan acceso a otras salas, hasta que un empleado de seguridad, diferente del primero, le llamó la atención y le exigió que le explicara qué estaba haciendo. «Buscando a una amiga», le contestó. El vigilante dudó instintivamente un momento, su experiencia le decía que ahí había algo extraño. De hecho ya sabía a quién buscaba, pero no lo dijo. Si la chica corría era porque tendría algún motivo, y la cara de ese joven no parecía de fiar, no sabría decir por qué, quizás porque era el perseguidor y a nadie le gusta ser perseguido. «Si encuentro a su amiga, le comunicaré que la está buscando», le ofreció. «No se moleste», se despidió Sergi mientras se alejaba hacia la puerta principal del palacio con la esperanza, a la postre frustrada, de encontrarla allí afuera.

Vigila de reojo a su abuelo; sigue dormido en el asiento del acompañante con la cabeza apoyada en la ventanilla. Pisa fuerte el acelerador del Ferrari. En los últimos días no había pensado demasiado en Mónica, hoy solo la había llamado una vez por la mañana. A pesar de su insistencia —durante los días siguientes a su ruptura, intentó llamarla de manera obsesiva—, no ha conseguido hablar con ella desde que abandonó el apartamento de la Costa Brava para ir a Balaguer. Pero, después de verla esta noche, se ha dado cuenta de que las circunstancias han cambiado y sus necesidades son otras. Siente unas ansias tremendas de contarle a alguien las increíbles revelaciones de su abuelo, y Mónica es la única persona capaz de digerirlas sin pensar que se haya vuelto loco. Necesita hablar con ella.

Recuerda el día que se conocieron en una fiesta universitaria y la invitó a una copa. Estaban en un bar a las tres de la madrugada. Él se había fijado en la amiga de Mónica, una joven alta, rubia, muy exuberante. Cuando la amiga se fue con otro joven, se acercó a Mónica, sentada sola en la barra esperando. Sus intenciones no eran otras que averiguar algo más acerca de su compañera, pero, cuando se sentó a su lado y la miró de cerca —sus ojos verdes y vivos; la forma sensual de sus labios; su cabello negro, largo, brillante, con el flequillo hacia la derecha—, le pareció muy atractiva. Tal vez la exuberancia de su amiga le restara encanto, o su manera de vestir y maquillarse menos llamativa, pero durante la conversación inicial, pese al escaso interés que evidenciaba ella, le gustó.

No sabría decir cuándo se produjo el punto de inflexión que los llevó a hablar de historia y de sus vidas —él, de su abuelo; ella, de su padre— y se dieron cuenta de que estos se conocían, de modo que ellos creyeron conocerse desde hacía tiempo. Continuaron tomando copas y conversaron hasta que finalizó la fiesta. Aquella noche se despidieron y cada uno se fue a su casa, pero se había establecido tal conexión entre ellos que en pocas semanas evolucionaría hacia un amor sincero y apasionado.

Con las primeras citas se confirmaron los pálpitos que había tenido Sergi el primer día. Además de sentir una fuerte atracción por ella, Mónica le inspiraba una confianza que nunca antes había experimentado con otra persona. A su lado no sentía miedo, era como si lo invitara a abrirse, a contarle todos sus secretos. Y así lo hizo durante los dos primeros años de relación —le habló de las torturas a las que su abuelo lo había sometido, de su pérdida total de memoria anterior a los diez años, de la tristeza por no saber quién era su familia biológica y por qué lo habían abandonado a las puertas de aquella abadía a las afueras de Toulouse—. Por eso ahora necesita hablar con ella. Se arrepiente por haberla retenido en el apartamento de Llançà; tal vez la haya perdido para siempre.

Desde que vio la piedra caída del Paraíso el pasado viernes, parte de las muchas piezas de su vida que no entendía han empezado a encajar. Todavía quedan bastantes sueltas, pero espera que este descubrimiento solo sea el preludio de muchos otros. Hasta ha llegado a empatizar en cierta manera con su abuelo al entender los motivos intrínsecos que guiaban su locura. Quizás, si le hubiera explicado toda la verdad cuando era niño, se habría esforzado más en aprender latín, historia o cualquier cosa que le hubiera pedido. Pero ahora lo entiende todo: su fijación con el arte medieval, la financiación casi enfermiza de todos esos estudios y excavaciones, la lectura repetida de varias obras relacionadas con el grial y la Edad Media. Su abuelo lo estaba preparando para que algún día lo ayudara, buscaba en él a esa persona en quien poder confiar para compartir sus secretos. A pesar de no saber qué lo ha llevado a cambiar de opinión, se alegra de que su abuelo por fin haya confiado en él. Es como si después de tantos años hubiese obtenido, finalmente, su aceptación y, aunque el camino haya sido doloroso, para él no podría haber mayor recompensa que recuperar el afecto de quien siempre ha considerado como un padre. Lo tiene decidido, lo ayudará en su búsqueda del secreto de la vida eterna. Si su abuelo le ha dicho que existe, después de ver de lo que es capaz la piedra caída del Paraíso, no puede dudar de su palabra.

Piensa de nuevo en Mónica, tiene tantas cosas que contarle... Después de una larga vida solitaria, su abuelo parece haber encontrado a esa persona en la que confiar, y él, posiblemente, la acabe de perder. Afloja un poco el pie del acelerador;

algo de lo que acaba de decirse parece que no encaja. A diferencia de su abuelo, él sí tiene a otra persona con la que desahogarse, su madre; pero tampoco está dispuesta a escucharlo.

Nada más verla a su llegada a Balaguer, tras regresar de Les Franqueses, su madre se mostró muy interesada en averiguar la razón por la que el abuelo lo había hecho venir. Cuando le comentó dónde habían estado, se puso nerviosa en exceso y le empezó a formular tal cantidad de preguntas que hasta tuvo que decirle que se relajara. No tiene la menor idea de lo que esperaba averiguar su madre; cuando le habló de la esmeralda y le repitió varias veces que eso era lo único que había escondido en el interior de la iglesia, ella perdió todo el interés.

¿Qué querría encontrar oculto en el antiguo convento más fantástico que la piedra caída del Paraíso? ¿Qué le ha podido pasar para que esté tan nerviosa? Nunca la había visto así de alterada, ni siquiera tras el percance que acabó con el retrovisor del deportivo atravesado por un balazo. Lleva en ese estado desde que lo llamó por teléfono, cuando él estaba en el apartamento de Llançà con Mónica. En todo caso, por la reacción de su madre, está convencido de que ella ya sabía algo sobre el secreto del abuelo. A pesar de ello, tiene la sensación de que hay algo que se le escapa o que no le quiere decir. Esa supuesta protección no hace más que negarle algo que debería saber, porque es parte de su historia, pero vuelve a dejarlo con sensación de vacío.

Cuando llegue a casa dentro de media hora, le volverá a preguntar, como ha estado haciendo durante toda la semana. Seguro que la encuentra despierta. Por las noches la oye andar por su habitación a horas intempestivas. «¿Qué ha pasado, mamá? Cuéntamelo, por favor». «Ya te lo he dicho, no quiero hablar de nada relacionado con mi padre, y aléjate de él, sabes de sobra que solo conseguirá hacerte daño», será la conversación más probable.

Barcelona. Sábado, 27 de mayo

El profesor Llull no recuerda a qué hora se quedó dormido, debían de ser las cuatro o las cinco de la madrugada. Desde que regresó a casa finalizada la conferencia, no pudo dejar de pensar en la cruz cátara que habían encontrado los Mossos. Fue directo a la habitación que utiliza como despacho y buscó cualquier tipo de información referente a cruces occitanas entre centenares de libros de historia, carpetas con fotografías antiguas y anotaciones en papeles amarilleados por el tiempo. Para no molestar a su hija, encerrada en la habitación de al lado, aunque posiblemente despierta a juzgar por la luz que salía por debajo de su puerta, cogió los libros que le parecieron más útiles y se trasladó a su dormitorio.

Al sonar el despertador a las ocho en punto de la mañana, se ha encontrado vestido en la cama con la ropa del día anterior y los papeles esparcidos por la habitación debido a una brisa suave que se ha colado por la ventana al despuntar el alba. La situación, desconcertante en un principio, junto con la inquietud por ver la cruz y el descanso insuficiente y agitado, le ha puesto tan nervioso que se ha lavado la cara, se ha peinado un poco, ha guardado algunos libros en su maletín y ha salido a la calle.

Su apartamento está a diez minutos a pie de la comisaría de los Mossos d'Esquadra situada en la plaza de España. Ha llegado a su cita con media hora de adelanto. El inspector Font ha acudido a las nueve menos diez. El intendente Martí se ha presentado pasadas las nueve; se ha reunido con ellos en el vestíbulo y los ha conducido a su oficina.

El profesor Llull aguarda sentado junto al inspector Font a que regrese José María; se acaba de ausentar para bajar al depósito de pruebas a recoger la cruz. Repica los zapatos por debajo de la silla, talón contra talón; le sudan las manos, se las acaricia para secárselas. En el despacho hace calor, la noche ha sido húmeda y las ventanas cerradas de la comisaría han impedido que la brisa refrescara el ambiente. Le molesta el chirreo del ventilador anclado en el techo, las sombras de las aspas que giran a máxima potencia le producen una leve sensación de mareo. Se sacude el cuello de la camisa para que le entre un poco de aire.

El inspector Font ha comenzado a hablar de la Eurocopa de fútbol que empieza en dos semanas. Conversaciones triviales según quien las tenga; muy efectivas, sin embargo, para distraer la mente y relajar el ánimo. Los pronósticos del inspector, convencido de que España ganará el torneo, le arrancan una sonrisa. Le recuerda que nunca pasan de cuartos. En esas oye los pasos lentos y pesados de José María acercándose por el pasillo. Traga saliva, el pulso se le acelera, no entiende las palabras del inspector Font, que continúa hablando; su voz le llega distorsionada, como la letra de una canción en un disco rayado.

José María entra en la oficina, cierra la puerta y se queda de pie, mirándolo con gesto serio. Después, lanza una mirada helada al inspector Font y, como si dudara, mete la mano en el interior de la americana y saca una bolsa transparente de plástico. La pone bocabajo y, tras darle varios tirones, la cruz, sujeta de un cordón negro, cae sobre la palma de su mano. El profesor Llull, con la boca abierta y las cejas enarcadas, hace ademán de incorporarse en la silla para poder verla. José María cierra la mano con rapidez y esconde la cruz en su puño.

—Un momento, Ramón —le dice.

Él lo mira extrañado. Tras ver que no dice nada, se vuelve a sentar. El intendente Martí permanece en silencio unos segundos, observándolo con fijeza. Las gotas de sudor se concentran en las bolsas de sus ojos saltones. Vuelve a meter la mano en la americana, se guarda la cruz y saca una cajita metálica de puritos. Se enciende uno. Una nube de humo denso asciende lentamente, llega al ventilador y se convierte en un torbellino antes de diseminarse por el techo de la oficina.

—Lo siento —dice el intendente Martí—. Pero, antes que

nada, me gustaría dejar las cosas bien claritas desde el principio, ya sabes que no me gustan los malentendidos. —Le da otra calada al veguero—. Punto primero: te exigimos máxima confidencialidad. De lo que veas en esta sala, ni una palabra a nadie, podrías echar al traste toda la investigación. —Se aclara la garganta—. Segundo punto: el jefe del caso es el inspector Font, él es quien tiene que dar la autorización para que cualquier persona ajena al cuerpo pueda manipular una prueba policial, ¿entendido?

El profesor Llull, un tanto desconcertado por la frialdad y meticulosidad de su amigo, asiente con la cabeza. Actuará así por haber un compañero presente de elevado rango, cumpliendo con ciertas formalidades policiales que hasta ahora había omitido en investigaciones previas.

—Esto no es coña, Ramón, el asunto es más serio de lo que parece.

—Disculpa, José María, me ha quedado claro —responde con convencimiento.

El intendente Martí coloca la cruz encima de la mesa. El profesor Llull, con los ojos brillantes, mira al inspector a la espera de su autorización.

—Adelante. —Font le da permiso como restando importancia a lo evidente; después, se pasa la mano por la mejilla y lanza una mirada de incomprensión al intendente Martí mientras se frota la cicatriz.

Llull cierra los ojos, inhala profundamente el aire viciado de la sala y estira los brazos en dirección al colgante. El cuero negro del cordón está tan raído que tiene miedo de romperlo. Sus dedos se mueven con indecisión hasta que se decide a coger la cruz. La ase con extrema delicadeza, como si se tratara de un papel hecho ceniza.

—Qué maravilla —piensa en voz alta. Se calza las gafas y se la acerca a la cara—. Una cruz occitana —balbucea.

Alza la vista buscando en los rostros de los policías alguna muestra de excitación equiparable a la suya. El inspector Font lo observa con gesto interesado y expectante; José María permanece impasible. El humo le sale por boca y nariz acompañado por el sonido ronco de su respiración.

—Los cuatro brazos simétricos se ensanchan hacia afuera mediante una curvatura —continúa el profesor Llull mientras describe los trazos de la cruz con el dedo—, con los extremos acabados en forma tricúspide y coronados por una esfera pequeña en cada punta para sumar un total de doce, pero ¿y esta paloma en el centro? —Frunce el ceño e inquiere con la mirada a José María—. No recuerdo haber visto antes los dos símbolos combinados de esta manera —formula, pensativo. Da la vuelta a la cruz un par de veces para estudiarla desde todos los ángulos. No encuentra ningún sello que permita identificar el taller de procedencia—. ¿Es de oro? —pregunta.

—Sí —certifican al unísono los dos mossos.

—Y, como bien acaba de decir, señor catedrático, se trata de una cruz occitana —apunta el intendente Martí antes de darle otra calada al purito— y, con toda probabilidad... —le pone una mano en el hombro— bajo mi humilde opinión, podría catalogarse como una cruz cátara por contener los dos símbolos principales de dicha religión. Pero no te hemos hecho venir por eso.

El intendente Martí, de pie en todo momento, rodea la mesa de hierro, se quita la americana con parsimonia y la cuelga en el perchero de madera que hay en una esquina. El sudor de sus axilas tiñe de oscuro dos grandes áreas de su camisa azul de manga larga. Se sienta en su sillón de trabajo de cuero sintético —está tan desgastado que la espuma amarilla sobresale entre las rozaduras del respaldo—, coge una botella de agua sin etiqueta que hay sobre una pila de expedientes y le da un trago.

El profesor Llull no le ha prestado atención; había bajado la vista y estaba absorto contemplando la cruz. Está impaciente por conocer su procedencia y llevársela a la universidad para realizar los estudios pertinentes. Esa cruz lo va a ayudar a reafirmar su teoría de que el catarismo tuvo un arraigo más importante del que se creía al sur de los Pirineos; y, si consiguieran situarla más allá del siglo XIV, podría servir para demostrar que esa religión perduró por más tiempo en nuestro país.

—Esta cruz podría representar un antes y un después en el estudio del catarismo —dice el profesor Llull, esperanzado—. ¿Dónde la habéis encontrado?

—Ramón, que ya sé por dónde vas —contesta el intendente Martí con suspicacia. Se saca el purito de la boca, pone los codos sobre la mesa y junta las manos. La ceniza le cae sobre los nudillos, se la sacude con un movimiento rápido y va a parar sobre la chapa de acero—. No me estás escuchando —prosigue el intendente—. La cruz está afectada por el secreto de sumario de una investigación criminal. Ya te lo he dicho, te exigimos máxima confidencialidad.

»Hasta que no se haya resuelto el caso o lo decida el inspector Font, la cruz no puede salir de las dependencias policiales ni puedes hablar de ella con nadie. Que conste que has sido la primera persona ajena al cuerpo en verla y, te lo vuelvo a repetir, no te hemos hecho venir por la cruz, pero el inspector Font se ha empeñado en enseñártela. Si hubiera sido por mí, conociéndote..., pero es igual, ese es otro asunto. —Mira al inspector Font de soslayo para advertirle que sigue molesto por haberle pedido la colaboración de su amigo.

—Señor intendente —interviene el inspector Font—, estoy convencido de que no tendré que arrepentirme por haber tomado esta decisión, todavía no entiendo muy bien a qué se debe su reticencia a compartir ciertos detalles del sumario con el señor Llull si ya ha colaborado antes con nosotros. Ahora centrémonos en el caso. —Vuelve la mirada hacia el profesor Llull—. Encontramos la cruz en Terrassa hace diez días.

—¿En Terrassa? —pregunta de forma automática el profesor.

Se rasca el cuello y mira hacia arriba, por encima de las

gafas, intentando hallar alguna conexión entre el catarismo y la ciudad. El único nexo que encuentra es la mugre amarillenta del techo y las paredes con la humareda que danza sobre sus cabezas al son del molinillo.

—Sí —sostiene el inspector—. Apareció junto a los cadáveres de dos hombres, supongo que lo habrá visto en la prensa o la televisión. Fueron asesinados.

—Algo he leído al respecto, pero muy de pasada, aunque no mencionaban el hallazgo de la cruz.

Al pronunciar las últimas palabras, el profesor Llull comprende el porqué de la presencia del inspector Font en la investigación. Ha estado tan abstraído pensando en la cruz desde que fueron a verlo los dos policías que no se había detenido a preguntarse esa cuestión. ¿Qué pinta el jefe de Homicidios con José María? Se teme que va a ser la primera vez que asista a la investigación de un crimen.

—Hemos intentado que no se filtrara más información de la necesaria —le comunica el inspector Font—. Esta cruz es una de las pocas pruebas que tenemos por el momento. Déjeme comenzar por el principio. Hace diez días que unos trabajadores encontraron los cadáveres de esos dos hombres durante las obras de una urbanización en Terrassa. A pesar de que los cuerpos aparecieran en el mismo lugar, las víctimas murieron con más de cuarenta años de diferencia.

—¿Cuarenta años? —pregunta el profesor Llull, como si no le hubiera entendido bien.

—Sí, ha oído bien, cuarenta años —confirma el inspector—. El primer crimen se cometió alrededor de los años cincuenta y el segundo, apenas cuarenta y ocho horas antes de encontrar los cuerpos. El periodo de tiempo entre los dos crímenes quizás resulte excesivamente amplio para que el asesino fuera una sola persona, pero, tras constatar con los informes balísticos que el arma utilizada fue la misma, esa es la hipótesis principal en la que estamos trabajando.

»Hay varios casos documentados de psicópatas que han

vuelto a matar con más de treinta años de diferencia. En su mayoría, lo han hecho tras cumplir largas condenas en prisión. Por lo tanto, el perfil del asesino encajaría con una persona mayor de sesenta y cinco años con antecedentes penales por algún delito de homicidio o crimen con violencia. Lamento decirle que esta línea de investigación todavía no ha aportado ningún sospechoso. En cualquier caso, confío en que esta diferencia temporal entre las muertes no sea un impedimento, sino más bien un hecho clave que nos ayude a dar con el culpable.

El inspector Font abre una carpeta que tiene encima de la mesa, pasa unas cuantas hojas y se detiene en la fotocopia a color de la cara de un hombre con el cabello negro y rizado, y una barba larga y frondosa echada hacia un lado para mostrar un enorme corte en el cuello. Le acerca la carpeta al profesor, que, sorprendido al ver el tajo, retira la vista y mira con gesto angustiado al mosso.

—Este es el hombre que murió hace once o doce días —dice el inspector—. Discúlpeme si no está acostumbrado a ver este tipo de imágenes.

—No se preocupe, me ha cogido de improviso —se justifica el profesor Llull.

—Esta es la vestimenta que llevaba puesta cuando lo encontramos. —El inspector le muestra la siguiente página.

—¡Caramba! —El profesor Llull da un respingo en la silla—. ¿El difunto era un religioso?

En la fotografía aparece una túnica deteriorada de color gris; a su lado, una cuerda anudada a modo de cinturón y unas sandalias marrones con las suelas de esparto.

—Parece lo más evidente —responde el inspector Font—, pero, después de una semana y media, aún no hemos logrado averiguar su identidad.

El profesor Llull lo mira boquiabierto.

—Sé lo que está pensando. ¿Cómo es posible que con esas características tan peculiares nadie haya sido capaz de identificarlo? Nosotros seguimos haciéndonos la misma pregunta. Hemos entrevistado a decenas de personas, ha salido su rostro en prensa y televisión y, a pesar de que hayamos decidido no mostrar su vestimenta para no crear ningún tipo de alarma social o dar lugar a conjeturas, alguien debería haberlo reconocido.

—¿Y el otro hombre? —se interesa Llull.

—Vestía de la misma manera —le informa el inspector tras pasar a una nueva fotografía.

El profesor coge la fotocopia y observa la túnica del segundo cadáver.

—El hábito es similar al de los franciscanos —reflexiona—, aunque el cíngulo solo tiene un nudo y no tres como en la orden.

—Ya les hemos preguntado —dice el inspector—. Nos han asegurado que ese hombre nunca había pertenecido a su congregación. Me han enseñado las actas donde aparecen los nombres de todos los frailes en activo, no quedan muchos en Cataluña, y los hemos localizado a todos. Sin embargo, seguimos creyendo que los dos hombres hallados muertos eran religiosos.

—¿Cómo puede estar tan seguro?

—Los cuerpos fueron encontrados en una finca que hasta su recalificación, hace tres o cuatro años, pertenecía a una parroquia de Terrassa.

—Supongo que también les habrán preguntado.

—Sí, pero no parecen muy dispuestos a colaborar con nosotros.

—Para eso te hemos hecho venir, Ramón —interviene José María después de haber seguido la conversación retrepado en la silla—, porque queremos que los hagas hablar. Ya sabes que no tengo nada en contra de la Iglesia, pero esos..., mejor me lo callo, monjes de Terrassa parecen haberse cerrado en banda. O realmente no saben nada o los curas nos están escondiendo algo. ¡Joder! —Golpea la mesa con la palma de la mano—. Todavía no me explico cómo después de dos semanas... sí... dos semanas, no tenemos sus nombres, apellidos, familiares y hasta con quién se acostaban. Que no los conocían... —se ríe burlón—. ¡Al carajo todos!

El inspector Font cierra los ojos y respira hondo. Si el intendente Martí no fuera su superior, lo reprobaría por sus modales. Cada vez que lo oye hablar con ese lenguaje tan bajuno siente vergüenza ajena de su profesión; y si algo no tolera es la ingente cantidad de prejuicios que vierte contra los demás. A pesar de que le hayan apercibido y abierto más de un expediente, no hay manera de que cambie su actitud. Ya le llegará el día, se consuela antes de dirigirse de nuevo al profesor:

—Disculpe, señor Llull, la única persona que pareció identificar a uno de los fallecidos es el padre Capmany.

—¿El padre Capmany? —repite, asombrado, el profesor—. No me extraña, lleva en esa ciudad toda la vida. —Sonríe—. Es un buen amigo mío, he participado en numerosas investigaciones en el recinto de las iglesias románicas de Terrassa y él es el principal contacto de la diócesis para cualquier tipo de actuación.

—Mi compañero, el caporal Ramos, me sugirió que intentara contactar con usted cuando le hablé del caso. Dijo que era posible que usted le conociera; por eso le pedí el favor al señor intendente.

—¿Y en qué los puedo ayudar? —se interesa el profesor Llull.

—Cuando el agente que se desplazó a la iglesia de San Pedro de Terrassa preguntó al párroco, el tal padre Capmany, si conocía a alguno de los fallecidos, dado que los cadáveres se habían encontrado en unos terrenos que hasta hace bien poco eran titularidad de su parroquia, y le habló de las túnicas que vestían y de los más de cuarenta años que hacía de la muerte de uno de ellos, el cura pareció reconocer el cadáver más antiguo. Nuestro compañero creyó oírle decir el nombre de Joan.

El párroco comenzó a llorar y a santiguarse. Cuando se serenó un poco, dijo que no lo conocía y que no quería hablar más del asunto. Hasta llegó a ponerse agresivo para que se fuera de allí. Yo he intentado hablar con él varias veces, pero se niega a recibirme.

—Entiendo —dice el profesor—. El padre Capmany es una persona un tanto especial, y usted quiere que hable con él para averiguar si realmente conocía la identidad de ese hombre.

—Me gustaría que me acompañase para hablar con él —propone el inspector.

—Llamaré al padre Capmany para intentar concertar una visita —responde el profesor Llull con gesto serio tras meditarlo unos instantes.

—Perfecto —dice el intendente Martí, golpeando la mesa con las dos manos y levantándose de la silla. Su enorme sonrisa deja a la vista unos dientes ennegrecidos por el tabaco—. Venga —se dirige al profesor—, vámonos a almorzar, que ya me están sonando las tripas. —Se da unas palmadas en la barriga.

—Si me permite, señor intendente —lo interrumpe el inspector Font—, antes de que se marchen, me gustaría conocer la opinión del señor Llull respecto a los resultados de los análisis de la cruz que obtuvimos ayer mismo.

—No se preocupe por eso —replica el intendente Martí con rapidez—. Ahora le pondré al corriente de todos los detalles —finaliza mientras se apresura a descolgar la americana del perchero y se dirige hacia la puerta.

El profesor Llull, sin comprender muy bien qué está pasando, se pone de pie para seguir a José María.

—Disculpe, señor intendente —insiste Font—, pero quisiera saber de primera mano qué opina el señor Llull sobre la excesiva pureza del oro de la cruz.

—¿Cómo? —pregunta el profesor.

—No se preocupe, que ahora trataremos el tema —objeta

el intendente Martí, mientras abre la puerta e insta al profesor a salir—. Descanse el resto del fin de semana, inspector Font, lo llamaré cuando el señor catedrático sepa algo.

El intendente Martí abandona la oficina tras hacerlo el profesor. El inspector Font permanece sentado en la silla con la mirada fija en el pasillo por donde acaban de salir los dos hombres. Se rasca la barbilla, con la lengua se frota el paladar. Las últimas palabras de su superior le han dejado un regusto amargo, una sensación contradictoria por la insistencia de este en finalizar la reunión. Incluso se ha olvidado la cruz encima de la mesa, desatendida como si careciera de importancia. No le gustaría perder una de las pocas pruebas de las que disponen por su culpa. La devolverá al depósito por precaución. En todo caso, ya tendrá tiempo de hablar con el señor Llull más distendidamente cuando vayan a Terrassa.

El profesor y el intendente Martí bajan en el ascensor. Una de las luces del techo parpadea sin cesar.

—¿A qué análisis hacía referencia el inspector Font? ¿Qué trataba de decirme?

José María lo mira. Suena la señal del ascensor que anuncia la llegada a la planta baja.

—No pasa nada, Ramón. —El intendente Martí se lleva el dedo índice a la sien, en un gesto despectivo para indicarle que su compañero está majara—. No tiene demasiado interés, esta gente de Homicidios cree ver indicios por todos lados. ¿Qué importará que la cruz esté hecha en oro de veinticuatro quilates? —dice mientras salen del ascensor—. Por cierto, creo que esta vez ese maldito ladrón no se me escapará. Ahora te cuento, que por aquí todos tienen las orejas muy largas. Está preparando un asalto al MNAC.

Capítulo IV

El castillo tenía buenas defensas. Parecía como si estuviera cincelado. Solo volando o dejándose llevar por el viento podrían asaltarlo.

El Grial tenía esta condición: la que lo cuidaba tenía que conservar su pureza y estar libre de maldad.

El Grial era el fruto de la felicidad, el cuerno de la abundancia de todos los placeres del mundo, y se acercaba mucho a lo que se dice el reino de los cielos.

Balaguer. Domingo, 28 de mayo

El sonido del teléfono interrumpe la duermevela en la que Onofre Vila se ha sumido mientras releía la epopeya de *Parzival*. En ese preciso instante, caminaba al lado del héroe como escudero ficticio de un caballero solitario; acababan de llegar al castillo del grial tras largos meses de viaje, solo con alzar la vista podría contemplar la fortaleza de Munsalwäsche en la cima de la montaña. Desorientado por no ver al héroe y disgustado por no haber alcanzado a divisar el castillo, el anciano hace ademán de incorporarse para coger el aparato que hay en la mesita, sin percatarse de que el sonido proviene del teléfono móvil que guarda en el bolsillo del batín. Mira a Sergi, que lo observa sentado con un libro desde el sofá.

—¿Quién será ahora? —se pregunta el anciano en voz alta.

Solo puede ser una persona, la única que tiene su número y lo llama un par de veces al mes. La música intermitente va aumentando su potencia—la impaciencia de Onofre Vila lo hace con la melodía— hasta que sus dedos, tan torcidos como inquietos, logran encontrar el botón verde para contestar la llamada.

—Ha llegado un correo —le informa la voz al otro lado de la línea.

—Ahora voy.

Mohamed corta la llamada. Sus comunicaciones siempre son así de escuetas, tal vez porque a ninguno de los dos hombres le gusta hablar por teléfono y ambos prefieren mirar directamente al brillo de los ojos de su interlocutor para percibir mejor sus intenciones; pero también porque comparten las características de dos personalidades casi idénticas donde las palabras solo sirven para transmitir un mensaje necesario, sobra lo superfluo y los silencios son a menudo más importantes. Lenguaje el suyo que funciona como el de mentor y discípulo, aunque en este caso nadie ha tenido que enseñar a nadie.

—Vamos al sótano —dice Onofre Vila a su nieto.

—¿Para qué? —reacciona Sergi.

—Tenemos que ver a Mohamed.

Sergi se abstiene de hacer más preguntas. Sabe que hacerle la misma dos veces seguidas siempre acarrea la misma consecuencia: que se enfurezca. Mejor callarse y bajar con él a ver al jardinero, o al mecánico, porque desde que llegó a la mansión hace poco más de una semana para ayudar a su abuelo apenas lo ha visto cuidar el jardín; se pasa todo el tiempo en el garaje al cuidado de los vehículos. Una ocupación de lo más extraña: los cuatro deportivos y el todoterreno están en perfecto estado y tres de ellos hace varios años que solo abandonan el garaje para ir a pasar la revisión.

Mohamed el jardinero, así conocen los demás empleados de Onofre Vila al joven marroquí. «Auxiliar de jardinería» pone en su contrato de trabajo, aunque las principales tareas que le ocupan son más propias de un empleado de seguridad con dotes de buscador de tesoros. Ronda la treintena sin llegar a superarla, aunque ni él sabe con certeza su edad exacta. Hace doce años cruzó el estrecho de Gibraltar en patera, tras un duro periplo en el mar que acabó con la vida de más de la mitad de sus acompañantes, y logró llegar a salvo a la costa española. A los dos meses de alcanzar la tierra prometida, escapó de un centro de menores almeriense. A falta de un plan mejor, siguió el camino de las habladurías que le llevaron hasta la plana de Lleida, donde había oído que el trabajo era abundante.

Las habladurías resultaron ser más ciertas que las promesas, pues el pago de cien mil pesetas por cruzar la frontera con facilidad se había traducido en saltar una gran valla de espinas vigilada por la policía, capear un temporal de gran oleaje y sobrevivir a la deriva durante diez días, y pronto encontró trabajo como recolector de fruta cerca de Balaguer, en las fincas de un terrateniente del que ni siquiera sabía el nombre. Conoció a su empleador a las dos semanas de empezar su nueva vida como asalariado. Onofre Vila hizo presentarse, a las puertas de los barracones donde dormían, a todos los trabajadores menores de veinte años. Buscaba un jardinero, el último en ocupar la plaza había sido despedido. En privado realizó cinco preguntas a cada uno de la docena de candidatos.

Si tenía amigos en España, no. Si tenía los papeles de trabajo, no. Si sabía sumar, sí. Si le importaba vivir en el garaje de la mansión, no. Si había robado alguna vez, sí.

Estas fueron las respuestas que Mohamed devolvió al terrateniente a base de monosílabos y que le sirvieron para obtener el trabajo. Nunca ha desperdiciado el tiempo en averiguar la respuesta, o la combinación de estas, que jugó a su favor, pero dio gracias a Dios porque así fuera. Es posible que Onofre

Vila ya no se acuerde de este episodio y que ya no se le pueda preguntar, pero seguramente influyeran en su decisión el sonido conciso de los monosílabos, que careciera de amigos y la sinceridad para admitir algún pequeño hurto; la necesidad es mala compañera de viaje y todos aquellos jóvenes con vidas difíciles sobre sus espaldas tenían que haber robado ni que fuera una manzana para salir adelante; los demás requisitos eran condiciones indispensables para realizar el trabajo y para ganarse su lealtad *a posteriori*.

Tras oír el ascensor, Mohamed se dirige hacia la puerta para recibir a Onofre Vila. Disimula su asombro al ver a su nieto acompañándolo. Aunque sabía que Sergi estaba tres pisos más arriba, no esperaba verlo abajo. Está convencido de que es la primera vez que pone los pies en esta planta del sótano. Su inesperada presencia le hace desconfiar. Quizás su patrón esté enfermo, no tiene buen aspecto, parece haber perdido algo de peso; se lo nota en la cara: el pellejo arrugado se le hunde en las mejillas, acentúa sus pómulos y hace su nariz todavía más picuda. Le ofrece el brazo. Onofre Vila lanza un gruñido y lo acepta. Mohamed observa sus movimientos e intenta ver, a través del batín azul marino, algún rastro de esa enfermedad supuesta que le adelgaza la cara y que le ha acercado repentinamente a su nieto.

Sergi ha sentido una punzada en el pecho cuando su abuelo ha introducido una llave en la ranura al lado del número menos dos de la botonera del ascensor. Tras descubrir, después de tantos años, el secreto que su abuelo guarda en el monasterio de Les Franqueses, hoy va a conocer otro de los misterios que le han intrigado desde que era niño: la segunda planta del sótano. Es evidente que ahí se encuentran instalados los sistemas de seguridad —recuerda el día que trajeron las cajas con cámaras, ordenadores y demás material informático; ayudó a su abuelo a subirlas en el ascensor, pero él no le dejó acompañarlo—, aunque siempre ha tenido la corazonada de que ahí abajo se esconde algo más.

La intriga hace que se ponga de puntillas y mire, por encima de su abuelo, hacia el interior de la sala cuando las puertas del ascensor comienzan a abrirse. No consigue ver nada más allá de la iluminación propia del cubículo. Sale detrás de su abuelo, que se apoya en el brazo del sirviente para salir del ascensor, y entra en el sótano.

En el lado izquierdo de la sala, un muro de bloques de cemento de un metro de altura, el resto acristalado hasta el techo, separa una habitación estrecha repleta de monitores encendidos. Las dimensiones de esta planta son como las del garaje donde se guardan los coches, un espacio rectangular y diáfano de doscientos metros cuadrados.

Onofre Vila y Mohamed se dirigen hacia la oficina. Sergi se detiene y mira desilusionado a su alrededor; su intuición le ha fallado esta vez. Aparte del sistema de seguridad, el sótano no contiene más que un camastro sin cabecera ni barandillas; una mesita alta de patas de hierro y una tabla de madera —encima un cenicero repleto de colillas, una lamparita y latas de refresco aplastadas—; un televisor pequeño en el suelo con una gran antena al lado, y un palé con ropa amontonada, rodeado de zapatos y sandalias.

El sirviente vive en esta habitación desproporcionada con solo dos ventanucos en el techo y paredes desnudas de hormigón donde florecen las humedades. Esa fue una de las condiciones impuestas por el patrón. El hedor mohoso se entremezcla con el olor a tabaco negro sin filtro que fuma Mohamed, produciendo un efecto nauseabundo. Si no dispone de más comodidades es porque no las considera necesarias; recibe un buen salario mensualmente y, de vez en cuando, alguna paga extra. Onofre Vila no le puso ninguna restricción respecto al mobiliario ni contra sus vicios; incluso le propuso acondicionar el garaje y pintarlo, pero él se negó.

—Déjanos a solas —le dice Onofre Vila a su lacayo cuando entran en la oficina.

Mohamed sale de la habitación sin pronunciarse. Levanta

la cabeza al cruzarse con Sergi y le lanza una mirada rencorosa que espera que surta efecto para comunicarle que acaba de entrar en sus dominios y no es bien recibido.

—Ese chico es un tesoro —le dice Onofre Vila a su nieto mientras se apoya en una silla y observa cómo Mohamed entra en el ascensor.

—¿Mohamed? —se le escapa a Sergi, asombrado por el elogio de su abuelo.

—¿Quién si no? Ahí donde lo ves, con la cara llena de granos, ese cuerpo raquítico de menos de metro y medio de estatura, que sé yo las penurias que pasaría en su infancia que le impidieron crecer. Pero no te dejes llevar por las apariencias, siempre te lo he dicho. Aunque aparente quince años y parezca que no sabe hablar, ese chaval es una de las personas más inteligentes que he conocido. Todo esto que ves aquí lo ha instalado él, y no solo eso, gracias a él hace tiempo que dejé de correr los enormes riesgos que conllevan las transacciones de arte.

—¿Cómo?

—¿Y yo qué sé? A lo mejor te crees que yo entiendo algo de esto. Pero quizás tú sí debieras ponerte al corriente. Ya veremos, esto es el futuro. Mohamed se entera de todo con estos aparatos: robos, hallazgos de la policía, identidades, direcciones. Cualquier cosa que le pida. Si tú supieras cuánto tiempo, dinero y amenazas me ha ahorrado en los últimos años. Ya estaba cansado de tantos chupones: que si pagar al procurador de arte, al intermediario, a la policía, a los encubridores, maldita banda de ladrones. —Las últimas palabras salen rasgando su garganta; después golpea la mesa de aluminio con el bastón y se sienta fatigado frente a uno de los ordenadores.

Mientras coge otra silla para sentarse a su lado, Sergi piensa en Mohamed. El joven estudió en una academia privada de Lleida, pagada por su abuelo, un curso de informática durante cinco años. Hasta el momento no había tenido ninguna noticia de que se le diera tan bien; creía que había estudiado para encargarse de la automatización de los riegos y de las centralitas informáticas de los vehículos o para ayudar en el control de los sistemas de seguridad. Su abuelo lo ha ocultado de tal manera que le ha engañado hasta a él con la historia de la jardinería y el mantenimiento de los coches.

Pero desde que el joven marroquí empezó en la academia, mostró una gran valía en todo lo relacionado con la informática. Su empeño y dedicación lo han llevado a convertirse en uno de los mejores hackers de la Península. Desde el sótano de la mansión accede a las bases de datos de los diferentes cuerpos policiales, casas de subastas o cualquier persona o entidad que le interesen; intercepta llamadas y correos electrónicos, obtiene información de cuentas bancarias e imágenes de cámaras de vigilancia y realiza todo tipo de transacciones monetarias sin dejar ningún rastro.

Onofre Vila ya ni se molesta en preguntarle para qué necesita el dinero —tampoco sería capaz de entender para qué sirven esos programas piratas que compra en lugares tan dispares como Rusia, China o Azerbaiyán— ni acerca de sus contactos, de lugares igual de variopintos. El resultado es lo único que le interesa, y sabe que, durante los últimos seis o siete años, le ha evitado muchos sobornos y pagos a intermediarios, y ha reducido el riesgo inherente a las operaciones de compra de arte tanto legítimas como ilegítimas.

Onofre Vila alza la vista y mira uno tras otro los veinticuatro monitores anclados a la pared que retransmiten imágenes en directo de la mansión y la finca de Les Franqueses. Ha pasado noches enteras ahí sentado con la vista clavada en esas pantallas, preso de la paranoia, esperando a algún intruso que solo ha llegado a presentarse en forma de alimaña nocturna. La edad y, más importante aún, la ayuda de Mohamed han aligerado sus obsesiones y disminuido las horas que pasa en su cuartel de seguridad —como él lo llama, quizás se trajo el nombre de la guerra— hasta reducirse al mínimo. Si el muchacho no tiene ninguna nueva que contarle, hay días que ni siquiera baja al sótano.

Una mesa de chapa metálica se extiende a todo lo largo de la pared bajo los monitores. Encima hay tres pantallas de ordenador —dos ejecutan unos códigos a tal velocidad que las líneas blanquecinas tan solo dejan unos rastros fugaces sobre el fondo negro; en la otra hay un documento de texto—, dos teclados, los mismos ratones y una impresora. Las torres están en el suelo; de ellas salen multitud de cables de diferentes colores hacia el resto de los aparatos. Algunos reptan por la pared, recubierta de un material aislante plateado, y se juntan en una canalización que desaparece en el techo.

Onofre Vila comienza a leer el mensaje que Mohamed le ha dejado en la pantalla del ordenador. En otras circunstancias ya lo habría leído con impaciencia, pero, al estar su nieto presente, prefiere mostrarse cauto, como si fuera algo rutinario. El emisor es F. Font. El anciano no se molesta en buscar ese nombre en su memoria; lo más habitual es que las identidades de sus contactos sean tan falsas y volátiles como las utilizadas por Mohamed. Aunque posiblemente ya se conozcan, hecho que queda ratificado cuando finaliza de leerlo:

> Estimado amigo:
>
> Estoy seguro de que le interesará esta cruz de oro. Los Mossos d'Esquadra la encontraron en una excavación en Terrassa. Por el momento nadie, excepto el cuerpo policial, tiene conocimiento del hallazgo. Es posible que la cruz sea de época medieval, tal vez esté relacionada con el catarismo por tratarse de una cruz occitana.
>
> Sin embargo, la característica principal que hace aumentar su valor considerablemente reside en la calidad del oro. El oro de esta cruz es tan puro que no existe otro igual en todo el planeta. Su pureza es la más alta conocida hasta la fecha, nada más y nada menos que oro de veinticuatro quilates de 10N.

Espero que sepa apreciar las cualidades de esta pieza única.

El precio es quinientos mil francos suizos.

Si está interesado, ingrese el dinero en efectivo antes del 2 de julio. Más abajo están los detalles de la cuenta bancaria. Una vez ingresado el dinero, recibirá otro mensaje con los datos del intercambio.

Responda a este correo si necesita más información.

P. D.: Confíe en mí, trabajamos juntos con el cántabro.

—En Terrassa —dice Onofre Vila casi en un susurro.

Coge la fotografía impresa que le ha dejado Mohamed encima de la mesa. La hoja comienza a temblar en su mano. Mira la cruz, después cierra los ojos y se muerde el labio. No la recuerda: ¿la habrán encontrado junto a los dos cadáveres o la han descubierto en otro lugar? Se lo tendrá que preguntar a Mohamed.

—Sin duda es una cruz cátara —dice Sergi—. ¿Dónde encontró la piedra caída del Paraíso? ¿En Terrassa? Todavía no me lo ha...

—Ahora no —le espeta su abuelo—, en otro momento. Ahora tenemos que hacernos con esa cruz, no podemos permitirnos que salga a la luz, la gente empezaría a hacerse demasiadas preguntas. También hemos de averiguar dónde se ha producido el hallazgo; esa cruz está relacionada con la piedra caída del Paraíso. Si hubieran encontrado algo más, tal vez nos sirviera para desentrañar el misterio de la vida eterna. Llama a Mohamed, tenemos que darnos prisa. —Saca el teléfono móvil del bolsillo del batín y se lo entrega a Sergi—. No me mires así, yo no sé utilizarlo.

Sergi desbloquea el teléfono pulsando la almohadilla y comprueba el registro de las llamadas enviadas: está vacío. En las recibidas aparece el mismo número en todas ellas. Lo marca y le dice al sirviente que baje al sótano.

—¿Quién es el cántabro? —pregunta a su abuelo tras colgar el teléfono.

—Déjame pensar, el cántabro. —Onofre Vila vuelve a releer la posdata—. Ya no tengo edad para malditos acertijos —dice enojado.

Se abre la puerta del ascensor y aparece Mohamed. Por el poco tiempo que ha tardado, debía de estar en el garaje de la planta superior.

—¿Quién es el cántabro? —le pregunta Onofre Vila alzando la voz desde la distancia.

—El Beato de Liébana —responde el sirviente sin titubeos mientras se acerca a la oficina.

—Claro, era de Cantabria —razona Sergi en voz alta.

—Sí, sí, ya lo sé —se molesta su abuelo—. Ese policía desgraciado, medio millón de francos suizos. ¿Cuánto es eso? —pregunta a Mohamed, que acaba de entrar en la sala.

—Cincuenta y tres millones de pesetas.

—¿Cincuenta y tres millones? —Onofre Vila se lleva las manos a la cabeza—. Pero ¿qué se habrá creído?

—Si usted quiere, puedo hacer otra oferta —dice Mohamed—. He mirado en su ordenador y no lo ha enviado a nadie más.

—No, olvídalo —dice Onofre Vila tajante—. Mañana viajas a Suiza y le ingresas el dinero.

—Patrón —responde Mohamed bajando la voz—, es más seguro internet.

—Esta vez no, lo haremos a la vieja usanza. No quiero correr ningún riesgo, ya lo has hecho más veces. Coges el autobús de línea hasta Barcelona, allí alquilas un coche en una compañía diferente a la última vez, conduces hasta Zúrich, retiras el dinero en nuestra sucursal del Credit Suisse y lo ingresas en esa cuenta. Ten cuidado de no dejar ningún rastro.

—Como usted mande, patrón. —Mohamed asiente con la cabeza.

—Mejor sal ahora mismo —se le ocurre a Onofre Vila—.

No quiero perder el tiempo. Pide un taxi y que te lleve a Barcelona. Quiero que mañana a primera hora estés en Suiza. ¿Dónde han encontrado la cruz?

—La tenía uno de los hombres de Terrassa —responde Mohamed.

—¿Cuál de ellos? —El anciano frunce el ceño.

—El que murió hace más de cuarenta años.

—Joan —murmura Onofre Vila—. Ya te puedes ir. Llámame en caso de que algo vaya mal.

Mohamed sale de la oficina, se acerca a sus pertenencias y empieza a rebuscar entre el montón de ropa apilada sobre el palé.

—No nos servirá de nada —le dice Onofre Vila a su nieto con gesto resignado.

—¿A qué se refiere?

—Que no creo que la cruz nos sirva para solucionar el misterio de la vida eterna.

—¿Cómo lo sabe?

—¿Quieres dejar de hacer tantas preguntas? —responde, malhumorado—. Y la próxima vez irás tú en lugar de Mohamed; ya va siendo hora de que aprendas cómo funciona el negocio. Vámonos.

El anciano piensa en el mosso d'esquadra mientras se dirige al ascensor agarrado del brazo de su nieto. Lo conoce desde hace más de quince años. En un par de ocasiones, le ha facilitado información acerca de operaciones policiales a punto de cerrarse, lo que le permitió enviar a sus secuaces para hacerse con el botín antes de que la policía detuviera a los delincuentes. En otras, le ha facilitado la mercancía directamente. Su último trato fue para que la Guardia Civil encontrara la reproducción falsificada del Beato de Liébana y se suspendiera la búsqueda de los delincuentes. Hasta el momento no tiene queja del mosso; ese policía es un experto en hacer desaparecer pruebas y obras de arte de los almacenes de la comisaría. Conoce su identidad gracias a Mohamed. Ha coincidido con él en algún acto público. Cuando lo ve, intenta no mirarlo para evitar que los relacionen, como el viernes pasado, cuando coincidieron en la conferencia que dio el profesor Llull en el MNAC.

Antes de entrar en el ascensor, Onofre Vila parece acordarse de algo y llama al sirviente.

—Mohamed, ¿qué sabemos de Mario Luna?

—Sin cambios, patrón —responde Mohamed—. Sigue acudiendo todos los días al Palacio Nacional.

El anciano agacha la cabeza pensativo y entra en el ascensor. Cómo desearía que Mario Luna, su verdadero nieto, estuviera en el lugar de Sergi. Mario Luna sabría apreciar como es debido todo lo que él ha conseguido y sabría hacer mejor uso de ello en el futuro. ¿Por qué tuvo que dejarlo en aquel maldito orfanato de Collserola?

Las puertas se cierran detrás de Sergi y comienzan a ascender.

—Un ladrón, Sergi. Mario Luna es un ladrón —dice Onofre Vila a su nieto como si este le hubiese hecho una pregunta—. El mejor de todos.

Terrassa. Martes, 30 de mayo

El inspector Font aparca el coche en la plaza del Rector Homs, una pequeña explanada adoquinada que da acceso al recinto de las iglesias románicas de San Pedro de Terrassa. Falta menos de un cuarto de hora para las ocho de la mañana. Abre la puerta y mira a su alrededor. No hay nadie. Dos gorriones juegan a lanzarse desde la rama de un árbol, picotean el suelo y vuelan de nuevo para protegerse entre las hojas. Saca la sirena azul de debajo del asiento y la engancha en el techo. No le gustaría tener que lidiar a esas horas con la Guardia Urbana, en la plaza está prohibido el estacionamiento.

Espera hasta que el profesor Llull se baja del coche para sacar de la guantera unas fotografías y su bloc de notas. Se apea del vehículo mientras las guarda en el bolsillo de la americana y se pasa la mano por la mejilla. Suele hacer ese gesto cuando está nervioso. Le relaja acariciarse la cicatriz, notar el relieve y la suavidad plástica en contraste con la piel áspera de su cara, a pesar de rasurarla a diario. Hoy el tacto es diferente, hace más de una semana que no se afeita.

Se pregunta qué esperaba encontrar cuando ayer al atardecer, tras pasar todo el día investigando por las calles de Terrassa, condujo hasta esta plaza. Ni tan siquiera sabe por qué vino ni por qué se agarró a la verja de hierro y contempló las tres iglesias durante más de media hora. Había pasado la mañana rebuscando en los archivos y censos municipales, sindicatos y asociaciones de la ciudad, alguna información relevante que lo ayudara a esclarecer la identidad de los dos hombres asesinados. Por la tarde, recorrió las callejuelas del centro histórico, los barrios de Sant Pere y de Vallparadís; preguntó a vecinos, a los comerciantes y a casi todas las personas que se cruzó mayores de sesenta años; pero, cuando la memoria no era senil, tampoco era hábil para recordar a los fallecidos. La frustración guio sus pasos y lo trajo hasta aquí, para preguntarse frente a estas piedras milenarias si ya había agotado todas las opciones. Ese día se cumplían dos semanas desde la aparición de los cadáveres y el avance de la investigación había sido escaso, por no decir inexistente.

Pero eso fue ayer. En estos momentos, a pesar del nerviosismo que no le deja pensar en otro asunto que el presente, se siente optimista. Tiene grandes expectativas depositadas en la entrevista con el párroco; la esperanza de encontrar ese detalle, por pequeño que sea, que le indique el camino para atrapar al asesino.

El profesor Llull se dirige, sin esperar al mosso, hacia las iglesias. A su derecha está la más grande, la de Santa María; en el centro, la más pequeña, la de San Miguel; a la izquierda, la de San Pedro. Ha realizado tantos estudios sobre estas iglesias románicas, tantos coloquios y clases magistrales en la universidad, que conoce de memoria todas sus efemérides, así como sus pinturas murales y detalles arquitectónicos. Sin embargo, hoy será el primer día que los motivos académicos no sean la causa de su visita. O tal vez se equivoque y la conversación con el padre Capmany sirva para averiguar la procedencia de la cruz cátara y por qué uno de los hombres asesinados la llevaba colgada al cuello. Espera encontrarlo de buen humor; cuando el párroco se enfada, es imposible hacerle entrar en razón. Tiene curiosidad, más bien impaciencia, por ver su reacción cuando le hable de la cruz; el padre Capmany siempre ha sido muy crítico y escéptico con sus teorías para intentar demostrar la existencia tardía del catarismo.

Se lleva el pañuelo a la nariz para contener un estornudo. Con la otra mano rebusca en la bolsa de cuero marrón que lleva colgada al hombro y saca el inhalador. Lo ha tenido que utilizar un par de veces mientras esperaba al inspector Font en la estación de tren de Terrassa. Alza la vista —la climatología hace semanas que no lo acompaña—: no hay una sola nube y sopla una brisa cálida proveniente de los campos y bosques del interior. Está deseoso porque llegue esa tormenta veraniega que limpie, de una vez por todas, la sudorosa y polinizada atmósfera de Barcelona.

Ha notado cierto desasosiego en el inspector Font mientras circulaban por las calles del casco antiguo; el policía ha permanecido en silencio durante todo el trayecto. Esta circunstancia le ha sorprendido. Tras sus dos encuentros anteriores, se había hecho a la idea de que el mosso poseía una de esas personalidades imperturbables. Pero no es el caso. Espera que no se haya hecho demasiadas ilusiones con la visita al padre Capmany; al párroco lo conoce demasiado bien y, si algo destaca de su carácter, es que resulta impredecible. Quizás esa sea la causa de que él también se sienta algo contrariado, o tal vez, por haber estado en este lugar centenares de veces, no crea posible descubrir nada nuevo. O quizás la realidad sea más simple y las gramíneas sean las únicas responsables de su vista cansada y su ánimo agorero.

Se detiene frente a la puerta, camuflada entre los barrotes de la valla que cerca el perímetro de las tres iglesias; está entreabierta. Cuando llega el inspector Font, la empuja y entran en el recinto. Se dirigen hacia el primer edificio situado a su derecha. Resulta difícil imaginar que esa construcción, en cuyo interior se conserva el baptisterio, estuviese unida a la basílica de Santa María —de la que está separada veinte metros en la actualidad— entre los siglos V y VIII. De esa unión solo restan dos metros del muro de piedra que partía del baptisterio y algunas ruinas cerca de la basílica.

Al doblar por ese muro, se encuentran al padre Capmany sentado en una silla esperándolos. Los dos hombres se llevan una sorpresa al verlo; sus propios pensamientos y la quietud de la mañana les habían hecho olvidar que podían toparse con otra persona a esas horas. El párroco se apoya en su báculo de madera de castaño con forma de rama para ponerse de pie y se acerca para saludar a los recién llegados.

A sus ochenta y ocho años, el padre Capmany es uno de los sacerdotes más viejos de la diócesis de Barcelona. A pesar de su edad, proyecta una imagen de fuerza y vitalidad condicionada por la ausencia de curvatura en la espalda —recta como una tabla, aunque sea con la ayuda del bastón—, unos ojos grandes y juguetones, una sonrisa ancha de dientes postizos y el hábito negro que arrastra por el suelo y que, posiblemente, oculta otras carencias propias de la edad.

Debido a su buen estado de salud, sigue a cargo de la parroquia de San Pedro, ofreciendo su ayuda a la comunidad y oficiando las ceremonias litúrgicas. También es el responsable designado por la diócesis para supervisar las diferentes actuaciones que se llevan a cabo en el conjunto histórico de las iglesias románicas de Terrassa.

El profesor Llull conoce al párroco desde el día que realizó su primera excavación arqueológica en el recinto de las iglesias hace ya treinta años. Aquel encuentro fue el preámbulo de una larga amistad y de una infinidad de reuniones por motivos académicos que perduran en el presente. El sacerdote siempre se ha mostrado presto a colaborar en cualquier tipo de estudio relacionado con sus iglesias; incluso él mismo ha instado en varias ocasiones a las autoridades a dedicarles más tiempo y recursos. Aunque en este caso las circunstancias sean otras, no dudó ni por un instante en atender al profesor cuando este requirió su ayuda y se comprometió a mantener una conversación informal con los Mossos d'Esquadra, siempre y cuando Llull estuviera presente, a pesar de advertirle de que hablar de ese tema lo incomoda y que no será capaz de proporcionarles ninguna información relevante.

—Gracias por tomarse la molestia de recibirnos —agradece el profesor Llull al padre Capmany.

—Sabes que en esta casa siempre has sido bien recibido y siempre lo serás. —El párroco sonríe—. ¿Quién es tu acompañante? —Se le endurece el rostro al formular la pregunta.

—Le presento al inspector Font, jefe de Homicidios de los Mossos d'Esquadra de la provincia de Barcelona.

El inspector Font alarga la mano para saludar al padre Capmany. Este lo mira de arriba abajo con gesto reprobatorio y se da la vuelta sin estrechársela.

—Vayamos a la sombra, aquí empieza a hacer calor —dice el padre Capmany al profesor.

El párroco se agarra al brazo del profesor Llull y echan a andar hacia la iglesia de Santa María.

El inspector los sigue a un par de metros. La hostilidad del párroco lo desconcierta; sin embargo, el anciano parece entusiasmado con la visita del profesor Llull y no para de señalar con el bastón hacia uno y otro lado mientras le explica algo sobre unos restos paleorrománicos. El inspector sigue con la mirada las indicaciones del cura, pero no los encuentra. En su lugar hay varios mosaicos romanos que se molesta en no pisar; los restos de los que hablan estarán ocultos bajo el empedrado. Desiste en su intento por seguir la conversación y contempla la fachada de la iglesia a la que se dirigen. Ha leído en internet que esta llegó a ser la más grande de las tres y ejerció de catedral y sede de la diócesis de Terrassa. Pero de eso hace ya más de mil años y el tiempo ha reducido su tamaño al de una pequeña iglesia de pueblo.

El padre Capmany entra por uno de los arcos que hay anexos en el lateral de la nave —en su día pertenecieron al claustro de la antigua catedral— y se detiene en la sombra. Cuando llega el inspector Font, se vuelve y se dirige a él.

—¿Para qué ha venido? —inquiere con gesto severo.

—Necesitamos su colaboración para averiguar la identidad de los dos hombres hallados muertos hace quince días. Si no logramos identificarlos, me temo que va a ser muy complicado dar con los culpables.

—¿Y no sería mejor que dejasen descansar en paz de una vez por todas a esos hombres después de tantos años?

—Disculpe, padre —dice el inspector—, pero uno de esos hombres fue asesinado solo un par de días antes de que lo encontrásemos.

El padre Capmany mira extrañado al policía.

—Su compañero no dijo nada de eso —dice, enfadado—. Si no les importa, me sentaré un rato, me empieza a doler la rodilla. —Se acomoda en un banco sin respaldo que hay junto a la pared y apoya las manos sobre la empuñadura del bastón—. Yo no tengo conocimiento de ningún desaparecido recientemente, y sepa que, de haberse producido en esta ciudad, estaría al corriente de lo sucedido; mantengo una relación muy estrecha con todos los fieles de mi parroquia y hubiera llegado a mis oídos.

—Si me permite —dice el inspector Font—, preferiría comenzar por el primero de los fallecidos. Cuando mi compañero vino a preguntarle, usted dijo que se llamaba Joan —se expresa con rotundidad.

—No sé si lo dije —protesta el cura a la defensiva—, aunque es posible. Lo que sí le dije a su compañero es que no podría serles de mucha ayuda.

—Cualquier detalle que recuerde podría sernos útil en la investigación. Tal vez se acuerde del apellido.

—Ya les dije que no lo recuerdo —objeta, obstinado, el sacerdote.

—Está bien, padre —intercede el profesor Llull—, no se moleste. El inspector Font solo ha venido con la intención de descubrir la identidad de alguno de los fallecidos para atrapar a los responsables de sus muertes y llevarlos ante la justicia. Lo entenderemos si usted no lo recuerda y no le avasallaremos con preguntas, pero, si se acuerda de cualquier detalle, por mínimo que sea, le estaremos muy agradecidos. Un asesino anda suelto y el cometido de la policía es detenerlo para que no se cometan más crímenes.

El párroco se inclina hacia delante y apoya la barbilla sobre las manos. Después, cierra los ojos y los aprieta con fuerza. Una lágrima minúscula se forma en su ojo derecho y le resbala por la nariz. El profesor le pone una mano sobre el hombro. Al cabo de un rato, el padre Capmany agarra la mano del profesor Llull y alza la vista para mirarlo a la cara.

—Hijo —dice el párroco entre sollozos—, no quiero saber nada de los pormenores de su muerte. Me da lo mismo saber quién lo hizo, o cómo, o por qué; eso no le devolverá la vida. Solo imaginar lo que le pasó al pobre Joan me da unas punzadas tremendas en el corazón.

Saca un pañuelo blanco de la sotana y, tras secarse las lágrimas, les hace un gesto a los dos hombres para que se sienten; el profesor Llull, a su derecha, y el inspector Font, a su izquierda.

—Ramón —se dirige al profesor una vez que ha tomado asiento—, te voy a contar esto no para buscar justicia, sino para honrar la memoria del hermano Joan. Creo que merece eso, por lo menos. Tendrías que haberlo conocido, era una bellísima persona.

—Creo que hablarme de él también le hará mucho bien a usted, padre —le reconforta el profesor—. Sabe mejor que yo lo necesario que es hablar de esas personas tan queridas que ya no están con nosotros.

—Tienes razón, hijo —responde el párroco—. Tú sufriste mucho con la muerte de tu esposa, demasiado. Suerte que tienes a una hija fabulosa, igualita a su madre.

—Y a usted, padre, que siempre ha estado a mi lado para ayudarme —dice el profesor con melancolía.

El padre Capmany cierra los ojos y respira hondo.

—No sé ni por dónde empezar —se expresa con voz ronca.

—Cuéntenos cómo se conocieron —sugiere Llull.

—Acababan de nombrarme capellán de la iglesia de San Pedro cuando él llegó a Terrassa —manifiesta el cura tras un largo suspiro—. Yo debía de tener poco más de veinte años. —El inspector Font saca el bloc de notas y comienza a escribir—. No se preocupe, hijo —le dice el párroco—, ya tendrá tiempo para apuntar. Ahora escuche, que como mejor se aprende es escuchando.

—Perdone, padre, no era mi intención molestarle —contesta el inspector.

—Queda usted perdonado, hijo —le corresponde el padre Capmany con gesto afable.

—¿Sabe de dónde procedía el hermano Joan? —pregunta el inspector.

El párroco lo piensa por un instante antes de responder.

—No lo sé. O tal vez no lo recuerde.

—Disculpe, padre —interviene el profesor Llull al percibir cierta crispación en la respuesta del párroco—, siga hablando de cómo se conocieron.

—El hermano Joan vino a trabajar para la diócesis —prosigue—. Se encargaba del cuidado de las tierras de nuestra parroquia y también ayudaba en el mantenimiento de las iglesias.

—¿Era un sacerdote? —pregunta el inspector.

El párroco agarra el báculo y lo alza torpemente contra el mosso d'esquadra.

—Señor Font, o deja de interrumpirme, o la charla se ha terminado —le dice enojado—. El hermano Joan no era un sacerdote.

El padre Capmany comienza a bajar el bastón sin retirar la mirada del inspector Font, dando la impresión de que, si este hiciera un movimiento, le atizaría con él.

—Un sacerdote —refunfuña soliviantado el párroco—. Podría haberlo sido si hubiera querido, condiciones no le faltaban.

El profesor Llull hace un gesto al inspector Font para que no le haga más preguntas. Debería haberlo puesto en antecedentes; al padre Capmany le irrita no ser él quien lleve la conversación y, en especial, que le cuestionen. Hasta que aprendió a cómo tratarle, él también sufrió sus correctivos y, si se despista, todavía le cae alguno.

—Disculpe al inspector Font —tercia el profesor—, ha pensado que Joan podría ser un religioso por la túnica que vestía. Pero no se lo tenga en cuenta, por favor.

—El hermano Joan había sido educado en la fe católica —suspira el párroco nervioso—, sus padres eran muy creyentes. Había leído la Biblia varias veces y se la sabía casi de memoria. Era una persona muy inteligente y misericordiosa, pero nunca quiso entrar en el sacerdocio. No sé por qué vestía de esa manera, pero supongo que, al estar todo el día rodeado de religiosos, se sentía más cómodo vistiendo de modo similar al nuestro. No creo que haya nada de extraño en eso.

—No se enfade, padre —dice el profesor Llull—. Por favor, continúe. Háblenos del hermano Joan.

—Son tantos recuerdos... —El párroco permanece en silencio unos segundos mirando al frente, con la vista perdida en el pasado—. Los dos éramos muy jóvenes cuando nos conocimos —prosigue—, y lo que nunca imaginamos fueron los tiempos tan terribles que nos tocaría vivir. Sin duda, los más difíciles de nuestras vidas. En aquellas circunstancias tan calamitosas, se forjó la amistad que nos uniría para siempre.

No sé qué hubiera sido de mí sin la compañía del hermano Joan. Desde que encontraron su cuerpo, no he dejado de pensar en él. Recuerdo aquellos días como si acabaran de suceder. Puedo ver la cara de Joan, oír su voz, notar su mano en mi hombro. Es como si estuviera aquí conmigo. Esta noche he recordado una de las conversaciones que mantuvimos, pero no sé si debería contárosla, no guarda ninguna relación con vuestra visita. Tampoco quisiera molestaros con mis penurias.

—Sí, por favor —le insta el profesor Llull.

—Ramón, hijo —dice con tono de advertencia—, te he explicado muchas veces que dentro de la Iglesia hay tantas personas como pensamientos distintos y, en esta diócesis en particular, como en todas las familias, también tenemos nuestras divergencias; para mí, todas son igual de válidas. El hermano Joan era una de esas personas curiosas por naturaleza, de esas que lo cuestionan todo y no se creen nada si no se convencen por sí mismas, de las que no dejan de hacerse preguntas e intentan llegar más lejos. Tú y él habríais sido buenos amigos. Pero que quede claro que el hermano Joan era más católico que el mismísimo papa.

—¿Por qué dice eso? —pregunta el profesor con ingenuidad manifiesta.

—Porque te conozco —responde el párroco con aire malicioso— y sé que siempre intentas ver cosas donde no las hay. Si fuera por ti, hasta yo sería un cátaro. Sabes que siempre te repito lo mismo: el pensamiento cristiano es muy amplio y da cabida a mucha gente. Si todo fuera tan rígido como tú planteas, sería difícil encontrar a una sola persona que encajara en una descripción exacta; y recuerda que el catarismo no fue sino otra corriente cristiana, por eso es normal que muchas veces compartan los mismos valores.

—Explíquenos esa conversación; hoy no hemos venido a hablar del catarismo. —El profesor le sonríe amistoso, intentando ocultar sus verdaderas intenciones para no enfadarlo.

El párroco escudriña al profesor Llull con suspicacia; su rostro cambia poco a poco de expresión hasta indicar su conformidad con la promesa tácita del profesor de no hablar del catarismo. Levanta la cabeza y mira al cielo. Después, comienza a relatar, muy despacio y con voz queda, parte de las memorias vividas con el hermano Joan que lo han tenido en vela la pasada noche.

—Era finales de agosto de 1936. El hermano Joan y yo estábamos en la iglesia de San Pedro, sentados en uno de los pocos bancos que habían escapado a las llamas. Desde que el 17 de julio comenzara la Guerra Civil, tras el alzamiento de tropas en Marruecos y su posterior contagio a la Península, la ciudad de Terrassa había enloquecido por completo y la comunidad religiosa fue de las primeras en pagar las consecuencias. El 24 de julio, una turba enfurecida había asaltado la iglesia de San Pedro y le había prendido fuego. Perdimos el órgano, el altar y algunas imágenes, pero, por fortuna, gracias al hermano Joan conseguimos detener las llamas antes de que dañasen la estructura del edificio. Él se encargó de capitanear los esfuerzos de los vecinos que acudieron para sofocar el incendio.

»Ese día ardieron otras iglesias en la ciudad, incluida la basílica del Santo Espíritu, que sufrió graves desperfectos. El fuego destructor se prolongó durante semanas y acabó afectando a la mayoría de los templos de la ciudad y alrededores. Tuvimos mucha suerte en mantener a salvo esta iglesia y el baptisterio de San Miguel. En medio de aquella locura comenzaron a aparecer sacerdotes asesinados, las primeras víctimas de la Guerra Civil en Terrassa. Los encontraban tirados por los caminos. En los meses venideros, no hubo prácticamente semana en el calendario en que no tuviésemos noticias de algún compañero hallado muerto, algunos de esta misma parroquia.

»El hermano Joan no abandonó en ningún momento el recinto de las iglesias durante los casi tres años que duró la contienda. Estaba empeñado en protegerlas a toda costa. Por las noches dormía en el baptisterio, en la iglesia de San Miguel.

Si oía algún ruido extraño o sospechaba de algún caminante que se acercaba, daba golpes a una cacerola para alertar a los vecinos, quienes acudían rápidamente en su ayuda. Gracias a Dios, salvo la expropiación de las campanas de San Pedro ese mes de agosto, las iglesias no sufrieron mayores desgracias.

»Yo tampoco abandoné las iglesias mientras duró la guerra, pero porque estaba horrorizado, tenía mucho miedo. Quizás fuera una actitud un tanto inmadura y cobarde por mi parte, más teniendo en cuenta la valentía y el estoicismo del hermano Joan para afrontar la misma situación, pero decir otra cosa sería faltar a la verdad. Con esto no quiero decir que a él no le afectaran los acontecimientos. Al igual que yo, mantenía un debate interno para comprender aquella barbarie.

»Como os iba diciendo, el hermano Joan y yo estábamos en la parroquia de San Pedro. No habíamos hablado mucho en los últimos días; él se había acercado a mí y se había sentado a mi lado.

»—Padre, ¿cómo puede ser esto la obra de Dios? —me dijo casi en un susurro.

»Yo estaba abstraído en mis miserias y algo aletargado por los últimos sucesos. Levanté la cabeza y respondí:

»—¿A qué se refiere, hermano Joan?

»—A todo, padre Capmany. A nosotros, a la guerra, a los asesinatos, al odio, a la venganza, a todas las atrocidades que se están cometiendo un día tras otro.

»—Dios no tiene la culpa. Él solo nos proporcionó su cuerpo y su guía. El hombre es el que decide el camino que quiere seguir —afirmé con la certidumbre de un seminarista aventajado.

»—Pero ¿cómo podemos ser fruto del Padre, creados a su imagen y semejanza? ¿Cómo iba el Dios Padre a dejarnos cometer semejantes barbaridades? ¿Cómo iba a permitir que nos matásemos entre nosotros o que prendiéramos fuego a la casa del vecino?

»No era la primera conversación que manteníamos acerca del origen de la maldad en el hombre. Pero no penséis que este tipo de discusiones eran exclusivas del hermano Joan; también las había debatido con otros compañeros en el seminario, es un tema que tratábamos con frecuencia y solía haber posiciones encontradas. A pesar de que yo siempre defendía la capacidad de decisión de las personas, en la situación que estábamos viviendo no encontraba mis argumentos tan poderosos como antes. Es fácil pensar y creer en algo cuando realmente no forma parte de tu vida, pero, cuando te enfrentas de lleno a la realidad, descubres que tus convicciones, tus pensamientos e incluso tus creencias se tambalean. Rara vez algo es como lo hubiésemos imaginado y, cuando sientes el terror de lo que es capaz de hacer el hombre en tus propias carnes, creedme que supera con creces todos los límites imaginables. Es como abrir los ojos a toda esa inocencia que nos rodea y madurar de repente.

»—Porque esta vez el hombre ha escogido el camino equivocado, el camino del mal —le respondí, aferrándome a mis ideas.

»—No, padre Capmany, lo que estamos presenciando es la mismísima obra del diablo. La maldad no la elegimos, es inherente a la condición del ser humano. Nosotros no podemos ser los hijos de Dios. Recuerde lo que dijo el apóstol Mateo, en el capítulo séptimo a partir del versículo diecisiete: "Así, todo árbol bueno da buen fruto; pero el árbol malo da fruto malo. El árbol bueno no puede dar mal fruto, ni el árbol malo dar fruto bueno". ¿Cómo podemos ser los hijos de Dios, creados a su imagen y semejanza? ¿Cómo podría haber creado Dios a un hombre malvado si en Él solo habita la bondad? Tenemos que creer en las palabras del apóstol, es la única razón por la que seremos capaces de perdonar al prójimo. Si no, todo este mundo estaría condenado a perecer en el infierno.

»Perdonar... —me quedé pensando—, ¿cómo íbamos a poder perdonar todas las atrocidades que se estaban cometiendo? La verdad es que yo mismo podía sentir en mi interior una incipiente mezcolanza de odio, ira y venganza. ¿Cómo nos íbamos a poder perdonar los pecados cometidos los unos a los otros? ¿Cómo íbamos a perdonarnos a nosotros mismos? Joan parecía haber encontrado el modo de hacerlo: tolerar la maldad, aceptarla como parte de la naturaleza humana y no como un acto fruto del libre albedrío. Por grave que fuera el pecado, él siempre lo asociaba a la maldad del hombre, de la que era prácticamente imposible escapar, por lo que ni tan siquiera le hacía falta perdonar, el perdón ya venía dado. Nunca dudó al respecto. Este es uno de los motivos principales por los que quise tanto al hermano Joan, esa pureza no la he visto nunca reflejada en ninguna otra persona. En aquellos tiempos tan oscuros, su ayuda fue para mí como una bendición del Señor. Era como si hubiese enviado a un ángel para apoyarme en los momentos más difíciles de mi vida.

El padre Capmany se detiene un momento y sonríe a la lejanía, como si viera el rostro del hermano Joan en el cielo, visible entre los arcos del claustro. El profesor y el mosso d'esquadra permanecen en silencio, mirando la cara de felicidad del anciano. Intuyen que su discurso aún no ha finalizado y lo constatan cuando, al cabo de un par de minutos, el párroco baja la vista, hace girar el bastón entre sus manos y vuelve a retomarlo.

—Desde el estallido de la guerra, no había parado de rezar. Llevaba la Biblia conmigo a todas partes. Estaba tan ofuscado por la situación que aquella era la única manera de poder soportar el sufrimiento, rezaba sin descanso para que aquel sinsentido acabara lo antes posible. Abrí la Biblia con la intención de refutar las palabras del hermano Joan, seleccioné uno de los capítulos que había leído con insistencia durante las últimas semanas y se lo mostré.

»—Hermano Joan, Dios nos hizo buenos, es el hombre el que se ve tentado por sus propios deseos. Escuche lo que dijo el apóstol Santiago: "Cuando alguno se sienta tentado a hacer el mal, no piense que es Dios quien le tienta, porque Dios no siente la tentación de hacer el mal ni tienta a nadie para que lo haga. Al contrario, cada uno es tentado por sus propios malos deseos, que le atraen y le seducen. De estos malos deseos nace el pecado; y del pecado, cuando llega a su completo desarrollo, nace la muerte. Queridos hermanos míos, no os engañéis: todo lo bueno y perfecto que se nos da procede de arriba, de Dios, que creó los astros del cielo".

»—Padre —me dijo él apoyando su mano sobre mi hombro—, estoy de acuerdo con la cita que usted acaba de mencionar. El deseo y el pecado son la causa y la consecuencia de la maldad del hombre, pero en este caso el apóstol Santiago no nos dice de dónde procede el mal. Sabemos que de Dios no procede y, si nosotros somos tentados por nuestros propios deseos, eso significa que la tentación reside en nuestro interior. ¿Cómo pudo crearnos Dios nuestro señor con semejante maldad escondida en las entrañas? ¿Cómo pudo crear Dios Padre un mundo regido por los deseos de las personas? Dios todopoderoso creó el mundo, pero no el que vemos con nuestros ojos y sobre el que pisamos: Él creó el Reino de los Cielos. Este mundo solo puede ser obra de Satanás. Y no piense que esto me lo he inventado yo, recuerde la primera epístola de Juan, el capítulo segundo, versículos quince y dieciséis.

»Busqué en la Biblia los versículos que me había indicado el hermano Joan y los recité en voz alta:

—"No améis al mundo ni lo que hay en el mundo. Quien ama al mundo no ama al Padre, porque nada de lo que el mundo ofrece viene del Padre, sino del mundo mismo. Y esto es lo que el mundo ofrece: los malos deseos de la naturaleza humana, el deseo de poseer lo que agrada a los ojos y el orgullo de las riquezas".

»Os puedo asegurar que, tras leer aquello, me quedé petrificado. Habría leído la Biblia por lo menos diez veces a lo largo de mi vida, pero nunca me había detenido a pensar en el significado de aquellos versículos. ¿Cómo puede decirnos

Juan el Evangelista que el mundo no viene del Padre, si está escrito en el Génesis y es una de las bases de la fe cristiana?

»El hermano Joan se levantó despacio y salió de la iglesia. Yo me quedé allí sentado, turbado por aquella terrible contradicción. Dios no creó el mundo, dicha afirmación se repetía en mi cabeza como la gota malaya. Releí una y otra vez aquellos versículos. ¿Y si no fuera Dios el creador de este mundo tan enfermo donde vivimos?

»Tardaría un tiempo en asimilar las palabras del hermano Joan y las citas de los apóstoles respecto al origen del mal en el mundo; pero acabaría por darle la razón y aceptar que la maldad forma parte de la condición humana y que esta no puede provenir del Altísimo. Aún lo sigo creyendo después de tanto tiempo, puesto que me ha servido de gran ayuda. Saber perdonar y ser tolerantes son las mejores cualidades a las que podemos aspirar como personas, cualidades indispensables para alcanzar la paz espiritual y poder asistir al prójimo sin prejuicios ni distinciones como hizo Cristo nuestro señor.

El profesor Llull se muerde la lengua para disimular la euforia que siente tras escuchar las palabras del padre Capmany. Nervioso, saca el Ventolin y, sin necesidad, aspira fuerte. Finalmente, va a poder demostrar sus teorías después de tantos años de investigación. La cruz occitana, la vestimenta y, más importante aún, las creencias dualistas manifiestas en las conversaciones que mantuvo con el párroco acerca del origen del bien y del mal, el mundo terrenal y el Reino de los Cielos, solo pueden tener una interpretación: el hermano Joan era un cátaro. Tal vez no lo fuera en el sentido estricto, pero es posible que en el seno de su familia se hubieran conservado ciertas costumbres o enseñanzas de aquella religión sin ser conscientes ellos mismos. La creencia dualista de los dos principios fue uno de los pilares de la filosofía cátara y la diferencia principal con la Iglesia católica. La Santa Inquisición acabó con el catarismo en España a mediados del siglo XIV y en

Europa desapareció poco más tarde con la invasión otomana. Aunque el padre Capmany se empeñe en defender la idea de que algunos católicos aún defienden el pensamiento dualista, el profesor sabe que eso no es cierto, el dualismo no perduró más allá de la Edad Media.

El inspector Font, por su parte, no ha comprendido tanto vaivén de citas bíblicas, aunque considera de gran importancia para la investigación que el padre Capmany mantuviera una estrecha amistad con uno de los dos fallecidos. Joan, ese nombre tan común en Cataluña y en el mundo entero, empieza a estar dotado de cierta personalidad para dejar de ser solo eso, un nombre, un montón de huesos que aguardan justicia en el depósito de cadáveres. Se rasca la barba y mira al padre Capmany; parece relajado y dispuesto a seguir hablando.

—Disculpe, padre, ¿sabe dónde podríamos localizar a algún familiar del hermano Joan? —le pregunta aprovechando la oportunidad.

El sacerdote medita unos segundos antes de responder.

—Adivino por sus palabras que ya he acabado de decirles todo lo que debía acerca del hermano Joan y que ahora es el turno del interrogatorio, ¿o me equivoco, señor inspector? —dice con sequedad.

—Disculpe, padre, creía que...

—No se disculpe, hijo, solo estaba bromeando. —Lo mira con ojos pícaros—. Sé que usted ha venido para hacer su trabajo, pero me incomoda que me haga tantas preguntas. Ya le he dicho que no le sería de mucha ayuda. No puedo negar que conociera al hermano Joan, pero, aparte de nuestras vivencias, nunca supe nada acerca de su vida anterior a su llegada a Terrassa.

—Gracias, padre —dice el inspector—. ¿Me permite otra pregunta?

—La última.

El inspector Font inquiere con la mirada al profesor Llull, que se encoge de hombros. Bombardearía al párroco con un sinfín de preguntas, pero, siendo la última, mete la mano en el bolsillo de la americana y saca una fotografía para mostrársela.

—¿Podría echarle un vistazo a esta fotografía y decirme si alguna vez ha visto a este hombre?

El párroco coge la fotografía con recelo.

—¿Es el hombre que encontraron muerto junto al hermano Joan? —pregunta sin mirarla.

—Sí —confirma el inspector Font—, murió hace dos semanas.

El padre Capmany alza la fotografía como si quisiera examinarla a contraluz. Después, se la acerca a la cara.

—¿Lo conoce? —pregunta el inspector al ver la expresión de sorpresa en el rostro del anciano.

—Pobre hombre. —Se santigua el sacerdote—. Guarde la fotografía, yo ya no quiero verla más. —Se la devuelve—. ¿Está usted seguro de que ese hombre murió hace solo quince días?

—Estuve presente cuando exhumaron su cuerpo y le...

—En ese caso, no creo que lo conozca —lo interrumpe el padre Capmany—, pero me recuerda mucho a una persona. Se parece muchísimo a un amigo del hermano Joan, juraría que es él. Perdonen por el juramento, es una manera de hablar. Es igual, igualito a como lo recuerdo, pero no puede ser. Tiene que tratarse de un familiar, ese hombre era mayor que yo —dice, contrariado.

—Podría ser un familiar, como usted ha dicho —sugiere el inspector—. ¿Le importaría hablarnos de ese hombre?

—¿Yo? Apenas lo conocía, ni siquiera le puedo decir cómo se llamaba. Vivía a las afueras de la ciudad, allá en la sierra. —Señala con la garrota hacia la derecha—. No venía mucho por aquí, pero no me pregunte nada más porque esto es lo único que le puedo decir.

—Usted ha dicho que vivía en la sierra, ¿recuerda más o menos en qué lugar?

—¡Se acabaron las preguntas por hoy! ¡Ya le he dicho todo lo que sé! —exclama el párroco malhumorado.

Se levanta con ayuda del báculo y se endereza la sotana por la parte de atrás. El profesor Llull y el inspector Font también se ponen de pie.

—Hoy no los acompañaré en su visita, ruego que me disculpen. Les he dejado todas las puertas abiertas, ciérrenlas cuando se marchen.

El padre Capmany echa a andar. El profesor agarra al inspector por el brazo cuando este abre la boca para decirle algo al párroco y le hace un gesto con la cabeza para indicarle que permanezca en silencio.

—Gracias por recibirnos, padre —dice el profesor acercándose al sacerdote.

El padre Capmany lo ignora y sale del claustro. El profesor y el inspector le siguen a un par de metros de distancia, como si les marcara el paso de una procesión.

—No se preocupe, inspector Font. —El profesor se detiene en la fachada principal de la basílica de Santa María mientras ve alejarse al párroco hacia la iglesia de San Pedro—. Ya tendremos oportunidad de entrevistarnos de nuevo con el padre Capmany. Lo conozco desde hace muchos años y siempre ha sido así de testarudo.

—Ya me lo advirtió mi compañero, pero tendremos que volver para hablar con él si no encontramos nuevos indicios que nos permitan avanzar en la investigación.

—Confíe en mí. —El profesor Llull le coge por el brazo—. Volveremos a hablar con él, pero deje que pasen unos días.

El profesor y el mosso d'esquadra se dirigen hacia la iglesia de San Miguel, el edificio situado en medio del recinto, entre las otras dos iglesias, referido también como baptisterio.

—Le he visto muy ilusionado con las palabras del párroco —comenta el inspector Font.

El profesor Llull sonríe antes de responder.

—Inspector Font, aún hay muchos interrogantes por esclarecer acerca de esos dos hombres, pero, después de escuchar al padre Capmany, le puedo asegurar que tenían alguna relación con la religión cátara. ¿Se da cuenta de lo que esto representa?

—Si pudiese confirmar su relación con la herejía cátara —habla pausado el inspector mientras razona—, podría demostrar la tesis que expuso en el Palacio Nacional.

—Exacto, aunque le he de confesar que ni yo mismo creía que pudieran haber llegado tan lejos; todos mis argumentos conseguían relacionarlos hasta los siglos XVII o XVIII a lo sumo. No está claro si esos hombres eran practicantes o solo conservaban parte de la tradición, ni tampoco qué hacían infiltrados dentro de la Iglesia católica, pero ya tendremos tiempo para averiguarlo.

—Si pudiésemos localizar a algún integrante de esa secta... —reflexiona el inspector en voz alta.

—Me temo que va a resultar extremadamente difícil. Si llevan varios siglos escondidos, no creo que nos vaya a ser fácil dar con ellos.

—Pero esta vez tenemos a dos, aunque estén muertos. Y, además, tenemos al padre Capmany, que conocía muy bien a uno de ellos —se expresa con rapidez.

El profesor Llull se queda asintiendo con la cabeza.

—Cierto, quizás nadie haya estado nunca tan cerca de ellos como podemos estarlo nosotros ahora. —El profesor suspira al acabar la frase.

—Daremos con ellos. —El inspector lo mira con convencimiento.

—Sí. —El profesor sonríe levemente—. Eso espero.

Los dos hombres recorren en silencio los escasos diez metros que los separan de la iglesia de San Miguel y se detienen a la sombra de la fachada oeste.

—¿Podría explicarme cómo ha llegado a la conclusión de que esos hombres puedan ser cátaros después de escuchar al padre Capmany? —pregunta el inspector.

—Por supuesto. —El profesor Llull se mira el reloj—. Aún tenemos tiempo. ¿Cuáles son sus conocimientos respecto a la religión cátara?

—Aparte de las rutas de los castillos cátaros que hay por la zona de Carcasona, no había oído hablar de esa religión hasta que el viernes pasado asistí a su conferencia.

—Será mejor que empecemos por el principio —propone el profesor en actitud condescendiente.

Se aclara la garganta, como suele hacer antes de comenzar sus clases en la universidad, y empieza a explicarle la historia cátara:

—En los inicios del cristianismo, existieron diferentes vertientes ideológicas; si bien todas partían de las enseñanzas de Jesucristo y los apóstoles, poseían interpretaciones y creencias propias. En el siglo IV el emperador Constantino prohibió las persecuciones a los cristianos y, poco antes de su muerte, declaró el catolicismo como religión oficial del Imperio romano, motivo por el cual se convirtió en la principal doctrina cristiana. Los demás grupos de cristianos pasaron a ser minoritarios y algunos fueron atacados e incluso perseguidos por la Iglesia católica, pero la mayoría de esas creencias convivieron con el catolicismo, sin mayores problemas, hasta bien entrada la Edad Media.

»El catarismo surgió en ese contexto a mediados del siglo X y se propagó con fuerza un siglo después por toda Europa; no solo en Francia, sino también en Alemania, Italia, España, Inglaterra, Bulgaria o en los Balcanes, donde perduró hasta la invasión turco-otomana de finales del siglo XV. Su expansión fue muy dispar en los distintos territorios y, al no existir un poder centralizado, sus seguidores fueron conocidos por diferentes apelativos según la zona geográfica de su desarrollo. Mientras que en Francia se les denominó cátaros, en Bulgaria y en los Balcanes, por ejemplo, se los conoció como bogomilos.

»A pesar de que las ideas cátaras se extendieran por toda

Europa, fue en el sur del país galo, en la región occitana del Languedoc, donde encontraron mayor arraigo en la sociedad, y el catarismo llegó a ser la religión predominante en algunas ciudades. La Iglesia romana envió grupos de predicadores a la zona para contrarrestar la influencia cátara; de ese modo, nacieron las primeras órdenes católicas mendicantes, que pretendían imitar a los cátaros en su forma de vida austera y su manera de predicar la doctrina cristiana relacionándose con el pueblo llano. El más conocido de estos predicadores fue santo Domingo de Guzmán, que más tarde fundaría la orden de los dominicos, la responsable de los tribunales de la Santa Inquisición.

»El papa Inocencio III no tuvo paciencia, y un par de años después de enviar las primeras misiones declaró la cruzada contra los señores del Languedoc tras una desavenencia con el conde de Toulouse. A principios del siglo XIII, estos condados del sur de Francia (Toulouse, Carcasona y Foix entre los más importantes) no pertenecían a la Corona francesa, sino que eran independientes y algunos rendían vasallaje a la Corona aragonesa, que había aunado recientemente el reino de Aragón y el condado de Barcelona. Al declarar como herejes a los condados occitanos, y ante la pasividad del monarca aragonés para expulsar a los cátaros, el rey de Francia, Felipe II, y su nobleza se unieron a la cruzada con la vista puesta en la conquista de la región, puesto que esa era la recompensa ofrecida por el papado. Le aclaro este punto para que vea que detrás de la cruzada también hubo un trasfondo político por la ocupación del territorio. El rey Pedro II de Aragón, Pere I como conde de Barcelona, recibe el alias del Católico por su lucha contra los almohades; en especial por su participación en la batalla de las Navas de Tolosa, la más decisiva e icónica de la Reconquista. Sin embargo, Pedro el Católico murió en la batalla de Muret de 1213, defendiendo los condados cátaros que le rendían vasallaje contra la cruzada católica instigada desde Roma y perpetrada por su homólogo, el rey de Francia.

Valga decir que en esta cruzada no intervinieron órdenes militares y religiosas como los caballeros templarios; y si lo hicieron, fue para dar cobijo a los herejes o facilitar su huida.

»La cruzada contra la herejía cátara ha sido la única emprendida contra otra religión cristiana, aunque esto no evitó que se convirtiese en una de las más cruentas y despiadadas de cuantas hubo. Para que se haga una idea de la brutal represión que sufrieron y que podríamos calificar de exterminio en toda regla, los cruzados arrasaron ciudades enteras como la de Béziers, donde asesinaron a toda su población, alrededor de veinte mil personas, incluidos mujeres, niños y todos los creyentes católicos que allí residían. De la masacre de esta ciudad nos ha quedado una de las frases, atribuida a un legado papal, que mejor representa el odio con que los cátaros fueron atacados desde Roma: "Matadlos a todos, Dios se encargará de reconocer a los suyos".

»La cruzada albigense, conocida de esta manera por haberse producido en la ciudad de Albi el primer concilio cátaro, finalizó con la caída de los últimos castillos cátaros, el de Montségur en 1244 y el de Quéribus en 1255, tras poco más de cuarenta años desde el inicio del catarismo. Los últimos supervivientes que lograron escapar lo hicieron hacia el norte de España e Italia, donde se unieron a pequeñas comunidades cátaras que se habían instalado allí con anterioridad; aunque más tarde también serían perseguidas por la Inquisición en estos países y acabarían condenadas a la hoguera por herejía. El último perfecto cátaro en Cataluña del que se tiene constancia fue detenido en el Pirineo leridano en el año 1321 y quemado ese mismo año en una fortaleza al sur de Carcasona.

»La concepción dualista del universo fue el precepto fundamental sobre el que se asentaba la doctrina cátara y su diferencia principal respecto al catolicismo. El dualismo es una corriente de pensamiento heredada del maniqueísmo, otra religión cristiana nacida en el siglo III, donde la interpretación del mundo se realiza a través de la confrontación de dos principios opuestos: el bien y el mal. Para los cátaros, el bien provenía de Dios y el mal de otro dios malvado, Satanás. Ese dios malvado es el que aparece en el Antiguo Testamento, un dios guerrero y vengativo, creador de todas las cosas materiales y, por consiguiente, del mundo en que vivimos. En contraposición, existiría otro mundo inmaterial, creado por el Dios verdadero. Este dios bueno sería el predicado por Jesús y el que está presente en el Nuevo Testamento.

»El ser humano estaría ligado a ese mundo inmaterial a través del espíritu, que, según la creencia cátara, procedería de los ángeles caídos del cielo, los hijos de Dios que lo abandonaron y siguieron a Lucifer. El espíritu solo podría regresar al Reino de los Cielos tras la muerte de la persona si esta había llevado una vida bondadosa y alejada de los placeres terrenales; en caso contrario, el espíritu quedaría de nuevo atrapado en el mundo terrenal en el cuerpo de otro individuo; consideración que implica que los cataros también creían, de alguna manera, en la reencarnación.

—Ahora comprendo su entusiasmo —dice el inspector Font—. Según la conversación a la que ha hecho referencia el padre Capmany, Joan, el hombre asesinado, defendía la visión cátara de un origen del mal que no podría proceder de Dios.

—Le felicito, veo que lo ha captado a la primera. —El profesor asiente con gesto complacido—. Existieron otras religiones como el gnosticismo, anterior al cristianismo y que convivió con él a principios de nuestra era, que también basaba su doctrina en el dualismo del individuo. Es muy probable que sus practicantes recibieran la influencia del filósofo griego Platón, uno de los primeros pensadores en considerar la naturaleza del mundo y del individuo desde un punto de vista dualista.

»Esa fue la principal diferencia teológica del catarismo respecto al catolicismo; pero, además, los cátaros tampoco aceptaban la Santísima Trinidad, es decir, la naturaleza divina de Cristo, un dogma estipulado por la Iglesia católica durante el concilio de Nicea del año 325 que provocó un gran cisma en su seno del que nacería otra religión, el arrianismo, adoptada por varios pueblos germánicos y muy importante aquí en España durante los reinados visigodos.

»Todas estas consideraciones, sumadas a la interpretación diferente de los Evangelios, implicaron que los cátaros rechazaran el bautismo, la eucaristía y la veneración tanto de las reliquias como de la Santa Cruz, y que no consideraran el matrimonio obligatorio para la unión entre dos personas. A pesar de que estos motivos ya fueran suficientes para ser condenados a la hoguera por herejía, también recibieron todo tipo de acusaciones falsas. Por ejemplo, que eran adoradores de Satanás, aunque en aquella época a todos los herejes se les atribuían los mismos pecados. —El profesor Llull baja la vista y se mira el reloj—. En diez minutos debería salir camino de la estación, no me gustaría llegar con retraso al comienzo de la clase.

—Sí, tiene usted razón, ya son casi las nueve menos veinte —responde el inspector Font—. ¿Está seguro de que no quiere que le acerque?

—No se preocupe, la estación de ferrocarril está aquí al lado.

El profesor observa la pequeña puerta de madera de la iglesia; en la pared se distingue el arco del gran pórtico original que había en la fachada, sellado ahora por piedras de dimensiones y colores variados. Después mira al inspector y le pregunta:

—¿Ha visitado alguna vez la iglesia de San Miguel?

—No, no he estado en ninguna de ellas.

—Ya que estamos aquí, sería una lástima no aprovechar la oportunidad para entrar a contemplar su belleza. Venga conmigo —le ofrece mientras apoya una mano en la puerta y la empuja.

El inspector Font mira la pared de piedra antes de entrar. Se fija en la ventana de herradura que hay un par de metros por encima de la puerta; está tapiada por el interior. Agacha un poco la cabeza, aunque no le hubiese hecho falta, y entra en la iglesia.

Mientras tanto, el profesor se ha dirigido presuroso a la puerta situada en la fachada sur —la principal del templo— para abrirla de par en par. El sol penetra en la iglesia de costado y dibuja la silueta del pórtico arqueado en el piso de la iglesia.

—Así está mejor. —Llull regresa sacudiéndose las manos.

El inspector Font vuelve la vista hacia atrás para examinar la ventana de herradura que parecía tapiada por el exterior. Desde dentro tiene un aspecto completamente diferente; una celosía de cruces y motivos geométricos permite la entrada de la luz solar a través de una capa blanca que parece de yeso pero que debe de ser de algún material translúcido. Después, mira al profesor Llull.

—Es una suerte que podamos disfrutar de este edificio tan hermoso y en tan buen estado de conservación —manifiesta entusiasmado el profesor—. Este templo es una de las primeras iglesias cristianas levantadas en España, por lo menos de las que se conservan. —Avanza dos pasos hacia el centro de la iglesia con las palmas de las manos hacia arriba—. Su construcción es anterior al siglo VIII y, aunque resulte muy complicado datarla con exactitud, lo que sí es seguro, debido a sus características, es que se trata de un edificio de época tardorromana.

»A pesar de haber sufrido algunas remodelaciones, todas ellas anteriores al siglo XII, se conserva intacta la planta original y algunos de los muros. Como puede ver, la planta es cuadrada, algo poco frecuente en las construcciones de la Edad Media, y la cruz, elevada sobre el resto de la iglesia, es griega. Por último, tenemos el cimborrio, soportado por estas bellísimas columnas y elevado aún más sobre la propia cruz. Una obra de arte sublime.

El inspector Font camina hasta el centro de la nave, se sujeta a una columna y asoma la cabeza para mirar hacia arriba, donde le acaba de señalar el profesor. La bóveda del cimborrio, acabada en forma cónica y constituida por hiladas de piedras pequeñas, parece desafiar las leyes de la gravedad. Cuatro ventanucos, con sus respectivas celosías, permiten que entre la luz en el cono y se refleje en las paredes hasta alcanzar el suelo de la iglesia. Baja la vista y observa las columnas unidas mediante arcos de medio punto; hay ocho, sus grosores varían entre sí y todos los capiteles son diferentes.

—Veo que es usted muy observador —dice el profesor Llull—. Aunque algunos sean similares, ninguno es completamente igual. Fíjese en estos cuatro. —Señala los capiteles uno a uno—. Lo más probable es que fueran aprovechados del templo romano de la ciudad de Egara, que según nuestros cálculos se situaría en este mismo recinto. El resto son de época visigótica. Estos dos del siglo VII, y esos anteriores al siglo IX. Pero ahora déjeme que le explique la parte más controvertida del edificio —continúa con aire misterioso—: su funcionalidad.

»Desde hace mucho tiempo se ha considerado que esta iglesia era el baptisterio, hasta el punto de que se la conoce por ese nombre, y usted me dirá: "No cabe otra posibilidad. Si no, ¿para qué iba a servir esta pila bautismal encuadrada dentro de estas columnas que soportan el cimborrio?". ¿Y si le digo que esta piscina fue levantada a principios del siglo pasado por el arquitecto Puig i Cadafalch?

—¿El arquitecto modernista que construyó la Casa de les Punxes de la avenida Diagonal? —pregunta, inseguro, el inspector Font.

—Correcto. Uno de los más reconocidos del modernismo catalán junto con Gaudí y Domènech i Montaner. Pero no se preocupe, que, aunque parezca haber un enigma, todo está perfectamente documentado. El señor Puig i Cadafalch no se dedicó única y exclusivamente a realizar esas magníficas construcciones que hay repartidas por la ciudad de Barcelona y provincia, sino que también dedicó parte de su vida a la restauración, otra de sus grandes pasiones, y aquí tiene buena muestra de ella. El problema es que durante la restauración de esta iglesia se incorporaron algunos elementos que nunca antes habían existido. Pero no le culparemos por ello: a principios del siglo XX, estaba en boga reconstruir las ruinas del pasado.

»El máximo exponente de aquel afán reconstructivo lo encontramos en sir Arthur Evans —recita el nombre en perfecto inglés y ensalzando la figura del personaje—, el descubridor del palacio de Cnosos en Creta. Discúlpeme si he ido demasiado rápido —dice con voz pausada al inspector tras detectar en su rostro cierta confusión—. Durante las primeras décadas del siglo pasado, se pensaba que la mejor manera de preservar las ruinas de la Antigüedad era a través de su reconstrucción. Sir Arthur Evans, el gran descubridor inglés, hizo posible que la mitología clásica se convirtiera en un hecho histórico.

»Consiguió encontrar el palacio de Cnosos valiéndose de historias y leyendas que habían pasado de boca en boca durante generaciones y demostró al mundo que la leyenda del minotauro, el laberinto y el palacio de Cnosos habían existido en realidad. Si hoy día podemos reprocharle algún pequeño desliz, sería en la restauración que hicieron del edificio, ya que añadieron pinturas, muros y columnas que no respetaban la arquitectura original. En esta iglesia nos encontramos con el mismo problema. El equipo dirigido por el señor Puig i Cadafalch fabricó esta piscina octogonal y la instaló entre estas columnas en su intento por devolver el templo a su estado primigenio. La verdad es que hasta hace bien poco nadie había discutido su obra.

»Pero permítame hacerle una confidencia. —Se acerca al inspector, se lleva la mano a la boca y comienza a hablarle en un tono muy bajito—. Estoy seguro de que sabrá guardarme el secreto. Llevamos varios años de investigación en el recinto de las iglesias antes de abrirlas definitivamente al público. No se crea que yo soy el único responsable, somos un equipo multidisciplinar compuesto por arqueólogos, historiadores, arquitectos y demás. El caso es que a finales de los años cuarenta se descubrieron los restos de una pila bautismal en la iglesia de Santa María, parecida a esta piscina que tenemos aquí, pero cuadrada, que también se utilizaba para celebrar bautismos por inmersión, por lo que pierde todo sentido que esta iglesia fuese el baptisterio del recinto.

»Tras los últimos estudios, todo parece indicar que en esta iglesia nunca hubo pila alguna. Por lo tanto, esta que tenemos aquí, diseñada y construida por el arquitecto barcelonés, se trata de un pequeño error que nos proponemos enmendar.

—¿Quiere decir que la van a derruir?

—Exacto —confirma el profesor—, aunque no inmediatamente; estos trabajos requieren de su tiempo y de sus formalidades, pero no le quepa ninguna duda de que ese será su destino. Igual que ese muro de ahí. —Señala un tabique de un metro de altura que separa el ábside de la nave principal—. Que tampoco perteneció nunca a esta iglesia.

—Y entonces, ¿qué había entre estas columnas? —pregunta señalando la pila bautismal.

—Todavía no lo sabemos. —El profesor Llull enarca las cejas y se encoge de hombros—. Tenemos que proseguir con las excavaciones para finalizar la investigación. Creemos que el edificio cumplía las funciones de mausoleo fúnebre. En la tradición romana era un elemento muy común. Este puede ser uno de los pocos que se construyeran en España. Además, en la religión católica, el arcángel Miguel siempre se ha relacionado con las oraciones litúrgicas funerarias y este templo lleva su nombre. Aquí posiblemente hubiera un altar o algún elemento relacionado con esas liturgias; aunque el hecho más relevante que acaba de respaldar esta teoría es que en esta iglesia haya una cripta y sea la única en todo el recinto. Alrededor del edificio también hemos podido localizar varias tumbas.

—¿Podemos ver la cripta? —sugiere el inspector—. Según

el padre Capmany, Joan pasó la mayor parte de la Guerra Civil durmiendo en esta iglesia.

—Me encantaría. Sin embargo, hoy no le podré acompañar, se me ha hecho un poco tarde. Pero continúe con la visita si lo desea; a la cripta se llega por esas escaleras que hay a la izquierda. Las pinturas del ábside también son muy interesantes, a pesar de su deterioro, y, si le interesa, la próxima vez que volvamos para hablar con el padre Capmany le podría mostrar las otras dos iglesias y los restos romanos que se encuentran dentro de este mismo recinto.

—No quisiera entretenerle más, muchas gracias por su ayuda. En cualquier caso, me pondré en contacto con usted esta semana; aún quedan varios temas pendientes que me gustaría tratar lo antes posible.

El profesor Llull estrecha la mano al mosso d'esquadra y abandona la iglesia.

Capítulo V

> Sois un juguete del guardián del infierno. Don Parzival, estáis deshonrado.
>
> No quiero alegría antes de ver el Grial, tarde mucho o poco tiempo. Mi pensamiento me lleva a esa meta y no me apartaré de ella mientras viva.
>
> Para conquistar el Grial, el hijo de Herzeloyde tendrá que realizar desde ahora muchas hazañas. Él era el heredero del Grial.

Barcelona. Jueves, 1 de junio

Pasan unos minutos de las once de la noche. Cuando Mónica entra en la plaza, los cuatro jóvenes que estaban sentados en una terraza —su mesa es la última, las demás están apiladas con las sillas junto a una farola— se levantan y se despiden del camarero, que se acerca a la mesa, recoge unas monedas y se las guarda en el bolsillo del pantalón. Mónica los ve alejarse por una de las calles colindantes. Ya no hay nadie más que ella en la plaza. El camarero acaba de entrar en el restaurante y ha bajado la persiana metálica hasta la mitad.

Regresa a pie de la universidad, situada Diagonal arriba, por el barrio de Les Corts. Ha estado toda la tarde en la biblioteca estudiando para la presentación de su tesis. Aún le falta cerca de media hora para llegar al apartamento de su padre en el Poble Sec. Se detiene para contemplar la iglesia de Santa María del Remedio con su imponente campanario. El aroma a jazmín impregna el aire. Le gusta desviarse por esas callejuelas de Les Corts; uno de los últimos reductos, en esta parte de la ciudad, de casas bajas y ambiente de pueblo, de fachadas y esencias del siglo XIX, que sobrevive rodeado por grandes avenidas, la Diagonal y la Travessera de Les Corts, de pisos altos y tráfico denso.

Reemprende la caminata a paso lento. Hoy le apetecía salir. Es la primera vez que ha sentido esa necesidad después de casi dos semanas encerrada en casa. Solo se había atrevido a hacerlo para ir a la conferencia de su padre en el Palacio Nacional y la experiencia fue desalentadora. Quizás se haya visto empujada por ese ambiente veraniego que ha llegado antes de tiempo y despierta el ánimo de la ciudad y sus habitantes. Pero ahora se da cuenta de que todo era un engaño. Los bares todavía no se aventuran a seguir abiertos pasada la medianoche y a los niños aún les faltan mañanas de escuela antes de poder corretear en libertad por la plaza a esas horas.

Cuenta los días restantes hasta la fecha de la presentación de su tesis doctoral. Veinte. Inevitablemente, también cuenta hacia atrás. Trece. Los días que han pasado desde que regresó de Llançà. Sabe que no debería pensar más en Sergi, pero le resulta imposible evitarlo; terribles escenas de su violación y secuestro la asaltan sin previo aviso, aunque cada vez son menos frecuentes. Esta mañana solo lo han hecho durante unos minutos al despertar, cuando se desperezaba en la cama, y han sido algo más fugaces por la tarde, cuando viajaba en el metro de camino a la universidad. Ayer tampoco la molestaron en demasía. Parece que poco a poco su vida va recobrando la normalidad, si es que se puede llamar así a querer salir a la calle y, sobre todo, a hacerlo sin temor.

Encuentra la causa de su mejoría en ese instante de reflexión. Sergi no la ha llamado desde el martes. Solo ver su nombre parpadeando en la pantalla —después solo su número, cuando lo borró de su agenda— o la luz del teléfono brillando en silencio en la oscuridad la hacía sentirse miserable. A pesar de su insistencia, se ha mantenido firme en su decisión de no volver a hablar nunca más con él. Cuando lo vio en el museo, salió corriendo y se marchó a casa llorando. Si vuelve a molestarla, se cambiará el número de teléfono.

Está escuchando música a través de los auriculares. Acaba de empezar una canción de Blur, «Coffee & TV», que siempre la hace sonreír al recordar al personaje principal del videoclip, un cartón de leche que finaliza su aventura en un cubo de basura para después ascender al cielo. Tararea la melodía, aún no se ha aprendido la letra. Vuelve a sentirse feliz después de mucho tiempo. Solo ha sido una canción, pero en los pequeños detalles es donde se encuentra realmente la felicidad. Respira hondo, se deleita con la fragancia de los jazmines al invadir su cuerpo y cierra los ojos. No quiere dejar escapar esa sensación de bienestar; cuando surgen momentos como el presente, uno tiene el deber de saber aprovecharlos.

Piensa en su padre. No le ha querido contar lo ocurrido para no preocuparlo. Él ni siquiera se lo puede llegar a imaginar. Le habla todas las noches de los últimos descubrimientos realizados en torno al catarismo para intentar animarla, pero también porque está en un estado continuo de euforia y excitación que no le permite estar callado o cambiar de tema. Agradece que haya dejado de preguntarle por su regreso a casa y se culpabiliza por no haberle prestado mayor atención. Es consciente de lo mucho que significa para su padre el hallazgo de la cruz occitana junto a los dos hombres asesinados en Terrassa. Ella misma se habría mostrado tanto o más exaltada que él de haberse producido dichos avances en otras circunstancias.

Desde que era niña, incluso antes de perder a su madre, siempre ha vivido pegada a su padre; lo acompañaba en todos sus viajes, ya fuera para dar conferencias o para realizar estudios arqueológicos. En alguno de esos viajes nació su pasión por la historia, que la llevó a seguir los pasos de su progenitor no por complacencia, sino por convicción propia. Espera encontrárselo en casa para hablar con él. Haber encontrado a dos practicantes de la religión cátara en el siglo xx es verdaderamente increíble. De confirmarse, para su padre sería como un sueño hecho realidad, la culminación de una carrera a contracorriente con un descubrimiento que podría pasar a los anales de la historia. Se disgusta al acordarse de que su padre ha cogido un avión esa mañana para viajar a Madrid, donde imparte un seminario en la Complutense. No regresará hasta mañana por la tarde. Lo llamará para ir a recogerlo al aeropuerto.

Cruza el semáforo de la calle Numancia y continúa hacia la izquierda por la calle del Marqués de Sentmenat. Un olor a hachís le hace volver la vista por curiosidad. En la acera contraria, hay un joven fumándose un porro. Sonríe para sus adentros y sigue su camino. Dos o tres metros. Ahí se detiene. Vuelve a mirarlo sin saber por qué; ha sido el instinto el que ha percibido el peligro y le ha dado el alto. Hay algo en ese muchacho que le resulta familiar, como si ya lo hubiera visto antes. La luz de las farolas no alcanza a iluminar su rostro; pero la gorra, la *bomber* negra y los pantalones militares son más que suficientes para identificarlo. Ayer lo vio pasar por la calle desde la ventana del comedor. Serían las siete de la tarde y abrió la ventana, pues hacía bastante calor; se fijó en él porque llevaba esa chaqueta negra cuando todo el mundo iba en manga corta. Vestía de la misma manera. Será una coincidencia.

Echa a andar. Reprime las ansias de volverse, pero lo hace al cabo de unos metros para asegurarse de que no la sigue. Esa sensación de inseguridad hace que Sergi reaparezca en sus pensamientos. Quizás debería coger el metro. Desecha la idea, no quiere creerse presa de la paranoia. Bajará por la avenida Josep Tarradellas, pero solo por precaución; suele haber más gente por el paseo que por las primeras calles del Eixample que parten de ahí; aunque tal vez ya sea demasiado tarde y no haya nadie de todos modos. Después continuará por la avenida Tarragona hasta la plaza España, a pesar de no agradarle el último tramo, la zona que discurre junto al parque Joan Miró, por miedo a que la puedan empujar hacia los árboles. En cualquier caso, si tuviera que correr y pedir ayuda, una vez alcanzada la estación de Sants el tráfico de vehículos es continuo las veinticuatro horas del día.

«Basta ya», se dice. Ha pasado por ahí centenares de veces y nunca ha tenido ningún problema. Lo único que debe hacer es mantenerse alerta por si volviera a cruzarse otra vez con el joven de la *bomber*. Dos pueden ser casualidad, tres se convertirían en motivo de preocupación.

Barcelona. Lunes, 5 de junio

El inspector Font se abre paso entre los estudiantes que salen de la facultad. Llega tarde a su cita con el profesor Llull, acordada a las seis en punto. Se ha encontrado un gran atasco en la avenida Diagonal y ha tenido que dejar el coche mal estacionado, con dos ruedas sobre la acera, aunque por las cercanías del campus esta parece ser la práctica habitual.

Se detiene ante el mostrador de secretaría aún con la respiración entrecortada. El empleado estaba bajando la persiana de la ventanilla. Tiene que agacharse y ladear la cabeza para llamar la atención del hombre. Prefiere preguntarle por el despacho del profesor Llull, a pesar de tenerlo apuntado en la libreta, para no perder más tiempo buscando las indicaciones entre los numerosos letreros y carteles que hay en el vestíbulo. El secretario no puede reprimir un gesto entre la sorpresa y el espanto al oír su voz y mirarlo a la cara; se queda tenso, con el brazo agarrando la cinta de la persiana a medio bajar. El inspector le pregunta sin importunarse por su reacción. Está acostumbrado a que la primera impresión que da provoque un atisbo de miedo, desconfianza o, cuando menos, precaución, El tajo que le cruza la mejilla y su corpulencia son razones suficientemente notorias como para no pasar inadvertidas.

Recibe las indicaciones oportunas tras haber tenido que enseñarle la placa de los Mossos d'Esquadra al secretario. Se apresura por el corredor principal como si fuera un alumno más de los que deambulan en esos momentos por el pasillo y llegan tarde a clase. Sube los escalones hasta la segunda planta de tres en tres. El despacho del profesor Llull es el último del pasillo de la izquierda. La puerta está ajustada. Golpea con los nudillos y la abre con cautela. No hay nadie. Saca el teléfono móvil del bolsillo del pantalón para llamarle y se da cuenta de que tiene dos llamadas perdidas suyas.

—¡Señor Font! —Oye la voz del profesor a lo lejos.

Se vuelve y lo ve entrar por el pasillo. Viene corriendo con un fajo de papeles bajo el brazo.

—Disculpe. —Llull se aproxima—. Al ver que se retrasaba y no respondía al teléfono, he aprovechado para bajar a hacer fotocopias. —Se detiene a unos diez metros de él y se apoya en la pared para coger un poco de aire—. Aunque no me ha dado tiempo. Le he visto salir de secretaría y he intentado darle alcance, pero parece que es usted más rápido andando que yo corriendo.

—No se apure —le responde—, el que llega tarde soy yo. Acabo de ver sus llamadas.

El profesor Llull se le acerca con andares fatigados y le estrecha la mano.

—Pase, pase —lo invita a su despacho mientras su respiración entrecorta las palabras—. Como siempre me recuerda mi hija, debería hacer algo de ejercicio —dice tras cerrar la puerta—. Tome asiento, por favor, y disculpe el desorden; acaba de finalizar el semestre y tengo bastante trabajo entre preparar los exámenes y revisar todos esos trabajos. —Señala dos montones de expedientes apilados sobre la mesa. Camina hasta su sillón, se sienta, coge un vaso de agua y le da un sorbo—. Mucho mejor. Siento no haber podido atenderle a finales de la semana pasada, me había olvidado por completo de que tenía que viajar a Madrid. ¿Ha habido algún progreso en la investigación? —le pregunta enarcando las cejas por encima de las gafas.

—Nada relevante. —El inspector Font menea la cabeza, pone los codos encima de la mesa y junta las manos—. Tenemos que ver al padre Capmany cuanto antes —formula con gesto serio.

—De eso mismo quería hablarle. Hasta esta mañana no me había sido posible contactar con él. Lo había intentado día sí, día no y ya estaba empezando a preocuparme.

—¿Ha podido concertar otra visita? —le pregunta ocultando su entusiasmo bajo una entonación inexpresiva.

—Todavía no hemos acordado una fecha, pero me ha asegurado que me recibirá esta semana.

—Entiendo, el padre Capmany quiere que vaya usted solo.

—Así es. Por el momento, no creo que tengamos otra opción. No me he atrevido a insistirle más de lo debido. Si no, sería capaz de no hablar ni siquiera conmigo, aún se le notaba algo resentido.

—No se preocupe —dice el inspector Font—. Era algo que casi daba por descontado, todo lo que no hubiera sido una negativa por su parte habría sido una sorpresa. Por favor, llámeme después de hablar con él, el testimonio del padre Capmany es crucial para la investigación.

—Sí, sí, por supuesto. Faltaría más.

—Se lo agradezco. —Inclina la cabeza en gesto de complicidad—. Quería pedirle su opinión acerca de otras cuestiones. Después de la conversación que mantuvimos en Terrassa, he estado documentándome acerca del catarismo. Tengo que reconocerle que no esperaba encontrar tanta información y tan diversa. La historia que envuelve esa religión está tan repleta de secretos y misterios que muchos de ellos serían motivos sobrados para inducir al asesinato.

El profesor Llull asiente mediante un sonido gutural y, con un leve movimiento de cabeza, le indica que prosiga.

—Gran parte de esa información hace referencia a algún tipo de tesoro, creo que usted lo mencionó en su ponencia en el Palacio Nacional. Ya sé que todo esto puede parecer algo descabellado, pero el mismo crimen también parece bastante heterodoxo. ¿Y si el móvil de los asesinatos estuviese relacionado con el descubrimiento por parte de alguien de ese tesoro y hubiese decidido matar a esos dos hombres para hacerse con él?

—A mí también me ha rondado esa idea por la cabeza —responde el profesor Llull tras meditarlo unos instantes—. Encajaría a la perfección con el móvil del crimen. Ahora bien, pensar que esos dos hombres se hallaban en posesión del tesoro cátaro, aunque no descabellado, me parece un poco prematuro. Hasta el momento no hemos encontrado nada que nos haga considerar esa posibilidad.

El inspector Font baja la vista y se acaricia la lisura de la a cicatriz mientras observa las manos tranquilas del profesor. Durante todo el fin de semana ha considerado esa posibilidad como la más acertada. Después de leer sobre los misterios cátaros y haber encontrado esa cruz de oro, de una pureza tan extrema como desconocida, pensaba que el profesor Llull apoyaría su razonamiento. No se ha atrevido a comentar este asunto con ninguno de sus compañeros. Hasta él se sorprende a sí mismo de pensar siquiera en esa hipótesis, que, fuera de contexto, resulta tan fantasiosa e inverosímil, pero su intuición le dice que va por buen camino y no está dispuesto a darse por vencido tan rápido.

—Porque ¿usted cuál cree que puede ser ese tesoro que protegían los cátaros? —pregunta al profesor Llull con un deje de agresividad.

Antes de contestar, el profesor lanza una mirada a la estantería repleta de libros que tiene a su derecha.

—Si nos atenemos a la historia, a los hechos realmente ocurridos y ratificados por las crónicas de la época, podemos afirmar que los cátaros se hallaban en posesión de una gran cantidad de oro, plata y dinero. Fuera gracias a su trabajo, obligatorio por otra parte para toda la comunidad, incluidos los religiosos, a sus grandes dotes de comerciantes o a las aportaciones voluntarias de sus seguidores, en algunos casos verdaderas fortunas cuando se trataba de la nobleza, lo cierto es que consiguieron acumular enormes riquezas.

»Esta consideración se sustenta en el hecho de cómo organizaron su resistencia. Ante la imposibilidad, dadas sus creencias, de oponerse a los cruzados mediante la lucha armada, contrataron ejércitos enteros de mercenarios que los ayudaron a soportar los continuos asedios a los que fueron sometidos. —El profesor se sube las gafas, que le habían resbalado hasta la punta de la nariz—. En fechas más recientes, a finales del 1800, nos encontramos con un suceso realmente extraordinario, por no decir estrambótico, que podría estar relacionado con el tesoro cátaro.

»En Rennes-le-Château, un pueblecito en la vertiente francesa de los Pirineos, situado en pleno centro de los dominios cátaros, el párroco de la localidad, Bérenger Saunière, encontró algún tipo de tesoro oculto en el altar de la iglesia románica del pueblo durante su restauración. Ese descubrimiento convirtió al párroco en una persona rica y poderosa, lo que lo hizo célebre entre la alta sociedad francesa y europea de la época. Llevó una vida muy ostentosa, con un derroche de dinero injustificable: reformó la iglesia, se construyó una gran villa, modernizó el pueblo. El problema es que nadie sabe con certeza la naturaleza del tesoro hallado por Bérenger Saunière y, con su muerte y la de su concubina, el secreto se perdió para siempre.

—O tal vez se lo entregaran a otra persona —interviene el inspector Font con suspicacia— y, de algún modo, los dos hombres asesinados supieran algo al respecto que les costó la vida. —El inspector hace una pausa tras finalizar la frase, y observa el rostro entre pensativo y expectante del profesor Llull—. Pero dejemos a un lado esa cuestión —prosigue—. ¿Usted cree que el descubrimiento del párroco de Rennes-le-

Château pudo guardar alguna relación con el verdadero tesoro cátaro?

—Sinceramente —responde con lentitud el profesor Llull—, no lo sé, señor Font. Es muy fácil asociar ese descubrimiento con el catarismo. Diversas fuentes escritas relatan cómo en el año 1244, tres meses antes de la caída del castillo de Montségur, la fortaleza cátara por antonomasia construida en un peñasco como si fuera un nido de águilas, escaparon dos perfectos cátaros cargados de oro, plata y dinero en dirección a otra fortaleza y que más tarde lo ocultarían todo en alguna cueva perdida en las montañas.

»Rennes-le-Château dista menos de cuarenta kilómetros de Montségur, por lo que reúne todas las condiciones para que ese hubiese sido el lugar elegido para esconder su tesoro. El problema es que no sabemos cuáles fueron los bienes encontrados por Bérenger Saunière en el interior de su iglesia. ¿Fueron monedas de oro, plata, algún pergamino, documentos, reliquias, un tesoro merovingio? No lo sabemos y, por lo tanto, lo único que podemos hacer son conjeturas. En los últimos años se han escrito demasiadas teorías en torno a ese suceso, pero apenas tienen fundamento histórico.

—Tiene razón. —El aire le sale por la boca rasgándole la garganta—. Solo estaba contemplando esa posibilidad por si en el futuro conociésemos la identidad o procedencia de esos dos hombres y pudiéramos ligarlos al entorno de Rennes-le-Château. Volviendo a la historia cátara de la caída de Montségur, usted acaba de mencionar que dos perfectos escaparon tres meses antes de la caída de la fortaleza llevando consigo una gran cantidad de dinero. Pero también he encontrado información referente a una segunda huida de otros cuatro perfectos, portadores, en este caso, del verdadero tesoro cátaro. ¿Qué hay de cierto en eso?

—La realidad es que, tras la rendición de Montségur, sucedió un hecho del todo inexplicable. Los cruzados concedieron una tregua de dos semanas a los vencidos. No están muy claros los motivos de esa decisión. Algunos relatos cuentan que ese fue el momento aprovechado por esos cuatro perfectos para descolgarse con cuerdas por la escarpada pared de roca de la montaña y escapar con el auténtico tesoro.

—¿Y usted cuál cree que pudiera ser ese tesoro? Si hubiese sido más dinero, oro, plata o cualquier tipo de riqueza material, no les hubiera hecho falta esperar hasta el último momento. Se lo podrían haber llevado los primeros perfectos que escaparon meses antes.

—Este es uno de los elementos sobre los que se sustenta la leyenda cátara, aunque, antes de la capitulación de Montségur, ya estaban envueltos en un halo de misterio. Déjeme mostrarle algo.

El profesor Llull se levanta y se planta ante la estantería con las manos asidas a la cintura. Escudriña con rapidez las dos hileras de libros situadas a la altura de sus ojos, después alza la vista y recorre la balda superior con la yema de los dedos. Se le escapa un ligero sonido de satisfacción al encontrar el volumen que estaba buscando. Se pone de puntillas y, no exento de dificultad —el inspector hace ademán de levantarse para prestarle ayuda—, consigue hacerse con el único libro del estante forrado en papel de estraza.

—Este ejemplar es el culpable de mi devoción por la historia —se dirige al inspector sin tomar asiento—, sin obviar que mi madre era inglesa y, gracias a ella, pude entender esta traducción al inglés. Desde el momento en que lo leí siendo niño, sentí una profunda fascinación por los misterios y leyendas de la Edad Media. Tengo la suerte de que esa llama todavía sigue igual de viva hoy en día. Sigo disfrutando de ese aire mitológico presente en los relatos del pasado, en las construcciones inconcebibles de la Antigüedad, en esas esculturas de dimensiones perfectas —se expresa con entusiasmo—. Seríamos incapaces de comprender la historia si no nos hubiera llegado a través de estos relatos fantásticos que, en muchos casos, representan verdaderos hechos históricos disfrazados de ese componente mágico que les ha servido para perdurar en el tiempo.

»Me gusta creer que las leyendas son parte de la historia porque ya nos hemos encontrado infinidad de casos donde se ha demostrado que así era. Recordará la anécdota que le expliqué la semana pasada sobre sir Arthur Evans con el descubrimiento del palacio de Cnosos a partir de la leyenda del minotauro. Valga también mencionar el descubrimiento de Troya a través de la *Ilíada* por parte de Schliemann.

El profesor Llull coloca el libro sobre la mesa y se sienta en el sillón.

—Mire. —Lo abre, pasa una página y le da la vuelta para que el inspector pueda leer el título—. *Parzival.* —Recorre las letras con el dedo—. De Wolfram von Eschenbach. Este es uno de los libros más apasionantes y enigmáticos que jamás se haya escrito. Para los germanos, esta obra caballeresca tiene tanta importancia como para nosotros el *Quijote* por su calidad literaria, pero también por ser uno de los principales mitos de su cultura. Resulta incomprensible que nunca hubiera sido traducido al castellano hasta el año pasado. Estoy seguro de que usted se ha topado con esta novela mientras recababa información sobre el catarismo.

—Sí que he encontrado varias referencias, pero aún no he tenido el placer de leerlo.

—Discúlpeme por mis malos modales. —El profesor se vuelve a levantar—. No le he ofrecido ni siquiera un vaso de agua.

—No se moleste, no hace falta.

—Se lo pondré de todos modos.

El profesor se dirige al bidón de agua situado detrás del inspector y, mientras coge un vaso de plástico, prosigue con la conversación.

—El *Parzival* es uno de los romances del grial. El primero de todos, con el mismo título, lo había escrito Chrétien de Troyes unas décadas antes. Este tipo de romances surgieron en la época de máximo apogeo cátaro justo antes de que se declarara la cruzada contra ellos a principios del siglo XIII. Además de ser perceptible la influencia cátara en los romances, también recibieron influjos trovadorescos, templarios y, por supuesto, católicos. —Deja el vaso encima de la mesa y vuelve a sentarse en el sillón—. En realidad, esto no hace más que refrendar la idea de que estos relatos recopilaban parte de las creencias de la sociedad de aquel tiempo.

»Los autores tuvieron que valerse de todo su ingenio para ocultar la amalgama de diferentes doctrinas en una narrativa repleta de alegorías y simbolismos para poder transmitir sus mensajes. Eran muy conscientes de que sus historias iban en contra de los cánones establecidos por la Iglesia católica y podrían haber sido acusados de herejía con facilidad; si bien ellos se libraron de tales acusaciones, sus obras fueron consideradas dañinas y casi heréticas.

»Ahora bien —continúa—. ¿Cuál es el detalle que considero más importante del *Parzival*? —Matiza con su entonación que no espera respuesta. Coge las gafas con los dedos pulgar e índice, se las baja hasta la punta de la nariz y mira al inspector por encima de la montura—. Sin duda alguna, que varios de los protagonistas principales, así como las localizaciones más importantes, hacen referencia a personajes y lugares históricos, todos ellos ligados a la historia cátara. Parzival, el caballero protagonista de la epopeya que sale en busca del grial, es Raimund-Roger de Trencavel, vizconde de Carcasona y uno de los nobles más representativos del catarismo.

»El nombre provenzal de Trencavel equivale a Parzival traducido a lengua germánica. Si esta traducción pudiera ponerse en duda, también se da la circunstancia de que en el romance el castillo del grial aparece como Munsalwäsche y era propiedad de una tía de Parzival. El castillo de Montségur, centro espiritual del catarismo, además de ser una traducción más que probable, también pertenecía a una tía del vizconde de Carcasona. Todas estas similitudes dotan a la epopeya del *Parzival* de un contenido histórico tan plausible que muchas personas han salido en busca del grial durante los últimos siglos y su leyenda se ha convertido en uno de los principales mitos que forman parte de nuestra cultura.

—Si, como usted dice, el grial pudiera ser el tesoro cátaro, ¿de qué tipo de tesoro estaríamos hablando? —insiste el inspector Font.

—La epopeya de *Parzival* es un libro con alto contenido esotérico, donde el grial se relaciona estrechamente con la alquimia y la astrología, y podría ser considerado como la consagración del conocimiento mediante un camino espiritual para alcanzar lo divino. De manera explícita, en la novela se describe el grial como una especie de piedra caída del Paraíso similar a una esmeralda, capaz de proveer alimentos, todo tipo de riquezas y la vida eterna. Por lo tanto, estaría relacionado con la piedra filosofal de los alquimistas y la capacidad de realizar la transmutación del plomo en oro.

El inspector Font retira los codos de la mesa y relaja su postura en la silla.

—¿Usted no cree que la cruz de oro encontrada en Terrassa pudiese tener alguna relación con la leyenda del grial? —pregunta al profesor.

—No, no lo creo —le responde con convencimiento—. Tal vez por ser de oro podríamos relacionarla con el tesoro cátaro, pero antes deberíamos determinar a qué época pertenece, y me temo que eso va a resultar muy complicado. La única conexión con la leyenda del grial sería la tórtola o la paloma que tiene en el centro, el emblema de los caballeros del grial encargados de proteger el secreto, otro símbolo más que une la leyenda con el catarismo.

El inspector Font coge el vaso de agua y se humedece los labios.

—¿No considera usted la calidad del oro de esa cruz como algo que se debe tener en cuenta? —pregunta con extrañeza.

—¿A qué se refiere?

—A su extrema pureza. He hablado con el jefe del laboratorio y han vuelto a repetir los análisis. Déjeme que le muestre el informe. —Introduce la mano en el bolsillo de la americana para extraer un folio plegado en cuatro partes, lo desdobla y lo pone sobre la mesa—. Mire, aquí dice que la muestra analizada tiene una pureza del 99,99999999 por ciento, es decir, de diez nueves.

El profesor coge el papel, se sube las gafas y mira los dígitos subrayados en rojo.

—¿Y esto qué significa?

—Los resultados son los mismos que salieron en el primer análisis. El oro más puro que se encuentra en la naturaleza es el de veinticuatro quilates; eso significa que su pureza es del 99,9 por ciento; para abreviar, de tres nueves. Mediante procesos de refinado, se pueden alcanzar cotas más altas. Una empresa australiana ostenta el récord con seis nueves desde los años cincuenta. Pues bien, la cruz hallada en Terrassa está hecha del oro más puro conocido hasta la fecha y en la actualidad sería muy complicado alcanzar esa calidad incluso con la más avanzada tecnología.

El profesor Llull da un respingo en su asiento y mira desconcertado al inspector.

—Espere un momento —dice este, incorporándose en la silla—. Usted no sabía nada al respecto. ¿No se lo comentó el intendente Martí?

—Solo mencionó que el oro era de veinticuatro quilates, pero no que se trataba del mineral más puro del planeta —resopla, indignado.

El inspector Font se levanta y mira al profesor. Ahora lo entiende todo.

—Me aseguró que se lo había dicho; ya me parecía extraño que usted no me hubiese comentado nada.

—Podríamos estar ante el descubrimiento de una pieza del tesoro cátaro —formula el profesor. Se quita las gafas y las deja encima de la mesa. Se frota la nariz, sus ojos brillan de la emoción.

—Si asesinaron a esos dos hombres y no se llevaron la cruz —dice el inspector—, es posible que lo hicieran para robarles algo mucho más valioso. Ahora, si me disculpa, voy a regresar a la comisaría para intentar localizar al intendente Martí; quiero averiguar por qué no le proporcionó toda la información —dice abriendo la puerta.

—Yo también hablaré con él —responde el profesor con gesto preocupado.

El inspector Font avanza a grandes zancadas por el vestíbulo de la comisaría. Desde que salió de la facultad, no ha parado de pensar en lo mismo. ¿Por qué el intendente Martí no informó al profesor Llull de los análisis? Recuerda cómo eludió hablar del tema cuando se reunieron los tres el otro día, aquel amargor extraño en el paladar fruto de esa conducta. ¿Por qué trataría de ocultárselo? Pero más importante aún, ¿por qué le engañó cuando le preguntó por esa cuestión? Le dijo que había comentado los análisis con el profesor y no le habían parecido relevantes.

Está dispuesto a pedirle explicaciones. Nunca le ha gustado el intendente Martí. No le convencen sus métodos tradicionales de la vieja escuela, esa actitud de creerse por encima de la ley, su desprecio hacia las demás personas. Pero lo que no tolera es a los mentirosos.

Se fija en los indicadores de los ascensores: uno está detenido en el cuarto piso, el otro no funciona. Sube corriendo las escaleras hasta la tercera planta. Se detiene unos metros antes de llegar al despacho del intendente Martí. Una respiración larga para calmarse; la excitación no suele ser buena compañera si se quiere extraer la máxima información posible. Un momento de duda, quizás su compañero tenga algún motivo. Llama a la puerta.

El intendente Martí, que estaba de pie, cogiendo la americana para marcharse, le da permiso para entrar.

—Inspector Font, qué sorpresa —masculla con un purito entre los dientes—. ¿Qué lo trae por aquí? Estaba a punto de salir, ya son más de las siete y media.

—Acabo de estar con el profesor Llull —le comunica mientras entra en el despacho—. ¿Por qué no le habló de los análisis de pureza? Necesito una explicación —le inquiere desafiante.

—¿De qué me está usted hablando? ¿De la cruz occitana? —replica, haciéndose el despistado—. Ya mantuvimos una conversación al respecto, no sé a qué viene esto ahora.

—A que el profesor Llull no sabía que el oro de esa cruz es el más puro que haya existido jamás. —Se acerca al intendente y pone las manos sobre la mesa.

—Siéntese, señor inspector. Y a mí me habla con más respeto, recuerde que soy su superior.

—¡Conteste! —le espeta sin sentarse.

El intendente Martí suelta una carcajada antes de responder:

—Disculpe, pero ¿usted quién se ha creído que es? ¿Usted piensa que puede venir a mi despacho y tratar de amedrentarme? Llevo demasiados años en el oficio, no se crea que me voy a dejar intimidar con tanta facilidad. Ahora siéntese o ya puede marcharse, se me está haciendo tarde.

El inspector Font analiza la situación. No tiene muchas opciones; cualquier cosa que diga lo hará volver a casa, si cabe, más enfadado de lo que ha llegado y sin ninguna respuesta. Contra su voluntad y con la sensación de verse humillado, se sienta en el sillón sin retirar ni un instante la mirada de su superior.

—Así está mejor. —El intendente Martí se apoya con las dos manos sobre el respaldo del sillón. Da una calada al puro y escupe hacia un lado los restos de tabaco que se le han quedado pegados en el labio—. Que sea la última vez que viene a mi despacho a decirme cómo debo hacer mi trabajo y cómo debo tratar a mis amigos. ¿Lo entiende?

El inspector Font aprieta el puño por debajo de la mesa para reprimir la cólera. Permanece callado, a pesar de las provocaciones.

—¡Pues ya se puede ir! —le grita el intendente—. ¡Salga de aquí!

El inspector se pone de pie con tanto ímpetu que la silla cae al suelo. Alza una mano para agarrarlo por la solapa de la camisa, pero se contiene antes de realizar la acción. Estrellarlo contra la pared para hacerle hablar solo podría acarrearle graves consecuencias; su comportamiento no tendría justificación alguna. Baja el brazo y le advierte.

—Señor intendente, no juegue conmigo.

Se da la vuelta para marcharse. Ve la silla. Le pegaría una patada. Mira al intendente Martí una última vez antes de salir de la oficina.

—Ándese con cuidado —dice el intendente Martí con tono chulesco.

El inspector cierra de un portazo.

Afueras de Barcelona. Domingo, 11 de junio

El rostro de Sergi se refleja en la ventana del tren. Las luces del túnel lo iluminan de manera discontinua. Su cara, vista de perfil, es fina, casi infantil, aunque alargada, sin un pelo en la barba o el bigote. No parece necesitar afeitarse a menudo, tal vez sea imberbe; nariz pequeña y labios voluminosos; ojos azules ni grandes ni pequeños, de largas pestañas y cejas estrechas; el pelo engominado, negro, no excesivamente largo, lo suficiente para peinarse el flequillo hacia atrás sin que le quede de punta.

El revisor entra en el vagón de clase preferente del talgo. Solo hay cuatro pasajeros. El primero es un joven sentado en la butaca número nueve. Le ha visto hacer un gesto rápido para esconder algo dentro de un bolso que tiene en el asiento del acompañante; parecía una bolsa de plástico de supermercado. Lo mira con recelo, no tiene aspecto de ser problemático. Viste una camisa blanca de manga larga con el cuello almidonado, impoluta, de talle exquisito, la buena calidad de la tela se aprecia a distancia; unos pantalones morados muy estrechos por abajo, demasiado, quizás sea extranjero; los calcetines negros parecen de seda; los zapatos de color marrón oscuro con cordones los lleva perfectamente lustrados; desprende un olor a perfume caro; sus manos son delicadas, sin anillos pero con un reloj dorado, un Rolex quizás; el bolso de cuero también parece valer mucho dinero.

Le pide el billete. El muchacho está nervioso, le tiembla la mano al dárselo. Por curiosidad, le pide el DNI. Se queda sorprendido al comprobar su edad, tiene treinta años. Creía que era un estudiante, y nada de extranjero, de Balaguer y con apellidos catalanes. Decide no molestarlo más, no vaya a ser alguien importante y formule alguna queja.

Sergi oye cerrarse la puerta del vagón. Mira hacia atrás. El revisor ya se ha ido. En otras circunstancias se hubiera enfrentado a él. El tren sale del túnel. Comprueba la hora: son las dos y diez. A las cuatro llegarán a Lleida. Esperará hasta que el tren cruce el puente sobre el río Llobregat y hayan abandonado por completo el área metropolitana de Barcelona para ir al baño. La ansiedad ha disminuido tras salir al exterior; sentía pánico ante la posibilidad de verse atrapado en los túneles por algún parón imprevisto o un fallo en el suministro eléctrico que hubiese dejado el coche a oscuras. Coge la bolsa de plástico blanca del bolso, se la pone encima de las piernas y la empieza a pellizcar con los dedos.

Observa con disimulo al resto de los viajeros. El señor gordo de la fila de atrás se ha dormido. En los últimos asientos hay dos mujeres, parecen madre e hija, no paran de hablar. Otro latigazo de adrenalina al levantarse. Mira a las demás personas como si ellas también hubieran podido notarlo. Siguen sin prestarle atención. Desde que ha subido al tren esa mañana en la estación de Lleida y ha experimentado el primero, no han dejado de sucederse, cada vez más fuertes, cada vez más constantes. No ha comido nada, esos latigazos le han cerrado el estómago. Suspira, quizás ahora desaparezcan. Sale al pasillo. Estruja la bolsa con las dos manos.

Entra en el lavabo. Le repugna el olor a productos químicos del váter. Arruga la nariz. Odia los trenes y a la gente que va en ellos. Su abuelo le prohibió ir a la estación con el Ferrari, tenía que pasar desapercibido. «Nadie recordará a un joven saliendo de un tren, pero nadie olvidaría el deportivo rojo», le dijo. Abre la bolsa. Contiene la respiración, atento a cualquier sonido. Saca un paquete de su interior envuelto con cinta adhesiva de color marrón. Va a tener que hacer ruido para abrirlo. Lo corta con la navaja. Más papel de embalaje, ahora transparente con almohadillas protectoras. Lo desenvuelve, coge la cruz y tira el envoltorio al suelo. La mira mientras la sopesa en la mano. Una cruz occitana de oro con una paloma en el centro. Sonríe. Se la guarda en los calzoncillos. Misión cumplida, no ha sido para tanto.

Por fin se relaja.

Se da cuenta de que no había ido al baño desde esa mañana. Le acaban de entrar unas ganas tremendas de mear, también le duele el vientre, no es solo orina. Ojea la taza del váter y le sobreviene una arcada. Lo intentará hacer sin ni siquiera rozarla. Se agacha. Las piernas le tiemblan aún por la tensión. Maldita flojera, tendrá que sentarse.

De vuelta en su asiento, reclina la butaca hacia atrás y mira por la ventanilla. El viaje transcurre entre montes bajos de bosque mediterráneo. Se siente en calma, cansado, se le entrecierran los párpados. Cuando su abuelo le dijo que tenía que aprender cómo funcionaba el negocio, no esperaba que el trabajo fuese a resultar tan excitante: reunirse con algún informante aquí y allá, llevar grandes cantidades de dinero o recoger algún paquete no parecían encargos en exceso complicados o alejados de su rutina. Pero la sensación de actuar al margen de la ley cual mafioso, sentirse vigilado, permanecer en alerta durante todo el día, temer el engaño, la estafa o encontrarse con la policía le han producido una euforia y satisfacción que ni había imaginado.

Tampoco ha sido tan arriesgado si lo analiza con detenimiento. Pero todo se mide con relación a impulsos, a sensaciones, a esos latigazos impredecibles. Solo tenía que ir a la estación de Sants, buscar una taquilla en la sala de consignas, introducir una clave, coger el paquete y regresar en el tren siguiente. Ha ejecutado el plan a la perfección y sin ningún sobresalto. Ahora falta llegar a Balaguer.

Enciende el teléfono móvil. No tiene ninguna llamada. Rebusca en el bolso y coge el otro teléfono, que compró hace quince días. Su abuelo tiene a tres informantes a sueldo en la ciudad de Barcelona. Le advirtió que solo utilizase ese número en caso de necesidad o emergencia; las comunicaciones por correo electrónico son más seguras, desde la mansión no dejan ningún rastro. Se pregunta para qué precisa de tal cantidad de informantes, pero al viejo le gusta tenerlo todo controlado. A él solo le ha facilitado uno de los contactos, un maleante de la Zona Franca o el barrio de Sants, no lo recuerda. Se encargaba de vigilar al mosso d'esquadra con quien habían cerrado el trato. Hoy debía asegurarse de que este no se encontrase en las inmediaciones de la estación y avisar si detectaba algún comportamiento extraño por su parte.

No debiera haber llamado a ese informante para pedirle que siguiera a su novia. Si lo descubre su abuelo, pagará con certeza las consecuencias. Pero merece la pena arriesgarse con tal de tenerla controlada, sobre todo después de que se haya cambiado el número de teléfono móvil hace unos días y no pueda llamarla. Aunque no contestara, solo escuchar los tonos y conservar una minúscula esperanza de oír su voz le hacían creer que de alguna manera aún estaban unidos. Se exaspera solo con pensar que pudiera estar con otra persona. De momento parece que no es así; apenas sale de casa y, cuando lo hace, es para ir a la universidad. Podría ir a la biblioteca para forzar un encuentro o pedir a Mohamed que le consiga su nuevo número. Pero detesta a ese joven. Sin embargo, sería estúpido por su parte subestimarlo, quizás ya le haya descubierto y delatado a su abuelo.

Ayer por la noche, cuando no había nadie en las instalaciones, fue con el viejo a la cantera. Entraron en la nave principal —el ambiente allí siempre está cargado de una nube de polvo perpetua—, pasearon entre los tamices gigantescos utilizados para separar los áridos y bajo el laberinto de cintas transportadoras, detenidas a esas horas, con rocas del tamaño de un vehículo esperando a ser trituradas al día siguiente. Su abuelo le explicó que donde realmente había utilizado la piedra caída del Paraíso para obtener el oro había sido en la finca de Les Franqueses. Compró las tierras de la cantera porque se había enterado de que en aquel lugar se encontraban pequeñas cantidades de oro de manera natural; así podría camuflar el obtenido mediante la piedra caída del Paraíso y blanquear los beneficios de su venta. Accedieron a una sala adyacente a la oficina. Había un cubo pequeño de metal donde se vertían partículas milimétricas de oro. El final del proceso. Muy poca cantidad para las toneladas de roca allí procesadas, pero rentable, al fin y al cabo. La extracción de oro solo es un complemento para la cantera.

Su abuelo siempre tuvo el temor a ser descubierto. La pureza del mineral creado con la piedra caída del Paraíso era muy elevada en comparación con el oro de la cantera o cualquier otro tipo de origen natural y podría haber levantado sospechas con facilidad. Un joyero francés le enseñó a trabajar el oro, a fundirlo con otros minerales preciosos para rebajar su pureza. Pasados unos diez años, no volvió a utilizar la piedra caída del Paraíso; había acumulado mucho capital y los negocios relacionados con la construcción iban viento en popa.

Le costó conciliar el sueño cuando llegó a casa y se tumbó

en la cama. Su abuelo le había explicado cómo se había hecho con la piedra caída del Paraíso sin proponérselo. Alguna relación guarda con la cruz occitana que acaba de recoger, encontrada junto a los dos hombres asesinados en Terrassa. Recuerda el mensaje del correo electrónico, la excepcional pureza del oro. ¿Los mataría su abuelo? Nació y vivió en esa ciudad casi cuarenta años antes de mudarse a Balaguer. Es posible que conociera a esos dos hombres. Tal vez lo esté poniendo a prueba; el viejo no dejaría que lo descubrieran tan fácilmente si esa no fuera su intención. Apoya la cabeza en el cristal. Ve los árboles pasar, una masía en lo alto de una montaña. Se palpa el pantalón, la cruz sigue ahí. Bosteza, cierra los ojos y se queda dormido.

Terrassa. Martes, 13 de junio

Los obreros almuerzan sentados en el suelo, con el torso descubierto, en la única sombra proporcionada por una caseta. La excavadora continúa haciendo acopio de la tierra proveniente de uno de los laterales de la balsa para cargarla en los camiones. Retazos de las cintas policiales sobresalen de los escombros. En una esquina de la parcela han comenzado a instalar una grúa. Los trabajos se reanudaron la semana pasada. Cuando el inspector Font ha llegado al lugar a primera hora de la mañana, ha dicho a los obreros que continuaran trabajando y no se alarmaran por su presencia; solo estaba ahí para realizar unas últimas comprobaciones.

El viernes se cumplirá un mes desde que encontraron los cadáveres. A pesar de disponer de pruebas sólidas, la investigación apenas ha avanzado. Dos hombres vestidos con túnicas, un fusil de la Guerra Civil, siete proyectiles, un nombre muy común, una religión desaparecida, una cruz de oro de un material inédito, el padre Capmany. La combinación de todos esos indicios le parece tan extravagante que tal vez ha desviado su atención de consideraciones más simples. Necesitaba regresar al lugar del crimen para analizar los hechos con una visión renovada, fría y objetiva.

La información en poder del padre Capmany era su baza principal para esclarecer lo ocurrido. El profesor Llull, tras reunirse ayer con el sacerdote, le explicó por teléfono que este le había pedido que se olvidaran de él y que no volviera a mentarle el tema si quería conservar su amistad. Ya les había contado todo lo que sabía y no quería recordar más la muerte de su amigo. Es imposible hacerle hablar. No consigue entender cómo puso tantas esperanzas en su colaboración después de lo sucedido en su primer encuentro. Era evidente que no colaboraría. Aun así, sigue convencido de que el párroco tiene una de las claves para averiguar quién mató a esos dos hombres. Al finalizar la visita, el profesor Llull le entregó una tarjeta con su número de teléfono de los Mossos d'Esquadra por si cambiaba de opinión. Por el momento, tiene que olvidarse del padre Capmany y centrarse en obtener pistas nuevas o conectar algunas de las existentes.

Hace media hora que está subido al terraplén de la balsa. Poniéndose en la piel del asesino, intenta dilucidar las circunstancias que le llevaron a ocultar los cuerpos en ese lugar. La conexión del escenario con Joan, el hombre asesinado más de cuarenta años atrás, es evidente. Los terrenos eran propiedad de la Iglesia y es posible que el asesino lo asaltara mientras estaba trabajando. La dificultad se encuentra en situar al segundo cadáver en el lugar del crimen. El vigilante de seguridad habría visto algún vehículo si lo hubieran transportado hasta allí o hubiera oído los disparos. Según las palabras del padre Capmany, ese hombre podría ser el familiar de un amigo de Joan que vivía en el monte; tal vez su hijo o un sobrino por su sorprendente parecido.

Mira hacia el sur. La zona debe de haber cambiado mucho en los últimos cincuenta años. La expansión de la ciudad ha reemplazado antiguos campos de cultivo por urbanizaciones y calles asfaltadas. Vuelve la vista hacia el monte. La sierra permanece intacta. Un camino de tierra salva la autopista mediante un túnel, continúa en línea recta y asciende hacia el bosque hasta perderse entre los árboles. Puede contar tres masías en esa dirección. Sus compañeros ya fueron a preguntar a sus residentes. Nadie había oído o visto nada sospechoso durante la semana anterior al crimen. Baja por el terraplén frenándose con los zapatos. Se dirige al coche y coge la fotografía del hombre que asesinaron recientemente. ¿Y si vivía cerca de allí y utilizaba ese camino para ir y venir de su casa?

Después de preguntar a los propietarios de las tres masías, se quita la americana y se la pone en el brazo. Se acaricia la cicatriz de la cara y se fija en el sudor en su mano. A ambos lados del camino hay campos de trigo verde. Más adelante, el camino enfila una cuesta y penetra, con una curva hacia la izquierda, en un bosque de encinas y alcornoques. No se ven más construcciones. Se detiene un momento y mira hacia atrás. La autopista oculta la balsa. Continúa hacia la sierra; al doblar la curva, encuentra una finca con varias edificaciones.

La primera es un caserón antiguo de dos niveles. La paja podrida sale por entre las tejas mohosas del tejado, que ha sufrido un hundimiento en un costado que ha dejado al descubierto las vigas de madera. Las paredes de barro han perdido parte de su rebozado blanco original; en algunos puntos cuelga como signo de una enfermedad terminal. Los cristales de las ventanas están rotos, tapados con cartones desde el interior, los marcos verdes astillados por la carcoma. La puerta de madera, a pesar de no llegar hasta el suelo y permitir que se cuele una persona, está cerrada con un candado grueso. La siguiente construcción es un chalet modesto de los años sesenta o setenta de techo rojo y una única planta. Las dos viviendas están cercadas por una valla de alambre y postes de madera en la longitud del camino. Detrás de la construcción más moderna hay un huerto, un pequeño cobertizo de plásticos y uralita, un tractor, un coche cubierto con una funda, una mesa y cuatro sillas, ropa tendida entre los troncos de unos árboles. A partir de ahí empieza un campo de cereal que se extiende un centenar de metros hasta alcanzar el bosque.

Dos perros, un pastor alemán y uno pequeño, negro, sucio y sin algunos dientes, comienzan a ladrar y se acercan a la valla. El pequeño sale por debajo y avanza unos metros, desafiante; después, regresa con el más grande. Una mujer de unos setenta años aparece por un lado del chalet con una escoba en la mano. Cuando amenaza con pegarles un escobazo, los perros se retiran del camino; sus ladridos se van ahogando con el tiempo. El inspector le comunica el motivo de su visita y, tras mostrarle la placa, la señora llama a gritos a su marido.

Por la otra esquina de la casa aparece un hombre de edad similar a la de la señora. Lleva una azada en una mano y con la otra se agarra los pantalones por la cinturilla. La mujer se retira al interior del chalet tras decir al hombre que él es mosso y quiere hacerle unas preguntas. El hombre le invita a entrar en la casa para hablar y tomar un café. El inspector Font rehúsa hacerlo.

—¿Sabe de alguien que haya desaparecido por la zona en las últimas semanas? —le pregunta.

—No —responde sin pensar—, por aquí somos muy pocos y nos conocemos todos.

—¿Reconoce a este hombre? ¿Lo ha visto alguna vez? —Le enseña la fotografía.

—No —contesta de nuevo sin vacilar—. Ya se lo dije a los otros mossos que vinieron por aquí. Menudo revuelo se montó con todo este asunto.

Es la misma respuesta que ha recibido de las personas visitadas en las primeras masías. Creía que sus compañeros no habían llegado a mostrarles las fotografías, pero se equivocaba. Cuando acabe de hablar con este hombre, se irá a la comisaría.

—¿Ha visto pasar a alguien sospechoso últimamente? ¿Alguien que le haya llamado la atención? ¿Algún movimiento extraño que recuerde?

—Por aquí solo pasa gente rara —dice enfadado, como si fuera evidente—. A diario. Hoy en día al monte solo suben drogadictos, ladrones y bandarras. Yo ya no me fío de nadie. Al vecino ya le han robado un par de veces este año. Por eso tengo a esos dos perracos, aunque a él se los mataron, y guardo una escopeta en casa, pero con cartuchos de sal, por si tengo que espantar a alguien, usted ya me entiende. —Le guiña un ojo.

—¿Usted ha vivido en esta casa toda su vida?

—No, qué va. Compramos la finca en el 49. Mis padres, que en paz descansen, me ayudaron. Pero no se crea que esto estaba tan bien como está ahora, antes no había más que ese caserón, pero valía más la pena hacer un chalet nuevo que renovarlo. Qué frío hacía en esa casa. Ahora solo lo utilizamos como almacén para guardar aperos y poco más, a veces algunas gallinas, usted ya me entiende, y el tractor cuando llueve. En la parte trasera hay un garaje.

—¿Recuerda a quién le compraron la propiedad?

—Sí, claro, era de la familia Vila. Se la compramos al hijo mediano. El padre y el hijo mayor murieron en la guerra. Creo que el pequeño se fue a Sudamérica, ¡y qué suerte tuvo!

—¿Quién? ¿El pequeño?

—No, el otro, el mediano. Se fue para Lleida, no me acuerdo a qué pueblo, y se hizo rico, pero rico de verdad, multimillonario. Dicen que encontró mucho oro. A veces lo veo en el periódico.

—¿Recuerda su nombre? —le pregunta.

El corazón le late acelerado. Cuelga la americana en un poste, saca la libreta del bolsillo y apunta: «Vila, Lleida, pueblo».

—No lo recuerdo, pero dará con él. Es muy conocido y usted es de los Mossos, me entiende, ¿no?

—¿Lo ha visto recientemente?

—¿Yo? No lo he vuelto a ver desde que se fue de aquí. Era un hombre un poco raro, nunca hablaba con nadie. Tenía una hija, era viudo, no sé si se habrá vuelto a casar.

—¿Recuerda su edad?

—A lo mejor se ha muerto ya. Era mayor que yo y ya tengo setenta y cuatro años, pero no he visto su esquela en el periódico y, cuando muere gente de tanto dinero, suelen llenar una o dos páginas enteras.

Se despide y empieza a correr por el camino cuesta abajo. Oye la voz del campesino a lo lejos, los perros ladrar. Ya no puede ver el chalet, oculto tras la curva entre los árboles. Se ha dejado la americana, volverá otro día a recogerla. Sus pisadas de más de ciento veinte kilos levantan una polvareda a su paso, las piedrecillas del camino salen disparadas. Ha de llegar al coche, no puede perder ni un segundo. Tiene un nombre. En realidad, se trata de un apellido: «Vila». Un hombre que abandonó la ciudad en las fechas en que se cometió el primer crimen y que vivía muy cerca de donde se recuperaron los cuerpos. Pero esa no es la cuestión principal. Es el oro. Ese mineral tan preciado por el que mucha gente está dispuesta a morir o a matar a la persona más querida con tal de enriquecerse. No hay móvil más antiguo que el robo ni pecado más ancestral que la codicia. No puede ser una coincidencia. La cruz occitana de oro encontrada y la suerte de ese hombre han de estar relacionadas. ¿Encontró el tesoro cátaro y mató a aquel hombre para robárselo? El motivo del segundo crimen no le preocupa, se esclarecerá en cuanto resuelva el primero.

Sube en el coche. Antes de arrancar, llama a comisaría. Le pide a su ayudante, el caporal Ramos, que recabe toda la información posible sobre un sujeto apellidado Vila, mayor de setenta y cinco años, nacido en Terrassa, residente en Lleida y con una fortuna considerable obtenida mediante la compraventa de oro. Llegará a su despacho en menos de una hora. Un calor le sube por el pecho y no es fruto de la carrera, sino de la satisfacción; llevaba casi un mes esperando este momento. Se mira en el espejo retrovisor interior y se seca el sudor de la frente. ¿Quién es ese hombre? No lo piensa dejar escapar.

Segunda parte

Capítulo VI

Como nadie lo conocía, le llamaban El Sin Nombre.

Barcelona. Sábado, 17 de junio

El bocinazo de un coche en la calle despierta a Mario Luna. No puede haberse quedado dormido. Entreabre un ojo y mira la hora en el reloj de su muñeca. Las dos y media. Es de día, entra luz por las rendijas de la persiana. Respira aliviado, solo ha dormido una hora. Está empapado de sudor, el calor es insoportable. Se sienta en el borde de la cama con los codos apoyados sobre las rodillas, no lleva ropa. Sus pensamientos continúan sucediéndose a gran velocidad, involuntarios, sin conexión aparente, pero un poco más despacio que antes; algo ha descansado.

Echa un vistazo por encima del hombro y mira a la chica tumbada en la cama —también desnuda, sudorosa e intranquila como él—. Está dormida. La oye respirar con dificultad, la ve apretar los dedos de una mano.

Se levanta y mira a su alrededor; la habitación está sumida en una neblina molesta, producto de su vista borrosa. Se lleva la mano a la cabeza tras un fuerte pinchazo. Las palpitaciones en sus sienes parecen seguir el ritmo de la música de la noche anterior. Da dos pasos. Un ligero mareo le hace detenerse y apoyar la otra mano en la ventana. Respira hondo antes de moverse de nuevo. Rodea la cama y recoge unos pantalones tejanos sucios, hechos un revoltijo y con un cinturón de pinchos, del suelo. Al extenderlos, desprenden arena de playa. Empieza a vaciarles los bolsillos y a lanzar el contenido encima de la cama. Billetes arrugados, monedas, *flyers* doblados, dos bolsitas blancas con restos de droga —no recuerda cuáles— y, finalmente, el paquete de tabaco que buscaba. La cajetilla está aplastada, le falta la tapa, hay arena en su interior. Tiene que haber un cigarrillo, lo guardó toda la noche. Mete los dedos y lo encuentra escondido bajo el papel plateado, también una china pequeña de hachís. Endereza el cigarro mientras piensa que tendrá que bajar a la calle a comprar más.

Después de encenderse el cigarrillo en el fogón de la cocina, va al lavabo para darse una ducha. Necesita desembarazarse de esa terrible resaca y empezar a pensar con claridad. Tiene la boca seca y le duelen las mandíbulas. El cigarro se le está haciendo interminable; aún por la mitad, lo tira al váter. Se mira en el espejo. El tatuaje de su nombre en letras chinas se le marca en las costillas, las facciones de su cara están hundidas, como si acabara de salir del hospital tras una dieta a base de suero, el azul de sus ojos no es más que un aro fino alrededor de unas pupilas enormes. Se pasa la mano por la cabeza, la lleva completamente afeitada. «Vaya fiestón», piensa.

El agua templada de la ducha viene acompañada de escalofríos y remordimientos. La noche anterior tendría que haberse quedado en casa. Es un estúpido, hoy es el día del gran golpe, cualquier descuido podría echarlo todo a perder. Seis meses de trabajo que podrían irse por el retrete o llevarlo directamente a la cárcel. Espera que todo salga bien. La culpa fue del Guindi; le pidió que no viniera a casa y se presentó a las once con dos entradas para el Sónar, el festival de música electrónica más importante de Barcelona, donde pinchan sus disyoqueis favoritos, ¿cómo podía resistirse? A partir de ese momento, la noche comenzó a acelerar hasta no acabar nunca.

La música tecno del festival sigue retumbando en su cabeza y no hay manera de detenerla.

Se sienta en el plato de la ducha y encoge las rodillas para acomodarse en posición fetal con la espalda pegada a la pared. El agua cae sobre sus hombros. La sensación de bienestar es tal que deja de sentir su cuerpo, y sus pensamientos, cargados de nostalgia y felicidad, lo transportan al pasado, al inicio de todo, su primer robo.

Los motivos que le llevaron a realizar aquel acto aún son confusos para él —tal vez por aburrimiento, la falta de una autoridad familiar ante quien responder, su personalidad traviesa e inquieta o cientos de posibilidades pendientes de exploración—, pero lo que recuerda con nitidez son el deseo y las emociones de aquella primera vez, así como todos los detalles de la operación. Sensaciones y recuerdos que entre los vapores de la ducha se ablandan y reproducen.

La memoria es hábil para cambiar las emociones. En este caso, el joven de veinticinco años olvida la congoja que sentía a la edad de quince años por seguir recluido en el orfanato. Había pasado toda su vida encerrado en aquel edificio de la sierra de Collserola. Había visto salir a muchos de sus compañeros; la mayoría no regresaban. Para él nunca había familias de acogida, solo excusas; le tocaba conformarse con las escuetas y cercanas salidas planificadas por los curas para visitar museos o edificios históricos. Pensaba en escaparse, pero aquel robo le disuadió de hacerlo. Tenía una misión, llevarse el pequeño retablo que había sobre el altar de la iglesia del orfanato cuando al fin saliera. Todos aquellos libros de arte románico y caballeros medievales que los curas le regalaban tenían la culpa; le habían llevado a creer que aquella pintura podía ser valiosa y que podría obtener un buen dinero con su venta.

Estaba tumbado bocarriba en la cama. Era una madrugada calurosa de verano. Se incorporó, tratando de evitar el ruido de las sábanas, y puso los pies en el suelo de madera. Miró a sus diecinueve compañeros de dormitorio, uno a uno, para asegurarse de que todos dormían. La única ventana sin barrotes estaba en los baños; los curas solo la dejaban abierta los días de mucho calor, el resto del año la cerraban con llave. Esa era la única manera de salir de allí, la puerta de la habitación siempre estaba atrancada con un madero colocado en el lado del pasillo. Contuvo la respiración antes de levantarse. Oyó un búho, las alimañas del bosque, al otro lado de la cerca que rodeaba el complejo, moviéndose entre las ramas de los árboles, el crepitar de la hojarasca a su paso. Por lo demás, silencio, la quietud habitual de las noches en la sierra. Levantó el colchón, cogió las dos sábanas que había escondido durante el cambio de la semana anterior y se fue al lavabo.

Se descolgó por la ventana. Era un segundo piso. Bordeó el edificio pegado al muro y llegó a la iglesia. Forzó la puerta de la capilla con una ganzúa que le había enseñado a fabricar un compañero y entró. Era la primera vez que estaba solo en el interior de la capilla, la luz de las farolas penetraba a través de las estrechas vidrieras iluminando el altar. Sintió un poco de miedo, como si alguien lo estuviera observando. Las estatuas parecían cobrar vida en la oscuridad, un ambiente tétrico muy diferente al de las mañanas, cuando acudían a misa. Fue hasta el altar, cogió el retablo y salió corriendo de allí dejándose la puerta abierta. A partir de aquel momento, creyó que ya lo habían descubierto.

Corrió por la arboleda hasta llegar a un edificio viejo situado al otro lado del complejo. Lo utilizaban como almacén para guardar objetos inservibles y apenas era visitado por nadie. Empezó a remover sillas y pupitres maltrechos y oxidados, mobiliario anticuado, chapas de metal. Envolvió el retablo en unos plásticos y lo sepultó bajo una montaña de ferralla y madera podrida y astillada. Después, regresó a la habitación y esperó despierto al amanecer.

Al día siguiente, los curas encontraron las sábanas en la calle debajo de la ventana de los lavabos y la puerta de la capilla abierta. Los despertaron una hora antes de lo habitual y los hicieron salir al exterior en ropa interior. Alguno de los internos de ese dormitorio había robado el retablo del altar de la iglesia. Les inspeccionaron las manos en busca de suciedad o alguna marca delatora, los coaccionaron para que confesaran, pero no apareció el culpable. Tampoco después de los interrogatorios personales llevados a cabo por el director, el padre Nicolás, en su despacho. Suprimieron la cena durante un mes, las actividades fuera del centro, las horas libres de la tarde. El culpable siguió sin aparecer. Nunca encontraron el retablo, no pensaron que pudiera estar oculto entre toda aquella chatarra del almacén en desuso.

Tres años más tarde, el día de su dieciocho cumpleaños, se excusó del desayuno para pasear por la arboleda a modo de despedida. La noche anterior se había desecho de sus pertenencias —ropa y los recuerdos de toda una vida— regalándoselas al Guindi, un año menor que él, para poder llevarse el retablo en el macuto. Fue al almacén y lo recuperó. Una furgoneta lo recogió a mediodía y desde entonces no ha regresado al orfanato.

Sale de la ducha y al pasar por el salón ve el pequeño retablo colgado en la pared. Quizás algún día lo devuelva. Entra en la habitación, arruga la nariz por el olor a rancio de tabaco y sudor. La joven está roncando; lamenta tener que despertarla ahora que ha conseguido dormir profundamente. Mira su mano colgando a un lado de la cama, sube por su hombro, recorre su espalda, llega hasta su cintura, se detiene en el culo, continúa por sus muslos, finaliza en sus pies. No está mal, anoche fue un día de suerte. Se sienta en el borde de la cama, le aparta el pelo de la cara y le da un beso en la oreja. Ella ni se inmuta. Tampoco se despierta cuando sube la persiana haciendo el mayor ruido posible. El sol entra en la habitación. Él comienza a sudar, vuelve a sentir el efecto de las drogas. La muchacha abre los ojos.

—Hola —le dice ella con un marcado acento francés y una voz dulce.

—Lo siento, pero tienes que irte —responde con sequedad, aunque intenta suavizar las palabras con una expresión en su mirada entre agradable y juguetona.

—*Pour quoi? Tu m'as dit que je pourrais rester!* —le reprocha sentándose sobre el colchón para resguardarse del sol.

—*Je dois travailler.*

La joven francesa se encoge de hombros, agarra la almohada y vuelve a tumbarse, dándole la espalda, atravesada en la cama para evitar el sol.

—Está bien, puedes quedarte un rato más. Me voy a comprar tabaco, pero cuando vuelva agradecería que te hubieses marchado. Es muy importante, por favor. Entre las sábanas hay algo de dinero, cógelo y si quieres pilla un taxi. Las bolsitas también puedes llevártelas, yo me quedo en casa esta noche. La china de hachís no te la lleves.

Abre el armario. Se viste con unas bermudas de estampado militar, una camiseta de tirantes granate y las zapatillas deportivas sucias de la noche anterior.

—*Au revoir!* —se despide. Antes de cerrar la puerta, asoma la cabeza y le dice—: Déjame tu número de teléfono, quizás mañana nos podamos ver.

—Cabrón —le responde la francesa arrastrando la erre y mostrándole el dedo corazón alzado.

Regresa al apartamento media hora más tarde —cuatro croquetas, un zumo de melocotón y un cigarrillo— para encontrársela dormida en la cama. Ha bajado la persiana. Está tendida bocabajo con la pierna derecha encogida. Lleva el pubis depilado al cero, la visión de sus labios rosados es demasiado para resistirse. Le empieza a acariciar la entrepierna. Ella se despierta y le devuelve una sonrisa. Él se quita la ropa. Los juegos preliminares y el coito en sí se prolongan durante casi una hora.

Aún están en la cama —él sentado contra la pared, ella tumbada con la cabeza en sus piernas—, empapados de sudor, compartiendo un porro, cuando suena el timbre.

—¡Mierda, el Guindi! —exclama Mario.

Mira a la joven con gesto de sorpresa y se levanta apresurado.

—Ahora sí que tienes que irte —le recuerda mientras se pone los pantalones y sale de la habitación a trompicones.

Su amigo nació con ese mote. Pelirrojo, de cabello ensortijado, cuerpo larguirucho y cargado de pecas. El apelativo no es original, pero sí efectivo, porque realmente se parece a una guindilla. En el orfanato lo llamaban así desde pequeño, incluso antes de que aprendiera a hablar. Las únicas personas que utilizaban su verdadero nombre eran los curas, ahora ya nadie. A veces le hace burla recordando aquellos tiempos: «¡Fulgencio Antequera, a la cama sin cenar!».

—¿Cómo estás, tío? —le pregunta el Guindi tras abrirle la puerta.

—Con una resaca de la hostia, casi no he dormido —le dice mientras se saludan con una sucesión rapera de choque de palmas y puños seguida de un abrazo.

El Guindi lo empuja y lo mira de arriba abajo con los brazos en jarra.

—Estás hecho una mierda. Si es que nunca me haces caso. Si te hubieras ido cuando yo, ¿ves? Fresco como una rosa. Es que siempre te lías, tío, la próxima vez... —Los reproches de su amigo comienzan a perder volumen hasta hacerse inaudibles.

El Guindi abre los ojos, la boca, y estira el cuello para ver por encima de su hombro mientras lanza un silbido de admiración.

—¡Vaya pibón! —exclama sin retirar la mirada de la joven francesa que cruza desnuda por el salón hacia el cuarto de baño—. Ahora te entiendo, pedazo de cabrón.

Apenas ha podido oír los comentarios de su amigo. Vuelve a sentir mareo. Se pasa la mano por la frente. Está caliente, a pesar del sudor, quizás sean sus manos las que están frías.

—No me encuentro bien —dice tragando saliva—. Vamos a dar una vuelta, necesito aire fresco.

Nada más finalizar la frase le sobreviene una arcada. Sale corriendo hacia el lavabo. Está ocupado. Prefiere no molestar a su invitada para no mostrar tan pronto sus flaquezas. Consigue llegar hasta la cocina y echar el zumo y las croquetas dentro de la pica.

Abandonan el apartamento sin despedirse de la joven francesa. Mario entrega las llaves del Vespino a su amigo para que conduzca él, sigue sin encontrarse bien. Avanzan por las estrechas calles del Raval a gran velocidad. El Guindi hace sonar la bocina para espantar a los peatones —maleantes, gente sin techo, algún turista despistado con cara de pánico, prostitutas en busca de su primer cliente—. Si no se apartan, les insulta y gesticula con las manos. El hedor a orines y descomposición humana de esas callejuelas devuelven las arcadas a Mario sin llegar a consecuencias mayores. Agradece el aire que le da en la cara. Los dos circulan sin casco.

En cinco minutos llegan al almacén de Mario en el paseo de la Exposición, la avenida que bordea la montaña de Montjuïc en el barrio del Poble Sec. Se lo alquiló a una nonagenaria previo pago de una anualidad en efectivo a condición de no formalizar ningún tipo de contrato. El emplazamiento es perfecto para el robo de esta noche, a tan solo quinientos metros del Museo Nacional de Arte de Cataluña.

Comienzan a repasar los detalles de la operación sentados en el sofá del altillo con el aire acondicionado a máxima potencia. Sobre la mesa hay varios planos desplegados; encima de un mueble bajo hay un monitor de televisión y una pila de cintas de vídeo. Mario abre la nevera y, mientras coge la botella de agua, observa preocupado a su amigo. Para el Guindi hoy será la segunda y la última vez que lo acompañe. Es como su hermano pequeño. Si le sucediera algo por su culpa, no se lo perdonaría. Siempre ha preferido mantenerlo al margen de sus tejemanejes; la ignorancia es la mejor protección. En ocasiones, ha estado muy cerca de llevarlo a su zulo, situado en un chalet de un pueblo a las afueras de Barcelona, para mostrarle todo el material acumulado a la espera del mejor postor. Se alegra de no haberlo hecho.

El Guindi no es consciente de la peligrosidad del asalto al MNAC. Tal vez porque el golpe anterior, el robo del Beato de Liébana de La Seu d'Urgell, salió a la perfección y no corrieron demasiados riesgos. Cuando le entregó los cinco millones de pesetas por su ayuda, su amigo no se lo podía creer. Pero hoy es diferente.

Si culmina el robo de esta noche, su gran golpe, lo dejará por una temporada. Tiene suficiente dinero como para vivir varios años sin trabajar. Después de más de un lustro de actividad, la policía está obsesionada con atraparle. Los primeros robos, o más bien hurtos, carecieron de toda complejidad. Siguió el *modus operandi* de Erik el Belga —un ladrón que saqueó durante más de dos décadas gran parte de la Península, con especial incidencia en el norte, y que fue detenido en los años ochenta— y se dedicó al expolio del desprotegido pero valiosísimo patrimonio de las iglesias y monasterios del Pirineo. Estas semejanzas con su antecesor hicieron pensar a la policía que el viejo delincuente había vuelto por sus fueros y lo sometieron a una vigilancia exhaustiva y a diversos interrogatorios, hasta que se convencieron de que el ladrón se había retirado por completo de la profesión tras su salida pactada de la cárcel y disfrutaba de una vida tranquila en libertad, como cualquier otra persona, en las costas malagueñas. De este modo fue como se ganó el sobrenombre del Nuevo Erik el Belga en el ámbito policial. Hecho que le enorgullece, si bien su deseo es superarle. Por eso ha perfeccionado la técnica y se atreve con museos protegidos por personal y medidas de seguridad; en algunos casos también actúa acompañado, circunstancias que quedaron patentes en el asalto al Museo Diocesano de La Seu d'Urgell, donde dos individuos redujeron a la vigilante con un espray de autodefensa y se llevaron el botín.

Su introducción en el mundo del arte fue más difícil de lo previsto. Los planes de futuro en la adolescencia suelen ser demasiado optimistas o faltos de realismo. Tuvo suerte al salir del orfanato con un contrato de trabajo. Trabajo pesado y sucio, pero bien remunerado en las canteras Vila de Balaguer. Después de ahorrar durante un año, abandonó el puesto para dedicarse a su presente oficio. No tuvo dificultades en apropiarse de lo ajeno, pero su total desconocimiento del mercado le impidió dar salida a las obras o malvenderlas. A los tres meses ya no tenía dinero y regresó al trabajo en las canteras Vila durante otra temporada. Precisamente ha descubierto hace un par de meses que uno de sus mejores clientes, si no el mejor, es Onofre Vila, el propietario de las canteras Vila de Balaguer. El destino es caprichoso.

Lo tiene todo controlado para el golpe de esta noche. Ha invertido mucho dinero para conseguir los planos de los sistemas de seguridad y las cintas de vídeo de las cámaras de vigilancia; también se ha tenido que comprar un ordenador más potente y programas de edición de vídeo. Ha estado seis meses preparando el robo. Durante los tres últimos, ha visitado todos los días el edificio y las inmediaciones del Palacio Nacional donde se alberga el MNAC. Unas veces camuflado entre los *runners* que aprovechan, al anochecer, para disfrutar del ambiente más fresco y menos contaminado de esa parte de la ciudad; otras disfrazado de turista con toda su parafernalia —camisas estampadas, sandalias con calcetines blancos hasta el gemelo y cámaras de fotos—, sin faltar las evidentes pelucas, gorras y bigotes, para entrar en el museo. Pero, como en toda operación complicada y gran golpe que se precie, existe un talón de Aquiles. Necesitan la ayuda de una tercera persona. A las siete y media de la tarde salen a su encuentro.

Sentados en una terraza del barrio de Sants esperan al Mono. Mario aprecia el temblor de su mano al darle una calada al cigarrillo. Se fija en los objetos que hay sobre la mesa —el paquete de tabaco, el mechero, la cartera, el vaso de zumo, la jarra de cerveza— antes de mirar la hora. Pasan diez minutos de las ocho. Llega tarde.

—Cálmate —le aconseja el Guindi—. Vendrá. Si no, seguro que no nos costará encontrarlo.

Los temblores son más producto de la fiesta de la noche anterior que de su nerviosismo. No tienen más remedio que esperarlo, los móviles están prohibidos. ¿Cómo se habrá podido fiar de ese individuo? El Mono. Como en el caso de su amigo, el apodo también hace referencia a su aspecto físico. De tez morena, su cuerpo está recubierto por una abundante capa de vello grueso, visible en las manos, pómulos y uniceja. Un delincuente común y toxicómano al que conoció pillando un poco de hierba para fumar. En realidad, nunca se ha fiado, solo aprecia las ventajas de contar con él. No se entera de nada y es muy barato; por cien mil pesetas y cuatro rayas sería capaz de vender su alma al diablo.

Cierra los ojos y respira aliviado cuando ve llegar al susodicho andando por el paseo. Su aspecto es el habitual: sin afeitar, con los pantalones tejanos rotos y sucios, una camiseta descolorida por unas manchas de lejía y un porro en la mano. El iluso cree que esta noche participará en una operación de contrabando, un suculento cargamento de cocaína, donde él realizará el transporte en una furgoneta robada. Si las virtudes del personaje son escasas, en el hurto de vehículos son difíciles de superar. A las once de la noche, tendrá que esperar a sus compinches en las cercanías del Palacio Nacional. Tras invitarle a una cerveza y entregarle el adelanto pactado de cincuenta mil pesetas, Mario y el Guindi regresan a su escondrijo del Poble Sec para ultimar los preparativos del asalto al MNAC.

Escondido entre los arbustos de los Jardines Maragall, el Guindi controla toda la fachada posterior del Palacio Nacional. Puede ver la silueta verde de su amigo, agazapado contra el muro en una esquina del edificio, a través de las gafas de visión nocturna.

Mario, vestido con el uniforme de la empresa de seguridad, lleva en ese lugar más de una hora. Ha aprovechado el cambio de turno de los guardas a las diez de la noche para acercarse a esa posición disfrazado de turista. En este plan no hay detalle dejado a expensas del azar y, aunque la selección de personal pudiera comprometerlo, su profesionalidad no debiera quedar en entredicho, porque es de sobra conocido que la fortuna siempre desempeña un papel importante en actividades ilícitas. Ha escogido esa esquina por ser invisible a las cámaras de vigilancia; el ángulo muerto óptimo, determinado tras un exhaustivo análisis de la información, desde la realización de complicados cálculos sobre unos planos con la ayuda de compás, escuadra y cartabón hasta la ejecución de un simulacro. Su amigo, desde los matorrales, ha congelado la imagen de una de las cámaras durante treinta segundos para que él pudiera llegar hasta ahí.

El vigilante tiene que estar a punto de alcanzar su posición. La rutina de los dos empleados encargados de la seguridad del museo por las noches no ha variado un solo día en los tres últimos meses. Uno de ellos permanecerá en la sala de vigilancia, controlando las imágenes de las cámaras; el otro recorrerá todas las salas y alrededor de las once realizará una ronda perimetral del edificio. A las once y media se reunirán de nuevo en la sala de vigilancia —aunque en ocasiones incumplen el protocolo y se encuentran en la salita de descanso—, tomarán un café, charlarán un rato y a medianoche intercambiarán sus funciones.

Son las once y diez. Mario empieza a ponerse nervioso. Se frota las manos en un intento por mitigar ese sudor frío premonitorio que también nota en las axilas. Se rasca el pómulo para aliviar el picor producido por la nariz de látex. Para distraerse piensa en la obra de arte que ha venido a buscar, la *Majestad de Batlló*, una talla de madera policromada de mediados del siglo XII. Se imagina llegando al almacén en menos de una hora, sentado en el sofá contemplando esa obra, una de las representaciones artísticas más valoradas del románico catalán. La escultura proviene de la comarca de la Garrotxa, situada en la parte más oriental al sur de los Pirineos, y escenifica una imagen de la crucifixión insólita en la iconografía cristiana. La imagen del Cristo no muestra ningún síntoma de sufrimiento y desafía a la muerte con los ojos abiertos, en actitud triunfante. Si pudiera encontrarle una falla, sería en sus dimensiones. Un metro de largo por uno veinte de ancho. Deberá cargársela al hombro y sufrir su propio viacrucis para llevársela.

Un relámpago ilumina el cielo detrás de la montaña, una tormenta se aproxima proveniente del Mediterráneo. Vuelve a mirarse el reloj. Solo han pasado tres minutos desde la última vez. Le entran las dudas, ¿y si algo saliera mal? Cruza los dedos e inspecciona los alrededores. Todo está en calma, no hay turistas y, lo más importante, no ha visto pasar ninguna patrulla de los Mossos ni de la Urbana durante la espera. Todo marcha según lo previsto. Ha sido una buena elección hacer coincidir el atraco con la celebración del Sónar. Los cuerpos de seguridad estarán ocupados al otro lado de la ciudad, en el pabellón de la Mar Bella, así como en la línea costera y algunos locales donde pudieran celebrarse *raves* ilegales. Le duele la cabeza solo de pensar en el festival, aunque, si no estuviera trabajando, a buen seguro regresaría para disfrutarlo como ayer noche.

—Dos minutos. —Oye la voz del Guindi por el pinganillo incrustado en su oreja derecha.

Activa el cronómetro y apoya la espalda contra la pared. Recoge la cerbatana del suelo y se la pone en los labios con cautela, evitando el ruido de la fricción del material tosco de la chaqueta de la empresa de seguridad. Oye los pasos del vigilante. Cuando ve aparecer su pierna, sopla el dardo. Lo agarra por la cintura sin dejarle tiempo para reaccionar y lo hace caer al suelo tirándose encima de él. Le tapa la boca. El vigilante intenta defenderse, pero sus movimientos empiezan a perder fuerza por la efectividad del somnífero. Lo arrastra para colocarlo en el ángulo muerto, pues los pies del guarda sobresalían por la esquina del muro. Ya inconsciente, le arrebata las gafas, el manojo de llaves y el *walkie-talkie*. Sale corriendo hasta una señal pintada en la gravilla a cincuenta metros de distancia. El Guindi ha sustituido la imagen en directo por una del mismo vigilante de hace dos semanas.

Se seca una gota de sudor que le resbala por la patilla, se ajusta la peluca morena —con algunas canas— y se calza un poco más la gorra. Espera que su mayor delgadez y envergadura no se aprecie en los monitores. El resto del disfraz está muy conseguido. Ha seguido a ese hombre durante varias semanas. Ha aprendido a imitar sus andares zambos, su curvatura en la espalda, la cadencia de sus brazos; su narizota y el pelo son calcados, las gafas se las acaba de tomar prestadas.

Tres, dos, uno.

Comienza a andar. El empleado de seguridad en el interior del museo acabará de recibir la llamada de la pizzería realizada por el Guindi para distraerle.

Una luz roja se ilumina en el panel de la sala de control. El vigilante ve entrar a su compañero por la puerta principal, situada en la fachada orientada a la ciudad. Bosteza y continúa leyendo la revista de coches que le mantenía distraído.

Mario ha alcanzado la salita de descanso y ha comprado dos cafés en la máquina expendedora. Abandona la salita con un vaso de plástico en cada mano. Avanza por el pasillo estrecho de veinte metros que finaliza en la sala de control. Ese corredor es una de las pocas zonas del museo donde no hay cámaras. Se le acelera el pulso. Varias gotas de sudor caen de su rostro al suelo. A medio camino, se agacha y deja los vasos. Los reemplaza por una jeringuilla y una lata de espray. Golpea la chapa de la puerta blindada con los nudillos. Según el protocolo, el vigilante encerrado en la sala de control tiene que abrir desde dentro, el otro no dispone de llaves.

—Ya era hora, Felipe; y, además, te has vuelto a equivocar.

Te había pedido una... —protesta el empleado de seguridad mientras abre la puerta.

Cuando el vigilante asoma la cabeza, le rocía la cara con espray —el hombre comienza a chillar— y le clava la aguja con el somnífero en el muslo. Más de dos horas de sueño profundo le esperan por delante.

—Vía libre —informa a su amigo por el microfonillo acoplado en la solapa de la chaqueta.

Se arranca la nariz postiza y se despega la peluca. Las lanza a la papelera junto con las gafas. Sustituye los guantes de látex por unos de cuero negro. Mientras se enfunda el pasamontañas, llaman a la puerta.

—Ha empezado a llover, tío. —Entra el Guindi vestido con el uniforme de la empresa de seguridad y la cara cubierta con otro pasamontañas como el suyo—. Están cayendo unos goterones enormes.

—No pasa nada, no te preocupes. Está todo controlado, dame la bolsa.

—Toma.

Mario coge la bolsa y mete la mano. Entre el plástico de embalar encuentra el martillo y el escarpe. Después, choca la mano a su compañero.

—Cuando desconectes la alarma del Cristo, sal de aquí pitando —le recalca—. Las sirenas comenzarán a sonar a los dos minutos. Si la cosa se tuerce, no me esperéis. Te largas con el Mono, ya me las apañaré.

Mario llega al pasillo central y avanza hacia el ala este del museo. La colección de arte románico ocupa gran parte de la primera planta del edificio. Las salas del museo carecen de puertas debido a la gran envergadura de muchas de sus obras, pinturas murales de ábsides, muros y columnas expuestos sobre una arquitectura ficticia que reproduce las dimensiones exactas de sus lugares de origen. Se detiene en la entrada de la sala de mayor tamaño y ve, en la pared del fondo, la pieza más emblemática del MNAC, el Pantocrátor de San Clemente de

Taüll, obra maestra del románico catalán. Lo trasladaron desde una pequeña iglesia del Pirineo en el primer cuarto del siglo pasado. La mirada penetrante del Todopoderoso, con la mano derecha alzada y un libro abierto en la otra que reza «Ego sum lux mundi», le produce cierto respeto. Retira la vista y continúa hacia la siguiente sala. Antes de salir, lo vuelve a mirar. Si no fuese por los seis metros de altura del mural, se lo llevaría esa misma noche. Sería el robo del siglo; él, una leyenda.

—¿Qué estás haciendo? —El Guindi lo despierta de su ensoñación—. Date prisa.

Mario entra en la sala donde se encuentra la *Majestad de Batlló*.

—¡No está aquí, tío! —le comunica al Guindi.

—¿Cómo que no está?

—Que no está. Se lo han llevado, nos estaban esperando.

—Pues llévate otra cosa, lo que sea —dice con voz nerviosa.

Mario analiza las piezas de la colección. Las conoce de memoria. La talla de madera de san Juan Bautista debería ser la más valiosa en el mercado negro, también procede del valle de Boí, como el Pantocrátor. Camina de un lado a otro de la habitación. No está seguro, deberían irse. La policía podría haberles tendido una trampa.

—Nos vamos, Guindi —dice con autoridad.

—¿Cómo que nos vamos?

Mario se lleva las manos a la cabeza.

—Está bien, prepárate para desconectar a san Juan —le indica mientras abre la bolsa para coger las herramientas—, el botón a la izquierda de la *Majestad de Batlló*.

Se sube a una plataforma donde se exponen varias tallas. Apoya el escarpe en la base del mástil metálico que sostiene la figura de san Juan. Con la otra mano, coge el martillo y activa el cronómetro.

—¡Ahora!

—Ya está —dice el Guindi.

La alarma del museo comienza a sonar. El pitido es ensordecedor. Primero, se encienden las luces blancas habituales; un segundo más tarde, las de emergencia giratorias de color naranja.

—¡La hemos cagado! —grita al Guindi—. Déjalo todo y sal al pasillo central, tenemos que escapar de aquí como sea. Acaban de cerrar todas las puertas.

Se encuentran en el corredor principal.

—Ve por ahí —le indica con el dedo el ala este del museo—. Tienes que forzar la puerta de emergencia de los baños. —Le entrega el escarpe—. Yo lo intentaré por el otro lado. Lo habíamos discutido en el almacén, escápate con el Mono, no creo que el muy cabrón se haya ido —finaliza, levantando el puño para despedirse—. Hermano, ten cuidado.

El Guindi asiente con gesto serio, le choca el puño y ambos salen corriendo en direcciones opuestas.

El Mono está estacionado en la avenida Montanyans, la calle que circunvala el Palacio Nacional, en la esquina de la fachada este con la trasera, en dirección al Poble Sec. Hace más de una hora que espera al volante de la furgoneta Renault Express robada. Escucha su emisora favorita de música rock con el volumen al máximo. Se enciende un porro de hachís, el tercero desde que ha llegado. Ya se ha gastado quince mil pesetas del adelanto en un gramo de coca, una buena piedra de hachís, tabaco y papel de fumar. En el bolsillo del pantalón guarda el resto. Saborea la calada mientras piensa en la mercancía que está a punto de transportar. Quién sabe, si todo sale bien, quizás le den algo.

La humareda blanca empieza a acumularse en el interior del vehículo. Le han dicho que sea discreto, pero ¿qué iba a hacer con el aguacero que está cayendo? Cualquiera se atreve a salir fuera. Activa los limpiaparabrisas, no logra ver nada, los cristales están empañados. Coge la manivela de la ventanilla del conductor y le da un par de vueltas. Una ráfaga de lluvia entra y le golpea en el rostro. Se seca los ojos mientras mira por la rendija. Un coche de los Mossos pasa derrapando a su lado. Sufre tal conmoción que se lanza a esconderse sobre el asiento del acompañante. Desde esa posición ve las luces de emergencia rojizas de la fachada del Palacio Nacional. Baja el volumen de la radio, oye sonar las alarmas. Estira el brazo y junta los cables que hay debajo del volante para hacer el puente. Se reincorpora en el asiento del conductor y arranca la furgoneta al segundo intento. Limpia el vaho de la luna delantera con la manga de la sudadera. El coche de los Mossos se ha detenido al final de la calle. Oye sirenas en la distancia. Decide hacer un trompo y escapar en dirección opuesta hacia el Poble Espanyol; no quisiera encontrarse de frente con la caravana policial procedente del Poble Sec. Muy cerca de allí se encuentra la comisaría de los Mossos d'Esquadra de plaza España y hay otra de la Guardia Urbana al pie de la montaña. Ha visitado las dos con anterioridad y no le gustaría pasar la noche en ninguna de ellas.

Huye del lugar sin levantar la menor sospecha de tener relación alguna con el percance en el museo. Abandonará la furgoneta en las inmediaciones del Poble Espanyol y caminará bajo la lluvia hasta un bar de la Gran Vía, donde se tomará unas cervezas.

El Guindi intenta forzar con el escarpe la puerta de la salida de emergencia situada en los lavabos. Perderá demasiado tiempo. Decide romper el cristal de la parte inferior. Su delgadez le permite atravesarla. Los cristales esparcidos por el suelo le producen cortes en manos y rodillas. Debido a la excitación, no siente los pinchazos. Se fija en los barrotes acabados en punta de lanza de la valla de hierro forjado que rodea el edificio. Tendrá que saltarla. Las ramas de los árboles, vapuleados por la tormenta, la golpean con violencia y dificultan la visibilidad más allá. Una sucesión frenética de relámpagos ilumina la fachada del edificio. El retumbar de los truenos se mezcla con el sonido de las alarmas. Es imposible adivinar lo que le espera al otro lado de la valla. Trepa por los barrotes y salta sobre el barro.

Asoma la cabeza por entre la vegetación. Hay un coche de los Mossos en la esquina izquierda del museo, cerrando la calle. En los aparcamientos no encuentra ninguna furgoneta como la que habían acordado con el Mono. Se habrá largado. Comienza a andar pegado a la valla hacia la derecha. Por esa esquina aparecen dos coches policiales; uno se detiene en la curva, el otro avanza hasta detenerse justo enfrente de él. Se cala el pasamontañas y se tumba en el suelo. Llegan más vehículos, motos, un furgón. Está atrapado, no conseguirá escapar. Aguanta la respiración mientras ve a varios agentes apearse de sus vehículos y distribuirse en formación circular. Sus figuras negras se recortan en el contraluz de los potentes focos del furgón policial. La luz de las linternas le deslumbra.

—Salga con las manos en alto, le tenemos rodeado. —Oye la voz metálica de un megáfono.

Se pone de rodillas lentamente, con las manos detrás de la cabeza. Puede contar una docena de cuerpos avanzando hacia él; después, los siente a todos encima. No opone resistencia. Acostumbrado a las peleas y palizas de su estancia en orfanatos y reformatorios, sabe que la mejor opción siempre es quedarse quieto, evita algunos golpes de más. Recibe patadas en las costillas, puñetazos en la cabeza. Grita de rabia e impotencia, la experiencia nunca prepara lo suficiente para estos casos. Le hunden la cabeza en el barro, briznas de hierba se le pegan al paladar. Escupe la tierra mojada mezclada con la sangre de sus labios partidos. Siente que lo alzan en volandas y lo trasladan. Todo es muy rápido. Su cuerpo se estrella contra unas rejas; lo acaban de lanzar al interior del furgón. Está esposado, no sabría decir en qué momento le han puesto las esposas. Piensa en Mario; tampoco habrá conseguido escapar. Espera que no haya cometido ninguna locura y puedan encontrarse pronto, aunque sea en la cárcel.

Mario rompe el cristal de la ventana de una de las oficinas situada en la entreplanta de la fachada posterior del museo. Con el martillo acaba de retirar los cristales rotos del marco.

Asoma la cabeza. Dos coches de los Mossos se aproximan a toda velocidad por su derecha. Se esconde y los ve pasar de largo. Uno se detiene en la curva, el otro continúa. El Guindi está acorralado, no logrará escapar. Llegan más vehículos. Se lanza por la ventana sin pensárselo y cruza la calle. Un motorista derrapa para esquivarlo y cae al suelo. La moto se desplaza por el asfalto hasta estrellarse con el bordillo de la acera. Un coche frena y está a punto de atropellarle. Rueda por el capó y sigue corriendo. Se sube a la verja de hierro de los Jardines Maragall. Las linternas lo enfocan encaramado a la valla. Intenta saltar al otro lado, pero se le engancha la chaqueta en el pincho de una de las lanzas. Consigue quitársela y dejarla ahí colgada. Corre a refugiarse detrás de unos arbustos y comienza a desplazarse, agachándose para no ser visto. Dos agentes han entrado en los jardines. Tiene que llegar hasta el Jardín Botánico, luego al Castillo de Montjuïc y, finalmente, descolgarse por los acantilados de la vertiente opuesta de la montaña que van a parar al puerto. Se quita el pasamontañas para respirar mejor y lo arroja encima de unos setos. Se oye un disparo, la policía lo habrá efectuado al aire. En este país nunca disparan a los fugitivos. El sonido del disparo le hace recapacitar. Es imposible alcanzar el Jardín Botánico con tanta vigilancia; para llegar hasta allí tendría que salvar primero la zona del Estadio Olímpico, donde apenas hay ningún sitio para protegerse. Eso si consigue escapar de los Jardines Maragall, probablemente rodeados ya por los mossos. Solo encuentra una alternativa: desaparecer.

La montaña de Montjuïc está repleta de túneles subterráneos. Consideró la opción de trazar una ruta de escape a través de ellos, pero la información encontrada era deficiente. Nadie sabe de cierto qué se esconde allí abajo. Sistemas de riego, alcantarillado y drenaje que forman un entramado laberíntico mitificado por la existencia de los túneles de un antiguo polvorín y los pasadizos secretos que parten del castillo. La fortificación —en el presente, reconvertida en museo militar— sirvió como atalaya defensiva de la ciudad en muchas batallas. Su imagen actual de plaza inexpugnable la adquirió en el siglo XVII, si bien la historia no hizo honor a esta descripción, pues el castillo fue tomado por las tropas napoleónicas y fuerzas enemigas posteriores. Finalizada la Guerra Civil, se convirtió en sinónimo de torturas y fusilamientos, siendo la ejecución del presidente de la Generalitat Lluís Companys el suceso más notorio.

Encuentra una tapa redonda de alcantarilla en el suelo, pegada al muro de la masía que hay en el centro de los jardines. Introduce el martillo dentro de los agujeros y la abre haciendo palanca. Entra en la cañería y cierra la tapa. Oye correr el agua caudalosamente a unos dos o tres metros de profundidad. Desciende por los escalones de hierro oxidado anclados a la pared hasta una superficie de hormigón. Enciende la linterna y se queda asombrado. Por el centro de la canalización, de techo cóncavo, fluye un torrente de tres metros de anchura a toda velocidad. Un paso en falso y la furia del agua, alimentada por la tormenta, le arrastraría a una muerte segura. El agua se desborda por las repisas a ambos lados, pero se puede andar por ellas sin dificultad.

Avanza tocando la pared con una mano. Sigue el curso del agua, las leyes de la naturaleza son sabias y conseguirán sacarle de la montaña. El túnel avanza en línea recta, no consigue adivinar el final cuando lo alumbra con la linterna. Debe hallarse en uno de los ramales principales para la evacuación de lluvias; en él desembocan torrentes pequeños y tiene que saltarlos. Recorre unos treinta metros y vuelve la vista. Lo han descubierto. Dos haces de luz penetran en la tubería desde arriba por el mismo agujero que ha utilizado para entrar.

Incrementa el ritmo hasta llegar al final del túnel. El agua se precipita en una caída vertical hacia las profundidades de la tierra. En el muro de enfrente, salvando un vacío de dos metros y medio, hay una puerta de rejas de hierro cerrada con un candado. Mira hacia atrás. Los mossos están en el interior de la tubería. Dos linternas se aproximan; detrás, hay muchas más iluminando en todas direcciones. Está acorralado.

La opción de entregarse pasa fugaz por su cabeza, pero no hace más que armarle de determinación. No piensa dejarse atrapar sin haber agotado todas las opciones. Esos mossos tendrán que trabajar duro si quieren capturarle. Si este fuera su final, por lo menos, su muerte estaría cargada de romanticismo. Estudia la puerta con la linterna. Echa un último vistazo a sus perseguidores y salta enrabietado. Consigue aferrarse a los barrotes de hierro con las dos manos, las piernas le cuelgan pegadas al muro. Sube escalando hasta poner los pies entre los barrotes. Coge el martillo y aporrea el candado hasta romperlo; lo ve desaparecer en la oscuridad del abismo. Abre la puerta unos centímetros y apoya un pie dentro. En las paredes no encuentra dónde agarrarse y tiene que bascular sobre la puerta para entrar en la galería.

Se apoya sobre las rodillas para tomar aire. Lo ha conseguido.

Un balazo rebota en el hierro de la puerta, le roza el pantalón y se incrusta en la pared. Enfoca el orificio humeante, comprueba el roto del pantalón en la parte inferior de su glúteo derecho. La herida es superficial. No ha oído el disparo, el rugido de la cascada es atronador. Se levanta y anda rápido pegado a la pared. El impacto de otro proyectil resuena en el pasadizo. El corredor, de quince metros, finaliza en una tubería que discurre en perpendicular. El olor es nauseabundo, acaba de llegar al sistema de alcantarillado. Se tapa la nariz con el brazo e inspecciona la cloaca.

La tubería es circular, más pequeña que la anterior, sin repisas ni ningún otro elemento para desplazarse por ella. La fuerza de la corriente es considerable, pero ve posible hacer pie. Por el tamaño de la circunferencia, parece poco profunda. No tiene tiempo. Toca el agua con la mano. Hierbas, ramas, hojas, barro y agua procedente de la lluvia. Aun así, siente náuseas, el hedor es insoportable. Mete una pierna con la intención de alcanzar el fondo. No lo consigue. Otro balazo. Salta con las dos piernas por delante.

El agua le llega a la altura de los genitales. Avanza frenándose en la pared con las manos para no ser arrastrado por la corriente. La canalización es ligeramente curva hacia la izquierda. Las náuseas se convierten en vómitos. Está un poco mareado, tiene frío y ha comenzado a tiritar. Se maldice por haber ido al Sónar, su condición física es pésima después de haber dormido solo una hora y no haber comido apenas. La tubería gana en inclinación, el nivel del agua supera su cintura, la corriente es más fuerte. Empieza a dar saltos hasta que pierde todo contacto con el suelo. El agua lo arrastra. Es imposible volver atrás. Por primera vez, siente miedo.

Ilumina las paredes buscando algún resorte donde agarrarse a la desesperada. Los chorros provenientes de otras tuberías le golpean la cara. Traga agua. Comienza a delirar. Todo le parece un sueño. ¿Cómo ha llegado a encontrarse en tal situación? Va a morir. Entre tanto desvarío, ve un agujero en la pared. Suelta la linterna y se aferra al borde con las dos manos. No era una alucinación.

Consigue entrar en el tubo de sesenta centímetros de diámetro con mucho esfuerzo. La oscuridad es absoluta. Se desplaza sobre los codos para vencer la inclinación. El agua de la cloaca principal inunda un cuarto de la tubería; conforme avanza, el nivel disminuye hasta desaparecer. Las paredes están secas; por el centro bajan unos hilos de agua. La huele. Está fría, parece de lluvia. La utiliza para sonarse los mocos y limpiarse la cara. Se la bebería para aliviar el regusto a bilis de la vomitera, pero no lo hace por precaución. Aprieta el botón del reloj para activar la luz. La potencia del Casio es irrisoria: hacia el frente no ilumina nada, en el suelo dibuja un círculo de cinco centímetros de grosor. Continúa ascendiendo. Le molestan los zapatos, se los quita con los pies y los empuja hacia abajo.

Una decena de agentes se agolpan en la canalización principal. Uno de ellos ha saltado por encima de la cascada y ha entrado en el corredor aprovechando que la puerta estaba abierta. Ha avisado a sus compañeros de que la búsqueda ha finalizado para ellos. La corriente de la tubería es demasiado fuerte como para arriesgarse a entrar. Están esperando a los GEI, el grupo de intervención especial de los Mossos d'Esquadra, para que reanuden la persecución con ayuda de cuerdas y arneses. El ladrón se ha escapado, pero es imposible que haya logrado sobrevivir a esa trampa mortal.

No puede detenerse, tiene que llegar a la superficie. Está helado, su cuerpo padece los primeros síntomas de hipotermia. Le sangran los codos, el tubo es demasiado rugoso para su piel reblandecida. La boca se le mueve descontrolada, le castañetean los dientes, los labios se le han tornado de un color violáceo casi negro. Tiene que continuar, la tubería es ascendente y lo lleva directo a la salvación.

Se golpea en el hombro derecho con un saliente de la pared. Le cuesta apretar el botón de la luz del reloj, las yemas de sus dedos están arrugadas y frías, faltas de sensibilidad. Se ha quedado atascado en una compuerta de hierro cerrada con candado. El agua se escapa por entre las juntas y fluye tubería abajo. Más arriba, la superficie de la tubería está seca. Si consigue abrirla, el agua bajará con fuerza hasta la cloaca y despistará a los mossos. Se toca el bolsillo del pantalón, ha perdido el martillo. Mete la mano en el bolsillo de atrás, ahí sigue la ganzúa. Fuerza el cerrojo y lo deja ajustado. El agua comienza a salir. Sube un poco y con el pie acaba de abrirlo. La puerta metálica se abre violentamente y le rasguña la pierna. Un torrente embravecido desciende por la tubería. Mientras se frota la tibia para aliviar el dolor, se le ocurre una idea. Se quita los pantalones —están fríos, mojados y con los bolsillos vacíos— y los deja ir con la corriente. Eso acabará de confundir a los mossos: creerán que se ha ahogado. Se guarda la ganzúa en los calzoncillos y reanuda el ascenso.

Al cabo de cinco minutos, llega al final de la tubería. Está cerrada por una losa de piedra. La inspecciona con las manos, en el centro hay unos agujeros. Mete el dedo índice y consigue tocar el otro lado. No puede ser una salida al exterior, si no, entraría algo de luz por los orificios. Se tumba sobre la espalda, apoya las rodillas en el techo y con las dos manos empuja la losa hacia arriba. Está atascada, no consigue moverla lo más mínimo. Lo sigue probando, entre gritos y lloriqueos de impotencia, hasta darse por vencido. Está atrapado.

Oye el agua bajar por el tubo unos metros más abajo. Ha sido un estúpido al abrir la compuerta. No tiene escapatoria. Su destino ya está escrito, solo le queda esperar como el reo sin esperanzas en el corredor de la muerte, consciente de que su condena es consecuencia de los actos cometidos en el pasado y el arrepentimiento no sirve para enmendarlos. Cuando amaine el temporal y el agua deje de brotar por la tubería, descenderá hasta la cloaca y pedirá socorro a los mossos para que lo saquen de ahí.

Suena la señal horaria del reloj. Enciende la luz, son las doce. Estaba en el museo hace solo media hora, pero tiene la sensación de llevar varios días a la fuga. Le duele la espalda, los brazos, se le han agarrotado los músculos. El esfuerzo por levantar la losa le ha hecho entrar un poco en calor, pero también le ha despertado el hambre. Siente un vacío en la boca del estómago, necesita comer algo. No sabe qué va a hacer durante tantas horas de espera, no le gustaría quedarse dormido en ese lugar. Alumbra la losa con el reloj.

En el centro hay diez agujeros —dos en medio de una circunferencia de ocho—; a su alrededor aprecia una ranura muy fina que los envuelve cerrándolos en un círculo. La repasa con el dedo; antes no la ha notado. Introduce los dedos en los agujeros como si cogiera dos bolas para jugar a los bolos. Empuja hacia arriba, la losa no se mueve. Intenta hacer girar el círculo hacia un lado y hacia el otro. El mecanismo cede y consigue desplazarlo hacia la izquierda, en el sentido de las agujas del reloj, milímetro a milímetro, hasta que encuentra un tope.

Retira los dedos y empuja la losa. La levanta y la echa hacia un lado. Acaba de encontrar la libertad.

¿Dónde demonios habrá ido a parar? Se pone de pie, estira brazos y piernas, los dedos de los pies. Después de haber estado arrastrándose como una rata en una alcantarilla, la sensación es sumamente reconfortante. Encaja la losa y sella el mecanismo. Se arrodilla, comienza a gatear a tientas. El suelo es de sillares de piedra, así como la pared que se encuentra tras desplazarse tres o cuatro metros. Debe de hallarse en uno de los túneles secretos del castillo. Se yergue y anda pegado a la pared, inspeccionando el terreno con el pie antes de dar el siguiente paso. La sala es rectangular, doce pasos de largo y siete de ancho, sin puertas; quizás en las paredes encuentre otro mecanismo similar al de la losa.

Le parece oír sirenas en la distancia. Se vuelve a poner a cuatro patas. Avanza en dirección al centro de la estancia. Descubre una pared; no es muy alta, con la mano alcanza el borde superior. Hay agua al otro lado. Continúa bordeando el muro, una estructura poliédrica, hasta que se golpea con algo en la cabeza. El sonido hueco le indica que es de madera, el tacto lo corrobora. Es un baúl con los cantos de metal. Está cerrado. Se mete la mano en los calzoncillos, coge la ganzúa y fuerza la cerradura que hay en uno de los lados.

Las bisagras crujen al abrirse. El arca está repleta de telarañas. Hay una tela recia protegiendo algún objeto. La retira. No se lo puede creer, ha encontrado una lámpara de aceite. La sorpresa aún es mayor cuando descubre una caja de cerillas. Comienza a silbar una canción imaginaria a su buena suerte, aunque el ritmo decrece y se acaba en seco tras la cuarta cerilla decapitada en la lija. Procede con prudencia; la caja está llena y alguna debería encenderse. Su pronóstico se cumple al sexto intento. Abre la lámpara, prende la mecha y la deja en el suelo. Vuelve a entonar la canción mientras se frota las manos al calor de la lumbre.

La estructura en el centro de la sala es una piscina octogonal. El agua parece estar limpia, coge un poco con la mano y la prueba con la lengua; después, bebe hasta saciarse. Ha cubierto varias de las necesidades básicas más importantes —andar, ver, calentarse y beber— en apenas unos minutos. No esperaba recuperar la dignidad perdida con tanta facilidad y premura. Agradecería algo para comer; el sonido de sus intestinos es intenso y doloroso, pero ya sería pedir demasiado. Se saca la camiseta mojada, la tira al suelo. Recoge el paño de color gris que cubría la lámpara y lo extiende. Lo mira perplejo: se trata de una túnica con capucha. Se la pone por la cabeza y se mira los calcetines: es un poco corta para su talla. El roce de la tela seca con su piel es tan gustoso que le produce escalofríos.

Se sienta en el muro de la piscina. Dentro del arcón hay otra túnica, la coge. Unas piedrecillas caen y ruedan por el suelo. El reflejo de la luz de la lámpara las hace brillar; son doradas como el oro. Vuelve la vista hacia el baúl; hay muchas más, algunas del tamaño de un boliche. Coge una, la observa entre sus dedos, la muerde. Son pepitas de oro. Enfurecido, lanza la que tiene en la mano contra la pared; después, se pellizca en un brazo hasta gritar de dolor. Tiene que despertar a ese dulce trance, quizás sea su última oportunidad para regresar de la muerte. Su cuerpo ha debido de perderse arrastrado por la corriente y yace, en estos momentos, perdido en las cloacas de la ciudad de Barcelona. Todo ha sido un sueño.

Pero el sueño continúa. Está enfadado por no encontrar una explicación razonable a lo que sucede. La tubería *in extremis*, una puerta a la salvación, una lámpara, agua, ropa limpia, un montón de pepitas de oro. En el interior del baúl también hay una cruz; la coge y la acerca a la luz. Es una cruz occitana de oro con una paloma en el centro.

Se concentra. Ha visto muchas cruces similares, el arte medieval catalán y occitano está repleto de representaciones pictóricas de la cruz occitana; recuerda algún cetro, pero nunca una cruz con una paloma en el centro. Si fuera de la Edad Media, obtendría una buena suma de dinero en el mercado negro. Deberá investigar su procedencia cuando salga de aquí. Coge un puñado de pepitas y las observa en la palma de su mano. Son pesadas para su tamaño, no parecen haber sido trabajadas. Piensa en los tesoros de Villena y el Carambolo, descubiertos en la Península. Ha fantaseado muchas veces con la posibilidad de robar sus delicadas piezas de oro. Aunque menos espectacular y más modesto que los anteriores, acaba de encontrar su propio tesoro. Si la muerte es un sueño placentero, tampoco le apetece despertar.

Se reincorpora y camina por la habitación con el candil en la mano. Quizás la excitación del momento le haya hecho engrandecerse. Ese cofre no es ningún tesoro perdido, tiene dueño. La lámpara, las cerillas y las túnicas estaban en buen estado. Mira las vigas de madera del techo; en un rincón encuentra otra losa con diez agujeros. Los orificios están rellenos de tierra y suciedad. Tal vez se encuentre en el sótano de alguna edificación y no en un pasadizo secreto del castillo como ha creído en un principio.

Cierra el baúl, lo arrastra hasta el rincón y se sube encima. Limpia los agujeros con la ganzúa, introduce los dedos y hace girar la losa. La empuja hacia arriba y la sostiene con los brazos completamente estirados. Puede ver un muro de piedra iluminado por unos destellos rojizos y azulados. Oye sirenas. Vuelve a encajar la losa con rapidez y cierra el mecanismo. Ha llegado al exterior, la policía está cerca.

Intenta acordarse del camino utilizado para escapar del museo. Ha entrado en la canalización por la masía de los Jardines Maragall y la ha seguido en dirección al Poble Espanyol; después, ha entrado en la cloaca y la corriente lo ha arrastrado en la dirección contraria; es posible que haya cruzado el Palacio Nacional y haya acabado al otro lado, muy cerca del lugar donde los esperaba el Mono. En esa zona solo hay unos almacenes para el cuidado de los jardines y una capilla pequeña dedicada a santa Madrona. Después de haber visto las paredes de la planta superior, la posibilidad de encontrarse bajo la capilla parece la más acertada. Aunque tiene sus dudas; no ha encontrado ninguna información que mencionara la existencia de una cripta.

Le cuesta contener las ansias por subir a la superficie, volver a casa con el botín y explicárselo al Guindi. Pero este deseo es más fruto de la esperanza de su corazón que de la realidad; con total seguridad su amigo estará pasando la noche en el calabozo. Cuando salga de aquí, hará todo lo posible por liberarlo, contratará a los mejores abogados, gastará todos sus ahorros si hace falta. El delito es grave, pero no se han llevado nada ni han hecho daño a nadie.

Por el momento, no le queda otro remedio que aguardar hasta que el ambiente se apacigüe. En este lugar debería estar a salvo. Si él no ha encontrado ninguna mención de la cripta, lo más probable es que las fuerzas de seguridad tampoco lo hayan hecho. Examina las cuatro paredes de la habitación, no hay otra salida. Intentará escapar mañana al anochecer, sería difícil sobrevivir por más tiempo sin comida. Se tumba en el suelo al lado de la lámpara y se acomoda la otra túnica a modo de almohada. Pasada la euforia, comienza a sentir algo de frío, un dolor de cabeza cada vez más intenso, calambres en la barriga. Necesita descansar. Cierra los ojos, el cansancio le vence a los pocos minutos.

Capítulo VII

> Kyot, que es un provenzal, encontró escrita en árabe esta historia de Parzival.
>
> En todas las tierras que rodea el mar nunca ha habido un castillo tan bien protegido como Munsalwäsche.

Balaguer. Domingo, 18 de junio

Las primeras luces del alba se filtran a través de las cortinas blancas. En las ventanas de las habitaciones no hay persianas. El dinero no le hizo cambiar su estilo de vida, el sol continúa rigiendo su ritmo circadiano como si aún tuviera que madrugar para salir al campo a trabajar. Hace media hora que espera despierto, tumbado bocarriba en la cama con un par de cojines bajo la espalda. Coge el vaso de agua de la mesita, le da un sorbo y lo vuelve a dejar en su sitio. Después, enciende el transistor. En la radio suena el boletín informativo de las seis y media.

Las noticias hablan del atraco frustrado al Museo Nacional de Arte de Cataluña la noche anterior. El acto fue perpetrado por dos delincuentes. Los Mossos d'Esquadra lograron capturar a uno de los ladrones cuando intentaba escapar. No han conseguido atrapar al segundo atracador, un gran dispositivo policial sigue en marcha. Fuentes cercanas al caso apuntan a su posible fallecimiento. El fugitivo se internó en el sistema de alcantarillado de la montaña de Montjuïc en plena tormenta; alrededor de las once y media cayeron más de cuarenta litros de agua por metro cuadrado en la ciudad de Barcelona. Los agentes que estuvieron a punto de apresarlo lo vieron saltar en una canalización donde la fuerza del agua lo habría arrastrado sin remedio hacia los colectores principales situados al pie de la montaña. Un equipo especializado de buzos prosigue la búsqueda, varios helicópteros sobrevuelan la zona costera por si el cuerpo hubiera llegado al mar.

La angustia se apodera de Onofre Vila. Retira las sábanas hacia un lado. Se agarra al borde del colchón para bajar de la cama, una pierna se le enreda en la sábana y cae de bruces al suelo. Se arrastra hasta la pared y se pone de pie. La sangre le chorrea por la cara, mancha su camiseta blanca, sus calzoncillos. Sale de la habitación, avanza golpeándose con las paredes del pasillo, resbala con su propia sangre en un par de ocasiones. Respira de forma entrecortada, ha comenzado a sudar. Lo ve todo borroso, no se ha puesto las gafas, aunque tal vez sea por esa angustia que le hace moverse como si estuviera poseído. Llega al ascensor y desciende hasta la segunda planta del sótano.

Mohamed enciende la luz, se levanta y corre hacia la puerta al ver a Onofre.

—¿Qué ha pasado, patrón? —pregunta confundido mientras lo agarra por la cintura.

—¿Te has enterado? —logra articular Onofre Vila con la respiración entrecortada.

—¿El atraco en el museo? —responde sin vacilar.

—¿Por qué no me has avisado?

—No quería despertarle. Era de noche.

—No me digas que es él, por Dios bendito. —Menea la cabeza, contrariado, mientras le aprieta el brazo.

—Aún no está confirmado.

—Maldita sea. —Cierra los ojos y amaga con desmayarse.

Mohamed tiene que hacer un sobresfuerzo para sostenerlo. Lo acompaña hasta la sala de los ordenadores y le hace sentarse en una silla.

—Beba un poco de agua. —Le acerca a la boca una botella que había sobre el escritorio—. ¿Quiere que llame a María Fernanda para que le cure la herida?

—Pero ¿qué pasó? —demanda entre sollozos.

—Algo falló en el museo, creo que los Mossos le tendieron una trampa. Cogieron a su amigo, el del pelo rojo. Mario se escapó por las cloacas. Han estado toda la noche buscándolo.

—Dime la verdad, ¿hay alguna posibilidad de encontrarlo con vida?

—Pocas, he estado escuchando las comunicaciones de los Mossos.

—Te tendrías que haber conformado con lo que te di. —Agacha la cabeza y habla para sus adentros como si se lo reprochara a Mario—. Entrar en el museo era demasiado arriesgado. —El llanto hace ininteligibles sus lamentos. Tras una larga pausa, alza la vista (la sangre reseca le impide abrir el ojo derecho) y se dirige a Mohamed—: Haz todo lo que esté en nuestras manos para que encuentren el cadáver, quiero que tenga el final que se merece. Mario Luna es mi nieto, el hijo de Claudia. —El sirviente, que ya lo sabía tras haber investigado por su cuenta, asiente con la cabeza—. Y una cosa más —habla con rabia, las palabras rasgan su garganta—: no quiero volver a ver a ese policía por aquí. No me importa lo que tengas que hacer, pero deshazte de él.

Mohamed asiente de nuevo con una mueca maliciosa en su rostro.

Barcelona. Unas horas más tarde

El profesor Llull camina por las calles del Poble Sec en dirección a la plaza de Santa Madrona. Los domingos por la mañana se respira un aire de tranquilidad por esa zona del barrio, impropio de una gran ciudad. Entra en la plaza a las nueve y veinte. Hay una pareja de ancianos paseando a un perro, otro señor mayor con un carrito de la compra y nadie más. Pero, cuando se fija en la terraza del bar, se da cuenta de que el inspector Font está sentado a una mesa; es el único cliente. Se sorprende al verlo; está acostumbrado a ser él quien espera a sus citas y ha llegado diez minutos antes.

—Buenos días, señor Font —lo saluda mientras toma asiento enfrente del mosso—, menudo revuelo se armó ayer por la noche, se podían oír las sirenas hasta altas horas de la madrugada. ¿Saben algo del fugitivo? —le pregunta señalando el diario que hay encima de la mesa.

En la portada del periódico aparece una fotografía nocturna del Palacio Nacional rodeado por una decena de vehículos policiales. «Robo fallido en el MNAC», es el titular. Los Mossos d'Esquadra apresaron a uno de los delincuentes. Continúa la búsqueda de un segundo integrante de la banda.

—Hemos hallado parte de su ropa en uno de los colectores de agua de Montjuïc. Podríamos tardar varios días en localizar su cuerpo. Si hubiera salido al mar, tal vez no lo encontremos nunca.

—Pobre hombre —suspira el profesor Llull—. Aunque me alegro de que no llegaran a perpetrar el robo; habría sido una pérdida irreparable. ¿Han logrado identificar a los delincuentes?

—El detenido había cometido algunas faltas leves cuando era adolescente, pero en los últimos cuatro o cinco años estaba limpio. Se ha negado a declarar. El otro hombre todavía no sabemos quién es. El intendente Martí está convencido de que uno de los ladrones es el Nuevo Erik el Belga.

—Bravo por José María —celebra con efusividad juntando las manos en una palmada—. Llevaba mucho tiempo detrás de ese ladrón. Espero que ahora todo vuelva a la normalidad, ese delincuente le tenía desquiciado.

—Ya veremos —responde sin mostrar interés—. ¿Le apetece tomar un café?

—Sí, un cortado.

El inspector Font hace señas al camarero para que se acerque y le pide el cortado.

—Gracias por haber venido. —El mosso aparta una taza de café vacía con el brazo y apoya los codos en la mesa—. Usted conoce al señor Onofre Vila Escofet, ¿no es así? —pregunta sin rodeos.

—¿El señor Vila? Sí, lo conozco desde hace muchos años —confirma con gesto de no saber a qué viene esa pregunta.

—Lo he estado investigando y el nombre de usted ha aparecido en varias ocasiones ligado a ese hombre. —El profesor Llull lo mira con rostro preocupado y expectante—. No se preocupe, solo quería serle sincero —lo tranquiliza el inspector Font.

—¿Está hablando de los asesinatos de Terrassa y la cruz occitana? ¿Qué tiene que ver el señor Vila con todo este asunto?

—Ahora se lo explico. —Se aparta de la mesa para que el camarero deje el café y espera a que se marche—. Onofre Vila vivía en Terrassa cuando se cometió el primer crimen, muy cerca del lugar donde se encontraron los cadáveres. No sé si usted conocía esta información. Pero espere un segundo —corta al profesor cuando este abre la boca para responder—. Alrededor de esas fechas, supongo que después del asesinato, lo vendió todo y se mudó a Balaguer. La familia que le compró la finca de Terrassa me puso sobre la pista. En apenas una década, ese hombre comenzó a ganar mucho dinero y, lo más asombroso, encontró oro en abundancia en la ribera del río Segre. Qué coincidencia más oportuna, ¿no cree?

—Me acaba de dejar de piedra. —Se quita las gafas y las deja colgando del cordón—. Sabía que era natural de Terrassa, pero no le había dado ninguna importancia. Nunca he sabido en qué lugar de la ciudad vivió cuando era joven, tampoco la fecha exacta de su marcha, pero, ahora que lo dice, todo tiene sentido. ¿Usted piensa que el señor Vila pudo matar a Joan para robarle?

—Solo es una suposición. Es cierto que la extracción de oro lleva siglos practicándose en el río Segre. Tampoco hay datos precisos de las cantidades que encontró, pero, como le he dicho, me parece demasiada coincidencia. Tal vez él no lo mató, pero me parece bastante razonable que tuviera algo que ver con la muerte de esos dos hombres.

—Tiene razón —manifiesta, reflexivo—. También explicaría su desmesurada afición por la historia cátara. Es muy probable que el señor Vila conociera a Joan y supiera de su pertenencia al catarismo. ¿Han intentado hablar con él?

—He estado cuatro veces en su mansión. Si no encontramos alguna prueba material para obligarle a prestar declaración, dudo que me reciba. Ni siquiera he podido verlo.

—Y quiere que yo lo ayude para que hable con nosotros —afirma serio, sin que suene a pregunta. Toma el vasito del cortado y le da un sorbo.

—No quisiera comprometerlo más de lo necesario. Estoy al corriente de su relación con Onofre Vila; ese hombre ha financiado muchos de sus estudios a través de sus empresas.

—Ese no es el problema. Por lo que a mí respecta, estaría dispuesto a hacer lo que hiciera falta con tal de llegar a conocer quiénes fueron los últimos cátaros y si todavía queda alguno con vida. Sin embargo, olvídese de concertar una entrevista con él; ese hombre no se atiene a razones, es aún más terco que el padre Capmany. ¿Y si el señor Vila fuese un cátaro? ¿Ha pensado en ello?

—He contemplado esa posibilidad, encajaría a la perfección con los datos que tenemos. Si Onofre Vila fuese un cátaro, tras la muerte de Joan tal vez decidiera quitarse de en medio para proteger a los suyos. El tiempo y el dinero quizás acabaron por cambiarlo y renegó de su religión.

El profesor Llull sonríe incrédulo; ¿es posible que haya

tenido a un cátaro a su lado durante tantos años y no se haya dado cuenta?

—He conseguido una muestra de oro de las canteras Vila —prosigue el inspector Font—. La estamos analizando en el laboratorio. Obtendremos los resultados en unos días. Si la pureza es similar a la encontrada en la cruz occitana, podremos relacionarle con los asesinatos, aunque no serviría como prueba incriminatoria. Tampoco hemos encontrado ningún arma de fuego registrada a nombre de Onofre Vila, pero, como fue combatiente en la Guerra Civil, podría haber conservado el fusil sin llegar a registrarlo.

—Pero si el señor Vila se hallara en posesión del tesoro cátaro, ¿qué estaría buscando y por qué habría matado al segundo hombre hace unas semanas?

—No tengo ni la más remota idea; quizás dividieran el tesoro en varias partes y esté tratando de reunirlas.

—Pero ¿para qué? A ese hombre no le hace falta el dinero, es una de las personas más ricas del país. Espere un momento. —Se vuelve a poner las gafas mientras recapacita—. El señor Vila siempre se ha interesado mucho por la piedra caída del Paraíso y, en especial, por la idea de la inmortalidad. ¿Y si él tuviera la piedra caída del Paraíso y estuviera buscando el modo de utilizarla?

—Deberíamos intentar preguntarle al padre Capmany si conoce al señor Vila; podría servirnos para determinar la relación de este último con el primer cátaro asesinado.

—El padre Capmany... —repite el profesor casi en un susurro—. Tendré que ingeniármelas para introducirle esa cuestión con mucha sutileza.

Los dos hombres permanecen en silencio abstraídos en sus pensamientos. El profesor Llull tiene la sensación de haberse dejado embaucar por dos personas a las que respetaba profundamente: el padre Capmany y el señor Vila. El comportamiento de su amigo José María también le desconcierta. Habló con él por teléfono para pedirle explicaciones por haberle ocultado los resultados de los análisis de la cruz occitana. Aceptó sus disculpas —no quería mostrárselos hasta que fueran definitivos— por el bien de su amistad, a pesar de no estar de acuerdo con los motivos. Creía haber zanjado la disputa, pero desde entonces no contesta a sus llamadas, tampoco a los mensajes que le ha dejado en el contestador pidiéndole permiso para volver a ver la cruz o, en su defecto, para que le facilite unas fotografías.

No es el momento más adecuado para distraer a su hija con sus problemas; ella ya está bastante ajetreada con la tesis que presentará en cuatro días. Pero necesita comentarle los últimos acontecimientos para que, desde un punto de vista objetivo, lo ayude a determinar si su juicio es ecuánime; si la desconfianza es prudente o si, por el contrario, las circunstancias han obnubilado su raciocinio. Será mejor esperar unos días para hablar con ella, y más ahora que Onofre Vila, el abuelo de su novio, podría estar implicado en los asesinatos. Eso podría descentrarla por completo.

—¿Le sería posible enseñarme la cruz de nuevo? —pregunta con cierto titubeo, temeroso de enfrentarse a otra negativa como respuesta.

—Por supuesto —afirma el inspector Font—. ¿Mañana a primera hora?

—A las nueve lo veré en comisaría —confirma con efusividad.

Barcelona. Lunes, 19 de junio

La reunión, aunque podríamos llamarla interrogatorio o acusación, solo ha durado quince minutos. Después, el inspector Font se ha quedado a solas con el comisario y este le ha comunicado que ha quedado relegado del caso. Por ser la primera vez que se ve envuelto en un incidente semejante, ha decidido ser benévolo y no recurrir a castigos mayores. La sanción ha sido mínima y ha venido acompañada por el carácter lisonjero de las palabras de su superior acerca de su inmaculado expediente y demostrada profesionalidad, alegando que la disciplina y los descuidos no pueden pasarse por alto ni en el mejor de los casos. Con algo más de firmeza le ha recordado, a modo de advertencia, que se olvide por completo del asunto, que ni siquiera pregunte o hable con sus compañeros acerca de la investigación, por su propio bien, con el fin de llevar el desafortunado suceso lo más discretamente posible.

El inspector Font no ha rebatido al comisario, los hechos son irrefutables. Abandona el despacho donde ha tenido lugar la reunión, avanza unos metros y se detiene a mitad del pasillo. Mira hacia derecha e izquierda; si en ese momento hubiese visto al intendente Martí, se hubiese ido directo hacia él sin importarle las consecuencias.

Cuando el comisario lo llamó ayer para citarle a las ocho y cuarto de la mañana, sabía que algo extraño había ocurrido, aunque no le quiso proporcionar más detalles por teléfono. Al entrar en el despacho y encontrar también al intendente Martí, ha tenido un mal presentimiento. Encima de la mesa había un formulario de control del depósito de pruebas con su propia firma; era del día que devolvió la cruz occitana al depósito tras la visita del profesor Llull a comisaría.

Los recuerdos de esa mañana lo han asaltado al instante: el comportamiento errático del intendente Martí cuando hablaba de la cruz y de su manipulación por personas ajenas al cuerpo, la sequedad en el trato con el profesor Llull, la camaradería que alegó al final para no comentarle los resultados, la urgencia para dar por finalizada la reunión con el consecuente olvido de la cruz occitana encima de la mesa. No cree que todas esas extrañeces fuesen fruto de la casualidad, sino más bien de una actuación premeditada por parte del intendente Martí con el único propósito de que fuera otra persona la responsable de devolver la cruz al depósito de pruebas.

Analiza los motivos que pudiera tener el intendente Martí

para haber decidido inculparlo mientras va por el pasillo hacia las escaleras que conducen al vestíbulo. ¿Se trata de algo personal? A pesar de que su relación nunca haya sido amistosa, y un recelo constante —cuando ambos se encontraban u oían el nombre del otro— serviría para definir un sentimiento mutuo, nunca habían llegado a trabajar juntos y, por lo tanto, no existe vieja disputa que pudiera llevar a la venganza mediante una traición voluntaria. Pero tal vez se trate de los métodos del intendente Martí —conocidos por todo el cuerpo o, cuando menos, sospechados aun por las mentes más incrédulas—, quien actúa con la anticipación y vileza propia de un delincuente. Habría creado el incidente como recurso fácil al que acudir, en caso de confrontación, para quitárselo de en medio. ¿O bien la desaparición de la cruz podría responder a un motivo puramente material? Si todos los compañeros son conocedores de las prácticas indecentes del intendente Martí, también lo son de su estilo de vida. Demasiados gastos en bebida, comida y fulanas difíciles de mantener con el sueldo de un funcionario; si bien solo son conjeturas y nadie sabe si sus finanzas son legítimas o no. Esa posibilidad, donde el incidente carecería de matiz personal, parece más lógica que la anterior. El extravío de la cruz de oro se debería a que el intendente Martí la habría robado para obtener unos ingresos extra mediante su venta en el mercado negro. Que él se haya visto implicado es circunstancial, cualquier otra persona le hubiera servido como coartada. Si se tratase de un robo y el intendente Martí fuese un ladrón, tendría más posibilidades para demostrar su inocencia. El delincuente podría haber cometido delitos similares con anterioridad. Tratará de averiguar si han desaparecido otros objetos de valor del depósito de pruebas. Esta tarea requiere sobre todo discreción, no puede bajar la guardia. Si se enfrenta a un verdadero delincuente, es posible que haya previsto sus movimientos y esté al acecho.

La justificación del tercer motivo que se le ocurre requiere algo de fantasía e imaginación, pues ningún hecho tangible o sospecha con fundamento la sustentan, tan solo esa posibilidad remota que surge de las sensaciones y de la intuición propias de la experiencia. Los años en el cuerpo le han enseñado a no descartar ninguna hipótesis, por descabellada que parezca. ¿Y si este asunto también estuviese relacionado con los dos cadáveres aparecidos en Terrassa? Indagar acerca de esta cuestión parece lo más arriesgado, ya que desobedecería las instrucciones del comisario jugándose así el puesto; eso sin mencionar siquiera la dificultad de enfrentarse a un enemigo oculto que conspira para tapar un crimen y que podría ser muy poderoso; hasta el momento habría demostrado su capacidad para tener algún contacto en los Mossos d'Esquadra.

Se dirige a la salida principal con la decisión firme de no actuar en la presente coyuntura. Prefiere dejar pasar el tiempo e ir explorando todas esas posibilidades con detenimiento y la cabeza fría. No le costará seguir informado del caso mediante algún compañero.

Sale de la comisaría y se aleja unos metros de la puerta. Mira la hora en el reloj de la fachada del hotel Catalonia: faltan diez minutos para las nueve. Está algo desconcertado, aún no tiene decidido si volver a casa o dar una vuelta para regresar más tarde al trabajo; el comisario le ha ofrecido tomarse el día libre. La actividad en la explanada, colindante con la plaza de España, es frenética; gente cruzando de un lado para otro, saliendo o entrando por las escaleras del metro, corriendo hacia las paradas de autobús, algunos con maletas. Entre esa maraña humana atisba al profesor Llull andando a paso tranquilo. Se había olvidado por completo de su cita. Se alegra de verlo a pesar de las circunstancias.

—Me han relegado del caso —le dice tras darle los buenos días—. Demos un paseo.

El profesor Llull se quita las gafas y abre la boca como si fuera a decirle algo, pero no se pronuncia. Cruzan la Gran Vía y suben por la avenida Tarragona, con menos afluencia de peatones, hasta llegar al parque Joan Miró.

—¿Qué ha ocurrido? —le pregunta de golpe el profesor Llull cuando están a solas.

—La cruz occitana ha desaparecido, y yo fui el último en devolverla al depósito de pruebas —le dice categóricamente.

—Pero ¿cómo que la cruz occitana ha desaparecido? —pregunta, incrédulo.

—Así es. Se ha extraviado y en comisaría nadie sabe qué ha podido pasar con ella.

—Pero esto debe ser un malentendido, ¿está al corriente José María? —El inspector Font asiente—. ¿Y qué opina él al respecto?

—Tampoco sabe nada.

—Tenemos que recuperar esa cruz occitana como sea —formula, nervioso, el profesor Llull—. ¿Y qué sucederá ahora con la investigación?

—Mañana me reuniré con el agente designado para mi reemplazo y le entregaré el expediente. No le haré ninguna mención de las posibles conexiones con el tesoro cátaro y su leyenda, no me gustaría que pensaran en el cuerpo que me estoy volviendo loco y que pueden haberme apartado del caso por ese motivo. Aconsejaré a mi compañero estar atento a los resultados de los análisis del oro de las canteras Vila por si pudiese tener relación con la prueba encontrada, aunque tras el extravío de la cruz será inútil continuar con las pesquisas por esa vía. Necesitarán nuevos indicios para relacionar a Onofre Vila con los asesinatos. También le informaré de su colaboración y le facilitaré sus datos por si decidiera ponerse en contacto con usted.

—Es una lástima, tenía la impresión de que estábamos avanzando en la dirección correcta a pesar de quedar algunos cabos sueltos. —Las palabras del profesor denotan cierto abatimiento.

—Yo también, señor Llull. Espero que aún estemos a tiempo de encontrar al asesino de esos dos hombres.

—¿Quiere decir que va a seguir la investigación por su cuenta?

—No, pero intentaré mantenerme al corriente de la investigación y desearía que usted hiciera lo propio.

—No sé si le he comprendido.

—Es su decisión, pero usted tiene total libertad para visitar al padre Capmany y preguntarle por Onofre Vila.

El profesor Llull sonríe por primera vez desde que se han encontrado.

—Por favor —dice el profesor Llull antes de despedirse—, haga todo lo que esté en su mano para averiguar el paradero de la cruz occitana. Esa pieza es de un valor incalculable para comprender nuestra historia.

Barcelona. Por la tarde

Durante el domingo Mario Luna merodeó impaciente por el sótano. Abría la losa del techo y miraba las paredes de la iglesia, a veces oía los coches pasar cerca, el rugir de la ciudad a lo lejos, el canto de los pájaros, el sonido de un silbato. Se sentaba junto al arcón y contaba las pepitas de oro —sesenta y siete en total—, las ordenaba en fila de menor a mayor tamaño; otras veces, por parejas. También las agrupaba en conjuntos según su forma u otras características que solo él parecía apreciar. Apagaba y encendía la lámpara de aceite para racionar el combustible y las cerillas. El apetito se presentaba como el fuego, con idas, venidas y cambios en su intensidad. Pudo comprender cómo funciona ese mecanismo de alerta en el ser humano: se activa cada cierto tiempo y ocasiona una breve pero aguda sensación de angustia. Sin embargo, desaparece en pocos minutos para darnos una larga tregua antes de acosarnos de nuevo. Esos síntomas eran análogos al síndrome de abstinencia; las ganas de fumarse un cigarrillo le provocaban una fuerte ansiedad y nerviosismo cada dos o tres horas, pero no se prolongaban más de diez minutos.

Pasadas las tres de la madrugada, subió a la capilla por

primera vez. La salida del sótano fue más complicada de lo que había previsto: tras retirar la losa, tuvo que agarrarse a los bordes del piso superior y subirse a pulso sin poder valerse de la ayuda de sus piernas. Le costó recobrar el aliento, los músculos de los brazos le ardían, los mantuvo un rato estirados para aliviar el dolor. Arrastró un banco hasta el muro y oteó la calle por el óculo situado encima de la puerta; después, por el de la fachada lateral con vistas al museo. La avenida estaba cortada al tráfico, el aparcamiento señalizado con cintas policiales, al final de la calle un coche de los Mossos cruzado en medio de la carretera impedía el acceso. Decidió esperar hasta el día siguiente para escapar. Salir de la capilla ataviado con una túnica —o sin ella— habría llamado la atención de la policía o de cualquier persona. Barcelona es una ciudad liberal, pero no suelen pasar desapercibidos los hombres con sotana o descalzos y sin pantalones. Podría haber intentado escapar en dirección contraria al Palacio Nacional, por ese lado los jardines se extienden ladera abajo hasta la ciudad, quizás hubiera tenido éxito.

Contempló la posibilidad de permanecer en la capilla tras las dificultades para acceder desde el sótano. Regresaría al cabo de unos días para llevarse el botín. Cuando se había convencido de que esa era la mejor opción, se vio obligado a descartarla. Se había olvidado la ganzúa. No tuvo problemas para convencerse de lo contrario, sería una estupidez dejar ahí su tesoro, el anterior propietario podría regresar para llevárselo.

Descendió por el agujero con la barriga pegada al suelo, arrastrándose hacia atrás como un gusano, y cayó con los pies encima del baúl. Encendió el candil, abrió el arcón, sacó la cruz y las pepitas. Se tumbó en el suelo de costado, le entró un poco de frío. No le dio mayor importancia, a pesar de tratarse de una seria advertencia. Vivir en la oscuridad induce a confusión; la noción de que por la noche baja la temperatura no era cierta entre los muros de piedra del sótano, ahí se mantenía constante durante las veinticuatro horas del día. Cogió la otra túnica —antes fue almohada— y se la echó por encima. Jugó con las pepitas, haciéndolas girar entre sus dedos, cogió la cruz y la estrechó contra su pecho, miró la losa del techo antes de apagar la luz. Después, se quedó dormido.

Una pesadilla lo despertó turbado horas más tarde. Gritaba de pavor, a pesar de no recordar nada; tenía mucho calor, estaba sudando. Tardó unos minutos en comprender dónde se encontraba y cómo había llegado hasta ahí; el episodio en el museo le parecía lejano y confuso. Buscó las cerillas desesperado y encendió la lámpara. Volvió a arroparse con la túnica —mientras dormía, la había apartado hacia un lado—, pues le había entrado un frío súbito. Comenzó a tiritar de tal manera que hasta las costillas le dolían por las violentas sacudidas, le repiqueteaban los dientes. La túnica mojada de sudor acrecentaba la sensación de frío, pero no osaba quitársela. Solo pensaba en dormirse otra vez, utilizar el sueño como remedio a la fiebre y esperar que la espontaneidad con la que había llegado también se la llevara. Intentó mirar la hora en el reloj, se acercó el Casio hasta tocarlo con la nariz: los números digitales bailaban fusionándose y desdoblándose. Le fue imposible. Se lo quitó y lo lanzó contra la pared.

A partir de entonces, los periodos de sueño fueron cortos, interrumpidos por las pesadillas, el sudor y los temblores. En su delirio pegaba la espalda al baúl para sentirse más protegido, se refugiaba acurrucándose bajo las túnicas, tapado hasta la cabeza, cuando el frío era más intenso. En algún momento le entró una tos que ya no le abandonaría y que junto a los escalofríos maltrataba sus costillas. Lloraba cuando el dolor y el sufrimiento eran insoportables, respiraba por la boca como si le faltara el aire.

Los episodios se han repetido, aumentando en intensidad y frecuencia, hasta el momento presente, en el que Mario Luna se encuentra al borde del colapso. Han transcurrido doce horas desde el inicio de esa enfermedad que avanza implacable hacia su destrucción sin atisbos de mejora y que no le permite pensar más allá del dolor.

Se retuerce por el suelo tapándose la boca con el brazo mientras tose. La manga de la túnica está manchada por un cúmulo de expectoraciones. Le sobreviene un estornudo acompañado de mucosidad y sangre. No es la primera vez, pero es en esta ocasión cuando, a pesar de la atrofia de sus sentidos, aprecia la sangre al limpiarse los mocos con el dorso de la mano. Esta nueva percepción de su enfermedad le hace ponerse en alerta. Alguna reacción química se ha producido en su organismo que le ha insuflado energías renovadas, quizás sea esa última oportunidad de salvación que nos ofrece la vida momentos antes de la muerte y que otorga al individuo una dosis final de vitalidad y lucidez mental, pero no piensa desaprovecharla por más tiempo intentando discernir las razones. El cronómetro de su vida se ha puesto en marcha y se ha iniciado la cuenta atrás. Está decidido a salir de ese agujero.

Enciende la lámpara y se pone de pie. Ya no siente el frío paralizante, el sudor resbalándole por la frente ni la túnica mojada. Tampoco le perturban las convulsiones producidas por la tos. Se mueve a toda prisa por la habitación. Recoge las pepitas más grandes del suelo y las arroja dentro del baúl. Después, lo cierra y se sube encima. Mete los dedos en los orificios de la losa y hace girar el mecanismo. Antes de empujar la piedra hacia arriba, echa un último vistazo a la habitación como quien tiene la sensación de olvidarse algo al cerrar la puerta de casa sin saber el qué. La cruz occitana resplandece al lado del candil, ese debe de ser su descuido. Acaba de empujar la losa y la desplaza hacia un lado por el suelo del piso superior. Después, se baja del baúl y corre a coger la cruz. Mientras se la cuelga en el cuello, se da cuenta de su estupidez; la ganzúa asoma entre los pliegues de la túnica que le servía de manta. El aviso de su instinto era para ella. La coge y se la guarda en el calzoncillo.

Regresa a la esquina y vuelve a subirse en el arcón. Se agarra al borde de piedra y se pone de puntillas. No tiene fuerzas para subir a pulso. Lo prueba saltando, pero el espacio es muy estrecho. Tras varios intentos fallidos comienza a desesperarse, siente cómo menguan sus fuerzas, el pánico creciendo en su interior. Se detiene y mira hacia el centro de la sala, se imagina su cuerpo inerte en el suelo al lado de la lámpara. «Ahora o nunca», se dice. Aprieta la mandíbula, se agarra al borde del agujero y salta impulsado por un grito de rabia. Consigue apoyar el brazo derecho; después, el izquierdo. Rompe a llorar mientras arrastra el torso por el suelo para acabar de subir las piernas.

Se queda tumbado bocarriba con los brazos en cruz. Su respiración comienza a normalizarse, vuelve la cara de lado para toser, tiene calor, se agranda la túnica por el cuello. Está muy cansado, se le cierran los ojos.

La luz se cuela por entre los ventanucos de la capilla de Santa Madrona. Tendrá que esperar hasta el anochecer para intentar salir. La espera es incierta —ha perdido la noción del tiempo—, pero su reciente hazaña le ha dado ánimos y se ve en condiciones de aguantar el tiempo que sea necesario. Se queda dormido con una sonrisa en los labios. Quizás, si hubiera sabido que eran las ocho de la tarde y solo faltaba una hora y media para la puesta de sol, no se hubiera dormido; y seguro que no lo hubiera hecho si le hubiesen advertido de que su enfermedad le despertaría desorientado en la oscuridad, presa de delirios febriles y extenuado por el cansancio de tal manera que jamás lograría recordar nada de lo que acontecería en las próximas horas.

Barcelona. A continuación

El profesor Llull espera al intendente Martí en la puerta principal del Palacio Nacional. Después de llamarlo durante todo el día sin éxito, hace una hora ha recibido un mensaje de texto suyo indicándole que estaba trabajando en el MNAC y que podría hacer una pausa de cinco minutos para hablar con él.

Observa el avance de las sombras del atardecer en la fachada del edificio. Cuando ha llegado hace media hora, el sol la teñía entera de tonos ocres, ahora solo se refleja en la parte alta de la cúpula central. La oscuridad acaba de engullirla por completo en pocos segundos. El intendente Martí, como si hubiera estado esperando a que el sol se escondiera detrás de la sierra de Collserola, aparece por la puerta del palacio en ese preciso instante. El museo ha permanecido cerrado al público desde el domingo. Hoy lo hubiese estado de todos modos, el lunes es el día habitual de cierre semanal.

—No pareces muy contento —lo recibe el profesor Llull.

—Y no lo estoy, Ramón —refunfuña el intendente Martí, que mira hacia atrás para asegurarse de que nadie le sigue—. Mañana vuelven a abrir el museo como si aquí no hubiese pasado nada. Mira esos desgraciados qué prisa tienen por irse a casa. —Señala con la cabeza a unos mossos que están a la derecha, desmontando el cordón policial utilizado para cerrar la calle.

—Pero si ya habéis atrapado a los culpables.

—A uno de ellos —puntualiza—, pero ese no es el que buscábamos, ese desgraciado no sirve ni para robar en un supermercado. Hemos registrado su domicilio y no hemos encontrado nada.

—A lo mejor tiene algún zulo escondido en otro lugar.

—Que no, Ramón, ¡joder! ¡Que no puede ser! Este tipo lleva trabajando más de tres años en una compañía de informática y no cuadra con los demás robos. Lo hemos consultado con la empresa y esa gente es de fiar. Además, es demasiado flaco, las imágenes que teníamos del sospechoso no se corresponden con ese sujeto.

—¿Habéis averiguado quién era su cómplice o tenéis alguna sospecha?

—Nada, la historia que nos ha contado no se la cree ni él. Durante el primer interrogatorio, declaró que un individuo al que no conocía le ofreció hace unas semanas un millón de pesetas si lo ayudaba a entrar en el museo. Ya ves tú el sinvergüenza, no hay quien se trague esa patraña. Después de hablar con su abogado, se ha negado a declarar.

—De todas maneras, el delincuente que consiguió escapar ya estará muerto.

—Hasta que no lo vea con mis propios ojos, no seré capaz de creérmelo. Ese hijo de puta era muy astuto, pero ya ves, aquí parece no importarle a nadie. Mañana vuelven a abrir el museo y, en los próximos días, darán la búsqueda por finalizada.

—Bueno, tranquilízate. Si no aparece el cadáver, deberías darlo por muerto y zanjar este asunto de una vez por todas. Has realizado un trabajo excelente.

El intendente Martí resopla malhumorado, saca un purito del bolsillo interior de la americana y lo enciende.

—No sé, Ramón —dice pensativo mientras expulsa el humo por la nariz—, hoy llevo un día de perros. ¿Te has enterado de lo del inspector Font?

—Sí, he hablado con él esta mañana, por eso mismo te he llamado tantas veces. ¿Cómo es posible que se haya extraviado la cruz occitana?

El intendente baja la vista y respira con sonoridad.

—Eso debería responderlo el inspector Font, él fue el último en devolver la cruz al depósito de pruebas. Nunca me ha gustado ese tipo. Esto ya es lo último que me faltaba, que por su culpa haya tenido que ir esta mañana a dar explicaciones al comisario. No sería el primer caso de un agente que resulta ser un chorizo. Las incautaciones de la policía son muy golosas. Pero créeme de veras que también lo siento por ti, soy consciente de la importancia de esa cruz y de las ilusiones que tenías depositadas en ella. Tengo que disculparme por mi comportamiento durante las últimas semanas, estaba tan enfrascado en toda esta operación del museo para atrapar a ese jodido ladrón que ni siquiera me daba cuenta.

—Acepto tus disculpas, espero que ahora todo vuelva a la normalidad. —Su rostro y su tono reflejan su ánimo de reconciliación—. ¿De veras piensas que el inspector Font puede haber robado la cruz? —Lo coge por el brazo—. A mí me resulta difícil creerlo. Me has dejado tremendamente sorprendido, tenía la impresión de que era una persona muy honesta y un buen profesional.

—No seas tan inocente —responde el intendente Martí tras soltar una carcajada de desprecio—. Si no lo conocías de nada.

—Tienes razón, pero tal vez todo esto sea un malentendido. Parecía muy decidido a resolver el caso y encontrar a los culpables. No sé cómo podría ayudarlo.

—No me mires así, Ramón, joder, yo no pienso ir a hablar con el comisario. Si el inspector Font no es el responsable de la desaparición de la cruz, debería andarse con más cuidado y seguir los protocolos para evitar este tipo de incidentes. Que no es precisamente un novato, que lleva en el cuerpo casi tantos años como yo. Si hubiera cometido alguna negligencia, espero que la próxima vez actúe con la precaución pertinente. Y ya no me hables más sobre este tema, que me pongo furioso solo de pensarlo.

—Está bien, quizás en otra ocasión, cuando estés más tranquilo.

Los dos hombres permanecen alrededor de un minuto en silencio. El intendente Martí chupa el veguero mientras ve a dos mossos subirse en un coche patrulla y desaparecer por la esquina del palacio.

—No quisiera causarte más molestias —dice el profesor Llull cuando el intendente Martí vuelve la mirada—, sé que aún tienes que trabajar durante toda la noche, pero, si me permites, me gustaría hacerte dos preguntas antes de que regreses al museo. Te lo pido como amigo mío que eres, porque yo también estoy algo alterado últimamente y necesito tu comprensión. Eres la única persona de confianza con quien puedo hablar en estos momentos.

—Joder, Ramón, no te me pongas melodramático. —Sonríe bonachón—. Adelante. —Acompaña su ofrecimiento con un movimiento de cabeza.

—¿Te comentó el inspector Font algo acerca de la posible implicación del señor Vila en los asesinatos? —dice en voz baja como quien cuenta una confidencia.

El intendente Martí lo mira con gesto serio y de reproche por haber vuelto a hablar de algo relacionado con el inspector Font. Se lleva la mano a la frente y se la refriega con energía. Después echa la vista atrás, suspira cansado y le responde con desgana:

—Me enteré por un compañero del laboratorio —dice mirando hacia los lados—. El inspector Font y yo no nos hablábamos desde hacía días, pero no sé muy bien lo que esperaba encontrar ni el motivo de sus sospechas.

—Disculpa, no estaba al corriente de que no os hablabais —dice sorprendido, con tono de saberse indiscreto—, si te apetece ya trataremos este tema en otra ocasión —le resta importancia—. ¿Me podrías enseñar las fotografías de la cruz y, si es posible, permitirme hacer unas copias?

—Ramón, no me pidas lo imposible. Le hemos entregado toda la documentación al comisario. No dejaría en buen lugar al cuerpo si se hiciera público que andamos extraviando pruebas o que puede haber algún delincuente en nuestras filas. Olvídate de esa maldita cruz, lo más probable es que haya caído en manos de alguna mafia y nunca más la volvamos a ver. —Golpea el puro para tirar la ceniza.

—¿Y no te has guardado ninguna copia? ¿Pretendes convencerme de que me olvide de un hallazgo tan importante como lo era esa cruz? —le dice, indignado.

El intendente Martí se encoge de hombros y le da una palmada en la espalda.

—No te queda más remedio. Lo siento, esta vez no puedo ayudarte —le dice con gesto de resignación. Da una calada profunda al purito, lo lanza al suelo, aún por la mitad, y lo pisa. Después se da media vuelta y, con las manos en los bolsillos, echa a andar hacia la entrada del museo.

La decepción y el disgusto del profesor Llull son tan inesperados que ni siquiera le salen las palabras para despedirse de su amigo o reprocharle su comportamiento. Lo mira hasta que entra en el museo sin capacidad de reacción. Una especie de hinchazón le sube por la nariz, le escuecen los ojos, tiene ganas de llorar. Esa sensación le hace recordar a su esposa. Sonríe de añoranza, en los últimos años no había llorado por otro motivo que no fuera su pérdida. Se pasa un pañuelo por los ojos y se suena la nariz. Un tic nervioso aparece en su pómulo izquierdo, su mano derecha no atina a guardar el pañuelo en el bolsillo del pantalón. Su cuerpo manifiesta, a través de estas señales, el desamparo y la impotencia por haber descubierto un gran secreto y no ser capaz de compartirlo con nadie. Pretende consolarse, calificar sus sentimientos de infantiloides, convencerse de la escasa importancia de la cruz occitana. Pero no lo consigue. Esa cruz estaba a punto de abrir una nueva línea de investigación en la historia cátara. De haber trascendido su composición y pureza, hubiera despertado el interés de la comunidad científica internacional, con la consecuente difusión de la religión cátara y sus misterios. ¿Qué mejor recompensa para un historiador que la divulgación de su trabajo y la posibilidad de despertar las mismas pasiones a las que ha dedicado toda su vida en otras personas? Una lágrima desciende por su mejilla.

Echa a andar hacia su apartamento, cargado de pesimismo. Llega a la avenida Montanyans. No logra comprender cómo ha podido desaparecer la cruz de las dependencias policiales. Sospecha de José María por primera vez. Intenta alejar ese pensamiento de su mente. En momentos de desasosiego y horizonte oscuro, se tiende a culpabilizar a los demás de un modo irracional. José María no puede estar implicado a pesar de haberse mostrado esquivo y haberle ocultado información, su comportamiento siempre ha sido precavido y receloso durante el transcurso de las investigaciones, aunque en este caso se haya extralimitado. Por más que lo intente, tampoco puede pensar mal del inspector Font, le resulta inconcebible que pueda haber actuado de mala fe y que esté metido en semejante negocio. Tendrá que aceptar los hechos como un desafortunado incidente en el que José María y el inspector Font se han visto implicados sin proponérselo. La inocencia de los dos es incuestionable. Ahora solo le resta confiar en ellos y esperar a que atrapen a los culpables para recuperar la cruz occitana.

Está deseoso por llegar a casa lo antes posible y descansar. Esta noche no le apetece tomar las escaleras que finalizan en la avenida Reina María Cristina; las vistas de la ciudad no le servirían de consuelo. Ha escogido el camino más rápido hacia el Poble Sec, unas escaleras ocultas entre los árboles, con poca iluminación, que comunican con el paseo de Jean Forrestier. Los últimos coches policiales ya se han marchado, también han retirado las cintas de plástico que acordonaban el aparcamiento y bloqueaban los accesos al palacio. No hay nadie por las inmediaciones. La escalinata es algo lúgubre, suele estar desierta a todas horas, incluso en los días de máxima afluencia a la montaña de Montjuïc.

Ha descendido cinco o seis escalones cuando oye un gemido a su derecha. Lo atribuye a los gatos, los jardines están infestados por esa zona. Continúa sin darle mayor importancia, pero al poco se detiene. El gemido es continuo, es más parecido a un llanto. Se abre paso entre los arbustos. Conforme se acerca, resulta más evidente que el sonido es de una persona humana, tal vez un niño por la baja intensidad.

A pesar de la oscuridad, distingue una pierna desnuda con un calcetín negro o azul marino. El resto del cuerpo está oculto por los matorrales. Se lleva la mano a la boca de la impresión y se acerca muy despacio. El sollozo de la persona se ha detenido. Sus pisadas en la tierra y hojarasca resuenan en medio del silencio. Aparta las ramas hacia un lado. Hay una persona tirada en el suelo, bocabajo. Ha podido verle la cara antes de que se la cubriera con una capucha. Parece un hombre. Se arrodilla y le pone la mano sobre la espalda. El individuo está tiritando.

—¿Qué ha pasado? —le pregunta en voz baja.

Acerca la cabeza para oírlo mejor. El hombre comienza a delirar, intercala monosílabos y palabras sin sentido entre toses y gemidos.

—No se preocupe, llamaré a la policía y lo llevaremos al hospital —intenta tranquilizarlo.

—No, policía, no. Policía, no —responde el enfermo con la voz entrecortada.

El profesor lo agarra por el brazo para darle la vuelta; el hombre no se resiste y logra posicionarlo de costado. Le coge la mano para reconfortarlo, la tiene muy caliente. En la otra mano aprieta algo en su puño, se trata de algún tipo de colgante que lleva atado al cuello. Le coge la muñeca y se la aprieta para que abra la mano. El hombre lo hace como si las fuerzas le hubieran abandonado de repente. Una cruz dorada cae al suelo. El profesor le suelta la muñeca, el brazo del individuo golpea la tierra, y recoge la cruz. No se lo puede creer, es la cruz occitana.

Cuando vuelve a mirar al hombre, parece que acabe de morir. Ha cerrado los ojos y su cuerpo ha dejado de convulsionar. Le pone dos dedos en la yugular y siente el pulso. Lo mira de arriba abajo mientras piensa en cómo sacarlo de ahí. Entonces se da cuenta: el individuo viste una túnica gris.

El profesor Llull siente un pequeño mareo fruto de las emociones y tiene que sentarse en el suelo.

Ha de actuar con rapidez si quiere salvarle la vida. Ese joven no está en disposición de aguantar por mucho tiempo, necesita atención médica urgente. Pero también se encuentra ante el dilema de protegerle. Si fuera un cátaro, no convendría que se supiera su condición. Tal vez fuesen esos los motivos de la insistencia del moribundo en no acudir a la policía. Él tampoco piensa entregar la cruz a nadie ahora que la ha recuperado después de todo lo sucedido. La opción de llevarlo a un hospital está descartada. Coge el teléfono móvil y llama a Mónica.

—Mónica, ya sé que no es buen momento, pero necesito que me vengas a recoger a Montjuïc. Tiene que ser ahora. Date prisa, he encontrado algo. Ahora no te lo puedo explicar, pero es muy urgente. Ya sé que estás estudiando. Te espero en la avenida Montanyans, justo al final de la subida, en la curva que llega al Palacio Nacional, donde hay dos miradores pequeños. Sí, donde hay muchos gatos. Tienes que subir por Santa Madrona. Date prisa, aquí te espero, trae una botella de agua si puedes. Y llámame si la calle estuviese cortada por los Mossos o la Guardia Urbana, aunque creo que ya se puede transitar sin problemas. Date prisa. Un beso, hija.

Mientras habla con Mónica vislumbra el plan perfecto para atender al muchacho sin necesidad de recurrir a las autoridades. Busca en los contactos el número de Jordi, un amigo suyo de la infancia que trabaja como doctor de Urgencias en el Hospital Clínico. Si no le responde al teléfono, está perdido.

—Jordi, ¿cómo estás? Sí, hace mucho tiempo, dos años por lo menos. Tengo un problema, es muy urgente. ¿Puedes venir a mi casa? ¿En cuánto tiempo? Tiene que ser ahora, yo llegaré a casa en diez o quince minutos. Se trata de un amigo, está muy grave. No, no lo puedo llevar al hospital, ya te lo explicaré, confía en mí, por favor. No sé qué le pasa, está desorientado, tiene fiebre y algo de tos. Y muy mal aspecto, con los labios morados y resecos, la cara pálida. Está bien, te espero allí. Muchas gracias, Jordi. No te preocupes, avísame si necesitas algo más.

Mónica está sentada en uno de los sillones del comedor, con los brazos cruzados, mirando al suelo. Cuando levanta la cabeza, su rostro refleja un gran enfado. Hace quince minutos que no le habla a su padre. El profesor Llull camina de un lado para otro del salón, de cuando en cuando mira a su hija con gesto de disculpa y arrepentimiento.

El doctor sale de la habitación del profesor y cierra la puerta despacio.

—Le acabo de administrar antibióticos y un sedante —explica con voz pausada—. No se despertará hasta mañana. Padece una neumonía bastante severa, estaba muy deshidratado y débil, pero es un chico joven y debería recuperarse sin mayores complicaciones. Le he tomado una muestra de sangre para analizarla en el laboratorio y confirmar el diagnóstico.

—Muchas gracias, Jordi, no sabes cómo te lo agradezco. —El profesor se le acerca.

—Vendré mañana por la mañana, pero, Ramón —endurece el tono—, que sea la última vez que me pones en este compromiso. No sé en qué lío estás metido, pero a mí no me gustan estas cosas.

—Lo siento, Jordi, era una urgencia.

—Para eso están los hospitales. En cuanto se recupere, yo no quiero saber nada más sobre este asunto. Y te lo repito: que sea la última vez, ¿entendido?

El profesor asiente y traga saliva.

—¿Cuánto te debo?

—No me debes nada —contesta. Le da la espalda y se acerca a Mónica para darle un beso—. Adiós, Mónica, siento habernos visto en estas circunstancias. Espero que se te dé mejor que a mí y consigas que tu padre entre en razón.

Mónica lo acompaña hasta la puerta y se despide sin decir palabra.

—Pero ¿te has vuelto loco? —le recrimina a su padre tras cerrar la puerta.

El profesor se frota la cara con las manos y se sienta en el sofá.

—Hija, siéntate, por favor, todo tiene una explicación.

—Pero ¿no te das cuenta? Tendrías que haber ido a la policía. ¿De veras crees que esa persona pueda ser un cátaro? ¿Pero no has visto la pinta que tiene con esos tatuajes y la cabeza rapada? Ya te he dicho quién debe de ser ese hombre, el ladrón que entró en el museo, un fugitivo y un delincuente.

—Sí, seguramente tengas razón, pero tú también has visto la cruz. ¡Y la túnica! —recalca con énfasis—. Solo quiero hacerle unas preguntas cuando se recupere. Siéntate, que aún no te lo he contado todo.

—No pienso sentarme.

—Está bien, pero tranquilízate.

—¿Que me tranquilice después de lo que me has hecho pasar? Me has engañado para que fuera a recoger a un delincuente y, lo que es peor, te he tenido que ayudar a meterlo en la ducha. ¿Y cómo quieres que estudie ahora?

—Lo siento, de verdad, pero déjame explicarme. Esta mañana me he visto con el inspector Font y me ha comunicado que lo han apartado del caso porque ha desaparecido la cruz occitana de la comisaría. ¿Y sabes qué es lo peor de todo? Que José María me ha dicho que no pueden proporcionarnos ni tan siquiera una fotografía, que me olvide de esa cruz como si no existiera. Después resulta que, tras tener ese encontronazo con él, me encuentro a este joven con la cruz colgada al cuello y ataviado con una túnica exactamente igual a la que vestían los dos hombres asesinados en Terrassa. Dime qué otra opción me quedaba.

—Pues llamar a la policía.

—Lo sé, tienes razón, pero no podía arriesgarme a perder esa cruz de nuevo. Cuando todo esto se aclare, llamaré a José María y al inspector Font para explicarles lo sucedido, pero primero quiero hacerle unas preguntas a ese joven y realizar un estudio de la cruz para poder documentarla.

—Papá, creo que te estás volviendo paranoico, pero allá tú. Y te digo lo mismo que te ha dicho Jordi: a mí no me involucres en este asunto de locos.

Mónica se marcha a su habitación y cierra de un portazo.

Capítulo VIII

Se encontró con un caballero viejo, cuya barba era gris, pero su piel clara y hermosa. Su mujer también tenía buen aspecto. Los dos llevaban sobre su piel desnuda hábitos grises y toscos de peregrinos. Lo dejó sobre la tierra una cohorte de ángeles, que volaron después más alto que las estrellas. Desde entonces lo tienen que guardar cristianos con la misma pureza.

Si no la conocéis, os diré su nombre: *lapis exillis*. La fuerza mágica de la piedra hace arder al Fénix, que queda reducido a cenizas, aunque las cenizas le hacen renacer ... Quien en la flor de la vida ... contemplara la piedra durante doscientos años, conservaría el mismo aspecto ... La piedra proporciona a los seres humanos tal fuerza vital que su carne y huesos rejuvenecen al instante. Esta piedra se llama también el Grial.

Cuando el rey vio el Grial, se produjo su segunda desgracia, pues ahora no podía morir.

Barcelona. Miércoles, 21 de junio

Mónica acaba de bajar las persianas de la habitación. El enfermo aún no ha despertado desde la noche que lo trajeron a casa. Según las previsiones de Jordi, que lo ha visitado hace una hora, a las ocho de la mañana, no debería tardar en hacerlo. La progresión del paciente ha sido buena hasta el momento; de continuar así, en un par de días podrá levantarse y comenzar a dar sus primeros paseos por el interior del apartamento.

—¿Dónde estoy? —pregunta el joven con voz rasposa y reseca.

Mónica se asusta al oírlo hablar y corre temerosa hacia la puerta. La abre un poco. Un rayo de luz penetra en la habitación y traza una línea diagonal sobre el cuerpo del enfermo, oculto bajo las sábanas blancas. El miedo no impide que sienta una leve satisfacción por ver despertar al joven después de llevar más de veinticuatro horas en ese estado convaleciente de sueño profundo. El doctor les ha confesado que ha estado a punto de morir, no habría logrado sobrevivir por mucho más tiempo si su padre no lo hubiera encontrado. Ha tenido mucha suerte de que así fuera.

—Silencio —le susurra—, el doctor ha dicho que tienes que descansar.

—¿Quién eres?

—La enfermera. —Cierra la puerta despacio.

Se sienta a la mesa del comedor para repasar la exposición oral que tiene que presentar al día siguiente. Su padre ha salido muy temprano y no regresará hasta la noche. Ayer no pudo estudiar, le fue imposible concentrarse. Estuvo pensando durante todo el día qué hubiera hecho ella de haberse encontrado en la situación de su padre. Ha visto la cruz occitana. Si pueden corroborar que la calidad del oro es tan elevada como en los análisis anteriores, se encontrarían ante uno de los descubrimientos más fascinantes de la historia. Perderla por segunda vez sería imperdonable. Le resulta muy extraño que la cruz desapareciera de la comisaría de los Mossos, pero tampoco sabe si se trata de un hecho circunstancial o es algo habitual en el ámbito policial; por no mencionar la conexión que pueda tener la cruz occitana con los asesinatos de Terrassa. Baja la vista y comienza a leer sus apuntes.

Barcelona. Jueves, 22 de junio

Estaba oscuro cuando ha entrado el médico y ha encendido la luz para cambiarle el suero. Poco más tarde ha entrado el hombre, ha subido las persianas hasta arriba y ha abierto la ventana durante cinco minutos. Se ha hecho el dormido, pero ha aprovechado, cuando el hombre estaba distraído, para mirar hacia la calle. Hay un edificio de estilo modernista propio del Eixample de Barcelona; por encima de este, la ladera de una montaña repleta de árboles. Si su percepción y la lógica no le engañan, debe de encontrarse en algún lugar del Poble Sec, muy cerca del almacén utilizado como lanzadera para perpetrar el robo en el museo.

El hombre ha intentado despertarle para ofrecerle el desayuno. A pesar del hambre que sentía, ha preferido continuar haciéndose el dormido para evitar hablar con él. Al mediodía, cuando se ha presentado la mujer, la hija del hombre presumiblemente, por la diferencia de edad, ha actuado de manera contraria. Ha dejado que le diera la sopa y el yogur, cucharada a cucharada, sin apenas abrir los ojos, haciéndose el desvalido. La única incomodidad ha sido las insistentes preguntas de ella: se interesaba por averiguar su nombre, los motivos de su presencia en las inmediaciones del Palacio Nacional en esas condiciones, si recordaba algo. Ha permanecido en silencio.

¿Quiénes son esas personas? ¿Por qué se están haciendo cargo de él? ¿Qué ha pasado con la cruz? ¿Cómo ha llegado hasta aquí? Recuerda el inicio de su enfermedad y cómo consiguió subir a la capilla de Santa Madrona; a partir de ese momento, su memoria da un salto hasta encontrarse postrado en la cama. No tiene la menor idea del día que es.

Oye risas al otro lado de la puerta de la habitación, ruido de cubiertos, el aroma de carne y patatas cocinadas al horno. No ha cenado; a lo mejor cuando han entrado en la habitación estaba dormido. Siente el estómago vacío, un gran apetito. Se palpa la aguja del suero en el antebrazo, despega el esparadrapo y la retira. Se sienta en el borde de la cama y pone los pies en el suelo. Se levanta con precaución, da un paso, está un poco mareado. No hay mucha luz, pero es suficiente para ver su torso raquítico, sus piernas flacuchas que asoman de unos calzoncillos largos que no le pertenecen.

—Gracias, papá, la cena estaba riquísima. —Mónica se limpia la boca con la servilleta y la deja sobre el mantel.

—Teníamos que celebrarlo, aunque ya sabes que me hubiera gustado llevarte a un buen restaurante, pero las condiciones...

—No te preocupes, seguro que no lo hubiesen hecho tan bien como tú.

Su padre sonríe y la mira enternecido.

—¿Brindamos? —propone Mónica—. Ya sé que nunca bebes, pero hoy podrías hacer una excepción. Por favor, hazlo por mí. No te puedes imaginar las ganas que tenía de acabar, estoy tan contenta; además, tengo la impresión de que sacaré buena nota.

—Te la mereces, hija, has trabajado mucho para conseguirlo. Es una lástima que no haya podido estar en la presentación.

—A mí también me hubiese gustado, pero no es momento para ponerse triste. Lo más importante es que la exposición me haya salido bien y que el jurado haya sabido valorar mi tesis. Voy a buscar el cava —dice levantándose.

—¿Cómo? —reacciona, aparentando sorpresa, pero sin lograr disimular que ya lo sabía.

—Lo he traído esta tarde y lo he escondido en la nevera. —Sonríe pícara mientras se dirige a la cocina.

El profesor Llull se levanta, abre la vitrina del mueble que ocupa toda una pared del salón y coge dos copas de cava. Un ruido le hace volverse. Cuando ve abrirse la puerta de su habitación y salir una mano, se le cae una copa al suelo y estalla en mil pedazos. El individuo entra en el salón. El profesor contiene la respiración horrorizado, el pánico le impide reaccionar.

Mónica no ha oído el impacto del cristal en el suelo, el extractor estaba en funcionamiento y había cerrado la puerta de la cocina. Sale al pasillo con la botella de cava en la mano y ve al joven con un pie y medio en el comedor.

—No os asustéis —dice el enfermo, levantando las manos—, que no os voy a hacer daño, necesito comer algo.

Mónica entra despacio en el salón. Su padre está petrificado al lado del mueble, también con los brazos en alto y una copa de cava en la mano izquierda.

—Está bien —interviene Mónica—, tranquilizaos. Papá, siéntate, y tú no deberías haberte quitado el suero y menos haberte levantado solo. Te podrías haber caído al suelo, todavía no estás en condiciones.

Su padre baja las manos, se acerca a la mesa y se agarra al respaldo de una silla. Después, se sienta sin retirar la vista del muchacho.

—Tenía mucha hambre —dice el joven— y estaba cansado de estar encerrado en ese cuartucho.

—Siéntate tú también, ahora te caliento un poco de caldo.

—Sírveme mejor un poco de ese pollo al horno si ha sobrado.

—No creo que te convenga, pero allá tú. Y siéntate de una vez. Papá, tráele aunque sea una camiseta. Y tú, a la menor tontería llamo a los Mossos —le advierte mientras coge el móvil que estaba encima de la mesa y vuelve a la cocina.

—Me has puesto muy poco —protesta el muchacho al ver el plato.

Mónica le lanza una mirada inquisitoria.

—Llevas varios días sin comer y podría sentarte mal, el doctor ha dicho que tienes que empezar poco a poco.

El profesor Llull no cesa de frotarse las manos y tragar saliva.

—Ya está bien, papá. Si quisiera hacernos daño, ya nos lo hubiera hecho, desde ayer que está consciente. ¿Cómo te llamas?

—¿Qué importa eso?

—Después de lo que mi padre ha hecho por ti, podrías mostrarte un poco más agradecido. Si no fuera por él, posiblemente estarías muerto. ¿Y qué hacías en Montjuïc?

—¿Dónde está la cruz?

—¡Vaya, para eso sí que tienes memoria!

—¿Y por qué me habéis traído a vuestra casa y no habéis llamado a la policía?

Mónica vuelve la cara enfadada, odia las discusiones en las que es imposible avanzar.

—Aclararé tus dudas —intercede su padre—, pero tú también deberías colaborar. Come un poco, que se va a enfriar.

—¿Qué estabais celebrando? Que no sea por mi culpa que interrumpís la fiesta.

Mónica suspira y lo mira indignada por su indiscreción, aunque, a pesar de todo, el comentario le ha resultado gracioso. El joven coge el muslo de pollo con las manos, agacha la cabeza y le da un bocado.

—La cruz que llevabas puesta cuando te encontré había desaparecido hacía unos días de las dependencias de los Mossos d'Esquadra de plaza España —explica su padre.

El muchacho levanta la cabeza y lo mira extrañado.

—¿Es usted policía?

—No —replica Mónica con rapidez—, es catedrático de Historia de la Universidad de Barcelona.

—Estaba colaborando con los Mossos d'Esquadra en una investigación cuando la cruz se extravió. ¿Cómo te hiciste con ella?

El muchacho se muestra dubitativo, sus pupilas se mueven hacia arriba y hacia la derecha en busca de una respuesta.

—La encontré —responde.

—¿Podrías ser más específico? —le apremia Mónica; el tono denota su irritación.

—No te enfades —le reprocha el joven con una sonrisa—. Os agradezco que me hayáis tratado tan bien y que me hayáis salvado la vida, pero antes de continuar me gustaría saber qué pensáis hacer conmigo una vez responda a vuestras preguntas. Si queréis, podríamos llegar a un acuerdo.

Mónica mira a su padre, él le devuelve la mirada con una expresión calcada a la suya. El descaro del joven los ha cogido de improviso. Habían decidido esperar hasta que el muchacho se recuperase y escucharan sus argumentos antes de tomar una decisión.

—¿Puedes pasar un momento a la cocina? —pregunta al joven—. No, a la cocina no. Tengo que hablar con mi padre, mejor vuelve un rato a la habitación.

—¿Puedo acabar primero? —responde él con pillería.

—Quédate aquí —dice suspirando Mónica tras meditarlo—, pero que no se te ocurra moverte sin nuestro permiso —le advierte, mostrándole la pantalla del teléfono móvil con el número 112 marcado y simulando el gesto de apretar el botón de llamada—. Menudo susto nos has dado antes.

Mónica conversa con su padre en el pasillo sin perder de vista al muchacho. Hablan en voz baja para que el joven no pueda oír la conversación.

—Estaba muy bueno —dice alzando el hueso de la pata de pollo limpio y reluciente.

Mónica no le presta atención, su padre se vuelve y sonríe al muchacho.

—¿Hay postre? —los interrumpe de nuevo al cabo de dos o tres minutos.

—Ya se lo tomará después —regaña Mónica a su padre cuando este se disponía a abrir la puerta de la cocina.

Les ha costado ponerse de acuerdo; su padre era demasiado benevolente y ella pretendía engañar al joven para entregarlo a los Mossos. Regresan al salón y se sientan a la mesa.

—Si nos cuentas cómo te hiciste con la cruz y la explicación suena convincente —dice Mónica con gesto serio mientras busca la aprobación de su padre con la mirada—, estamos dispuestos a dejarte marchar sin avisar a la policía. La cruz nos la quedamos nosotros.

—Pero esa cruz vale una fortuna —protesta con acento de sentirse estafado.

—Tú decides —le reta Mónica—. Te podrían caer unos cuantos años si acudimos a los Mossos. Sabemos quién eres, no nos tomes por unos ilusos.

El joven tuerce los labios mientras sopesa sus posibilidades.

—También me gustaría saber por qué llevabas esa túnica —añade su padre.

Mónica ratifica la petición de su progenitor con un gesto de la cabeza.

—Yo no soy ningún delincuente.

—Entonces podemos llamar a los Mossos —dice Mónica.

—No me gusta la policía —responde el joven juntando las manos y poniendo los codos sobre la mesa. Después, apoya la barbilla en los nudillos.

—¿Nos lo vas a contar? —insiste Mónica.

—No sé por qué habéis decidido confiar en mí en lugar de entregarme a la policía, pero tened por seguro que soy una de esas personas que se acuerda de sus amigos y devuelve los favores. Dicho esto, no creo que me sea posible desprenderme de esa cruz occitana, ¿tenéis la menor idea de lo que podría conseguir por ella? Está bien, está bien —se excusa al ver la mirada reprobatoria de Mónica—, pero antes me gustaría que fuerais honestos y me dijerais por qué es tan valiosa para vosotros como para que os hayáis arriesgado a colaborar conmigo. Y una cosa más: ¿cómo podéis garantizarme que me dejaréis marchar sin denunciarme a los Mossos una vez que haya contestado a vuestras preguntas?

—Tendrás que confiar en nosotros. —Mónica le sonríe con aire de superioridad.

—Me parece que el asunto es mucho más simple de lo que os imagináis, pero, si no os importa, ¿podríais comenzar vosotros primero?

—Gracias por confesarnos tu implicación en el asalto al

Museo Nacional de Arte de Cataluña —dice el profesor Llull con tono afable.

—Yo no he dicho eso —protesta el muchacho.

—No me gustaría discutir más sobre este asunto —responde el profesor—, no nos incumbe a nosotros decidir sobre tu culpabilidad. En cualquier caso, deduzco por tus palabras que tienes conocimientos sobre arte medieval. Ese ha sido mi campo de estudio en la universidad desde que finalicé la carrera. El descubrimiento de esa cruz representa uno de los hallazgos más importantes que se han producido en las últimas décadas, su extravío hubiera significado una pérdida irreparable por varias razones. Como ya te he dicho, la cruz desapareció de una comisaría de los Mossos d'Esquadra. Cuando te encontré con ella, me sentí obligado a hacer todo lo posible por conservarla y evitar que volviera a perderse. Esta es la razón por la que estoy tan interesado en conocer cómo llegó a tus manos.

—Agradezco su sinceridad, maestro. ¿Por qué piensa que es tan valiosa? ¿Cree que puede estar relacionada con el tesoro cátaro?

Mónica mira a su padre sorprendida, él tampoco logra disimular su asombro.

—Ya está bien de preguntas —se enfada Mónica—. Ahora te toca responder a ti. ¿Cómo la conseguiste?

—Veo que esto no os lo esperabais —se ríe el muchacho—. Ya os lo he dicho, me la encontré. No te pongas así —le dice a ella—, a pesar de lo que pensáis de mí, os juro que yo no he tenido nada que ver con la desaparición de esa cruz. Yo no la he robado y os lo puedo demostrar. —Coge el vaso de agua y toma un sorbo mientras ella y su padre esperan expectantes a que se pronuncie—. No merece la pena negar más la evidencia. Desconozco las noticias que hayan podido aparecer en los medios, pero esta es la realidad.

»Escapé por las alcantarillas de la montaña de Montjuïc. Tuve mucha suerte de salir de allí con vida, la lluvia había convertido las tuberías de drenaje en verdaderos torrentes y vuestros amigos me estaban disparando. Me arriesgué demasiado, el agua me arrastraba, era imposible escapar, pero esa noche la fortuna estaba de mi lado. Logré agarrarme a una tubería de la pared *in extremis*, trepé por ella y descubrí uno de los pasadizos secretos del castillo. Ahí es donde encontré la cruz —indica el fin de su relato con un gesto de las manos.

—Lo siento, pero no te creo, cuéntanos la verdad —le recrimina Mónica.

—Os diré algo más —continúa el joven sin darse por aludido—, me parece prácticamente imposible que esa cruz occitana sea la misma que desapareció de las dependencias policiales. ¿Hace cuánto de eso?

—Hace menos de un mes —responde su padre—, tal vez una o dos semanas.

—Tanto la entrada como la salida de ese pasadizo daban la sensación de llevar bastante tiempo sin haberse utilizado, más de un mes seguro.

Mónica se mueve nerviosa en la silla y lo mira escéptica.

—¿Nos vas a decir la verdad de una vez por todas? —le amenaza jugando con el móvil.

—Os la acabo de decir —le responde ofendido—. Si quieres, puedes venir conmigo para que te enseñe el lugar donde la encontré.

—Iremos los tres —objeta Mónica.

—No creo que tu padre sea capaz de pasar por el agujero.

—Ya lo discutiremos más adelante —tercia su padre—. ¿Hallaste alguna cosa más en ese sitio? ¿Recuerdas algún detalle de ese lugar que nos pueda servir?

—Veo que con usted se puede hablar. —El muchacho sonríe al profesor—. Parece una persona más comprensiva que su hija. La cruz estaba en el interior de un baúl de madera bastante viejo. Forcé la cerradura. También había dos túnicas, supongo que cuando usted me encontró llevaría una puesta, y una lámpara de aceite con una caja de cerillas. Aparte de eso, no había nada más.

—¿Todos esos objetos estaban en el interior del baúl? —pregunta el profesor.

—Sí —responde el joven.

—¿De veras te lo crees, papá? —interviene Mónica furiosa—. ¿No ves que se lo está inventando todo?

—Hija, por el momento no tenemos otra opción más que confiar en él. Cuando se recupere, podremos acompañarlo para que nos demuestre si es cierto lo que dice.

—Os podéis quedar con la cruz —dice el muchacho—. Con eso y con lo que os he explicado, yo ya he cumplido mi parte del trato.

—Pues mañana vamos para que nos enseñes ese pasadizo que dices, y como nos...

—¿Te has vuelto loca? —la interrumpe el joven—. Yo no pienso volver a Montjuïc hasta que pasen unos días, seguro que todavía estará repleto de mossos y guardia urbana.

—No sé qué hacer, papá, no me fío —dice Mónica pensativa.

—El joven tiene razón. Ha respondido a todas nuestras preguntas y ahora nos toca a nosotros darle un voto de confianza.

—¿Y si nos engaña?

—Lo tendremos que asumir, pero, cuanto antes se vaya de casa, mejor.

—Papá, voy a llamar a los Mossos —dice mirando el teléfono.

—¡Quieta! —grita el muchacho—. Había algo más ahí abajo. El baúl estaba lleno de pepitas de oro, sesenta y siete si no recuerdo mal —se apresura a decir—. Os podría dar una parte. Si me entregáis a la policía, estad seguros de que jamás daréis con ese lugar. ¿Qué día es?

—Estamos a jueves —le informa Mónica.

—Supongo que jueves 22.

—Sí —confirman al unísono ella y su padre.

—Así que llevo aquí tres o cuatro días. A mediados de la

semana que viene podría llevaros hasta allí si queréis, pero será mejor que vengas tú sola, no me gustaría que nos viera nadie y tres personas llamarían demasiado la atención. Además, como ya os he dicho, a usted le sería difícil entrar, y también tendría que saltar una valla. Una vez que su hija conozca el escondite, podrán regresar si lo desean. ¿Qué os parece?

—Mónica, aún es pronto para avisar a los Mossos. Tampoco sería conveniente vernos involucrados en todo este asunto.

—Ya pensaremos en algo —dice ella.

—No, Mónica, escucha, será mejor que se vaya y nos enseñe ese pasadizo donde encontró la cruz. Si dice la verdad y también existen esas pepitas de oro, podrían ser muy importantes para la investigación.

—Haz caso a tu padre —dice el joven con tono cansino.

—¡Papá, yo ya no me fío de nadie, y menos de un delincuente! —Se levanta de la mesa enrabietada.

—Lamento que no confíes en mí —dice el joven—, no sé qué más puedo hacer para hacerte cambiar de opinión. Estoy dispuesto a enseñaros mi almacén si hace falta, está muy cerca de aquí.

—No hace falta —responde ella—, mi padre tiene razón, cuanto menos sepamos de ti, mejor, aunque tengo otra idea.

Mónica desaparece por el pasillo y vuelve con una cámara de fotos.

—Por favor —dice Mónica—, sonríe.

El joven se la queda mirando y pone cara de vencido.

—Te puedes quedar a pasar la noche —dice ella con tono reconciliatorio—, aún estás demasiado débil. Si te fueras ahora, podría darte un síncope en cualquier momento. El martes que viene iremos a Montjuïc para que me enseñes el lugar donde encontraste la cruz occitana, y no regreses allí hasta que yo te acompañe; quiero ver ese baúl y las pepitas de oro tal y como los dejaste. Te esperaré a las ocho y media de la tarde abajo en el portal.

Barcelona. Martes, 27 de junio

La calle de la Creu dels Molers es una calle típica del Poble Sec —sombría, estrecha, de un carril de sentido único de circulación y vehículos estacionados en solo uno de los lados— que sube hacia la montaña de Montjuïc desde la avenida del Paralelo hasta el paseo de la Exposición. Mónica sale al portal de su edificio cinco minutos antes de lo acordado. Mira el ajetreo de la gente en la parte baja de la calle; donde ella se encuentra, a treinta metros del paseo de la Exposición, no hay nadie.

Está convencida de que el ladrón —no quiso decirles su nombre— los ha engañado y no acudirá a la cita. Alza la vista, su padre controla la situación desde el balcón. Cuando baja la mirada, le parece ver a una persona escondiéndose en la esquina del final de la calle. Se dirige hacia ahí a paso ligero y dobla la esquina del paseo de la Exposición. Un hombre con las manos en los bolsillos de la chaqueta y una gorra se aleja del lugar. El individuo vuelve la cabeza. Es el mismo hombre que se encontró cuando regresaba a casa de la universidad; no había vuelto a toparse con él desde ese día.

—¿Qué quieres de mí? —le grita.

El hombre se vuelve con gesto desafiante y se levanta la chaqueta por un costado. Mónica puede ver un bulto que se asemeja a la funda de una pistola sujeta en el pantalón, se da la vuelta y sale corriendo hacia su casa. Entonces se encuentra al ladrón del museo que viene andando por la acera.

—¿Te pasa algo? —le pregunta él—. Estás más pálida que un fantasma.

—Hay un hombre que lleva unos días siguiéndome —dice con la voz entrecortada por la carrera y el nerviosismo.

—¿A ti? ¿Por qué? —se interesa mientras mira hacia el final de la calle.

—No lo sé, pero es la tercera vez que lo veo en las últimas semanas. Vámonos de aquí.

—Está bien, está bien. ¿Coges el coche?

—Prefiero no hacerlo, no me gustaría que ese hombre lo viera.

—Podemos ir con el Vespino, he traído dos cascos por si acaso.

Mónica se lo piensa, busca la aprobación de su padre, que la observa desde el balcón sin comprender nada. No tiene otra opción; ir a pie es demasiado arriesgado y demasiado lento. Los Mossos tal vez conozcan la identidad del ladrón y traten de detenerle. Debe evitar que los vean juntos en la medida de lo posible.

—Vamos —dice Mónica.

Estacionan la motocicleta, atada a un árbol con el candado, en el aparcamiento principal del Palacio Nacional situado en la fachada oeste. Los dos van vestidos de deporte, con sudaderas gris oscuro y zapatillas deportivas, ella con unas mallas negras y él con unos pantalones de chándal del mismo color.

—¿Quieres dar un paseo mientras esperamos? —propone él—. Faltan alrededor de cuarenta minutos para que anochezca.

—No, gracias —contesta secamente.

—No creo que sea una buena idea quedarnos aquí parados, tampoco me siento con fuerzas como para correr durante tanto tiempo. Podemos caminar y subir hasta el estadio.

—¿Me puedes decir adónde vamos?

—Tenemos que llegar a la capilla de Santa Madrona, al otro lado del museo. Está muy cerca de donde me recogiste con tu padre.

—Ya sé dónde está, ¿por qué no nos lo habías dicho?

—Porque hubieras llamado a los Mossos.

Su respuesta la deja cortada y mira en otra dirección para disimularlo.

—¿Y quieres dar toda la vuelta subiendo por el estadio? —le pregunta.

—Es mejor que quedarnos aquí o merodeando por las inmediaciones del museo.

Echan a andar hacia el estadio.

—¿Tu familia sabe en lo que estás metido?

—Yo no tengo familia.

—Lo siento, no debería habértelo preguntado. Será mejor que de aquí en adelante no nos dirijamos la palabra, no necesito saber nada de ti. Solo una última cuestión, ¿cómo te llamas?

—Mario.

Rodean en silencio los Jardines Maragall durante los próximos treinta minutos hasta que el sol se pone detrás de la sierra. Empiezan a correr a ritmo lento protegidos por la caída de la noche. La cerca que delimita el recinto de la capilla de Santa Madrona —a diferencia de los muros altos y barrotes de lanza de los Jardines Maragall para proteger el palacete Albéniz— recuerda la de un colegio de pueblo: podría echarse abajo de una patada. Se esconden entre la vegetación y la valla. Mónica salta primero tras rechazar la ayuda de Mario y él lo hace a continuación.

—Quédate aquí y avísame si viene alguien mientras abro la puerta —dice Mario—. Cuando te avise, coge esa escalerilla y ven conmigo. La dejé aquí anoche, quizás la necesitemos para salir.

Mónica nota cómo se le acelera el pulso mientras ve cómo el ladrón fuerza la puerta. Está dispuesta a seguir sus instrucciones, su padre le ha dicho que es un gran profesional. Ella hubiera preferido tenderle una trampa para entregarlo a los Mossos, pero, por respeto a su padre y porque de alguna manera también sospecha de alguna mano oculta en el asunto de la cruz, ha decidido no llevarle la contraria. Es sabedora de que su decisión la ha llevado a aliarse con un delincuente y, por consiguiente, está a punto de realizar un acto ilícito que se añade al hecho de haber dado cobijo a un fugitivo. Ahora ya no hay vuelta atrás. Estos pensamientos alimentan su excitación, materializada en su pulso acelerado y sudores fríos en manos y axilas.

Entra en la capilla detrás de él. Mario enciende una linterna e ilumina el suelo, avanza hasta una esquina y se arrodilla. Ella le sujeta la linterna mientras él mete los dedos en los agujeros de una losa, hace girar un mecanismo y la levanta para echarla a un lado.

Mario desciende primero. Ella se muestra reticente a que él la ayude desde dentro. No pensaba que el trabajo requiriera de contacto físico, pero Mario tiene razón: el salto es difícil y peligroso por la estrechez de la entrada. Se mete en el agujero arrastrándose con el abdomen por el suelo, él la coge por las piernas para ayudarla a bajar; al finalizar, su espalda está pegada al cuerpo de Mario. Lo aparta de un empujón y lo mira con gesto de repulsa, aunque cambia el semblante cuando ve el contenido de la habitación. Hay una construcción de piedra circular en el centro, una prenda de tela encima del muro, la silueta de un baúl recortada entre las sombras.

Mario abre el baúl y enciende la lámpara. Ella se acerca y mira en el interior del arca. Una sensación de euforia le sube por el pecho: hay varias decenas de pepitas de oro brillando en la oscuridad. El ladrón ha demostrado ser honesto, todos los objetos están presentes tal y como los había descrito. Ni en sus pensamientos más optimistas podía imaginarse que dijera la verdad. Solo olvidó mencionarles la presencia de esa piscina octogonal en mitad de la sala; es muy similar a la construida en la iglesia de San Miguel de Terrassa por el arquitecto Puig i Cadafalch a principios del siglo pasado. La coincidencia, más que curiosa, es indicadora de la relación de ambos lugares. Si confirmaran también la presencia cátara en esa capilla, es probable que la piscina se utilizara para la realización de un rito similar al bautismo por inmersión denominado *consolamentum*, el único sacramento administrado por los cátaros, mezcla de bautismo, comunión y extremaunción, todo al mismo tiempo. No recuerda ningún otro lugar con unas construcciones similares a esas.

Mario acaba de recoger las pepitas que había esparcidas

por el fondo del baúl. Hay sesenta y siete en total. Tras una breve discusión, ella se queda con una más.

Mónica recorre la sala con la linterna, busca inscripciones en las paredes de piedra, en el suelo, en los muros de la piscina, en el techo. No encuentra ningún signo aparte de algunas marcas de cantera. En menos de quince minutos, suben a la capilla con la ayuda de la escalera.

Antes de salir al exterior pide a Mario que la acompañe, no le gustaría encontrarse de nuevo con ese hombre que la vigila. En la oscuridad y soledad de la montaña, todos los caminos parecen inseguros. Regresan corriendo hasta el aparcamiento pasando por delante de la fachada principal del Palacio Nacional, ambos con más de treinta pepitas de oro guardadas en sendas riñoneras ocultas bajo la ropa.

Cuando llegan al apartamento de Mónica, Mario se apea del Vespino después de ella, abre el sillín, coge un bolígrafo y un trozo de papel y le escribe su número de teléfono. Le pide que lo llame si necesita alguna cosa más de él o si le apetece tomarse una copa algún día. Ella le sonríe con sarcasmo y le dice que no lo quiere volver a ver nunca más o llamará a los Mossos. Tiene su fotografía.

Barcelona. Jueves, 29 de junio

El inspector Font cuelga el teléfono y se levanta de la mesa. Ha estado esperando la llamada durante todo el día, sin comer, sin salir de su despacho. El compañero que asumió su puesto en la investigación de los asesinatos de Terrassa le ha comunicado a primera hora de la mañana que partía hacia esa ciudad. Han encontrado otro cuerpo en la misma parcela donde aparecieron los dos cadáveres anteriores.

Para apaciguar su nerviosismo durante la espera, el inspector Font ha releído los informes de nuevo: los guardaba bajo llave en un cajón de su escritorio. También conserva otras copias en su apartamento. No le hubiera hecho falta, conoce todos los detalles de memoria.

Se dirige a la ventana y se mira el reloj: son las cuatro y media de la tarde. Su compañero le acaba de informar del estado del cadáver encontrado y de los nuevos hallazgos. El cuerpo es de un hombre, estaba en estado avanzado de esqueletización, su muerte se habría producido décadas atrás. Durante el reconocimiento *in situ* no han encontrado evidencias de herida de arma de fuego, la causa del fallecimiento aún está por determinar. Vestía unos pantalones de tela negra y una camisa recia de cuadros. El hecho más relevante es la escopeta encontrada debajo del cadáver, una Máuser de fabricación española. Todo apunta a que pudiera haber sido el arma utilizada en los otros crímenes. Tendrán que esperar hasta obtener los resultados del informe balístico para confirmarlo.

Apoya la cabeza en el cristal. Quizás todas sus sospechas fueran infundadas por su afán de colaborar en el descubrimiento de un enigma histórico, pero las circunstancias de los asesinatos tienen visos de ser más simples de lo que parecían. El hombre recién encontrado podría ser el responsable de las muertes de los dos cátaros. Pero ¿quién habría matado a ese hombre y por qué? La imagen del padre Capmany le acude de inmediato a la mente: ¿trató de proteger a su amigo y acabó matando al asesino? ¿Podría ser este el motivo por el que el párroco se muestre tan reacio a hablar de lo sucedido?

A pesar de la verosimilitud de este razonamiento, no puede ser válido; el caso todavía encierra varios interrogantes por resolver. El hombre hallado hoy llevaba muerto por los menos cuarenta o cincuenta años. Por lo tanto, no puede ser el culpable del asesinato del cátaro aún por identificar, pues lo mataron hace solo un mes y medio. Durante la primera investigación consideraron la posibilidad de que el cuerpo de ese hombre se pudiera haber preservado gracias a algún fenómeno natural de conservación cadavérica como la saponificación. Los forenses lo descartaron. La cuarta persona implicada en los sucesos debería haber matado al último cátaro, haberlo enterrado debajo del cuerpo de Joan y, después, haber ocultado el fusil bajo el cuerpo del hombre encontrado esa mañana. La secuencia resulta demasiado rebuscada, más teniendo en cuenta que el lugar donde se ha producido estaba vigilado las veinticuatro horas del día. Duda que el padre Capmany a su edad pudiera haber llevado a cabo todo ese procedimiento él solo. Si estuviera implicado, debería tener un cómplice, una quinta persona.

Retira la frente del cristal de la ventana. A pesar de haber estado con los ojos abiertos mirando hacia la plaza repleta de gente, su vista, inutilizada como los demás sentidos por sus reflexiones, no cumplía mayor función que la propia de existir; pero ahora se despierta y entre todas esas personas distingue al profesor Llull con un maletín en la mano dirigiéndose hacia la entrada principal de comisaría. Se alegra de verlo. Hace ademán de ir hacia la silla para coger la americana y bajar a recibirlo. Pero ¿en qué estará pensando? Regresa a la ventana desilusionado, el profesor Llull acaba de entrar en el edificio. No ha venido a verlo a él, no se presentaría sin avisar, debe de acudir a una cita con el intendente Martí.

No ha vuelto a comunicarse con el profesor Llull desde la mañana en que lo relevaron del caso. Lo llamará por la tarde para preguntarle si ha conseguido hablar con el padre Capmany y, si se tercia la oportunidad, se interesará por su visita a comisaría.

El intendente Martí, sentado en el sillón de su despacho, mira las fotografías proporcionadas por su amigo el profesor Llull.

—Sí, parece la misma —le confirma mientras se rasca la barba sin afeitar desde hace dos semanas—. ¿De dónde coño la has sacado? —pregunta con voz nerviosa y tono crispado.

—Un antiguo alumno mío la encontró por casualidad y se puso en contacto conmigo —dice el profesor Llull.

—Así, sin más... Quiero hablar con él.

—Lo lamento, pero no va a ser posible. Me la entregó a condición de mantenerse en el anonimato.

—Pero Ramón, eso no estamos en disposición de aceptarlo. Esa pieza desapareció de las dependencias policiales y tenemos que aclarar lo sucedido. Podríamos estar hablando de un delito bastante grave, no merece la pena que tu nombre se vea manchado con todo este asunto y, créeme, no pinta nada bien.

—José María, sabes bien que yo no he tenido nada que ver con la desaparición de la cruz, sino todo lo contrario.

—¿Y dónde está? ¿Por qué no la has traído contigo?

—Está en la facultad, en mi despacho. Estamos realizando un análisis exhaustivo para catalogarla en los archivos de la universidad. Tanto mis compañeros como yo estamos muy emocionados por el valor y las implicaciones de este descubrimiento.

—Pero ¿cómo has sido capaz de cometer semejante estupidez? —El intendente Martí golpea la mesa con el puño—. ¿Y a qué esperabas para decírmelo? —Se pone de pie.

—Cálmate, José María, no le he contado a nadie que la cruz se había extraviado de los depósitos de la comisaría. Les he advertido que el asunto debía tratarse con el grado máximo de confidencialidad, que los Mossos d'Esquadra la habían encontrado el mes pasado y estaba afectada por el secreto de sumario de una investigación en curso.

El intendente Martí coge los restos de un habano del cenicero, se lo pone en la boca e intenta encenderlo. Lo chupa con fuerza. La punta de ceniza se enrojece, pero se apaga al momento. Lo mira —la hoja de tabaco está rota—, lo tira al suelo y lo aplasta con el zapato. Camina de un lado a otro del despacho acompañado por el sonido ronco de su respiración. Le vendió la cruz a Onofre Vila y, si algo hubiera salido mal en la operación, ya debería saberlo. Recibió el pago según lo acordado en su cuenta suiza. Su amigo, el profesor Llull, mantiene una buena relación con Onofre Vila, tal vez este se la entregara para que investigara su procedencia. Se lo preguntará al señor Vila antes de tomar una decisión.

—Sabes que no has actuado de forma correcta —comienza a decir sin detenerse ni mirar al profesor—. Deberías haber acudido a mí desde el principio, no sé qué historia me voy a tener que inventar para decírselo al comisario. ¿Cuándo piensas entregármela?

—Ruego que me disculpes, solo quería asegurarme de que esta vez el descubrimiento fuera documentado como se merece. Puedo devolvértela cuando lo estimes conveniente. Esta misma noche si así lo deseas.

—No, no hace falta tan pronto —dice, restándole importancia—. Será mejor la semana que viene. Primero tengo que pensar alguna historia, pero, sobre todo, asegúrate de no perderla, y no se lo cuentes a nadie más; déjala guardada en tu despacho, no conviene que vayas por ahí paseándote con ella. El lunes o el martes te avisaré para ir a recogerla.

—Gracias —dice el profesor Llull—, me alegro de que hayamos podido ponernos de acuerdo para solucionar este malentendido.

—Yo también agradezco tu confianza.

El profesor Llull regresa a su casa a pie. Está satisfecho por el devenir de la reunión con José María, esperaba una situación más tensa e incómoda. Nunca ha sabido mentir; cuando lo ha pretendido en alguna ocasión, siempre han acabado por descubrirlo. Si José María hubiera insistido en averiguar la identidad de la persona que le entregó la cruz, no hubiera tenido más remedio que confesarlo o, cuando menos, haberle proporcionado una versión más próxima a la realidad. La semana que viene, después de entregarle la cruz, le informará de las pepitas de oro y de la cripta oculta bajo la capilla de Santa Madrona.

Todas sus preocupaciones se están solucionando con excesiva brillantez. El ladrón se fue de casa y les enseñó la cripta, en la universidad están finalizando la catalogación de la cruz occitana tras haber realizado los análisis pertinentes y lo ha puesto en conocimiento de José María, representante de las autoridades, sin mayores consecuencias.

No desearía verse envuelto de nuevo en este tipo de situaciones y la cruz en su despacho es el último problema que debe resolver. Allí no está segura; ha llegado a esa conclusión mientras conversaba con José María. Hasta un niño conseguiría forzar las puertas de los despachos de la universidad, sin contar con los empleados del servicio de limpieza y demás trabajadores que también disponen de llaves.

El profesor Llull coge el metro para dirigirse a la facultad: la cruz occitana estará más a salvo en su domicilio.

Barcelona. Viernes, 30 de junio

El piso huele a café, Mónica lo ha preparado hace media hora, se ha tomado una taza y ha dejado la cafetera italiana sobre el fogón para que más tarde se sirva su padre. Después, se ha ido a las piscinas Picornell a nadar un rato.

El profesor Llull derrama un poco de café con leche en la mesa de la cocina al dejar la taza. Le tiembla el pulso. Acaba de hablar por teléfono con el conserje de la facultad. Alguien ha entrado en su despacho durante la noche; han forzado la cerradura y revuelto todas sus pertenencias. Hay libros, carpetas y papeles esparcidos por el suelo y el escritorio, los cajones están desencajados, algunos rotos.

Entra en su habitación, se apresura a calzarse los zapatos, coge la cartera y sale del apartamento. Se arregla el pelo en el espejo del ascensor y acaba de atarse los cordones. Comienza a correr hacia el Paralelo. Cuando llega a la boca del metro de la estación del Poble Sec, se detiene antes de bajar por las escaleras.

Decide llamar por teléfono al inspector Font para que se

encuentre con él en la facultad. Ayer mantuvieron una conversación telefónica, pero no le comentó que había recuperado la cruz occitana, quizás debería haberlo hecho. Le comunica que alguien ha entrado en su despacho y lo ha revuelto todo. Agradecería su ayuda en estos momentos tan difíciles, se nota muy nervioso, no está acostumbrado a la violencia. Además, tiene que contarle algo.

Se guarda el teléfono en el bolsillo. No son nervios, está atemorizado. Existe una diferencia infinita entre colaborar en la resolución de unos asesinatos y verse involucrado en primera persona. Mira la entrada del metro, siente un miedo irracional por descender esas escaleras, el vértigo de iniciar un viaje sin retorno hacia un futuro desconocido. Vuelve a coger el teléfono y llama a su hija; salta el buzón de voz varias veces.

Se sienta en un banco, necesita recobrar el aliento tras la carrera, desembarazarse de esa ansiedad que le revuelve el café con leche en las tripas y le oprime los pulmones. Mete la mano en la cartera en busca del inhalador. No lo encuentra, se lo ha olvidado en casa. Se levanta y regresa a su apartamento.

Recorre el camino como si lo hiciera con los ojos cerrados; sus pensamientos están en otro lugar, en el despacho de la facultad y la sucesión de acontecimientos que lo han llevado hasta aquí. ¿Quién habrá sido el responsable? Le cuesta creer que alguno de sus compañeros de la facultad pueda haber cometido un acto vandálico de tal calibre. El motivo es claro, alguien pretende robarle la cruz occitana. Es demasiado pronto para descartar al resto de los facultativos, pero, aparte de ellos, tan solo el ladrón del museo y su amigo José María tenían conocimiento de la existencia de la cruz. Sin embargo, su amigo es el único que sabía dónde la guardaba. Tal vez esa sospecha, por mínima que sea, haya sido lo que lo ha decidido a llamar al inspector Font en lugar de acudir a José María y no el mero hecho de que el inspector Font tenga más experiencia en asuntos violentos, como pensaba en un principio.

Sube en el ascensor hasta la segunda planta, abre la puerta y sale cabizbajo.

—No se mueva. —Oye la voz grave de un hombre con acento eslavo.

Mira hacia ese lado del rellano. Un individuo muy alto y corpulento, con una capucha, se le acerca apuntándole con una pistola.

—Entra ahí —le dice señalando la puerta entreabierta del apartamento.

El profesor Llull no podría haber anticipado su reacción al ver su vida en peligro. No siente ningún temor, sino la seguridad de que salvará el trance si se comporta con entereza y satisface todas las demandas de su asaltante. Levanta las manos despacio y empuja la puerta.

Entra en el recibidor. El hombre cierra la puerta y, después, le agarra las manos para ponérselas en la nuca. Le da un golpe en la espalda para que entre en el salón.

—Quédate ahí quieto —le dice.

—¿Sergi? —se le escapa al profesor cuando ve al novio de su hija salir al pasillo desde una de las habitaciones.

Sergi lo mira estupefacto, tarda unos segundos en reaccionar. Agarra la pistola que lleva metida en la cintura del pantalón y avanza por el pasillo hasta el comedor.

—Tendrías que haberme avisado —refunfuña—. Me hubiese puesto la capucha. O podrías haberlo encerrado en algún sitio. Ahora ya me ha reconocido.

El eslavo se encoge de hombros.

—Tranquilo, Sergi, podemos arreglar esto sin que nadie salga herido —interviene el profesor Llull.

—¿Dónde está la cruz occitana? No nos hagas perder el tiempo.

—Tranquilo, no diré nada. Puedes llevarte la cruz y todo lo que quieras. Está en la mesita de mi habitación, estoy seguro de que esto es un malentendido.

Sergi corre hacia el dormitorio y sale con la cruz occitana en la mano.

—Gracias, lo siento por usted, pero no tengo alternativa.

—Sergi, ¿qué vas a hacer? —dice el profesor Llull con la voz entrecortada—. Piénsatelo, por favor, no cometas...

—¡Silencio! Tú, dispara.

Suenan dos silbidos procedentes del silenciador. El eslavo ha realizado los disparos a quemarropa y por la espalda. El cuerpo del profesor cae al suelo. La melodía de su móvil comienza a sonar. Sergi y su acompañante salen corriendo del apartamento.

Capítulo IX

> Le contaron entonces cosas del Grial: que no había nada más rico en la tierra y que cuidaba de él un rey llamado Anfortas. Esto le pareció muy extraño, pues muchos ríos en su país llevaban piedras preciosas en lugar de guijarros. También tenía grandes montañas de oro.
>
> Desmontó y encontró una señal: en la grupa llevaba grabada a fuego una tórtola, el blasón del Grial.

Barcelona. Sábado, 1 de julio

—Pase a mi despacho, inspector Font. —El comisario lo recibe con gesto serio—. Siéntese, por favor —le pide tras cerrar la puerta.

El comisario se sienta enfrente de él, junta las manos y suelta un suspiro de enfado.

—Supongo que sabrá por qué le he hecho venir hoy después del día tan duro que tuvo ayer. —El inspector Font asiente—. No sé qué juego se traen entre manos usted y el intendente Martí, pero por culpa de esa maldita cruz de Terrassa acaban de asesinar a una persona. Dígame, ¿qué hacía el señor Llull con la cruz en la universidad? ¿Quién se la proporcionó? Y no me diga como el intendente Martí, que no sabe nada. Quiero respuestas.

—No lo sé, señor comisario. Me he enterado por mis compañeros y no me lo podía creer.

—No me joda, inspector Font. Su firma está estampada en el formulario del depósito de pruebas.

—Hasta este jueves no había vuelto a hablar con el señor Llull desde que me apartaron del caso de Terrassa. Acaté sus órdenes y me mantuve al margen. Por lo que tengo entendido, el señor Llull llevó la cruz a la universidad una semana después de eso. Lo más probable es que la consiguiera en ese intervalo. El señor Llull me parecía una persona honesta y no creo que me lo quisiese ocultar. Me pongo a su disposición para lo que necesite, pero yo no he tenido nada que ver con todo este asunto.

El comisario se levanta y se dirige a la ventana frotándose la frente con una mano.

—¿Qué piensa del intendente Martí? Sé que a usted no le gusta hablar mal de sus compañeros, le conozco desde hace más de quince años, pero dígame algo que me ayude a resolver esto o no me dejará más alternativa que poner el caso a disposición de asuntos internos.

—No tengo ninguna prueba para demostrar su culpabilidad, ni tampoco para explicar cómo desapareció la cruz del depósito después de que yo la devolviera.

—Me importa un carajo que no tenga pruebas. —Regresa a la mesa—. Le he preguntado qué piensa usted.

—Lo único que le puedo decir es que el señor Llull estuvo en la comisaría el jueves por la mañana, casi con total seguridad para visitar al intendente Martí. Lo vi entrar desde la ventana de mi despacho. Después, por la tarde, lo llamé...

—Sí, para preguntarle si había hablado con el sacerdote de Terrassa que conocía a uno de los fallecidos. ¿Y qué más?

—Ya está, quedamos en vernos en las próximas semanas.

—¿Le mencionó algo acerca de la cruz?

—No.

—¿Y del intendente Martí?

—Tampoco, pero, antes de que lo asesinaran, el señor Llull me llamó para decirme que alguien había entrado en su despacho de la universidad y...

—Ya conozco esa historia, me lo explicó ayer.

—Sí, pero el señor Llull también me dijo que necesitaba contarme algo muy importante.

—¿Por qué no lo mencionó ayer? —El comisario frunce el ceño.

—No lo consideré relevante para el caso. El señor Llull estaba muy nervioso, tampoco llegó a decirme nada.

—¿Lo acababan de asesinar y usted no lo consideró relevante?

—Ahora es diferente, estoy convencido de que quería decirme que habían entrado en su despacho porque él tenía la cruz.

—¿Le dijo algo su hija cuando la encontró en el apartamento?

—No, le pregunté si sabía lo que había ocurrido, pero la pobre muchacha estaba conmocionada, no le salían las palabras.

—El intendente Martí hablará con ella mañana después del funeral. Como esa joven no tenga una respuesta, me temo que ustedes dos estarán metidos en una situación muy comprometida. Bueno, de hecho ya lo están. El lunes lo quiero ver aquí en mi despacho a las ocho de la mañana. Al intendente Martí también lo he citado a esa hora. Como no aclaren lo sucedido, esa misma mañana pasaré el caso a los de asuntos internos. Ya se puede ir.

Barcelona. Domingo, 2 de julio

Las piñas de los cipreses ruedan por el suelo embaldosado, atrapadas en el movimiento líquido de los vaivenes impredecibles de la ventisca que barre la ciudad desde primera hora del amanecer. Hay ramas rotas y hojas volando, algunas salen disparadas y, sin llegar a tocar suelo, se pierden ladera abajo de la montaña en dirección al mar; otras suben como los pájaros cuando utilizan los flujos de aire caliente para ascender hacia cotas más elevadas, hasta que el azul las engulle y desaparecen para siempre. Un cielo cirroso cubre la ciudad de Barcelona, nubes finas con aspecto de haber sido desgarradas por una zarpa invisible.

Es la primera vez que Mario Luna acude al cementerio de Montjuïc; para ser más precisos, es el primer cementerio que ha visitado en su vida. Se pregunta si en esa parte de la montaña todos los días son igual de tristes, si existe un microclima que no deja ver el sol, si siempre llueve o hace viento, si desde ese lugar es imposible sentir la felicidad o dejar de sentir la tristeza. Agacha la cabeza y le cae una lágrima.

Mira el sepelio desde la distancia —a unos cincuenta metros—, próximo a unos árboles por si tuviera que esconderse. Ha visto llegar a Mónica arropada por sus familiares y amigos: primero, abrazada a una mujer de mediana edad; después, a una muchacha; más tarde la ha perdido de vista cuando la multitud se ha congregado delante de la pared blanquecina de nichos donde acaban de meter el ataúd. Su padre debía de ser una persona muy respetada, a juzgar por los centenares de asistentes.

Desde que han llegado al cementerio, se debate sobre la conveniencia de acercarse a ella para mostrarle su apoyo. Intenta adivinar el protocolo establecido, las palabras apropiadas para tales momentos, pero, por más que lo piensa, no logra encontrar el comportamiento ni las expresiones adecuadas para dotar de significado a unos sentimientos tan profundos y hasta desconocidos.

Más desconcertado que el mundo de las relaciones sociales le tiene el simple hecho de haber acudido al entierro. Cuando se enteró por las noticias de la televisión de la muerte del profesor Llull, su primera reacción fue que tenía que ver a Mónica. El dolor y la pena que sintió fueron tan intensos que le resultaron disparatados dado el poco trato que había tenido con ellos, pero, aun así, no dejó de sentirlos. Indaga, piensa, busca la razón. Quizás saber que padre e hija se querían —percibir el afecto mutuo de su relación, oír sus risas, advertir esa complicidad solo explicada por los vínculos de sangre— le hiciera consciente de la pérdida tan grande e irremplazable que había sufrido Mónica y quisiera expresárselo de algún modo; o tal vez fuera ese anhelo de tener una familia, circunstancia jamás vivida, y haber convivido en esa casa, aunque solo fuera por unos días, le hubiera confundido hasta tal punto que creyera estar unido a ellos por un cierto parentesco.

Las primeras personas comienzan a abandonar el lugar. Un cuarto de hora más tarde, apenas resta una treintena. Esta podría ser su oportunidad para acercarse a ella. La observa; está de espaldas y reposa la cabeza en el brazo de un hombre que la sujeta por la cintura. Echan a andar, se alejan unos pasos de la comitiva y se detienen. Se separan y conversan cara a cara. Mario los ve de perfil, Mónica gesticula y se lleva las manos a la cabeza. El hombre la abraza. Después, Mónica se pone a su lado y Mario la pierde de vista: el cuerpo del hombre tapa completamente el de ella.

Estudia la silueta del acompañante de Mónica; su barriga, aun disimulada por la americana, es desproporcionada para su talla y le hace parecer de menor estatura; tiene la cara redonda y tan colorada que puede apreciar el color, a pesar de la distancia que los separa; tal vez sostenga un puro o un cigarro entre los dedos por la postura de su mano.

Mario da dos pasos hacia su izquierda y se refugia detrás de un árbol. Ese hombre es el intendente de los Mossos d'Esquadra que ha estado investigando sus robos durante más de dos años y que lo ha intentado todo por detenerlo. Seguro que fue él quien le tendió la trampa en el MNAC. Desliza la espalda por el tronco del árbol hasta sentarse en el suelo.

La identificación del mosso d'esquadra desencadena una conexión fugaz de los acontecimientos que le devuelve la cordura de inmediato. Ha estado a punto de cometer una estupidez. De haberse acercado a Mónica, ella le hubiese denunciado y en estos momentos estaría camino del calabozo acusado de homicidio. ¿Qué puede pensar Mónica de él después de la muerte de su padre? Según las noticias, lo asaltaron en su domicilio para robarle. Por lo tanto, para ella, él es el principal sospechoso. Aunque es evidente que alguien más sabe de la existencia de la cruz occitana o de las pepitas de oro. Tal vez esté hablando con el mosso sobre este asunto. Se maldice por haberle dicho su verdadero nombre. Si Mónica les entrega la fotografía que le hizo en su casa, tendrá que huir del país por una larga temporada.

Balaguer. Dos horas más tarde

Onofre Vila vuelve la cabeza y ve cómo el taxi de color amarillo y negro se aleja por la senda de la mansión. Levanta el bastón y avanza el brazo para dar un paso, pero se queda inmóvil en esa posición. La garrota levita a pocos centímetros del suelo como si estuviera atrapada entre dos campos magnéticos. Con un gesto indica a Mohamed que no necesita su ayuda. Camina hasta la escalinata, sube los siete escalones y se sienta en el rellano de la entrada. Alza la vista hacia la derecha, el sol está a punto de superar esa esquina del tejado para ocultarse el resto de la tarde y tiene que entrecerrar los párpados para protegerse. Se pone el bastón entre las piernas y apoya las dos manos en el mango. Después, deja de mirar al sol y agacha la cabeza.

Le vence la fatiga, combate las cabezadas porque quiere mantenerse despierto. Comienza a perder el contacto con la realidad, sus pensamientos inconscientes se mezclan entre sí formando una amalgama indivisible de sueños fantasmagóricos. El cansancio y la confusión presentes son el culmen de dos semanas en las que la tristeza le ha consumido y el insomnio ha multiplicado su sufrimiento. La muerte del profesor

Llull podría ser esa estocada final que acabe con su vida. No sabe si tendrá las fuerzas necesarias para afrontar esta segunda pérdida tras la de su nieto Mario. Se le aparece el rostro del profesor Llull, se difumina en el de Mario, se mezclan de nuevo; también aparece la cara de Sergi, las facciones de su hija en contadas ocasiones.

—¡Mohamed, tráeme un café! —logra articular tras una cabezada.

El efecto de la cafeína es casi instantáneo, ya no necesita concentrarse para mantener los ojos abiertos. ¿Por qué ha tenido Sergi que matar al profesor Llull? En el funeral ha sentido una tremenda congoja al despedir a una de las pocas personas dignas de su respeto y admiración. Podrían haber solucionado el contratiempo de muchas maneras, sin tener que recurrir al asesinato. Todo ha sido culpa suya, ha ido demasiado rápido con Sergi, no tenía la experiencia suficiente como para involucrarlo en primera persona. Recibieron un correo electrónico de parte del mosso d'esquadra que les había facilitado la cruz occitana aparecida en Terrassa, diciéndoles que el profesor Llull la tenía en su poder. Ellos tenían la suya, de manera que esa era una segunda cruz occitana. Sergi solo debía conducir el coche para acompañar a Vladimir a la facultad y esperar a que registrase el despacho del profesor Llull en busca de la cruz, pero, cuando no la encontraron en la universidad, Sergi decidió actuar por su cuenta y fueron al domicilio del profesor. Según le ha contado él, esperaron hasta que Mónica y su padre abandonaran el apartamento para entrar en la vivienda, pero a los pocos minutos regresó el profesor. Sergi ordenó a Vladimir que lo matara porque lo había reconocido.

Ya ha perdido la esperanza de encontrar a Mario con vida. Mantuvo la vigilancia durante casi una semana en todos los pisos y almacenes que había utilizado con anterioridad; no se presentó en ninguno de ellos. ¿Debe decírselo a su hija, Claudia?

Ahora no es momento para responder a esas preguntas —espanta la niebla pesimista delante de sus ojos con la mano—, tampoco para mirar a un pasado sin posibilidad de cambio, a pesar de resultarle difícil no pensar en lo ocurrido. Tiene que centrarse en controlar la situación e impedir por todos los medios que los sucesos salpiquen a su familia; tanto él como Sergi podrían estar a un paso de acabar en la cárcel.

Sigue sin explicarse dónde pudo encontrar la segunda cruz el profesor Llull. Mohamed no ha conseguido averiguarlo. La única posibilidad que tendría sentido es que el padre Capmany se la hubiera proporcionado. Siempre ha pensado que ese cura también podría haber sido un cátaro. Nunca se ha enfrentado a él por miedo a que lo descubrieran. Pero no importa, ya tendrá tiempo para atar los cabos sueltos y hacer hablar al cura si es necesario. La decisión está tomada. Ese mosso d'esquadra sabe demasiado. Solo hay una opción para asegurarse de que guarde silencio y pasa por matarlo, cuanto antes mejor, si es posible esa misma noche.

Entra en la mansión y baja al garaje para darle las instrucciones a Mohamed. El plan es perfecto, solucionará todos los problemas de una tacada. Esta semana han completado una réplica de la cruz occitana.

Barcelona. Lunes, 3 de julio

El inspector Font aguarda en el pasillo frente a la puerta del despacho del comisario. Esperan al intendente Martí desde hace media hora. El comisario, que estaba intentando localizarlo, abre la puerta.

—El intendente Martí se ha pegado un tiro —le dice—. Me acaba de informar una patrulla. La señora de la limpieza ha llamado al 112. Vamos para allá.

El juez de guardia conversa en voz baja con el médico forense. Los empleados de la funeraria se llevan el cadáver del intendente Martí dentro de un saco negro. Los tres mossos d'esquadra presentes en el salón observan la escena en silencio; presenciar el cadáver de un compañero es uno de los trances más arduos a los que deben hacer frente y que les recuerda la peligrosidad de su oficio.

El inspector Font sale de una habitación para despedir al forense.

—Avíseme cuando tenga los resultados de la espectrometría.

El cuerpo sin vida del intendente Martí estaba sentado en una silla, se había puesto la pistola dentro de la boca y había apretado el gatillo. Esa ha sido la primera hipótesis del inspector Font tras estudiar la escena. Después, han encontrado indicios de un forcejeo previo: rozaduras en las muñecas, arañazos en las manos, un moratón bajo el mentón derecho. Alguien mató al intendente Martí y pretendió fingir un suicidio. El análisis del molde de parafina los sacará de dudas; si el resultado es negativo, indicará que el intendente no efectuó el disparo que acabó con su vida; si es positivo, demostrará la profesionalidad de los asesinos y deberán encontrar otras pruebas para sustentar esta teoría.

—Inspector Font —le dice el comisario—, hágase cargo de la investigación y manténgame informado de la situación en todo momento. Yo me voy a comisaría para preparar la rueda de prensa. Vaya a hablar con la hija del señor Llull cuando salga de aquí, confío en usted.

—Gracias, señor comisario.

El inspector Font se da la vuelta y se acerca a la mesa. Coge la bolsa transparente con la pistola Colt de nueve milímetros en su interior. Mira el número de serie borrado del cañón del arma. Devuelve la bolsa a la mesa y coge la siguiente. En ella está la cruz occitana de oro que encontraron en Terrassa y que después desapareció del depósito de pruebas. Está claro que el robo de esa cruz no ha sido el móvil del crimen; los asaltantes no se la han llevado y el intendente Martí la tenía agarrada en su mano izquierda. El piso tampoco mostraba ningún indicio de haber sido registrado.

Se pregunta por el motivo de la muerte del profesor Llull y del intendente Martí. ¿Qué habrán descubierto sobre los asesinatos de Terrassa que les ha costado la vida?

La vivienda, situada en el barrio del Eixample, ocupa todo el tercer nivel de un inmueble tras haber derribado los tabiques y unido dos pisos de ochenta metros cuadrados cada uno. El intendente vivía solo. El apartamento, sin poder llegar a catalogarse de lujoso, está recién reformado y presenta algunos detalles, como la cocina, el baño o los electrodomésticos, que ponen de manifiesto una economía muy holgada, difícilmente asumible con el sueldo de un mosso d'esquadra por muy elevado que fuera su rango.

El inspector Font entra en una habitación habilitada como despacho. Dos agentes están seleccionando los libros y carpetas de una estantería para llevárselos. En la mesa hay un ordenador y una impresora con unos billetes de avión impresos en la bandeja de salida. Les recuerda a sus compañeros que no se los olviden, aunque no le preocupa: podrán obtenerlos de nuevo cuando revisen el contenido del ordenador. No sabe si tienen relación con el caso, pero no parece casual que un día antes de su muerte el intendente Martí hubiera comprado esos pasajes para viajar a Zúrich el viernes de esa misma semana a primera hora.

Sale al pasillo y se detiene en la puerta de la cocina. Sobre la encimera hay dos botellas de whisky vacías y un vaso pringoso que huele a licor; en el salón hay otro con un dedo de whisky. Le sorprendería si la autopsia no revelara un contenido elevado de alcohol en el cuerpo del intendente. La señora de la limpieza ha encontrado el cadáver hace tres horas, cuando ha llegado a las ocho y media de la mañana. Todo parece indicar que murió ayer por la noche. Durante el día había acudido a trabajar a la comisaría.

No puede evitar pensar en los asesinatos de Terrassa. El inspector encargado del caso le comunicó el lunes que la escopeta encontrada junto al tercer cadáver había sido la utilizada para acabar con la vida de los dos sacerdotes. Así los llaman sus compañeros. Durante el traspaso del expediente, él le restó importancia a su posible condición cátara. La muerte del tercer individuo se debió a una fuerte contusión visible en el cráneo. Como en todo lo que parece rodear este caso, la identidad de ese hombre también es una incógnita. Si las características de los cátaros parecían suficientes para identificar a los cadáveres y no han servido de nada, la cojera que padecía el tercer hombre, con el fémur derecho diez centímetros más corto que el izquierdo, tampoco ha ayudado a identificarlo. Viajará a Terrassa para investigar acerca de ese hombre que desapareció en la década de los cincuenta. Está convencido de que el comisario le permitirá colaborar en la investigación tras quedar de manifiesto que él no estuvo implicado en el extravío de la cruz occitana.

Ahora su mayor preocupación reside en proteger a Mónica. La hija del profesor Llull puede estar en peligro. Es posible que ella sea la única persona que sepa por qué los han matado. Ha enviado una patrulla a la Barceloneta —Mónica está viviendo allí con unas amigas— para que no la pierdan de vista. Se entristece al pensar en ella y recordar los duros momentos que vivieron los dos cuando encontraron el cuerpo sin vida del profesor Llull sobre un charco de sangre. Ella fue la primera en llegar al apartamento y dar el aviso a los Mossos. Él llegó unos minutos más tarde y se la encontró conmocionada en el suelo, agarrando la mano de su padre. Esperaba a que pasaran unos días para hablar con ella sobre las circunstancias que rodearon la muerte del profesor, pero ahora se ha convertido en una prioridad. También espera que aclare en qué momento el intendente Martí le entregó la cruz occitana a su padre para que la llevara a la universidad. Ayer la vio hablando con aquel durante el entierro; tuvo la impresión de que, además de buscar consuelo, Mónica le explicaba algo mientras gesticulaba enfadada.

Regresa al salón. La silla está en el mismo lugar donde la han encontrado, en el respaldo hay salpicones de sangre reseca; en el suelo de parquet hay varias manchas de aspecto agrumado con restos de masa cerebral; junto a la mesa hay dos sillas orientadas hacia el centro del salón. Los asesinos tuvieron que ser dos y se sentaron en ellas; o quizás tres, dos miraban mientras el otro preparaba el escenario y ponía la pistola en la mano del intendente. El apartamento está repleto de huellas dactilares, pero por el momento todas se corresponden con las del intendente Martí y la empleada de la limpieza.

El inspector Font abandona el apartamento y se dirige a la Barceloneta para hablar con Mónica.

Barcelona. Viernes, 7 de julio

Un chaparrón ha impregnado las calles de olor a tierra húmeda, excrementos de animales domésticos y sudor de alcantarilla. El aroma de la ciudad solo se aligera y disfraza en las cercanías de los parques con una pincelada de malas hierbas, madera de los árboles y demás vegetación. Las nubes de azul marino se mantienen amenazantes, aunque ya se empiezan a formar algunos claros. El tiempo es impredecible; tanto podría caer una tormenta como escampar en pocas horas sin llegar a descargar ni una sola gota más.

Son las seis y media de la mañana. Mónica sube por las escaleras de la parada de metro de plaza de España. No ha visto ni la lluvia ni la salida del sol —cuando ha bajado al andén era de noche— y se sorprende al ver el suelo mojado. Oye el chapoteo de sus zapatillas deportivas al pisar las baldosas de la plaza; algunas ya se están comenzando a secar, como el asfalto de las avenidas del Paralelo y Gran Vía, donde el paso del tráfico ha borrado toda reminiscencia de lluvia por el centro de los carriles.

No había vuelto al Poble Sec desde el día del entierro de su padre, cuando fue al apartamento, acompañada de su tía, para recoger algo de ropa. Solo pisar esas calles y ya le entra la tristeza; está a punto de llorar. No se explica cómo han podido matar a su padre, él nunca hizo nada malo a nadie. Recuerda cuando lo encontró sin vida en medio del salón, una imagen que no se le borrará jamás de la memoria.

Vuelve la vista; a unos metros la sigue la pareja de mossos d'esquadra de paisano que la escoltan desde que ha salido del apartamento de sus amigas en la Barceloneta. Solo ha pisado la calle tres veces —una para pasear por la playa y dos para ir al supermercado— durante los últimos días y siempre han estado ahí para controlar sus movimientos.

El dolor que arrastraba por la muerte de su padre y después la de José María, la tenía encerrada en una burbuja de apatía y tristeza. No tuvo el valor de confesar lo sucedido cuando el inspector Font acudió a visitarla tras el asesinato de José María. Tal vez la medicación también la hubiera dejado un poco aturdida. El miércoles dejó de tomarla y desde entonces se encuentra más lúcida.

Ha llegado el momento de afrontar la realidad. Tiene que contarle todo lo ocurrido al inspector Font. Ayer lo llamó para decirle que necesitaba hablar con él. Le ha costado tomar la decisión porque no quería manchar el nombre de su padre ni verse ella envuelta en tal escándalo, pero al final ha pesado más el deseo por atrapar a los asesinos. Le han arrebatado a la persona que más quería y tendrán que pagar por ello. No descansará hasta verlos entre rejas.

Se dirige hacia la entrada de la comisaría. La luz de los fluorescentes en el interior, visibles en la distancia a través de la puerta acristalada, resalta en la oscuridad. Le cuesta creer que Mario, el ladrón al que rescataron, sea el asesino de su padre después de que encontraran la cruz occitana en el apartamento de José María. Pero si no ha sido él, saberlo quizás les sirva a los Mossos para arrestar a los verdaderos culpables. El día del entierro confesó a José María que habían dado cobijo al ladrón fugado del MNAC y que este les había proporcionado la cruz, aunque por las preguntas del inspector Font tras su muerte, a José María no debió de darle tiempo de contárselo a sus compañeros. Murió esa noche.

El inspector Font la recibe en la recepción de la comisaría. Le ofrece la posibilidad de mantener la conversación en otro lugar —en la calle, en un bar o donde se sienta más cómoda—; ella considera que su despacho es el sitio propicio para tratar el tema y tomarle declaración. Sin más preámbulos, suben en el ascensor.

Ya en el despacho, hablan acerca de cómo se encuentra ella, de cómo ha llegado a la comisaría. Percibe la tristeza en el tono y las palabras del inspector, una empatía fruto de la fatalidad y la circunstancia de haber sido de los primeros en llegar al apartamento ese día que nunca debiera haber existido. Tras charlar un rato, un silencio más largo de lo habitual hace evidente la disposición de ambos para encarar el tema principal de la reunión.

—¿Qué me querías contar, Mónica?

—¿No va a tomarme declaración?

—Eso lo decidiremos después.

—Está bien. No sé ni por dónde empezar, siento no habérselo dicho antes, pero es que el otro día no me salían las palabras.

—Te entiendo perfectamente, sé lo duro que es perder a un ser querido a manos de un delincuente. Yo perdí a mi novia en una situación similar hace unos años.

—Gracias, inspector, es que aún me cuesta creerlo. ¡Todo ha sido por culpa de ese ladrón! —grita enrabietada y comienza a llorar—. El que atracó el MNAC, seguro que lo mataron por su culpa. Tendríamos que haber avisado a la policía. —El llanto le corta la respiración y le impide continuar. El inspector Font abre un cajón de la mesa, coge un paquete de clínex y se lo ofrece—. Discúlpeme, no lo puedo controlar —dice Mónica con la voz entrecortada mientras saca un pañuelo.

—Por favor, no te sientas presionada, tómate el tiempo que sea necesario.

—No pasa nada, estoy bien.

Mónica se suena la nariz y se pasa los dedos por debajo de los ojos para secarse las lágrimas.

—Me está resultando muy difícil aceptarlo —dice más serena—, pero se lo debo a mi padre, él lo hizo todo por mí y ahora no puedo fallarle. Se lo explicaré desde el principio. Mi padre se encontró al ladrón cuando regresaba a casa andando el lunes después del atraco. Venía del MNAC tras haberse reunido allí con José María para pedirle que le proporcionara, aunque fuera, unas fotografías de la cruz occitana. El joven estaba en muy mal estado, a punto de morir. Mi padre los tendría que haber llamado en ese momento, pero, cuando vio que el ladrón vestía una túnica similar a la de los cátaros asesinados en Terrassa y que llevaba la cruz occitana colgada al cuello, decidió llevarlo a casa para protegerlo hasta que averiguase lo que estaba pasando.

—¿Alguien más estuvo implicado en este asunto?

—No. Bueno, sí. Jordi, un amigo de mi padre, es médico, pero, por favor, no lo implique en esto. Lo hizo casi en contra de su voluntad, solo por ayudar a mi padre. Vino a casa medio engañado. No quiso saber nada del asunto, se enfadó mucho. Visitó al ladrón la primera la noche, le diagnosticó una neumonía. Después, regresó dos o tres días más durante la semana para administrarle algunas medicinas.

—¿Recuerdas dónde encontró tu padre a ese fugitivo?

—Muy cerca del Palacio Nacional, en unas escaleras que bajan hasta el paseo Jean Forrestier.

El inspector Font apunta los datos en una libreta.

—¿Y qué pasó después?

—El ladrón se fue de casa a finales de esa semana. Mi padre

acordó con él que, si nos decía de dónde había sacado la cruz occitana y nos la entregaba, lo dejaría marchar sin avisar a la policía.

—¿Cómo se había hecho con ella?

—La encontró en una especie de cripta que hay bajo la capilla de Santa Madrona mientras escapaba del museo. Es una iglesia pequeña que hay a pocos metros del Palacio Nacional.

—Es muy posible que os mintiera.

—No lo creo, yo misma fui allí con él. —El inspector la mira con gesto de sorpresa y preocupación—. Lo sé, fue una temeridad, pero estoy convencida de que ese lugar guarda relación con los cátaros asesinados en Terrassa. Había una pila bautismal idéntica a la que se encuentra en la iglesia de San Miguel.

—Supongo que tu padre pensaba que esa cruz era la misma.

—Estaba convencido.

—¿Y qué hicisteis después con ella?

—Mi padre la llevó de inmediato a la universidad para documentarla. Allí la fotografiaron y analizaron. Después, acudió a José María para contárselo y acordar la manera de entregarla a los Mossos.

—¿Llegó a entregársela?

—No, lo mataron al día siguiente; la noche anterior había traído la cruz a casa. Seguro que fue ese delincuente, sabía dónde vivíamos. Forzó el apartamento para llevársela y se encontró a mi padre.

—Pero entonces ¿por qué la dejaría después en casa del intendente Martí? —Mónica se queda pensativa—. ¿Sabes si tu padre se lo contó a alguien más?

—No, no lo creo, me lo hubiera dicho. A sus compañeros de la universidad les dijo que la habían encontrado los Mossos en el cuerpo de uno de los hombres asesinados en Terrassa.

—¿Nos podrías facilitar la descripción de ese ladrón?

—Se llama Mario, guardo una foto de él en mi mesita de noche.

—¿Aquí en el Poble Sec?

Mónica asiente.

—Se la hice por si nos engañaba.

—¿Engañaros por qué?

El inspector Font la observa expectante y le hace un gesto con la cabeza para que continúe.

—Nos dijo que en la capilla de Santa Madrona había sesenta y siete pepitas de oro y que nos acompañaría para recogerlas. Estaba convencida de que nos la estaba jugando, pero se presentó a la cita y fui allí con él. Decía la verdad. Nos repartimos las pepitas a medias, nosotros nos quedamos treinta y cuatro. Mi padre se había llevado una a la facultad para analizarla.

—¿Recuerdas el día que fuiste a la capilla?

—El martes 27, tres días antes de lo de mi padre.

—¿Y dónde están las restantes pepitas de oro?

—Si no se las llevaron sus compañeros, deberían estar en el apartamento. No había vuelto a pensar en ellas hasta ahora. Estaban en una riñonera escondida entre unas mantas en el altillo del armario empotrado de mi dormitorio.

—Los agentes solo revisaron tu habitación por encima, estaba todo en su sitio, no parecía que los asaltantes hubieran entrado en ella. Nadie sospechaba en esos momentos que podían estar buscando la cruz occitana. Yo pensaba que quizás tu padre habría descubierto alguna prueba o algún documento relacionado con los asesinatos de Terrassa, pero eso ahora da igual. Con lo que me acabas de contar, todo parece tener sentido. Ahora lo que debemos aclarar es si esas pepitas de oro aún están allí. También la fotografía de ese delincuente. ¿Sabes si tu padre había comentado el hallazgo de esas pepitas de oro con alguien más?

—No estoy segura, pero no lo creo. Había llevado una a la universidad y no tenía pensado decírselo a nadie hasta que obtuvieran los resultados de los análisis.

—¿Lo sabía José María?

—No, mi padre prefería esperar unos días para decírselo.

—Si las pepitas de oro han desaparecido del apartamento, ese ladrón será el principal sospechoso. Él era una de las pocas personas que lo sabía, sino la única. ¿Te importaría acompañarme allí?

—Prefiero no hacerlo. Bueno, iré con usted.

—Como tú prefieras. Puedo ir solo, siempre con tu permiso.

—Lo acompañaré.

—¿Quieres que vayamos ahora? —Mónica asiente—. Una última pregunta antes de salir: ¿cuál es tu conocimiento con relación a los asesinatos de Terrassa?

—Mi padre me lo explicaba todo. —Mónica baja la vista, sus labios tiemblan de nostalgia al hablar—. Estaba tan emocionado con el descubrimiento de la cruz occitana y la posibilidad de identificar a los dos hombres cátaros que en casa no había otro tema de conversación. Yo he estado muy ocupada terminando mi tesis y no podía prestarle demasiada atención, pero aun así me mantuvo informada de todos los acontecimientos conforme se iban sucediendo: el día que usted acudió a la conferencia en el Palacio Nacional con José María, la reunión aquí en la comisaría cuando le enseñaron la cruz occitana por primera vez y le informaron de los asesinatos de Terrassa, la entrevista con el padre Capmany, su visita a la facultad para mostrarle los resultados de los análisis...

El inspector Font suspira mientras se rasca la cicatriz de la mejilla.

—Por favor, sigue las instrucciones de mis compañeros y mantenlos informados de todos tus movimientos hasta que consigamos detener a los delincuentes. Toma mi número de teléfono. —Le entrega una tarjeta—. Llámame cuando lo consideres oportuno, a cualquier hora del día. Ahora vayamos al apartamento.

—Está aquí, inspector. —Alza en alto la fotografía del ladrón.

El inspector Font toma la foto y la mira. Mónica corre hacia el otro lado de la cama, coge una silla y la coloca pegada al armario. Se sube en ella. Abre el altillo y empieza a arrojar las mantas al suelo.

—La riñonera —dice impresionada—. Las pepitas también están aquí —le informa tras abrir la cremallera—. Pero, entonces, Mario no puede ser el culpable. —Se baja de la silla, le entrega la riñonera al inspector y se sienta en el borde de la cama—. Hay un hombre que me sigue desde hace bastante tiempo —empieza a relatar con ojos lagrimosos—. Creo que la primera vez que lo vi fue hace casi un mes y medio. La última fue el martes de la semana pasada cuando fui con el ladrón a la capilla de Santa Madrona, pero, ahora que lo pienso, en realidad quizás estuviese vigilando a mi padre. Excepto en una ocasión que me lo encontré cuando regresaba por la noche de la biblioteca, las demás siempre estaba rondando por nuestra calle.

—¿Lo denunciaste o hablaste con alguien de los Mossos?

—No.

—¿Por qué no me lo has dicho antes?

—No lo sé. —Empieza a llorar—. No se lo había explicado ni a mi padre.

—Lo siento, no era mi intención.

—No se preocupe —le responde sonándose la nariz.

—¿Serías capaz de facilitarnos una descripción?

—Creo que sí.

—Ahora regresaremos a la comisaría y haré que te atienda el equipo encargado de realizar los retratos robot. En cuanto al ladrón... —Se detiene en mitad de la frase para pensar—. Hablaré con el compañero responsable de la investigación del atraco en el museo. Su compinche está en prisión preventiva, encontraremos alguna manera para que parezca que él nos ha proporcionado la fotografía o que nosotros la hemos encontrado en su domicilio. Por favor, no comentes este tema con nadie. Intentaré mantener en secreto la relación que tu padre y tú mantuvisteis con ese delincuente.

—Gracias, inspector Font, no sabe cuánto se lo agradezco. Cuente conmigo si es necesario para atrapar a los responsables de la muerte de mi padre. Estoy dispuesta a testificar y afrontar mi culpabilidad con tal de que se haga justicia.

Barcelona. Domingo, 9 de julio

El sol asciende sobre el mar en un cielo raso y cristalino. La brisa matinal es fresca y le eriza el vello de los brazos, solo lleva puesta una camiseta de tirantes blanca de algodón. Se agacha para arremangarse los tejanos, se quita las sandalias, las coge en su mano derecha mientras, en la otra mano, sujeta el móvil; vuelve a erguirse y echa a andar por la arena. Cuando alcanza la orilla, mete un pie en el agua para calibrar la temperatura. Está templada. Permanece plantada en ese lugar mirando al horizonte hasta que sus pies comienzan a hundirse en la arena por el efecto de las olas; la marea está bajando. Se da la vuelta, regresa deshaciendo su propio camino, marcado en el suelo húmedo, pisando cada una de sus huellas, y se sienta al llegar a la arena seca mirando al mar. Son las ocho y media de la mañana.

Piensa en su padre. No puede hacerse a la idea de que no esté ahí con ella y de que ya no lo volverá a ver nunca más. Se abraza las piernas por debajo de las rodillas y descansa la cabeza ladeada sobre ellas. Aprovecha esa posición para calentarse y ojear el móvil. Mario no ha contestado a su mensaje. Tal vez no haya hecho lo correcto poniéndose en contacto con él, pero, tras pasar la noche en vela llorando, abrumada por las dudas, poco le importa. Mario no puede estar involucrado en la muerte de su padre; las pepitas de oro y su fotografía estaban en el apartamento, la cruz occitana apareció en el apartamento de José María.

En su intento por comprender lo sucedido, no ha dejado de preguntarse los motivos de la muerte de su padre y quiénes han podido ser los responsables. El robo está descartado y con él todos los compañeros de su padre en la universidad. El inspector Font le comunicó ayer que el arma utilizada en el asesinato era la misma que acabó con la vida de José María; circunstancia que intentaba dar más credibilidad a una posible disputa entre amigos. José María habría robado la cruz y matado a su padre para después suicidarse a causa de los remordimientos, pero el inspector Font no considera esa posibilidad.

Ante semejante tesitura, las únicas personas con la mayor cantidad de datos a su alcance con relación a la cruz occitana y que conocen tanto a su padre como a José María son el inspector Font y ella. A pesar de confiar en Font —aunque tiene alguna duda con respecto a él y está al corriente de su rivalidad con José María—, no puede descartarlo como sospechoso; sin embargo, se decanta más por la idea de que el culpable sea alguna otra persona con contactos en los Mossos d'Esquadra o incluso sea algún otro miembro del cuerpo.

Esa inseguridad de no poder fiarse de sus protectores —quizás los dos mossos que la siguen a todas partes no estén ahí por su seguridad, sino para controlarla— la llevó a pensar en Mario. Se siente culpable por haberlo denunciado, como si de alguna manera también hubiera traicionado a su padre rompiendo su promesa. A pesar de ser un delincuente, nadie merece ser acusado de asesinato sin merecerlo. Para deshacerse de esa inquietud —las persistentes dudas la llevaban a desconfiar hasta de sí misma— y finiquitar una de las tantas disputas internas que la hostigaban, le envió un mensaje anoche de madrugada para advertirle que se lo había explicado todo a los Mossos y les había entregado su fotografía.

La brisa no le permite entrar en calor. Se levanta, se sacude la arena de los pantalones y echa a andar hacia el paseo para regresar a casa; tiene el cuerpo destemplado y le apetece darse una ducha caliente.

Ve una bandada de gaviotas levantar el vuelo ante el paso de dos perros de gran tamaño —la dueña sujeta las fieras a duras penas con la correa—. Se vuelven a posar a unos veinte metros de distancia hacia la derecha. Dos mujeres ciclistas vienen por el paseo; los pájaros se apartan dando saltitos para dejarlas pasar y se acercan con disimulo al hombre que está sentado en uno de los bancos de cemento. Mónica se fija en él, es el tipo que la vigila. Camina a toda prisa por la arena trazando una diagonal hacia la izquierda para alejarse de él. Tira las sandalias al suelo cuando llega al paseo, se las calza y comienza a correr. Se refugia en la esquina de la primera calle y asoma la cabeza. El individuo se pone de pie y echa a andar hacia su posición. Analiza sus posibilidades; no encuentra a los mossos por ninguna parte —tampoco los ha mirado a la cara y ni siquiera sabe si son hombres, mujeres o una pareja de ambos sexos—; el apartamento está a solo dos calles, pero no puede regresar a él, tal vez ese hombre pretenda averiguar dónde vive. Rebusca en los bolsillos del pantalón; tiene las llaves, un mechero, un cigarro que pensaba fumarse —compró un paquete de tabaco a principios de semana; hacía seis meses que no probaba una calada— y una moneda; suficiente para entrar en el bar gallego de enfrente y pedir un café.

Mario, tumbado en la cama bocabajo, estira el brazo y coge el móvil del suelo. Abre un ojo con esfuerzo y mira la pantalla. Se sienta en el borde del colchón. La melodía de las llamadas entrantes continúa sonando. Se pasa la mano por la coronilla; después de año y medio rapándose la cabeza al cero, su pelo comienza a perder la dureza y ganar en suavidad; no se lo ha cortado desde el atraco frustrado al Palacio Nacional, ni tampoco se ha afeitado la barba ni el bigote.

No debería aceptar la llamada, ni siquiera sabe si es el número de teléfono de Mónica; tal vez han sido los Mossos quienes le han enviado el mensaje para tenderle una trampa.

Pero los Mossos no le hubieran dicho que ella se había chivado ni que tenían una fotografía de él. Tiene que ser ella. En contra de todo raciocinio, guiado por un pálpito, decide responder:

—Mario, ¿eres tú?

—¿Qué quieres, Mónica? —pregunta con sequedad.

—Ese hombre del que te hablé me está siguiendo, lo acabo de ver pasar a través del cristal, está en la calle —le explica con voz nerviosa.

—Pero ¿dónde estás?

—En el baño, me he escondido en el baño. Tenía miedo de que me viera.

—Tranquilízate, Mónica, que no te estoy entendiendo nada. ¿Dónde estás? ¿En tu casa?

—No, me he metido en un bar, cerca de la playa, en la Barceloneta.

—¿Y qué quieres que haga yo? ¿Que me lo crea y vaya para allí para que me entregues a los Mossos?

—Por favor, tienes que creerme. Cometí un error, creía que tuviste algo que ver con la muerte de mi padre, pero, por favor, tienes que ayudarme. No puedo llamar a los Mossos, no me fío de ellos después del asesinato de uno de los mejores amigos de mi padre, que era intendente de los Mossos d'Esquadra.

—¿Cómo pudiste pensar eso?

—No sé, pero tienes que ayudarme, no tengo nadie más a quien recurrir.

—Pero ¿no has visto las noticias? Mi cara aparece en todos los telediarios. ¿Y no se había suicidado ese intendente de los Mossos?

—Le dispararon. Ayúdame, por favor —dice llorando—, tengo mucho miedo.

—¿Dónde está ese bar?

—Creo que es la calle Almirall Aixada, el último bar antes del paseo marítimo. ¿Vendrás? ¿Cuánto tardas?

—Diez minutos. Espero que esto no sea una trampa. Si

no, te acordarás de mí para toda la vida. Pasaré con la moto. Estate atenta porque no quiero pararme más de lo necesario. En cuanto me veas, sales del bar y te subes en la moto. A la más mínima sospecha, me voy de ahí pitando, ¿entendido?

—Sí, ten cuidado. Hay un coche de la secreta en los alrededores, me lo han puesto los Mossos como escolta. Es posible que sepan dónde estoy e intenten seguirnos.

—Gracias por no haberlo mencionado antes —dice con sarcasmo—. ¿Algún detalle más de importancia?

—No, lo siento por haberte metido en este lío.

—Ahora salgo.

Mónica se pone el casco y salta en la moto.

Mario inspecciona la calle. Una mujer va por la acera izquierda arrastrando un carrito de la compra; a pocos metros de ella un anciano con una boina se aleja en dirección contraria. No ve a nadie más, aunque, si alguien quisiera tenderle una emboscada, ese sería el lugar perfecto.

Las calles de la Barceloneta son muy estrechas, las aceras solo permiten el paso de las personas de una en una; la circulación es de sentido único, con una hilera de vehículos estacionados en un lado con los retrovisores plegados; las esquinas de los cruces son de noventa grados y exigen transitar con precaución; las puertas de los edificios de cuatro o cinco plantas, carentes de portales, desembocan en ellas como una extensión más de las viviendas; la ropa cuelga de las fachadas como si hoy fuera el día escogido por todos los vecinos para hacer la colada; en los balcones hay plantas, geranios, bombonas de butano, bultos ocultos en plástico de embalaje y ferreterías enteras. Le podrían estar observando cien ojos y no ser capaz de detectar su presencia más allá de los cristales sucios de las ventanas.

—Agárrate fuerte —dice a Mónica.

Gira el puño del acelerador hasta el tope y la Vespino, tras un chirrido de la rueda trasera, empieza a correr. Han superado el segundo cruce de calles cuando un coche entra desde el paseo marítimo. Lo ve acercarse por el retrovisor, hay dos personas dentro.

—¿De qué color era el coche de los Mossos? —pregunta a Mónica.

—Gris claro.

—Nos están siguiendo.

La Barceloneta, el barrio antiguo de pescadores de Barcelona, es una especie de espolón que se ensancha hacia la ciudad en forma de triángulo invertido. Limita con la línea costera por el sur y el este, con el puerto hacia el oeste; las únicas vías de escape son hacia el norte en dirección a la Ronda Litoral o hacia el noroeste, donde finaliza en el paseo de Colón para dar paso al barrio del Born. Si Mario realizara alguna maniobra sospechosa, como saltarse un stop, a pesar de que podría despistar al coche de la secreta sin dificultad por las calles angostas de la Barceloneta, los Mossos d'Esquadra podrían cerrar todas las vías de salida y dejarlos atrapados en el barrio sin muchas posibilidades de escapar con éxito. Decide continuar hacia la ciudad con la esperanza de encontrar las Ramblas saturadas de tráfico y así escabullirse entre los coches para llegar a su apartamento del Raval.

Son las nueve y cuarto de una mañana de domingo. El bullicio característico de las Ramblas parece impensable a estas horas. Sus esperanzas se desvanecen al verlas casi desérticas. Por el centro apenas hay un par de grupos dispersos de turistas, por los carriles laterales solo algunos taxis y autobuses. Conduce hasta la parte alta de las Ramblas y gira a la derecha hacia las callejuelas del barrio Gótico. El Vespino salta debido a las irregularidades del empedrado de la calzada, Mónica se aprieta contra él para no caerse. Se deshacen del coche de los Mossos casi sin proponérselo; una furgoneta de los servicios de limpieza del ayuntamiento, con dos trabajadores a pie limpiando la noche a base de manguerazos, se ha cruzado en mitad del camino y les ha bloqueado el paso. Huyen por la calle del Petritxol, una de las más estrechas de Barcelona, donde está prohibida la circulación, y regresan a las Ramblas, las atraviesan y llegan al Raval.

Mario entra el Vespino en el portal y suben corriendo por las escaleras empinadas, desgastadas y mugrientas, hasta el tercer piso. Ya en el interior del apartamento, va a la habitación y regresa al salón con una mochila negra y varias prendas de ropa. Las deja encima de la mesa. Después, comienza a abrir los cajones del mueble bajo del comedor, entra en la cocina, vuelve al salón, retira los cojines del sofá.

—No encuentro las llaves —dice a Mónica.

Ella lo mira con gesto de incomprensión a un metro escaso de la puerta de entrada del apartamento; no se ha movido de ahí desde que han llegado.

—Pero si acabamos de entrar —le responde con timidez.

—Las de la otra casa —le habla sin dejar de buscar las llaves—, aquí no nos quedamos, es demasiado peligroso. Alquilaremos un coche en Sants. ¡Están aquí! —dice con satisfacción tras meter la mano en un jarrón que hay en la repisa de la ventana.

Durante los siguientes cinco minutos, continúa yendo de un lado para otro del apartamento y reuniendo los objetos encima de la mesa: dos cajetillas de tabaco, un paquete de seis cervezas de lata, el ordenador portátil y su cargador, también el del móvil. Lo guarda todo en la mochila, excepto una sudadera gris de capucha.

—Creo que esto es lo mejor que tengo —se la ofrece a Mónica—. Póntela, así no pasarás frío.

Por último, entra en la habitación y coge la cartera preparada con la documentación falsificada que guardaba en la mesita de noche. Se la mete en el bolsillo trasero de los tejanos. Cierra la puerta con llave y bajan corriendo por las escaleras.

Dejan la Vespino en el parking situado en la fachada posterior de la estación de Sants. Entran por esa puerta y Mario se detiene en la primera oficina de coches de alquiler que encuentran. Ella sigue andando hasta la entrada principal. Lo esperará ahí, atenta por si apareciesen los Mossos o detectara algún movimiento sospechoso.

Pasan dos coches de la Guardia Urbana en sus rondas rutinarias, más pendientes del tráfico que de la muchedumbre. Un hombre la incomoda, insiste en mantener una conversación con ella. Primero, un cigarro, después, «adónde vas», si es de por aquí. Le ofrece el paquete de tabaco a cambio de que la deje en paz. El hombre se da por satisfecho.

Está muy nerviosa. Solo han transcurrido diez minutos desde que se separara de Mario. Entonces lo ve venir en su busca por el pasillo central de la estación, haciéndole señas para que se reúna con él. Han de recoger el coche en el parking que hay sobre el edificio de la estación.

Descienden por la rampa del parking en el Seat Ibiza alquilado de color blanco y se dirigen hacia la Ronda de Dalt. Quizás sea el conocimiento previo del barrio o la inconsciencia de no detenerse a pensar por la excitación del momento, pero lo cierto es que la inseguridad y desconfianza de Mónica han ido *in crescendo* desde que han cambiado la Vespino por el utilitario. Se acaba de fugar de la policía con un delincuente a quien apenas conoce.

—Por favor —le dice Mario—, apaga el móvil y saca la batería.

—¿Por qué? —Le sale un gallo a causa del miedo.

—Los Mossos podrían triangular la localización de tu teléfono y seguirnos la pista.

Está tan atemorizada que ni siquiera le salen las palabras para preguntarle adónde se dirigen. Piensa en Mario como si fuera un secuestrador que la hubiera raptado en contra de su voluntad. Cuando se detienen en el semáforo de la Ronda de Dalt para atravesarla, está a punto de abrir la puerta y salir corriendo, pero la parálisis parece afectarle a todo el cuerpo y no solo a las cuerdas vocales. Le obedece y retira la batería del teléfono.

Se agarra con las dos manos al asiento mientras ascienden por la carretera de curvas hacia Vallvidrera, el pueblo que divisa la ciudad de Barcelona desde lo alto de la sierra de Collserola. Se desvían hacia la izquierda cuando solo restaban dos o tres curvas para entrar en el pueblo y coronar el puerto. Se fija en las señales kilométricas de la carretera: BV-1468. A pesar de haber acudido con frecuencia a la sierra para visitar Vallvidrera o ir al Tibidabo, no recuerda haber transitado nunca por esa vía. La carretera continúa en ascenso, tienen que circular con precaución debido a la afluencia masiva de ciclistas. Varias masías flanquean la carretera durante el primer tramo en el lado de la montaña; después, bosques de pinos y encinas que ensombrecen el asfalto por completo. Descienden, recorren un trecho llano, la carretera se empina de nuevo. Más ciclistas la ayudan a aliviar su angustia; si no fuera por ellos, se creería aislada en medio de un parque forestal de unos montes lejanos. Pero tras una curva vuelve a ver el mar a su izquierda; es la primera vez que ve ese paisaje desde las alturas y le cuesta reconocerlo: un enorme valle, el delta del Llobregat, abraza el Mediterráneo de manera ordenada con la calma de sus playas de arena infinita.

Continúan sorteando curvas y ciclistas hasta que encuentran el cruce del camino que conduce al conjunto arquitectónico de Santa Cruz de Olorda. Estudia el campanario de la iglesia visible por encima de la arboleda. Ha oído ese nombre antes, pero no recuerda haber estado nunca en ese lugar; tal vez lo haya leído en algún libro de historia o su padre le hablara de él. Mientras lo piensa, memorias vagas y confusas de su infancia le traen el recuerdo de una visita con el colegio, aunque no podría asegurar si fue real o es fruto de sus ansias por encontrar algo que le resulte familiar. La iglesia está construida en una de las cotas más altas de la sierra; a partir de ahí, comienzan a descender. Ya no se ve el mar, sino bosques y montañas hasta donde alcanza la vista.

Mira la hora en el reloj del coche, han transcurrido veinte minutos desde que cruzaron la Ronda de Dalt. Ahora hay menos ciclistas, hace un rato que no se cruzan con ningún vehículo. Crece su angustia, sus miedos, el tiempo se estira como si fuera una goma elástica ; el bosque mediterráneo se transforma en un lugar inhóspito sin muestras de civilización. Piensa en las sandalias: no son el calzado adecuado para salir corriendo.

En menos de un cuarto de hora llegan a Sant Bartomeu de la Quadra, un pueblo de trescientos habitantes que se ha desarrollado en las últimas décadas siguiendo el patrón de las innumerables urbanizaciones para segundas residencias que visten las diferentes sierras del escarpado litoral catalán. Tras subir por una calle en cuesta de gran inclinación, Mario detiene el vehículo en la puerta de un chalet, se apea del coche para abrirla y estaciona el vehículo en el patio interior.

Mónica sale del Seat Ibiza, estira brazos y piernas, la tensión le había entumecido la musculatura. Siente un gran alivio al comprobar que su destino no era tan insólito y desolado como se había figurado; junto al chalet hay varias construcciones que ofrecen la impresión de estar habitadas.

Mario mira la calle mientras cierra la puerta de la finca. Le tranquiliza comprobar que no los ha seguido nadie, aunque tendrá que esperar unas horas para confirmarlo. Si aparecen los Mossos, escapará por el monte. Molins de Rei está a dos kilómetros de distancia y conoce un sendero para llegar hasta allí en menos de diez minutos. Ha registrado a Mónica en el apartamento del Raval para asegurarse de que no ocultaba ningún dispositivo de localización o micrófono bajo la ropa. No ha encontrado nada. Es momento de empezar a confiar en ella. Si hubiera intentado tenderle una trampa, ya se hubiera dado cuenta. No han hablado durante el trayecto, ambos estaban tensos y en alerta constante por si eran interceptados por algún coche patrulla. Tiene pensado fumarse un porro y beberse una cerveza para relajarse en cuanto entren en el chalet. Las mismas ansias tiene por averiguar los motivos de la situación en la que se encuentra ella y así despejar toda esa incertidumbre que no comprende. Mónica debe de estar metida en algún enredo de gran calibre para que haya recurrido a él, o tal vez solo esté desconcertada o hasta paranoica por la muerte de su padre y del intendente de los Mossos d'Esquadra.

No ha sabido cómo negarse cuando lo ha llamado pidiendo auxilio y, a pesar de no saber nada acerca de lo sucedido, está decidido a ayudarla; comportamiento el suyo que desafía las premisas de la lógica y que es incapaz de argumentar. No obstante, algunas de estas cuestiones están muy próximas a resolverse. En las horas siguientes, Mónica le contará todo lo ocurrido desde que aparecieron los cadáveres de Terrassa hasta la muerte del intendente.

Abre la puerta de la casa y la invita a pasar. Se disculpa por la capa fina de polvo que cubre los muebles del salón; no suele venir mucho por aquí, se excusa. Mónica se sienta en el sofá, él en una silla enfrente de ella y abre una cerveza.

—¿Quieres una?

—Prefiero agua.

Se levanta, va a la cocina, regresa con un vaso de agua y se lo da. Se vuelve a sentar en la silla y comienza a liarse un porro.

Mónica saca un cigarro del bolso y se lo lleva a la boca.

—Creía que no fumabas.

—Solo a veces.

Mónica se lo enciende y, sin más dilación, empieza a explicarle el caso de los asesinatos de Terrassa y la cruz occitana.

Tercera parte

Capítulo X

> Con saña saltó el león sobre él para derribarlo. Gawan le clavó la espada en el pecho hasta la empuñadura. Con ello desapareció la furia del animal, pues cayó muerto.

Terrassa. A continuación

El inspector Font habla por teléfono con un compañero mientras espera a que los últimos feligreses abandonen la iglesia de San Pedro. Se despide de él recordándole que volverá a llamarlo en menos de una hora para continuar informado de la situación. Espera que, cuando lo haga, hayan conseguido dar con su paradero. Mónica se ha subido en una moto con un hombre y les han perdido la pista. El suceso ha ocurrido hace más de dos horas y media, pero no se lo han comunicado hasta ahora, razón por la que se ha enfadado y ha reprendido a los miembros de su equipo. Presiente que la hija del profesor Llull puede estar en peligro. Si le ocurriese algo, jamás se lo perdonaría.

Son las doce menos diez del mediodía. El padre Capmany lo llamó ayer por la tarde, necesitaba hablar con él en persona lo antes posible. Para no dejar pasar la ocasión, le dijo que acudiría hoy a primera hora de la mañana. El párroco estuvo de acuerdo, pero le recordó que no sería capaz de atenderle hasta que finalizara la misa dominical. Lleva esperando desde las nueve en punto —su intención era reunirse con el sacerdote cuando acabara la eucaristía prevista para esa hora— por culpa de su desconocimiento de las costumbres litúrgicas: los domingos siempre se celebran dos sesiones como mínimo, la segunda a las once.

Se ha quedado atónito cuando ha visto al padre Capmany finalizada la primera misa; nunca había visto un cambio tan drástico en el aspecto de una persona en un periodo de tiempo tan corto: hace poco más de un mes que estuvo aquí con el profesor. El párroco ha envejecido quince o veinte años de la noche a la mañana; la espalda recta se le ha arqueado hasta tal punto que anda con la cabeza gacha mirando al suelo; las arrugas de su rostro se han multiplicado, la piel se ha tornado oscura y ha perdido la brillantez, las mejillas se le derrumban flácidas por debajo de la boca estirándole los labios, acentuando sus pómulos y engrandeciendo las dimensiones de su nariz; una telilla blanca ha empañado sus ojos; ha tenido la sensación de que no podía verlo con claridad.

El párroco le ha dicho, casi en un susurro, que había llegado demasiado pronto, que no podría recibirlo hasta las doce. Su estado de salud le ha despertado tal compasión que ha decidido ser prudente y comprensivo. No necesitaba ningún tipo de explicación; le esperaría el tiempo que hiciera falta. Esa decisión no le ha librado de su impaciencia por reunirse con él durante las dos horas de espera, sentimiento que se ha visto agravado por la nostalgia y la tristeza al recordar las conversaciones mantenidas en este lugar con el profesor Llull, y le ha sido imposible centrase en los motivos de su visita.

El padre Capmany sale a la puerta de la iglesia para despedir a una señora; después, le hace un gesto para que se acerque. El párroco se le agarra del brazo y caminan por el pasillo existente entre las dos filas de bancos hacia el ábside.

La iglesia de San Pedro, situada en el extremo izquierdo del recinto, es la única de las tres donde se desarrollan las funciones parroquiales para dar servicio a la comunidad del barrio. Es la última que le restaba por visitar. El portal principal está abierto en la fachada lateral, la planta de la iglesia es de aspecto rectangular, con sendos transeptos en forma de espadaña en los extremos. El párroco toma asiento en el banco de la primera hilera frente al altar. Él se sienta a su lado. Analiza de manera inconsciente los elementos del ábside: una enorme lámpara redonda, repleta de candelabros, cuelga del techo como si presidiera el banquete de un señor feudal; el retablo esculpido en piedra, con cuatro arcos en la parte inferior y dos en la parte superior, es la característica más llamativa de la iglesia por ser poco frecuente; si no recuerda mal, es de la época prerrománica, anterior al cambio del primer milenio.

—Estoy cansado de tantas muertes —le dice el padre Capmany apretándole la mano—, uno nunca se acaba de acostumbrar. Creo que yo ya he sobrepasado el cupo, no me encuentro en disposición de soportar aunque sea una sola más. Mire cómo estoy, la tristeza y el insomnio me han puesto los años de vejez que realmente me correspondían. Tengo que dar gracias al Señor por haberme permitido conservar el juicio.

Observa la mano temblorosa del párroco encima de la suya. La experiencia de la otra vez le aconseja mantenerse en silencio a menos que el cura considere lo contrario o sea necesario romperlo para la fluidez de la conversación.

—El pobre Ramón era una persona buena e inocente —prosigue el padre Capmany con tono arrepentido—. Su muerte se debería haber evitado. No hice nada por prevenirlo, y después ese otro policía... supongo que su fallecimiento también está relacionado con esta terrible tragedia. —Se santigua y tarda unos segundos en reanudar su discurso—. Señor Font, a usted no lo conozco, pero, si le digo la verdad, no sabía a quién más recurrir ahora que Ramón ya no está con nosotros. Espero y deseo que entienda la gravedad de la confesión que voy a hacerle y que sepa mantener el secreto. De lo contrario, estaría cometiendo el mayor pecado de cuantos he cometido en esta vida. —Comienza a expresarse con rabia—. Pero no puede contárselo a nadie, ¿lo entiende? —Le aprieta la mano y le clava las uñas.

El padre Capmany agacha la cabeza y comienza a sollozar, se le dobla tanto la espalda que la frente le llega a rozar las rodillas.

—Puede confiar en mí, padre, le prometo que sin su autorización no revelaré nada de lo que vaya a decirme. Yo también quiero que se haga justicia por la muerte del profesor Llull y la de su amigo Joan.

—Ramón tenía razón —dice el párroco entre sollozos—, siempre estuvo en lo cierto. —Saca un pañuelo de la sotana, se seca las lágrimas y se suena la nariz—. Si alguna vez le mentí fue para proteger al hermano Joan y a los suyos. Mis fines siempre fueron nobles y la causa necesaria, pero ahora siento con toda mi alma que, si el Señor me ha permitido vivir casi hasta los noventa años, ha sido para ponerme a prueba en este día. —El sacerdote lo mira y suspira profundamente—. Usted ya sabe de lo que le estoy hablando —añade con más serenidad y algo de desconfianza—. El hermano Joan era un cátaro.

»Puede tomar nota si lo desea —le dice con gesto de resignación—. La relación de los cátaros con estas iglesias se remonta a finales de la Edad Media; algunos hasta habían sido auténticos sacerdotes católicos, aunque, en la mayoría de los casos, han ostentado cargos menores dentro del ámbito religioso. El antecesor del hermano Joan era un tío suyo, creo que se llamaba Felip; tan solo lo conocí durante unos meses antes de su fallecimiento. El hermano Joan vino aquí para reemplazarlo. En aquella época ya eran muy pocos, alrededor de una decena.

»Siempre han sido muy recelosos a la hora de admitir nuevos miembros en la comunidad. Si lograron sobrevivir durante tantos siglos, fue gracias a su secretismo y a la buena relación de unas cuantas familias que se establecieron en Cataluña y en otras zonas de Levante tras su huida de Francia. Ni la

Santa Inquisición consiguió acabar con ellos —enfatiza con orgullo—, que Dios se apiade de las almas de mis hermanos porque no sabían lo que hacían. —Se santigua—. De todos modos, eso ahora no es relevante; lo que necesito de usted es que vaya a verlos para advertirles del peligro que se avecina y les ofrezca su colaboración.

»Después de encontrar el cadáver del hermano Joan y el de otro familiar suyo, presiento que pueden estar en peligro. Por favor —le regaña—, saque la libreta y comience a escribir de una vez, no estoy dispuesto a pasar dos veces por este mal trago. Lo que le voy a confesar es muy importante.

—Disculpe, padre. —Se apresura a sacar el bolígrafo y el bloc de notas del bolsillo del pantalón.

—El primer apellido del hermano Joan era Escoll, del segundo no me acuerdo, es posible que nunca lo supiera. Su familia proviene del valle de Boí, en las montañas del Pirineo de Lleida. La mayoría vivían en el mismo pueblo de Boí, ¿conoce usted la comarca?

—He estado varias veces, también soy natural del Pirineo, de La Seu d'Urgell.

—Vaya, yo también soy de la montaña, de Cardona. Bueno, como ya le he dicho, son muy pocos miembros, pero, salvo que haya habido una desgracia (la última vez que estuve allí había dos o tres niños pequeños) o porque decidieran mudarse, circunstancia que no considero, debería encontrar a algunos de ellos en el pueblo. Tenga este papel. —Se ha metido la mano en la sotana y ha sacado un papel doblado en un pliegue—. Guárdeselo, ya lo mirará después, ahí están sus nombres y su dirección.

El padre Capmany le suelta la mano y se apoya en el bastón para recolocarse en el asiento; solo las lumbares llegan a rozar el respaldo a causa de la joroba; después, levanta la cabeza y prosigue su relato.

—El hermano Joan me previno de que, si algo le ocurría, fuera a la sierra para advertir a aquel primo suyo. Sí, no hace falta que me muestre de nuevo esa fotografía —dice con fastidio—, es idéntico al hombre que encontraron enterrado junto a él en la misma fosa. Tiene que ser él. Desde que ustedes vinieron, intento acordarme de su nombre, pero no lo consigo. Cuando fui a visitarlo, después de la desaparición del hermano Joan, tampoco logré dar con su paradero, supongo que los dos desaparecieron la misma semana. Esperé unos meses por si aparecían.

»Al no saber nada de ellos, cumplí con el mandato de Joan. Viajé a Boí y avisé a su familia. Se sorprendieron mucho cuando me presenté en su casa, creo que ya eran conscientes de la desaparición del hermano Joan y de su primo. Mantuvimos una conversación muy tensa. Esa gente es muy testadura, pero tienen que serlo. Lo negaron todo, como si no los conocieran, aunque al final supieron apreciar mis buenas intenciones. Eso lo descubrí años más tarde.

»Cuando vaya a verlos... —Abre los ojos y ladea la cabeza para mirarlo—. Tenga en cuenta que no será bien recibido. No desearán hablar con usted y, en caso de hacerlo, negarán cualquier relación con el hermano Joan. Dígales que va de mi parte. Espero que le sirva de ayuda; yo ya soy demasiado viejo para acompañarlo.

El padre Capmany permanece en silencio mirando la libreta. El inspector Font ve las pupilas del anciano difuminadas bajo una capa lechosa de infección o de algún tipo de cataratas; duda que pueda leer nada.

—Pasaron muchos años hasta que volví a tener noticias de ellos —continúa el párroco—, hasta que a mediados de los setenta vino a visitarme uno de los hijos del hermano Joan, se llamaba Marc. Me contó que su familia tenía sospechas sobre un vecino de esta ciudad que podría haber estado implicado en la desaparición de su padre. El hombre al que buscaba se llamaba Onofre Vila Escofet. Creo que aún sigue con vida, es tan viejo como yo o más. Ahora vive en Balaguer. ¿Es que no va a apuntar su nombre? —le espeta el sacerdote.

—Lo conozco —le responde con seriedad—. Yo también pienso que tuvo algo que ver en el asesinato de Joan.

El padre Capmany reacciona con gesto de sorpresa y se queda unos instantes meneando la cabeza.

—Usted es un buen policía —le dice el párroco—, yo nunca he sabido cómo llegaron a esa conclusión, tampoco es una cuestión a la que haya dedicado mi tiempo. No me interesa, imagino que pudo robarles alguna cosa de valor. Ese hombre, Onofre Vila, pasó en el transcurso de una década de ser un campesino pobre a acumular una extensa fortuna. Tanto el hermano Joan como su familia siempre habían llevado una vida bastante austera, pero quién sabe, si eran los últimos supervivientes de la tradición cátara, no sería de extrañar que hubiesen conservado ciertos objetos antiguos como libros, joyas, reliquias o yo qué sé.

»De cualquier manera, todo son conjeturas por mi parte; yo lo único que le puedo asegurar es que el hermano Joan y Onofre Vila mantenían una relación de amistad, y eso mismo le dije a su hijo cuando vino. —El padre Capmany vuelve a cogerle la mano—. Joven, aquellos años de posguerra fueron muy duros, trajeron mucha miseria y, lo que es peor, mucha hambre. No había suficiente mano de obra para trabajar los campos, habían ardido los graneros, las granjas. A todo eso se unieron algunas temporadas de sequía.

»Nuestra parroquia siempre había acumulado excedentes de producción. A pesar de las adversidades de aquella época, nuestras cosechas continuaron siendo abundantes. El hermano Joan era el responsable de los cultivos, sabía cómo trabajar la tierra aun con pocos recursos; también fue el encargado de distribuir el grano y la harina entre los más necesitados. Conoció a Onofre Vila en aquellas circunstancias. No le puedo decir por qué se volcó tanto en ayudar a ese hombre, supongo que por caridad y compasión.

»Onofre Vila había perdido a casi toda su familia, estaba solo, sin recursos, con una hija pequeña a su cargo y, al haber combatido en el bando nacional, nadie quería amistarse con él. Si le soy sincero, era una persona un tanto huraña, nunca se relacionaba con los demás, siempre me dio la impresión de estar enfadado con el mundo. En cualquier caso, el hermano Joan se apiadó de él y le ofreció su ayuda, amistad y compañía. Los vi conversando muchas veces aquí afuera. Después de la desaparición del hermano Joan, no volví a verlo nunca más, aunque, si le soy sincero, ni me acordé de él hasta que vino a visitarme Marc, el hijo de Joan.

—¿El hijo de Joan le comentó en algún momento o le dejó entrever las razones de sus sospechas respecto a Onofre Vila?

—No, tampoco le pregunté.

—¿Ha vuelto a hablar con él?

—No, pero déjeme que le explique, usted siempre tan impaciente: Marc fue en busca de Onofre Vila, y me aseguró que regresaría para contarme cómo le había ido. Después de dos meses sin recibir noticia alguna, me desplacé a Boí. Esa fue la segunda y última vez que fui a verlos, de eso hace ya más de veinticinco años. Marc nunca regresó al pueblo después de hablar conmigo, desapareció sin más, como su padre. Les rogué que, por favor, acudiesen a la policía para denunciar los hechos.

»Se negaron en rotundo. En esta ocasión he decidido hacerlo yo por ellos, me siento en la obligación de ayudarlos, no quiero más muertes, desgracias ni desapariciones. Espero que sirva de algo. Si la salud los ha respetado, en el pueblo debería encontrar a la mujer de Marc, llamada María Mestre; a Josep Mestre, que es el hermano de ella, y a Francisco Escoll, el otro hijo del hermano Joan.

El padre Capmany se levanta, se arrodilla frente al altar y comienza a rezar. El inspector Font espera cinco minutos y, después, abandona la iglesia sin despedirse del párroco.

—¿Quieres algo de comer? —le pregunta Mario.

Ella se lo queda mirando sin responder, con la vista perdida.

El sol caluroso de las tres de la tarde comienza a colarse por las ventanas del salón. Ha estado sentada en la misma posición durante cuatro horas, solo se ha levantado en una ocasión para ir al baño. Le ha explicado todo lo que recordaba desde que el inspector Font y José María visitaron a su padre en el MNAC hasta que ella regresó a casa y lo encontró muerto. Mario la ha escuchado con atención, sin hacerle demasiadas preguntas. El llanto, imparable en algunos momentos, le impedía continuar en ocasiones. La mesita de cristal entre ella y Mario está repleta de papel higiénico en el que ha vertido sus penas y sus angustias; también hay tres latas vacías de cerveza —ella se ha bebido una— con ceniza y colillas en el borde superior.

Vuelve en sí y observa los ojos de Mario —su color azul, las proporciones dentro de su rostro, las pestañas alargadas, las cejas perfiladas—, que le recuerdan a Sergi. El tono negro del cabello —ahora que le ha crecido— también es similar, pero el suyo es más grueso. Estudia el resto de las facciones de su cara, los hombros. Rememora la imagen de él cuando iba hacia ella por el pasillo central de la estación de Sants; cuando estaba dormido en la cama de su padre. Toda esa familiaridad que le transmite proviene de su mirada; en todo lo demás no tienen ningún parecido. Mario es más alto —sobrepasa el metro ochenta—, de complexión atlética y con las espaldas anchas, mientras que la constitución de Sergi es como la de un niño: mide menos de un metro setenta y ni siquiera le crece la barba. Lo ha echado de menos durante estos días, pensó en llamarlo para que la acompañara en el funeral. Se alegra de no haberlo hecho, hubiera sido un acto fruto del desconsuelo del que ya estaría arrepentida, no desea verlo nunca más.

—Perdona, Mónica, yo tengo mucha hambre. Creo que

iré al bar a buscar un bocadillo, aquí no tengo mucha cosa. No hace falta que me acompañes, será mejor que te quedes en casa y descanses un rato. Por la noche podemos ir a comprar al súper, ¿de qué te gusta el bocadillo?

—No tengo nada de hambre, se me ha cerrado el estómago.

—Te traeré algo de todos modos, quizás más tarde te apetezca. No te cortes y haz lo que quieras, como si estuvieras en tu casa. Mira el ordenador si quieres, te escribo aquí la contraseña. Por favor, no utilices el teléfono ni tu cuenta de correo electrónico, vuelvo en quince minutos.

Mario deja la cerveza en la mesa y se refriega la boca con el dorso de la mano para limpiarse las migajas de pan y el aceite del bocadillo de lomo que se acaba de comer. Cierra el puño y le da unos golpecitos a la bola de papel de plata para aplastarla contra la mesa.

—Por lo que me has contado —dice poniéndose de pie—, está claro que el mosso ese amigo de tu padre, el intendente Martí, estuvo implicado de algún modo en todo este lío. —Echa a andar de un lado para otro del salón—. Era la única persona, sin contar a la gente de la universidad, que sabía que tu padre había recuperado la cruz. Justo un día después de enterarse, registraron el despacho, entraron en el apartamento y pasó lo que pasó. Tu padre también te decía que se estaba comportando de un modo un tanto extraño desde la aparición de la cruz occitana. Siendo amigos de toda la vida, tendría sus motivos para pensar eso.

»De todas maneras, aunque tuviera algo que ver con el asesinato de tu padre, tiene que haber más personas implicadas. —Coge un porro a medias que hay sobre una lata de cerveza y lo enciende—. Y el robo está descartado después de haber encontrado la cruz en el piso del intendente Martí. Lo único que se me ocurre y que tiene sentido es que el inspector Font hubiera descubierto la participación del intendente Martí en el robo de la cruz a tu padre y se hubiese tomado la justicia por su mano.

»Aunque no tengamos ninguna prueba y el inspector no supiera *a priori* que tu padre había recuperado la cruz, no podemos descartar esta posibilidad. Por el momento, es la única que encaja para explicar el doble asesinato. Incluso es posible que todo esto no tenga ninguna relación con los dos hombres aparecidos en Terrassa. Bueno, ahora tres, si contamos el último cuerpo que apareció más tarde y del que no sabemos gran cosa. ¿Estás segura de que tu padre no sabía nada más sobre esos asesinatos?

—Mi padre me lo contaba todo. No habían encontrado a ningún sospechoso, ni siquiera sabían la identidad de los dos cátaros fallecidos, aparte de lo que les había explicado el padre Capmany.

—A lo mejor le podrías preguntar al inspector Font.

—No quiero hablar más con los Mossos, mi padre acudió a ellos y mira cómo acabó.

—Tienes razón. —Le da una calada al porro y se queda pensativo—. Antes me has dicho que no te acordabas de lo que hablaron tu padre y el inspector Font el día que tomaron un café en el Poble Sec, que lo harías si tu padre te hubiera explicado algo importante. ¿Estás segura?

—Yo esos días andaba bastante liada, pero, si ese fuese el caso, claro que me acordaría —dice un poco molesta.

—No te lo tomes a mal, solo intento comprender lo sucedido, aunque dudo que pueda ayudarte. Yo solo soy un ladrón, no conozco a nadie en los Mossos, todo lo hago por mi cuenta. Aquí te puedes quedar todo el tiempo que quieras.

—Gracias, no te he pedido tu ayuda —dice enfadada—, solo necesito unos días para pensar lo que debo hacer; ahora no puedo volver a casa, alguien me está siguiendo. ¿No te das cuenta de que acaban de asesinar a mi padre? —Comienza a llorar desconsolada.

—Lo siento, lo siento, no era mi intención —dice Mario compungido.

Mónica coge un trozo de papel higiénico para secarse las lágrimas. Él la observa en silencio.

—Lo siento, tú no tienes la culpa —dice Mónica una vez que se ha tranquilizado.

—No tienes por qué disculparte —contesta Mario—. Lo he estado pensando y solo se me ocurre una idea. La única persona implicada en el caso de la cruz occitana que no es de los Mossos es ese cura de Terrassa. Tu padre siempre te dijo que estaba convencido de que sabía mucho más de lo que les confesó aquel día. ¿Lo conoces lo suficiente como para intentar hablar con él sin que nos denuncie a la policía?

—Lo conozco desde que era pequeña, estuve en Terrassa muchas veces con mi padre. Siempre que no tenía colegio, lo acompañaba en sus viajes para visitar archivos o realizar excavaciones. El padre Capmany quería mucho a mi padre, estuvo en el entierro, me dio el pésame. Creo que él sabría guardarme el secreto, pero sería igual de peligroso; nos podría ver alguien, o a lo mejor el inspector Font lo está vigilando. Lo sentiría mucho si te atraparan por intentar ayudarme.

—No te preocupes por mí. Tenemos que hacer algo, no podemos quedarnos aquí sentados.

Valle de Boí. Lunes, 10 de julio

Francisco y Josep estaban desayunando en la cocina de su casa cuando han oído el boletín informativo de las ocho de la mañana. Los Mossos d'Esquadra desvelaron en el día de ayer que dos de los fallecidos en Terrassa vestían túnicas grises. Un detalle que hasta ese momento habían clasificado como información reservada. Piden la colaboración ciudadana para ayudar a esclarecer las identidades de las víctimas.

—Tenemos que estar preparados, Josep —dice Francisco—, ya no cabe la menor duda. Esos hombres eran mi padre y tu abuelo.

Francisco y Josep son los únicos perfectos —nombre utilizado por los cátaros para designar a los religiosos— que sobreviven en la actualidad, y puede que sean los últimos. Lo que no consiguieron la cruzada contra ellos ni las persecuciones de la Santa Inquisición está a punto de conseguirlo su propia clandestinidad, y su religión, que ha resistido durante más de mil años, desaparecerá por falta de nuevos adeptos. Francisco siempre achaca sus desgracias al hecho de haber utilizado la piedra caída del Paraíso. La realidad es que cuando la generación de sus abuelos decidió hacer uso de ella por primera vez, su comunidad solo contaba con una docena de miembros; si bien es cierto que, a partir de entonces, sufriría una serie de calamidades que ha reducido la familia a cuatro personas.

—Tenemos que decírselo a mi hijo —responde Josep.

—No —dice tajante Francisco—. Eso no serviría para nada.

La piedra caída del Paraíso devolvió la vida al abuelo de Josep cuando este murió a los cuarenta y cinco años tras una larga enfermedad. Lo que no sabían era que, tras regresar de la muerte, sufriría una amnesia total y no recordaría nada. Hace unas semanas encontraron su cuerpo en Terrassa junto al de Joan, el padre de Francisco. Los Mossos d'Esquadra piensan que acababa de morir, pero, desde que el abuelo de Josep desapareció a finales de los años cuarenta, no habían vuelto a saber de él. Los dos debieron de morir al mismo tiempo; las propiedades de la piedra caída del Paraíso habrían propiciado que el cuerpo del abuelo de Josep se conservara incorrupto.

—Pero se enterará de todas maneras —dice Josep—. ¿Cómo le vamos a explicar que hayan encontrado el cuerpo de mi abuelo como si acabara de morir?

—Le diremos que no encontramos ninguna explicación para ello, que nosotros no sabemos nada, que tal vez se haya producido por causas naturales.

Las desapariciones del abuelo de Josep, y de Joan, el padre de Francisco, fueron las primeras desgracias que sufrieron, y vinieron acompañadas por un suceso aún más doloroso: la pérdida de la piedra caída del Paraíso. Nunca antes había estado en manos ajenas a los cátaros o sus antecesores. Ellos todavía conservan un trozo pequeño que se había roto siglos atrás; sin embargo, las propiedades de la piedra permanecen intactas en cada una de las partes: un mal uso de ella o que se conociera su existencia podría desencadenar una guerra por poseerla, llevar al fin del mundo o sumirlo para siempre en un infierno sin posibilidad de salvación.

—¿Y si intentáramos hablar con Onofre Vila? —sugiere Josep.

—Ni lo pienses —se enfada Francisco—. No sé a qué viene eso ahora.

—Quizás tu hermano siga vivo o podamos recuperar la piedra caída del Paraíso.

—No, mira cómo acabaron mi padre y tu abuelo —responde Francisco, y baja la cabeza.

Le produce dolor acordarse de su hermano Marc. Esa fue la segunda desgracia. Cuando sospecharon que Onofre Vila podría haberse hecho con la piedra caída del Paraíso, urdieron un plan para recuperarla. Su hermano Marc fue al encuentro de Onofre Vila y jamás regresó. De eso hace ya más de veinticinco años.

—Francisco —dice Josep—, tú eres el mayor de la familia y el que tiene que decidir, pero creo ha llegado el momento de contarles todo lo ocurrido a mi hijo y a mi hermana. Yo tengo sesenta y dos años, y tú, sesenta y siete.

—Tu hermana María ya sabe lo de vuestro abuelo. —Francisco levanta la cabeza.

—No me refiero a eso, Francisco, tenemos que explicarle lo que sucedió con Joanet. Era su hijo.

—Pero, Josep, ¿no ves que eso solo le produciría más pesadumbre? Por mucho que nos cueste aceptarlo, Joanet ya no es de la familia; ahora tendría treinta años y no se acordaría de nosotros.

La tercera desgracia. Joanet era el hijo de María, la hermana de Josep, y Marc, el hermano de Francisco que desapareció cuando fue en busca de Onofre Vila. Tuvo un accidente cuando tenía diez años durante las celebraciones de San Juan y falleció tras sufrir quemaduras por todo el cuerpo y despeñarse por un barranco. Francisco y Josep utilizaron la piedra caída del Paraíso para devolverle la vida. Pero, como en el pueblo habían presenciado su muerte todos los vecinos, decidieron fingir el entierro y dejar al niño durante unos días en un convento de monjas cercano a Toulouse mientras decidían qué hacer. Cuando regresaron a por él, Joanet ya no estaba. Después de varios viajes para interesarse por su paradero, las monjas de Santa María del Desierto los amenazaron con avisar a la gendarmería si las volvían a molestar.

—Ahora, silencio —dice Francisco—, acabo de oír la puerta.

Salvador, el hijo de Josep, entra en la cocina. Su camisa de lana, a cuadros verdes y negros, está manchada de sangre y tiene hierbas pegadas.

—Sí que vienes pronto, hijo —lo recibe Josep.

—Los caballos estaban cerca de la presa de Cavallers. Cuando he llegado, la yegua acababa de parir. Ha tenido una potrilla, es marrón con manchas blancas como la madre. ¿Habéis oído las noticias? ¿Son ellos?

—Sí —responde Francisco.

—Acababa de subir en el todoterreno para ir a buscar al otro grupo de caballos cuando lo he oído. Por eso he venido. ¿Y la tía?

—Hoy tenía hora en el médico en El Pont de Suert —le informa su padre.

—Ah, sí, es verdad. Pero los Mossos d'Esquadra continúan diciendo que uno de ellos ha muerto hace menos de dos meses. ¿Cómo es posible?

—No lo sabemos, Salvador —dice Francisco.

—¿Ese era tu abuelo, papá? —inquiere Salvador.

—Tiene que serlo —dice Josep—. Tu tío Francisco y yo solo lo vimos una vez cuando éramos muy pequeños, por eso no estábamos seguros cuando mostraron su fotografía en los telediarios.

—Pero, entonces —razona Salvador—, solo hay una explicación. Tendrían que haber utilizado la piedra caída del Paraíso.

—No vuelvas a insistir más en eso —dice serio Francisco—, nunca nadie la ha utilizado.

—¿Cómo puedes estar tan seguro?

—Porque nuestros padres y abuelos creían en la tradición y no creo que se hubieran decidido a romperla —responde Francisco, alzando el tono de voz.

—Yo no lo creo así —le replica Salvador.

—Salvador, por favor —le regaña su padre.

—¿Por qué no la utilizasteis para salvar al primo Joanet?

—Porque no nos corresponde a nosotros decidir sobre la vida o la muerte —responde su tío Francisco.

—Pero sí es nuestra obligación proteger la piedra caída del Paraíso y, si desaparecemos, habremos fracasado.

—Ya está bien, Salvador —le dice su padre—. Si tu primo estuviera con vida, estaríamos en la misma situación.

—Eso no lo sabemos, a lo mejor se hubiera casado y hubiera tenido hijos —dice Salvador.

—Eso es lo que deberías hacer tú —le recrimina Francisco—, buscar una mujer y formar una familia.

—Ya sabes que no hay mujeres solteras de mi edad en el pueblo, y no pienso irme de aquí a vivir a ningún otro lugar.

—Salvador, Francisco —interviene Josep—, ya hemos mantenido esta discusión demasiadas veces y nunca acaban bien. Nos enfrentamos a una situación muy compleja y debemos estar unidos. Si por alguna razón los Mossos d'Esquadra los identificaran, descubrirían nuestro paradero. Tenemos que estar preparados por si se diera el caso y cumplir con el plan según lo establecido. —Salvador mira hacia otro lado—. Salvador, hijo mío —prosigue Josep—, eres nuestra última esperanza. Si tenemos la mínima sospecha de que podamos estar en peligro, habrá llegado el momento para que huyas lejos del valle y emprendas una nueva vida.

—Esperemos que nunca llegue el día en que te veamos marchar —dice Francisco.

—Confiemos en que, excepto el padre Capmany, nadie conociera la procedencia de tu padre y mi abuelo allí en Terrassa —apunta Josep—. Y, por favor, Salvador, no mientes más lo de tu primo Joanet cuando la tía esté presente. Sabes que siempre se pone a llorar y pasa unos días muy malos.

El ruido del cuchillo al golpear la tabla de madera rompe el silencio. María está de pie picando cebolla en la encimera. Salvador está a su espalda, sentado en una silla de la mesa de la cocina, pelando patatas.

—Tía —dice Salvador—, ¿tú crees que nuestros antepasados utilizaron la piedra caída del Paraíso?

María es una mujer alta y corpulenta, de espaldas anchas. Tiene cincuenta y siete años. Lleva el pelo corto, las canas comienzan a teñirle de color blanco las sienes. Salvador se asemeja a su tía, la hermana de su padre Josep; parecen hechos del mismo molde. Los dos están a solas en la cocina.

—Salvador, hijo, no pienses en eso —le dice María sin volverse.

—Pero mira cómo han encontrado el cuerpo de tu abuelo.

—Si la utilizaron, se equivocaron. Dios es el único que puede decidir entre la vida y la muerte. Nosotros siempre hemos tenido que ser fuertes para no caer en la tentación de utilizar la piedra caída del Paraíso; se nos encomendó esa ardua tarea por ser buenos cristianos y no alejarnos de las enseñanzas de Jesús.

María se vuelve y mira a Salvador, que permanece en silencio con la vista perdida. Deja el cuchillo, se limpia las manos en el delantal y se sienta a su lado.

—Hijo... —Le coge la mano—. Es normal que estés confuso después de que encontrasen los cuerpos de nuestros parientes. Todos estamos igual de nerviosos.

—No es eso, tía.

María le pone la mano bajo la barbilla y le hace alzar la vista.

—Ya sé lo que te pasa, hijo mío, es por tu primo Joanet. —La mujer lanza un suspiro profundo.

—Lo siento, tía.

—Sé que lo echas tanto de menos como yo, todos lo echamos mucho de menos. Tu padre también, y el tío Francisco. Nadie tuvo la culpa y, si Dios lo quiso demasiado pronto en el Reino de los Cielos, nosotros no éramos quién para cambiar su decisión. Yo lo único que espero en esta vida es que llegue el final para poder reunirme con mi hijo y con mi marido. Si en este mundo no hemos podido ser felices el tiempo que nos pertenecía, lo seremos cuando nos reunamos con el Señor.

—No digas eso, tía, a lo mejor le sucedió algo al tío Marc y decidió escapar para protegernos.

—Prefiero ser realista, Salvador, no hemos vuelto a saber nada de él desde que desapareció hace más de veintiséis años y mira cómo han acabado mi abuelo Pere y mi suegro Joan. Ahora lo que debes hacer es no tener miedo. Eres el más joven de la familia, nuestra esperanza y el futuro de todos nosotros. Sabes desde pequeño que, si Dios te eligiera a ti para que fueses el último guardián de la piedra caída del Paraíso y de los secretos de nuestra religión, es porque así estaría escrito. Él te guiará para tomar las decisiones acertadas.

—Gracias, tía.

—Ahora ven aquí y dame un abrazo.

Salvador se abraza a su tía María. Es como una madre para él. La suya murió cuando tenía siete años —ahora tiene treinta y tres— y ella ayudó a su padre a criarlo. María empieza a llorar al cabo de poco, Salvador también.

Barcelona. Por la tarde

En la comisaría han comenzado a revisar todos los casos en los que el intendente Martí había trabajado durante los últimos años para determinar si cometió más delitos. Tal vez no consigan averiguar nunca si fue él mismo quien borró la información del disco duro del ordenador portátil que tenía en su domicilio o si fueron sus asesinos —las cámaras de una joyería situada al otro lado de la calle grabaron cómo dos hombres salían de un vehículo a las once de la noche, entraban en el portal del edificio del intendente y abandonaban la escena veinte minutos más tarde—, pero no importa, el muy iluso también había utilizado el ordenador del trabajo para cometer sus actos delictivos. Después de recibir la orden judicial, los agentes han revisado los archivos y las cuentas de correo electrónico del intendente Martí, dos de ellas personales; una de las cuales fue utilizada para ofrecer la cruz de oro encontrada en Terrassa a unos marchantes de arte. Siguiendo el hilo de los mensajes, han descubierto que el intendente llegó a realizar el intercambio depositando la cruz en una taquilla de la estación de Sants, tras haber recibido el pago de más de cincuenta millones de pesetas en un banco suizo.

El caso ha causado gran conmoción en la comisaría. Muchos de los compañeros que habían trabajado a su lado sospechaban de sus métodos y su tren de vida excesivo, pero no habían llegado a formarse una idea clara de la naturaleza de sus fechorías. Visto el desenlace, todos se preguntan cómo es posible que ninguno de ellos se diese cuenta y denunciara los hechos. Sin embargo, el verdadero revuelo no lo ha causado el descubrimiento de un ladrón en las filas del cuerpo, sino la implicación de uno de sus miembros en un delito de homicidio. En el último correo electrónico que el intendente envió desde una de sus cuentas privadas, informó a los mismos marchantes de arte que el profesor Llull se había hecho con la cruz occitana y la tenía guardada en su despacho de la facultad. Al día siguiente, asaltaron al profesor Llull en su domicilio y lo asesinaron. El intendente Martí vendió a su amigo por diez millones de pesetas.

El inspector Font regresa en coche a su apartamento. Se ha despedido de sus compañeros a las cinco de la tarde, dos horas antes de lo habitual, y les ha comunicado que mañana se tomará el día libre. Nadie puede enterarse del viaje que tiene previsto realizar al valle de Boí. A los agentes que lo conocen desde hace tiempo les ha sorprendido la decisión; nunca lo han visto cogerse un día libre en el transcurso de una investigación como la actual, donde aparecen pruebas e indicios continuamente. Al único al que no le ha extrañado es a su ayudante. El caporal Ramos le ha preguntado esa mañana si se encontraba bien y ha comentado que tenía aspecto de no haber pegado ojo en toda la noche y se le notaba intranquilo. Él le ha dicho que no se preocupe y que, a pesar de su día de descanso, lo mantenga al corriente de todas las novedades.

Se detiene en un semáforo de la calle Valencia y mira, de manera inconsciente, el vehículo que se acaba de parar a su derecha. El corazón se le acelera, la conductora es Mónica. La mujer percibe su mirada y se vuelve hacia él. No es ella, esa mujer debe tener más de cincuenta años y, salvo en la caída de la melena un palmo por debajo de los hombros, no se le asemeja en nada, hasta el color del cabello es diferente. El inspector retira su mirada acongojada y la fija en el semáforo: continúa en rojo. Se rasca la cicatriz entre la barba hasta hacerse sangre. La luz se torna verde.

Piensa que debería sentirse mejor después de los avances realizados durante el día de hoy en la investigación de los asesinatos del profesor Llull y el intendente Martí, pero sigue igual de nervioso. Tal vez esos avances sirvan para comprender lo sucedido; sin embargo, su pesimismo le hace creer que tardarán aún mucho tiempo en llevar a los responsables ante la justicia, si es que lo consiguen. Esos marchantes de arte son unos profesionales, sus direcciones de correo electrónico y sus IP son imposibles de rastrear; dada su sofisticación y dominio de las nuevas tecnologías, hasta empieza a dudar de que el verdadero instigador de las muertes sea Onofre Vila, pues tiene casi noventa años. Los asesinos materiales del intendente Martí también lo tenían todo estudiado: es imposible identificarlos tanto a ellos como al vehículo que utilizaron mediante las imágenes registradas por las cámaras de la joyería. Por suerte, el intendente Martí era todo lo contrario —con los datos extraídos de su ordenador han logrado recrear sus movimientos y comunicaciones con su cronología exacta—. Su torpeza es una de las bazas principales de las que disponen para atrapar a los culpables.

El intendente Martí recibió tres pagos en metálico en una entidad bancaria suiza. El representante de la sucursal les ha informado que no les consta el nombre del depositario. Han comenzado los trámites para obtener las copias de los vídeos de las cámaras de seguridad; debido a la normativa del país helvético, tardarán varios días en entregárselas.

El segundo pago ingresado en la cuenta del intendente Martí, lo recibió a cambio de apartarle a él de la investigación de la cruz occitana. Antes que al profesor Llull, lo había vendido a él por dos millones de pesetas. Esa fue la intención del intendente Martí desde un principio, involucrar a otra persona del cuerpo por si el asunto se complicaba; había usurpado su identidad para crear una cuenta de correo electrónico con su nombre y dirección y firmaba todos los correos como «inspector F. Font». Esta circunstancia le hace convencerse de nuevo de que Onofre Vila es el culpable; al intendente Martí le ofrecieron esa cantidad de dinero poco después de que él empezara a investigarle.

Pero no todo ha sido atar cabos sueltos en las últimas horas, también han surgido nuevos interrogantes. Las cruces occitanas. Sin retirar la vista de la calzada, desabrocha la hebilla de la cartera que hay en el asiento del acompañante, saca un fajo de papeles y lo coloca encima del salpicadero. Pasa un par de hojas hasta que encuentra un encabezado de la Universidad de Barcelona. Coge el papel, un fax que ha recibido esa mañana, y se lo acomoda en el volante para echarle un vistazo. Los resultados de los análisis de la cruz que el profesor Llull realizó en la universidad han arrojado la misma pureza que la cruz recuperada en Terrassa. Sin la confesión del padre Capmany, sería imposible ni siquiera imaginarse que las dos cruces no son la misma. Pero él está convencido de que son distintas.

El domingo por la tarde, después de estar en Terrassa, consiguió localizar al párroco a cargo de la iglesia de Santa Madrona, situada en el Poble Sec; la capilla de Montjuïc donde el ladrón dijo encontrar la cruz depende de esa parroquia. El sacerdote se mostró incrédulo cuando le preguntó acerca de las catacumbas de la capilla, aunque accedió a acompañarlo, no sin desgana, para demostrarle en persona que estaba equivocado. Detesta los estereotipos, pero la tozudez comienza a ser el principal rasgo distintivo de todos los párrocos que conoce. A pesar de que el cura no pudo ocultar su sorpresa al verlo introducir los dedos en la losa del suelo y luego alzarla, después se excusó alegando que tanto él como los demás sacerdotes apenas subían a la capilla más de una vez al año y que de ninguna manera podía catalogar ese sótano de catacumbas porque allí no había huesos ni tumba alguna. Hacía seis meses que el responsable del mantenimiento de la capilla y del cuidado de los jardines había fallecido. Se llamaba Jaume, murió con los noventa años cumplidos. El párroco no pudo proporcionarle más información acerca de ese hombre, aparte de que llevaba mucho tiempo realizando esa tarea y que era un trabajo voluntario; no percibía ningún tipo de remuneración. Los enseres que había allí abajo debían de pertenecer al difunto. Le agradeció que se llevase el baúl y la lámpara de aceite —los conserva en su apartamento—; no hacía falta que los devolviese.

No alberga ninguna duda: Jaume era otro de los miembros de la familia cátara y la segunda cruz occitana debía de ser suya. El ladrón no mentía, la cruz encontrada bajo la capilla de Santa Madrona era otra diferente. Espera no tener que convencer a sus compañeros de que existen dos cruces idénticas —así lo demuestran los análisis y las fotografías—; sería un argumento muy difícil de sostener sin revelar la relación del profesor Llull con ese ladrón. Para complicar más el caso, existe una tercera cruz occitana, aunque sus características difieren de las otras dos.

Deja el fax de la universidad encima de la cartera y rebusca entre los papeles del salpicadero hasta que encuentra la fotocopia con los resultados de los análisis realizados por el laboratorio de los Mossos d'Esquadra correspondientes a la cruz occitana hallada en el apartamento del intendente Martí. La pureza del oro no presenta ninguna anomalía, el mineral es de veinticuatro quilates, pero de valor similar a las piezas que pueden encontrarse en cualquier joyería. Le ha pedido al jefe de laboratorio que repitan la prueba para confirmarlo. Si el resultado se confirma una segunda vez, los asesinos del intendente Martí debieron de crear una réplica para dejarla junto al cadáver y hacerles creer que había matado al profesor Llull para robársela.

El móvil de la muerte del profesor Llull era evidente, la mala fortuna hizo que se cruzara con los asaltantes en su apartamento mientras estos buscaban la cruz; el asesinato del intendente Martí ahora también parece claro: lo eliminaron porque sabía demasiado.

Aparca el coche en su plaza de parking, ubicada en el sótano de un edificio de siete plantas de la avenida Meridiana. Sube en el ascensor. Se pasa la mano por la cara mientras se mira en el espejo; ya no puede engañar al caporal Ramos

—llevan más de una década trabajando juntos—: la noche anterior no pegó ojo. Desde la desaparición de Mónica ayer por la mañana, se siente intranquilo. No han conseguido localizarla, tiene un mal presentimiento.

El apartamento del inspector Font mide menos de cuarenta metros cuadrados, consta de un dormitorio, comedor, baño y cocina. Lo compró mediante una hipoteca hace cinco años. El dormitorio es la estancia más grande. El salón, rectangular, se asoma a la avenida a través de una ventana pequeña —antes formaba parte de un comedor el doble de espacioso, pero el propietario dividió el piso en dos y los vendió por separado—. La cocina es estrecha y alargada y se mueve por ella de costado para evitar golpearse en la cadera con la encimera. El lavabo está en consonancia con el resto de las habitaciones; es incómodo, pequeño y está mal diseñado para una persona de dos metros de altura, por lo que tiene que sentarse en la taza del váter con la puerta abierta para que le quepan las rodillas.

La penumbra lo recibe al abrir la puerta. Lanza la cartera encima del sofá y se acerca a la ventana para subir la persiana. El sol penetra en el salón sin miramientos, acompañado por una ola de calor de treinta grados. Hay papeles por doquier, esparcidos por la mesa, el sofá, colgados con chinchetas de la pared, y también cartulinas, fotografías, recortes de periódico, todos con un denominador común: el caso de la cruz occitana y las muertes del profesor Llull y el intendente Martí. La lámpara y el cofre recuperados de la capilla de Santa Madrona están en el dormitorio. El mobiliario es funcional: una mesa redonda del Ikea, dos sillas, el sofá de tres plazas cubierto por una sábana blanca y una estantería repleta de libros, carpetas clasificadoras y memorias.

Se queda junto a la ventana. Está empezando a sudar, pero no piensa en quitarse la camisa azul de manga larga del uniforme. Observa los vehículos que circulan por la avenida seis plantas más abajo, los cuenta, mira los edificios de enfrente;

todo por distraerse para alejar esos pensamientos y recuerdos cargados de ansiedad. Demasiado tarde: llevaban llamando a las puertas de su cabeza desde ayer y la acaban de derribar con la fuerza de mil arietes. Ahora el problema es hacerlos marchar.

Hace seis años que murió Laura, su novia y compañera de profesión. Sigue sin perdonarse por su muerte. Le falló, la dejó sola. Laura se fue al gimnasio una noche y nunca regresó a casa. Ambos participaban en la investigación de una serie de asesinatos cometidos en la ciudad de Barcelona, estaban muy cerca de atrapar al culpable. Al verse acorralado, el asesino decidió asestar su último golpe y secuestró a Laura. La encontró dos días más tarde, aún estaba con vida, pero no llegó a tiempo. Recuerda la cara de ella manchada de sangre en aquella nave desolada del Poble Nou. Murió en sus brazos, el asesino le había asestado dos puñaladas mortales en el pecho. Matar a aquel malnacido no le sirvió de alivio. Cada mañana se acuerda de él al mirarse al espejo; le arrebató a Laura y le dejó una marca en el rostro para siempre.

Estuvo un año de baja antes de regresar al trabajo. Vendió el apartamento de Mataró donde vivía con Laura y se mudó al piso de la avenida Meridiana. El trance parece asumido, que no superado. Durante el último lustro ha sobrevivido sin obsesionarse por cómo podría haberlo evitado. Pero el sentimiento de culpa acaba de regresar; pensar en que le pueda ocurrir algo a Mónica ha despertado viejos fantasmas. Tampoco esta vez sería capaz de perdonarse.

Apoya la frente empapada de sudor en una mano, se vuelve y mira el desorden de papeles. Tiene que encontrar a Mónica, no puede perder más tiempo. Empieza a verlo todo borroso, los papeles comienzan a dar vueltas por el comedor. Siente que va a desmayarse, sabe que el enemigo está en su cabeza, que es la ansiedad quien pretende abatirlo. No puede tragar saliva, se le ha secado la boca. El corazón le palpita desbocado. Avanza por el salón, se apoya en la mesa y la desplaza un metro

—los papeles salen volando—, se golpea en el marco de la puerta del pasillo, en las paredes. Finalmente, consigue llegar al baño. Abre el armario de espejo y barre las baldas con la mano: en la pica se precipitan los frascos de colonia, el vaso con la pasta dentífrica y los cepillos, el desodorante, medicamentos. Sale del baño y llega a la cocina. Pasa la mano por encima del armario anclado a la pared —está lleno de suciedad— hasta que encuentra la caja metálica de galletas. Se apoya con la espalda en la pared mientras la abre. Contiene tres cajetillas de medicamentos y algunas pastillas sueltas. Coge una cajetilla y se la acerca a la cara para poder leer el nombre: Trankimazin. Se mete dos pastillas en la boca y regresa al comedor con la caja de galletas en la mano. Se tumba en el sofá, comienza a sentirse mejor.

Se despierta al cabo de un rato desorientado, con la caja metálica en el vientre, aferrándose a ella con las dos manos. Nota la saliva en la comisura de los labios, ha debido de quedarse dormido. Se reincorpora despacio para sentarse. Retira los papeles arrugados de debajo de sus piernas y los deja a un lado. Abre la caja —no había recurrido a ella desde que se mudó a este apartamento— y lee la fecha de caducidad en la caja de los ansiolíticos: caducaron hace más de dos años. Se pone de pie, se despoja de la camisa, estira los brazos por encima de la cabeza. Después, saca el móvil del bolsillo del pantalón y lo mira: tiene dos llamadas perdidas de la comisaría. Suspira, faltan cinco minutos para las siete de la tarde. El sol invade el salón con la misma fuerza de hace una hora y media.

Entra en la cocina y se sirve un vaso de agua. Está algo aturdido y adormilado por el efecto de las pastillas, pero la sensación de ansiedad se ha disipado. Abre la nevera, le ha entrado un hambre repentina: aparte de salsas, botes de aceitunas y otras conservas, solo hay un táper de macarrones con tomate. Lo abre para determinar su salubridad, no está en condiciones de calcular los días que lleva en el frigorífico. No huele a nada. Lo mete en el microondas; después enciende la radio que hay sobre la encimera —hablan de política— y mueve el dial hasta encontrar una emisora musical. Piensa en Mónica mientras ve cómo los macarrones dan vueltas en el microondas, espera que solo sea un contratiempo y la localicen en cualquier momento. Tal vez las llamadas del caporal Ramos eran para comunicarle la buena noticia; prefiere recomponerse antes de devolvérselas por si la información fuera del signo contrario.

Cuando acaba de comer, se ducha, se cambia de ropa y abandona el apartamento para ir a comprar al supermercado. Le apetece tomarse un trago y en el piso solo guarda dos botellas de ginebra: demasiada graduación para mezclar con ansiolíticos. Mientras camina por la calle, llama dos veces a Mónica. Tiene el teléfono apagado o sin cobertura. No puede esperar más. A pesar de no gustarle los bares, entra en el primero que encuentra.

Se sienta en la barra y pide una copa de vino blanco. Se moja los labios para catarlo; el frescor y el sabor dulzón le devuelven los sentidos. Es momento de llamar al caporal Ramos. Habla con él durante cinco minutos. Cuando finaliza la conversación, coge la copa y se la bebe de un trago. No se lo puede creer. Se pregunta cómo es posible que el novio de Mónica sea el nieto de Onofre Vila y no se haya enterado hasta ahora.

Siguiendo sus instrucciones, dos agentes se han desplazado esta tarde a la Barceloneta para preguntar a las amigas de Mónica. Ellas les han proporcionado la información: Mónica mantuvo una relación de pareja con Sergi, el nieto de Onofre Vila, durante cuatro años; hace solo dos meses que lo dejaron. Se acaba de presentar un abanico inesperado de posibilidades: el profesor Llull mantenía una relación de familiaridad con el nieto de Onofre Vila: era su yerno. Tal vez su asesinato no guarde relación alguna con la investigación de la cruz occitana.

—Camarero, sírvame otra copa, por favor.

¿Por qué no se lo mencionó el profesor Llull en el transcurso de la investigación? ¿Estaba intentando encubrir a su hija o a su yerno? Se esfuerza en recordar la conversación mantenida con Mónica en la comisaría. Él no le habló de la posible implicación de Onofre Vila en los asesinatos de Terrassa, ella tampoco lo nombró en ningún momento. La realidad solo alberga dos caminos. En el primero, Mónica estaría al corriente de las sospechas sobre Onofre Vila en torno a la cruz occitana; en tal caso, podría estar implicada en la muerte de su padre o saber lo suficiente como para llegar hasta los culpables. El segundo le produce un fuerte pinchazo en el corazón: el profesor Llull podría no habérselo explicado a su hija. Aún no han identificado a la persona que conducía el Vespino. La motocicleta no tenía seguro, estaba a nombre de un ciudadano italiano que regresó a su país de origen hace siete años. ¿Era el nieto de Onofre Vila el conductor? ¿Por qué finalizaron la relación hace dos meses? Tiene que encontrarla; el crimen pasional, la venganza, cobrarían sentido; Mónica podría haberse fugado con el responsable de la muerte de su padre sin ser consciente de ello y su vida correría un serio peligro.

Es pronto para denunciar la desaparición de Mónica, solo hace un día y medio que no saben nada de ella. Sus compañeros están trabajando para localizar a Sergi. Si no lo consiguen, mañana enviará una patrulla a Balaguer para preguntar a Onofre Vila por su paradero.

Apura la segunda copa de vino, apoya los codos en la barra y se lleva las manos a la cabeza. No lo debería haber probado. Se levanta del taburete, deja unas monedas en la barra y regresa a casa. En el ascensor piensa en Laura, en cómo la echa de menos. Entra en casa llorando, se descalza y se tumba en el sofá. Ahora tiene que descansar, mañana le espera un largo viaje al valle de Boí. No puede fallar a Mónica.

Capítulo XI

> Era una fuente viva de la juventud. Su juventud era tan floreciente que lo protegería de toda maldad. De las tinieblas había subido a la luz.

Sant Bartomeu de la Quadra. Martes, 11 de julio

—Mario, despierta, tenemos que salir temprano —le dice, moviéndole el brazo con suavidad.

Mario abre los ojos, emite un sonido ronco de interpretación afirmativa y vuelve a dormirse.

—Prepararé café.

Mónica abre las dos contraventanas de madera del comedor. La brisa fresca y la claridad de las siete de la mañana entran en la estancia. Mario, sin camiseta en el sofá, se estremece. Es la segunda noche que duermen en el chalet y él le insistió para que ella lo hiciera en la habitación. La construcción es de dos niveles, con el garaje en la planta baja aprovechando la inclinación del terreno, y la zona habitable en la primera planta, compuesta por un salón amplio con la cocina abierta, un baño pequeño y dos habitaciones, una sin cama, utilizada como trastero.

Le costó quedarse dormida la primera noche pensando que había un hombre al otro lado de la pared; podría entrar en cualquier momento para hacerle daño. Por si acaso, había atrancado la puerta con una silla y había dejado unas tijeras, cogidas del baño, sobre la mesita de noche. A pesar de su inseguridad, estaba decidida a luchar, incluso a morir, para defenderse de una nueva agresión. Pero, cuando el sueño se presentó, fue tan profundo que durmió como no lo había hecho desde la muerte de su padre. Al despertarse al día siguiente achacó esa circunstancia al cansancio físico y emocional que arrastraba desde la mañana trágica del Poble Sec; sin embargo, hoy le ha ocurrido lo mismo: ha dormido toda la noche sin despertarse y las pesadillas han desaparecido. Tal vez tuvieran algo que ver las dos cervezas que se bebió junto con las tres o cuatro caladas de porro. Se fue a dormir un poco mareada, pero tranquila y sin miedo; no atrancó la puerta y ni siquiera se acordó de las tijeras, devueltas al baño durante el día. No porque las noches sean mejores la pena la ha abandonado: la tristeza la sigue asaltando de maneras inesperadas a lo largo de las horas y llora amargamente por la incomprensible pérdida de su padre.

Ayer estuvieron en Terrassa para visitar al padre Capmany. No pudieron verlo. El párroco se había sentido indispuesto el domingo por la tarde y, desde entonces, estaba recibiendo tratamiento en su habitación. La monja que los atendió les dijo que se encontraba muy débil; le habían administrado sedantes para facilitarle el descanso y no era conveniente despertarlo. Podían regresar al día siguiente, quizás se encontrara mejor.

Cuando volvieron al chalet, Mario preparó una ensalada con las sobras del pollo *a l'ast* de la noche anterior. Después de comer, bajaron al almacén y Mario le mostró su colección de piezas de arte robadas. Se accedía al zulo mediante una puerta oculta tras un armario; a primera vista era indetectable, la habitación había sido excavada en la roca de la montaña, más allá del diseño original de la construcción. Bajo las sábanas comenzaron a aparecer multitud de retablos de madera, pinturas, piezas arquitectónicas, figuras de piedra, todos ellos de época medieval. La habitación estaba tan atestada de piezas que era difícil desenvolverse con soltura. Conversaron durante un par de horas acerca del valor de las obras, su belleza, sus singularidades, su procedencia. Ella prefirió mostrarse discreta y evitó interesarse por cómo habían llegado hasta ahí.

La conversación produjo en ambos cierta euforia y, por vez primera, comenzó a sentirse en sintonía con él. No estaba acostumbrada a toparse con personas que compartieran su afición por la historia y fueran capaces de mantener un diálogo tan técnico y apasionado como el que habían mantenido; fuera del ámbito académico era algo casi impensable. Esa situación le recordó el día que conoció a Sergi, pero consiguió que los recuerdos regresaran al pasado y no se mezclaran con el presente. Cuando abandonaron el garaje y subieron a la primera planta, aún con la efervescencia burbujeando en su interior, abrieron dos cervezas y brindaron. Después de más de diez días desde la muerte de su padre, ese muchacho la había hecho olvidarse de los infortunios vividos, aunque solo fuera durante un par de horas.

Reflexionó sobre esa circunstancia mientras bebía la cerveza enlatada. Hasta ese momento, Mario se había comportado con ella como no lo habría hecho ni el mejor de los amigos —había acudido en su ayuda arriesgándose a que lo detuvieran, la había perdonado por su chivatazo—. Tal vez se sintiera en deuda con su padre por haberle salvado la vida. Pero más notable aún era que le hubiera abierto las puertas de su casa y de sus secretos. No dudó de él cuando le confesó que ella había sido la primera persona en visitar el chalet y contemplar el botín. La situación le parecía surrealista después de lo ocurrido con Sergi; creía que tardaría más tiempo en confiar en otro hombre, pero tampoco quería sacar conclusiones precipitadas. Era posible que su bienestar estuviera producido por una especie de síndrome de Estocolmo. Mario era un delincuente y en lo más recóndito de sus pensamientos, lo consideraba, en cierto modo, su captor.

A pesar de su prudencia, sintió una gran ternura mientras le oía relatar su infancia de niño huérfano. Lo abandonaron a las puertas de un orfanato cuando solo tenía unos meses. Vivió en el mismo lugar hasta la mayoría de edad y nunca tuvo la oportunidad de experimentar siquiera lo que significa una familia, aunque fuese de acogida. Mario intentó disfrazar sus anhelos con memorias divertidas, pero su relato estaba cargado de tristeza. Después de oírlo, hasta se consideró afortunada por haber podido disfrutar de sus padres. Mario no había podido hacerlo nunca.

—Mira el periódico. —Se lo lanza en el regazo—. No salgo tan mal.

—Lo siento, Mario —le responde Mónica arrepentida al ver su foto en la portada.

—No pongas esa cara, que no pasa nada. —Coge el periódico y lo sujeta a la altura de su cabeza—. ¿Ves? Tampoco me parezco mucho, ahí había perdido mucho peso. Tenía la cara amoratada, hinchada y llena de rasguños. Además, ya me han crecido el pelo y la barba, no creo que nadie me reconozca. Tuve suerte de que solo me hicieras la foto de hombros para arriba. Si me hubieses cogido los tatuajes... Los Mossos se han pasado bastante. Dicen que podría ser peligroso e ir armado, no sé de dónde han sacado eso.

—Lo siento —repite Mónica.

—Tenemos que andarnos con mucho cuidado con la policía, sobre todo con los Mossos. Si nos viesen juntos, estoy seguro de que sabrían reconocerme. Es posible que a ti también te estén buscando. A lo mejor podrías llamar al inspector Font o presentarte en alguna comisaría para que no sospechen. Cualquier día apareces en portada como desaparecida.

—Supongo que tienes razón, pero no pienso ir a los Mossos hasta que hablemos con el padre Capmany. Después, ya veremos.

—Podrías escaparte otra vez y quedarte en mi casa por más tiempo.

—Lo sé.

Mario le sonríe y arranca el coche. Han parado en una gasolinera a mitad de camino para comprar tabaco. Llegarán a Terrassa en quince minutos. Mira las piernas de Mónica de reojo mientras conduce, no logra encontrarle ningún fallo. Le gusta todo de ella: su manera de andar, sus nalgas, su cintura; también la cara con su nariz fina y cubierta de pecas veraniegas, sus ojos verdes, sus labios finos pero sensuales, su melena negra. No obstante, su atracción trasciende el plano de lo físico: lo seduce más el contraste de su timidez cándida e inocencia con su inteligencia modesta y su voluntad resolutiva. Desde que estaba en casa del profesor postrado en la cama, ya pensaba en alargar los días al máximo para estar con ella.

Se asombra de solo pensar que le gustaría que fuera su novia. Las relaciones que ha mantenido con anterioridad no se han prolongado más que unas cuantas noches en los casos más duraderos, siempre encaminadas a satisfacer sus necesidades sexuales. Con ella está viviendo su relación más intensa; casi tres días seguidos con la misma mujer, a pesar de faltar lo más importante, aunque tampoco ha pensado demasiado en ello. Sin embargo, hay algo de ella que lo desconcierta: en algunas situaciones se muestra fría y distante; quizás sea fruto de su timidez o se deba al duelo por la muerte de su padre. Ayer le palideció el rostro cuando le preguntó si tenía novio, se quedó callada un instante y, cuando creyó que finalmente le iba a responder, fue como si no le salieran las palabras. Decidió cambiar el tema de conversación para no ponerla en un compromiso. También la ha notado incómoda al menor contacto físico, incluso solo con acercarse a ella. Por la noche percibió un ligero cambio en su actitud, parecía más serena y todas esas rarezas desaparecieron casi por completo. Hoy continúa de la misma manera; tal vez necesitaba su tiempo para confiar en él y ya ha superado sus recelos.

Mónica abre la puerta despacio y entra en la habitación. Percibe los efluvios de la enfermedad enmascarados por un olor fuerte a lejía. La monja a cargo del padre Capmany les ha dicho que la visita ha de ser breve, el paciente se encuentra muy débil y le conviene descansar; después, se ha ido por el pasillo y ha bajado las escaleras hacia la calle. Volverá en diez o quince minutos.

Mira al párroco postrado en el camastro. Las paredes amarillentas del cuarto fueron blancas algún día y, antes de que los años las tiñeran de descuido, estuvieron pintadas de verde; el color se aprecia en los desconchones de las humedades próximas al techo y en las rozaduras a la altura de la cama. Sobre la cabeza del anciano cuelga un gran crucifijo de madera. Tal vez utilicen el dormitorio como enfermería. Salvo el portasuero metálico, una mesita de noche con una Biblia encima de tapas granates y descoloridas y una silla de madera, la habitación carece de mobiliario.

Es la primera vez que Mónica ha entrado en el caserón, colindante con la plaza que da acceso al recinto de las iglesias románicas de Terrassa, donde reside el padre Capmany; en algunas ocasiones había esperado a que bajara dentro del portal, al pie de las escaleras, junto a su padre. El sacerdote vive en ese edificio desde que llegó a la ciudad, siempre acompañado por otros monjes de la diócesis. Llegaron a ser doce, ahora solo quedan dos. Hace más de una década que las autoridades eclesiásticas acondicionaron una nueva residencia al otro lado de la ciudad para los novicios recién llegados. A los sacerdotes residentes se les ofreció la posibilidad de mudarse a las nuevas instalaciones. A pesar del estado decadente del edificio —muros agrietados, balcones de la fachada oxidados, goteras en la planta superior, vigas de madera carcomidas—, los religiosos de mayor edad, ya fuera por tozudez, costumbre o nostalgia, se negaron a marcharse; preferían continuar con sus vidas austeras en aquel caserón de casi doscientos años, aunque se les viniera el techo encima.

—Acércate, hija —le dice el párroco con voz ronca—, y sube un poco la persiana, que aunque no tenga queja de la hermana, no debiera tenerme todo el día a oscuras como si esto fuera la cueva del hombre de Cromañón.

A Mónica se le escapa una sonrisa mientras sube la persiana cuatro dedos, la altura suficiente para que los rayos del sol se detengan al borde de la cama. Se inclina sobre el padre Capmany y le da un beso. Él le acaricia la mejilla y la coge de la mano; se la sujetará durante la mayor parte de la visita.

—Qué guapa estás, ya eres toda una mujer.

Mónica no puede evitar detenerse en sus ojos. Duda que la pueda ver. Se acuerda de su mirada penetrante, de un castaño tan intenso que casi no dejaba ver sus pupilas; ahora sus ojos están cubiertos por una capa blanquecina y el color se ha tornado grisáceo, como si alguien hubiera jugado a difuminarlos con un algodón. Han pasado cuatro o cinco años desde la última vez que estuvo en Terrassa. Intenta rescatar la imagen del padre Capmany cuando se acercó a ella en el entierro de su padre para darle el pésame —quizás por entonces ya estuviera enfermo—, pero su memoria de ese día está empañada por el dolor.

—¿Y quién es el mozo que ha venido contigo? ¿Es tu novio?

Mónica vuelve la vista hacia atrás y, sonrojada, mira a Mario.

—No, padre, es un amigo. Solo ha venido para acompañarme.

Mantienen una charla emocionada en la que recuerdan al profesor, el padre Capmany explica un par de anécdotas graciosas, ríen y lloran al mismo tiempo. Cuando parece que el llanto está a punto de vencer la batalla, Mario le pone una mano sobre el hombro. Ese gesto le recuerda el motivo de la visita y cambia de tema con rapidez; disponen de muy poco tiempo.

Bajo el pretexto de pedirle consejo, le traslada su preocupación respecto al papel de los Mossos d'Esquadra en la investigación de la cruz occitana y la muerte de su padre. El rostro del padre Capmany comienza a ponerse de color morado; con la mano, se tira del cuello de la camiseta hacia abajo y deja al descubierto unos cuantos pelos blancos del pecho muy largos.

—No puede ser, hija mía —dice, nervioso—, no puede ser que el inspector Font tenga algo que ver con todo esto.

El padre Capmany intenta incorporarse, y Mario lo asiste acomodándole los cojines detrás de la espalda. Los tres se quedan en silencio unos instantes, el anciano agacha la cabeza y la menea contrariado.

—Padre, ¿usted ha visto al inspector Font después de la muerte de mi padre?

El padre Capmany alza la vista y la mira de tal manera que se delata a sí mismo.

—Vino hace unos días —dice casi en un susurro—, el domingo, creo. Ay, hija mía, si tienes razón —se expresa arrepentido.

—Pero ¿qué pasó? ¿De qué hablaron?

—Yo no sabía nada de todo este asunto de la cruz, ¿por qué nadie me lo dijo? Ay, hija mía, pero ¿qué es lo que he hecho? —Se lleva las manos a la cara y empieza a llorar.

Mónica se mira el reloj mientras tranquiliza al padre Capmany; han pasado doce minutos desde que se han quedado a solas con él. Aprovecha que el párroco continúa cubriéndose el rostro para pedir a Mario que se acerque. Le dice al oído que baje a la calle y se asegure de que la monja no suba a la habitación hasta que ella haya acabado de hablar con el cura. Mario sale corriendo.

—Usted no tiene la culpa —trata de consolarlo.

—Ay, hija mía, espero que Dios me perdone. —Levanta la cabeza y suplica al techo—. Por favor, Señor, protege a esa gente inocente de mis malas acciones.

—Padre, ¿quién es esa gente inocente de la que habla? —Mónica aprovecha la debilidad del anciano para preguntarle.

El padre Capmany comienza a relatar la historia de los cátaros desde el inicio de su amistad con el hermano Joan. A Mónica se le humedecen los ojos al escucharlo, piensa en todo el tiempo y sacrificio que su padre dedicó al estudio del catarismo. Aunque tarde, al final su obra y sus razonamientos han demostrado ser ciertos. Comprende los motivos del sacerdote, la lealtad hacia su amigo, la ardua tarea de guardar un secreto tan importante para la supervivencia de una religión entera. Pero no por ello deja de pensar en lo feliz que hubiera sido su padre sabiendo que todavía existían varios miembros de una familia cátara en la actualidad. Si el párroco se lo hubiese contado, también hubiera sabido mantener el secreto.

Se pone colorada cuando oye el nombre de Onofre Vila. Se pasa la mano por el cuello para aliviar el sofoco y se vuelve hacia atrás buscando a Mario, como si necesitase la confirmación de otra persona para terminar de convencerse. Aprieta los labios y respira hondo; no quiere que el padre Capmany se dé cuenta de su inquietud. El párroco, ajeno a su reacción, prosigue con el relato; narra la visita del hijo de Joan a Terrassa en la década de los setenta; cómo, tras partir en busca de Onofre Vila, también desapareció, y desde entonces nadie ha vuelto a saber de él.

Una vez recompuesta de la impresión de saber que el abuelo de Sergi puede estar implicado en la muerte de su padre, comienza a hacer preguntas al padre Capmany para que le explique todo lo que recuerde de Onofre Vila en relación con los asesinatos de Terrassa. No logra contener el enfado, sus preguntas son agresivas, pero el anciano no puede proporcionarle más detalles, solo presume la implicación de Onofre Vila por la conversación mantenida con el hijo del hermano Joan.

—¿Lo sabía mi padre?

—No lo sé, hija, pero ¿por qué estás tan nerviosa?

—El nieto de Onofre Vila era mi novio hasta hace un par de meses —le dice llorando.

Los ojos enfermos del padre Capmany, entrecerrados la mayor parte de la conversación, se abren de un modo que parece antinatural. El anciano, con la vista clavada en la pared de enfrente, se echa hacia delante hasta que su espalda pierde el contacto con los cojines. Estira el brazo derecho como si quisiera agarrar algo —los dedos de esa mano se mueven anquilosados— y vuelve el cuello lentamente para mirarla. Los labios, la nariz, las cejas, el rostro del padre Capmany comienzan a desdibujarse, su expresión tan pronto parece de alegría como de compasión o cólera. Después, entorna los ojos, la cabeza le cae de golpe sobre el pecho y su cuerpo se desploma, ya sin vida, hacia el otro lado de la cama.

Mónica da un respingo en la silla al presenciar el desfallecimiento del anciano. Se levanta y ve la placidez de su rostro, la quietud de su pecho cuando hace apenas unos segundos respiraba convulso. No le hace falta comprobar las pulsaciones para cerciorarse de su muerte. Sin perder la compostura, cargada de una grave solemnidad , le cierra los ojos, lo besa en la mejilla y le da las gracias a modo de despedida.

Cierra la puerta de la habitación y sale al pasillo. La actitud serena y el control de la situación se esfuman por las paredes mustias del corredor. El llanto se apodera de ella, le tiemblan las manos. Empieza a correr. Llega hasta las escaleras y desciende, con la vista fijada en los escalones, como si alguien la persiguiese. Si la puerta de la calle hubiese estado abierta, es posible que no hubiera visto a Mario, escondido en el hueco de las escaleras del portal, sujetando con el brazo a la monja por el cuello y tapándole la boca.

Mónica lo mira con gesto contrariado. La expresión facial de Mario es concisa: «Pero ¿qué querías que hiciera?».

—El padre Capmany ha muerto.

Mario suelta a la monja. La mujer le lanza una mirada de odio a ella y les advierte que avisará a la policía, después sube a toda prisa por las escaleras. Mario abre la puerta y echa una ojeada a la calle. Sale él primero y le hace un gesto para que lo acompañe, la coge por la cintura y empiezan a correr hacia el coche, estacionado dos calles más abajo.

El agua del cazo rompe a hervir. Mario apaga el fuego. Acaban de llegar al chalet de Sant Bartomeu de la Quadra. Durante los cuarenta minutos de trayecto, le ha pedido dos veces a Mónica que le explicase lo sucedido; al ver que a ella no le apetecía hablar, ha decidido no insistir más. A pesar de conocerla desde hace solo unas semanas, tiene la certeza de que su disgusto se debe más a algo que le haya podido confesar el padre Capmany que a la propia muerte de este.

Vierte un poco de agua caliente en una taza, introduce una bolsita de té verde, añade dos cucharaditas de azúcar y remueve el agua con una cuchara sopera hasta que apenas quedan unos granitos en el fondo sin disolver. Al coger la taza, se mira el reloj. Le resulta increíble que sean las diez y cinco de la mañana, solo han pasado tres horas desde que se ha despertado. Retira la bolsita y anda despacio para no derramar el té; no debería haber llenado la taza hasta arriba. Mira la cabeza de Mónica —la coronilla sobresale por encima del sofá—. Siente lástima por ella, espera poder ayudarla, no soporta verla así.

—Cuidado, está muy caliente —le dice mientras deja la taza en la mesita de cristal.

Mónica levanta la cabeza y se retira la melena que le cubre el rostro hacia un costado; tiene los mofletes colorados y los ojos irritados, pero ha dejado de llorar.

—Siéntate, por favor —le pide ella.

Mónica coge la taza y prueba el té con los labios; después, la vuelve a dejar sobre la mesita. Antes de empezar a hablar, se pasa las dos manos por la cara y, por último, los dedos índices por debajo de los párpados para secarse las lágrimas.

—Tenía novio hasta hace poco. Habíamos estado juntos durante cuatro años. Hace dos meses que decidí dejarlo —le dice con rostro serio.

Mónica se queda en silencio. Él la observa expectante, trata de mantenerse rígido para disimular la sorpresa que se acaba de llevar. Esperaba que ella le dijera cualquier cosa, por muy descabellada que fuera, relacionada con la visita al padre Capmany o con la muerte de su padre, pero no que le hablase de su exnovio. No cree que pueda servirle de consuelo, su experiencia es nula en temas del corazón.

—Se portó muy mal conmigo.

A Mónica le comienza a temblar el labio inferior, aprieta fuerte los ojos para reprimir las lágrimas.

—No pasa nada —la reconforta poniéndole la mano encima de la rodilla—, cuéntamelo.

—No se lo había dicho a nadie, ni siquiera a mi padre. Lo pasé fatal, fue horrible. Me tuvo atada a la cama casi dos días enteros, me violó muchas veces.

—Pero ¿cuándo pasó eso?

—La próxima semana hará dos meses.

—Qué hijo de puta. ¿Por qué no fuiste a la policía?

—Solo quería olvidarlo, no quería verme toda la vida marcada como una víctima. Tampoco quería que se enterase nadie, tenía muchas dudas: ¿y si nadie me creía? Era mi novio, ¿cómo lo podría haber demostrado? Él tiene mucho dinero, seguro que hubiese contratado a los mejores abogados. Al final habrían tratado de acusarme a mí diciendo que me había inventado toda la historia para sacarle una buena indemnización; en fin, da igual, prefería olvidarlo todo. Tampoco quería darle ese disgusto a mi padre después de lo mal que lo había pasado con la muerte de mi madre. Tardó muchos años en asimilarlo.

—¿Quieres que me encargue yo de ese cerdo?

—No, Mario, no quiero que te metas en ningún otro lío por mi culpa. Conseguiré olvidarlo.

—Pero ese cabrón tiene que pagar por lo que te hizo, esto no puede quedar así.

—Mario, por favor —se enfada—, no quiero que hagas nada. Si sigues así, harás que me arrepienta de habértelo contado.

—Lo siento, Mónica —se disculpa.

Agacha la cabeza y se frota la frente con las dos manos. Cuando vuelve a mirar a Mónica, ella le sonríe con dulzura, le coge la mano y se la acaricia.

—Me alegra habértelo contado a ti, te has portado muy bien conmigo. Has sido la primera persona que me ha hecho olvidar lo de mi padre, aunque solo fuera por unas horas. Creo que me ayudará a superarlo, necesitaba sacarme esa carga de encima, pero no encontraba a la persona adecuada para expulsar toda esa basura que guardaba dentro de mí hasta que apareciste tú. —Mónica se le acerca y le da un beso en la mejilla—. Estas últimas semanas están siendo las peores de mi vida, pero ahora lo único que quiero es encontrar a los asesinos de mi padre.

Asiente con la cabeza. Nunca ha comprendido la brutalidad con que una persona es capaz de herir a otra por mero egoísmo o superioridad. Esa incomprensión ha despertado su ira, sus sentimientos más bajos —ni siquiera ha notado las muestras de cariño de ella—; en esos momentos solo quiere encontrar al exnovio de Mónica y darle una paliza, arrancarle los dientes, matarlo si hiciera falta. Pero ella tiene razón, se enfrentan a individuos todavía más perversos, los responsables de la muerte de una persona inocente como lo era su padre. La vida de Mónica podría estar amenazada.

—No te lo he explicado solo por eso. Después de todo lo que me ha dicho el padre Capmany, es muy probable que el abuelo de mi ex estuviera implicado en los asesinatos de Terrassa. —Mario se levanta de la silla por el impacto de la noticia; ahora entiende la preocupación y pesadumbre de Mónica. Se la queda mirando estupefacto, falto de palabras—. Por lo tanto —prosigue ella—, es posible que también tuviera algo que ver con la muerte de mi padre.

—A lo mejor ha sido tu ex —le responde sin pensar.

—No lo creo, no se hablaba con su abuelo, mantenían una relación pésima. El viejo estuvo a punto de matarlo hará un par de años. Pero ¿quién sabe? Sergi es un mentiroso compulsivo, quizás se lo inventara todo.

—Sergi se llama ese cabrón. ¿Sabes dónde vive el abuelo? Podríamos...

—No, Mario, ya te he dicho que la familia de mi ex es muy poderosa. Su abuelo vive en una mansión a las afueras de Balaguer. Yo he estado en la finca muchas veces para visitar a su madre, pero nunca entré en la casa de su abuelo. Sergi siempre me decía que era como un búnker, repleta de cámaras de seguridad por todas partes.

—¿Cómo se llama el abuelo de tu ex? —le pregunta con suspicacia.

—Onofre Vila Escofet. Sergi comparte los mismos apellidos.

—Pero si lo conozco...

—¿Cómo que lo conoces?

Antes de finalizar la pregunta, Mónica ya ha adivinado la relación que puede existir entre Mario y Onofre Vila. El abuelo de Sergi es un coleccionista importante de arte medieval y podrían haber participado en algún negocio conjunto. Su conclusión es acertada, pero se quedará atónita cuando descubra que el arte medieval no es el único nexo existente entre los dos.

—Le he vendido algunas obras de arte. Mi última venta, precisamente, se la hice a él, es uno de mis mejores clientes. No descubrí su identidad hasta hace poco, ese hombre es un profesional. Si no fuera porque había trabajado para él hace unos años, nunca lo hubiera sabido, fue de pura casualidad.

—¿Trabajaste para él? —le pregunta Mónica levantándose del sofá.

—Tranquilízate, Mónica. —Le hace un gesto con la mano para que se calme—. Yo me he quedado igual de sorprendido al oír el nombre de ese viejo. Para mí todo esto también es muy extraño. Siéntate, por favor.

—No quiero sentarme —le dice nerviosa.

—Está bien. —Levanta las dos manos y se sienta en la silla—. Ahora te lo explico. Todo es más sencillo de lo que parece, no te creas que trabajé para él en algún negocio turbio; estuve picando piedra en sus canteras durante casi dos años. ¿Recuerdas lo que te conté de mi vida en el orfanato? Pues, por lo que pude entender, Onofre Vila donaba mucho dinero a esos curas, hacía muchos años que colaboraba con ellos. También proporcionaba su primer empleo a algunos jóvenes como yo, que salíamos de allí con dieciocho años, sin familia y con pocas perspectivas de futuro. Cuando salí del orfanato, fui directamente a Balaguer. Era un trabajo muy sucio, lo aborrecía, pero estaba bien pagado y quería ganar algo de dinero para empezar mi carrera; así es como acabé trabajando para él.

Mónica traga saliva y lo observa con cierta reserva.

—¿Y qué más? —le pregunta exaltada.

—No sé qué más decirte —le responde a la defensiva—. La verdad es que el viejo me trató bien durante el tiempo que estuve allí. Me subió dos veces la nómina, creo que le caí en gracia, pero no me preguntes por qué. Él mismo me comunicó las dos subidas en su despacho, algo bastante raro, no solía hacerlo con los peones como yo. La tercera vez que estuve cara a cara con él fue cuando le dije a mi encargado que dejaba el trabajo. El viejo me llamó a su despacho y me ofreció otro aumento de sueldo, así como trabajo en oficinas. Yo ya estaba harto de aquel sitio, solo quería irme. Creo que no se lo tomó muy bien. Unos meses más tarde, volví a trabajar en las canteras por otra temporada. Me hacía falta dinero, no había calculado bien, pero ya no vi más a ese viejo, y me habían rebajado el salario.

—¿Viste a Sergi alguna vez? —le interroga algo menos irritada.

—Nunca lo vi, ni siquiera sabía que el viejo tuviera nietos, aunque a su hija sí que la conocí. No me acuerdo cómo se llamaba, una vez me hicieron llevarle unas cajas de fruta a su casa. El encargado me dijo que eran órdenes del señor Vila. Esa mujer se sorprendió al verme, no me esperaba. Supongo que tenía algún rollo raro con su padre. Al principio no quería aceptar las cajas, pero después se las quedó, me invitó a tomar una limonada y me dio una buena propina. Era una persona muy amable, aunque me pareció algo atormentada. Seguro que el cerdo de su hijo o el viejo ese tenían la culpa.

—La madre de Sergi es muy buena persona. Se llama Claudia, he estado muchas veces en su casa. No se hablaba con su padre, el problema venía de lejos.

—Quizás ella podría sernos útil.

—Tal vez —le responde reflexiva, y se sienta en el sofá.

—O podríamos ir directos a por el abuelo —sugiere con entusiasmo—. Estoy pensando en cómo deshacernos de ese marroquí. Creo que vive en la mansión, me dio la impresión de controlarlo todo. Si no me hubiera abierto la puerta aquel día que fui a llevarle la fruta a la hija del viejo, nunca hubiera descubierto que le estaba vendiendo las obras de arte a Onofre Vila. Se subió en la furgoneta y me acompañó hasta la casa de esa mujer; después, se fue andando hacia la mansión. Era la primera vez que lo veía; no me lo volví a cruzar hasta que me compraron el Beato.

—¿Fuiste tú?

—Tengo pensado dejarlo. No hicimos daño a nadie.

—Redujisteis a la empleada de seguridad —protesta ella—. Lo siento, no debería meterme en tus asuntos.

—No importa. Cuando les vendí el Beato, fui un poco inconsciente. Me ofrecían más del doble de su valor de mercado si accedía a sus términos. Por lo menos estaba convencido de que no eran policías. Había rastreado sus correos electrónicos y ya conocía su *modus operandi;* utilizaban direcciones IP que cambiaban constantemente de un país a otro. Había cerrado varios tratos con ellos y sentía curiosidad. Me citaron en un polígono de Igualada por la madrugada para realizar el intercambio.

»Yo llevaba un pasamontañas, pero el marroquí ese ni siquiera se cubrió el rostro. Bajó de un todoterreno, me entregó el maletín con el dinero y, tras comprobarlo, le entregué el códice. El muy sinvergüenza me dijo que debía andarme con más cuidado, que podrían haber sido los Mossos o la Guardia Civil. Siendo tan profesionales, estoy seguro de que querían que los reconociese. A la otra persona que esperaba en el coche no pude verla bien, estaba todo muy oscuro, pero supongo que era el viejo.

—Todo esto que me acabas de contar es muy extraño —dice Mónica llevándose una mano a la cabeza—. Espero que, por lo menos, nos sirva de ayuda si algún día decidimos visitar a Onofre Vila para hacerle algunas preguntas.

—Tengo ganas de hacer hablar al viejo, pero antes necesitaría algo de tiempo para investigar los sistemas de seguridad que protegen la mansión. Si pude entrar en el MNAC, no creo que me sea muy difícil entrar ahí —dice con orgullo.

—Ya veremos. Ahora tenemos que ir a Boí.

—¿A Boí? ¿Al Pirineo?

—Lo siento, debería habértelo dicho hace rato: el padre Capmany me confesó que los dos hombres hallados muertos en Terrassa eran cátaros, ¿te lo puedes creer?

—Es algo impresionante.

—Sí, el padre Capmany me dijo dónde encontrar a sus familiares. Quedan muy pocos. No podía recordar la dirección exacta, pero con las indicaciones que me dio creo que podremos dar con ellos; el pueblo de Boí es muy pequeño. El padre Capmany se lo confesó al inspector Font porque temía por la vida de los cátaros; por eso se ha puesto así cuando le he mencionado mis sospechas sobre los Mossos. Espero que no sea demasiado tarde y estemos a tiempo de alertar a esa gente.

En el viaje te acabo de contar toda la historia —finaliza Mónica levantándose del sofá.

—Espera un momento, Mónica, no podemos salir así sin más, no sabemos a quiénes nos enfrentamos. Si el inspector Font estuviera compinchado con Onofre Vila y su banda, ir allí podría ser muy peligroso.

—El padre Capmany me ha pedido que hiciera todo lo posible por ayudarlos. Ha sido su última voluntad. Yo no tengo miedo ni ya nada que perder en esta vida. Quiero que se haga justicia por la muerte de mi padre.

—Te comprendo, pero hay que pensarlo con más calma. Tenemos que tomar ciertas precauciones y prepararnos para el peor de los casos. Son más de tres horas de viaje, sería mejor salir esta noche o mañana temprano, así me daría tiempo para conseguir otra pistola.

—¿Tienes un arma?

—Nunca la he utilizado, la guardo aquí en el chalet por si acaso. Creo que podría conseguir otra en unas horas.

—Yo no quiero cargar con una pistola, con la tuya será suficiente.

—Bueno, déjame que, por lo menos, investigue un poco. No quiero que nos presentemos allí sin tener un plan de escape por si la cosa se pusiera fea.

—Tienes razón, tú sabes más sobre estos temas —dice sin ironía—, pero mañana a primera hora tenemos que estar en Boí. Vamos a dar un paseo por el bosque, necesito tomar el aire.

Capítulo XII

> Si puedo prestar valientemente mis servicios, por la familia y por la amistad, y si la lealtad ha sido fuerte en mi corazón, cumpliré en la medida de mis fuerzas lo que me ha pedido.
>
> Todos los nobles cristianos —hombres, mujeres y doncellas— que raptó y trajo aquí son ahora, por tanto, vuestros vasallos. ¡Dejadles regresar a sus países, donde tanto se ha llorado por nosotros!

Boí. La misma mañana

—Por favor, déjenme ayudarlos —insiste el inspector Font por tercera vez—. Necesito que identifiquen a uno de sus familiares para que podamos ponerles protección. Tenemos que atrapar a los culpables; si no, nunca estarán a salvo.

—Le agradecemos su visita —le dice el hombre de mayor edad—, pero no sabemos de qué nos está hablando. Ahora váyase, por favor, se lo ruego.

Se lo queda mirando resignado. ¿Cómo es posible que ese hombre no quiera esclarecer la muerte de su padre? Según el padre Capmany, es el otro hijo de Joan y se llama Francisco. Aparenta tener más de sesenta años. Por su aspecto, es imposible que alguien lo relacionara con la religión cátara —viste una camisa de lana a cuadros verdes y grises, pantalones recios azul marino y botas de montaña—. Quizás podría hacerlo por la barba, aunque no supera el centímetro de espesor.

—Y usted, señora, ¿ya ha perdido toda esperanza de encontrar a su marido con vida? —se dirige a la mujer.

El hombre más joven se le acerca, lo agarra por el brazo y comienza a empujarlo hacia la puerta de la cocina. Aunque pretendiera resistirse con sus ciento veinte kilos, ese joven sería capaz de desplazarlo: mide un metro ochenta, pero la anchura de sus espaldas y la musculatura de sus pectorales son descomunales. Seguramente se ha labrado esa constitución a base de trabajo en el campo, más duro aun si cabe en estas regiones pirenaicas donde los desniveles duplican los esfuerzos requeridos para realizar cualquier tarea.

—Váyase y no vuelva por aquí nunca más. —Lo empuja hacia la calle.

—Llámenme si cambian de opinión. —Las últimas palabras no llegan a penetrar en la casa; el joven ha cerrado la puerta de un portazo.

Baja la vista disgustado consigo mismo y mira el suelo empedrado. Ha sido demasiado brusco con ellos, los ha herido con sus palabras y no tiene justificación. Sabía de antemano que lo negarían todo, pero algo le decía que esta era su única oportunidad. Ha podido entrever la tristeza en sus semblantes; la mujer, María, estaba a punto de desmoronarse.

Alza la vista y contempla el dintel de la puerta de madera maciza, los muros anchos de piedra, los geranios que cuelgan de las ventanas del piso superior. Tiene que encontrar la manera de ganarse la confianza de esa gente, está en su deber protegerlos; si los responsables de los asesinatos relacionados con la cruz occitana los descubrieran, correrían un grave peligro.

La zona del casco antiguo del pueblo, compuesta por una cuarentena de edificaciones, conserva la distribución medieval; las viviendas se amontonan y se funden entre ellas colgando como puentes sobre las calles estrechas, empinadas y laberínticas, una agrupación con carácter defensivo que perdura a través de los siglos gracias a la inaccesibilidad de esas montañas y al apego de sus habitantes por las tradiciones y la conservación de su patrimonio.

Desciende veinte metros por la cuesta y abandona el poblado a través de un arco dibujado en un muro de piedra, una de las antiguas puertas medievales. A su izquierda está la iglesia románica de San Juan; un poco más abajo, la carretera que sube hacia el pueblo de Taüll y las pistas de esquí. Las construcciones son modernas —edificios de apartamentos y una posada—, pero respetan la costumbre de muros de piedra de un metro de grosor y tejados de pizarra a dos aguas.

Son las ocho y media de la mañana. Cuando ha llegado al pueblo hace veinte minutos y ha aparcado en la plaza, un hombre ha subido desde la iglesia y se ha acercado a él. En los pueblos pequeños de montaña es costumbre salir a recibir a los forasteros. Nadie puede pasear por ellos y pasar desapercibido —lo aprendió cuando era niño—, pero ha tenido la sensación de que ese hombre lo estaba esperando. Con tono afable, se ha interesado por los motivos de su visita y él le ha dicho que ha venido a ver a una amiga suya que vive en el pueblo, María Mestre. Para su sorpresa, el hombre le ha informado que era su hermano y se llamaba Josep. Lo ha acompañado hasta la casa de su hermana y han entrado juntos. En la cocina han encontrado a María desayunando con Francisco y Salvador. Había localizado a los tres cátaros adultos que el padre Capmany recordaba: María Mestre, esposa de Marc Escoll, el hijo de Joan desaparecido hasta la fecha, su hermano Josep Mestre y Francisco Escoll, el otro hijo de Joan.

Ha estudiado las fotografías dispuestas sobre la repisa de la chimenea mientras hablaba con ellos: en una de ellas aparecían dos niños levantando sendos troncos por encima de sus cabezas; uno debía ser Salvador, el joven robusto que lo ha echado de la casa, hijo de Josep Mestre, según le han dicho ellos mismos. El otro niño podría ser el último miembro de la familia que le falta por identificar —el padre Capmany hizo referencia a dos o tres niños cuando los visitó por última vez—. No ha tenido ocasión de preguntarles: su paciencia se ha ido agotando conforme avanzaba la conversación y él ha dejado escapar la oportunidad.

Contempla las montañas al otro lado del valle: los picos de roca escarpada como dientes de sierra que cortan el cielo, las franjas de bosques que motean las laderas. Le parece ver nieve en las cimas más lejanas que hay a su derecha, aunque podría ser un espejismo del sol reflejado en las tonalidades grisáceas de la roca. Después, mira hacia la izquierda: detrás de aquellas montañas se esconden las cumbres más altas de los Pirineos, que desafían los tres mil metros de altitud. Ha visto avanzar el amanecer por las paredes de roca mientras conducía, los picos nevados iluminarse por orden de tamaño, como llevan haciéndolo desde el inicio de los tiempos.

Se sienta en el coche, un escalofrío le recorre el cuerpo; el verano nunca alcanza a las mañanas de la montaña. Necesita tomarse un café. Con la impaciencia de llegar cuanto antes, no ha parado en las más de tres horas que ha durado el trayecto. El viaje de regreso a Barcelona lo realizará con más prudencia y tranquilidad; tiene pensado ir a trabajar a la comisaría a primera hora de la tarde, le sobra tiempo. Hoy denunciará la desaparición de Mónica, pues se cumple el tercer día sin noticias de su paradero. Los agentes de la comisaría de Balaguer que se desplazaron hasta la mansión Vila encontraron allí a Sergi, el exnovio de Mónica, y hablaron con él; les dijo que no sabía nada de ella desde hacía un par de meses. Tiene que encontrarla cuanto antes.

Arranca el motor y contempla las montañas una vez más. La visita, infructuosa en apariencia, quizás no haya sido en balde. Está convencido de que los cátaros conocían la identidad del tercer cadáver encontrado en Terrassa junto al fusil. Cuando ha mencionado la cojera de ese hombre, Josep ha mirado a Francisco y este ha asentido con la cabeza; María se ha llevado las manos a la boca. Han sido gestos rápidos y disimulados, pero suficientes para un observador avezado.

—Pere Palacín los mató —sentencia Josep—, no hay lugar a dudas.

—Es lo más probable —responde Francisco meneando la cabeza, pensativo—. Varios de los hombres de esa familia tenían la misma cojera congénita.

—El muy canalla no murió en la Guerra Civil —continúa Josep.

—Nunca encontraron su cuerpo —dice Francisco—, pero ahora resulta evidente que no desapareció en contra de su voluntad.

—Debió de enterarse de que estaban en Terrassa y se quedó allí esperando su oportunidad —responde Josep.

—Habían pasado más de diez años desde su desaparición —manifiesta Francisco exasperado—. ¿Cómo íbamos a sospechar de él?

—Nos engañó a todos —refunfuña Josep.

—Lo siento —interviene Salvador—, teníais razón.

Salvador recuerda su insistencia para convencer a su padre y a su tío de la necesidad de incorporar a Jordi Palacín, el nieto del hombre que sospechan que puede ser el asesino de sus familiares hallados muertos en Terrassa, a la religión cátara. Desde que falleció su primo Joanet, Jordi se convirtió en su mejor amigo, compartieron juntos la infancia y la juventud; siempre había creído que los problemas entre sus respectivas familias eran cosa del pasado. Estaba equivocado.

—Teníamos que ser prudentes, hijo —le dice su padre—. A pesar de ser tu mejor amigo, la familia de Jordi nunca fue de fiar. Su padre, su abuelo y varias generaciones antes de ellos sabían que escondíamos algo y dedicaron todo su empeño a averiguar de qué se trataba con la intención de robárnoslo. La codicia es uno de los peores pecados de la humanidad, posee a los hombres con su locura y los lleva a cometer los actos más malvados, pero la vida no se puede comprar. Ni la muerte tampoco.

—Ahora no podemos perder más el tiempo con lamentaciones —dice su tío Francisco con gesto serio—, tenemos que actuar con rapidez. Si nos ha descubierto ese mosso d'esquadra, es posible que se enteren más personas y vengan a por nosotros. Sabemos quién mató a mi padre y a vuestro abuelo. —Mira a María y a Josep—. Pero eso no cambia nada, la convicción de que Onofre Vila se hizo con la piedra caída del Paraíso permanece intacta. Quizás ese hombre no sea tan malvado como pensábamos, pero no olvidemos que, cuando mi hermano Marc salió en su busca, nunca regresó.

—Pero ¿qué más da ya si morimos todos? —dice María en un arrebato; después rompe a llorar.

Salvador se acerca y la abraza.

—Ay, mi niño —le dice ella acariciándole la cara—, cuídate mucho. Sé fuerte, eres nuestra última esperanza.

—Salvador. —Su tío Francisco le pone la mano en la espalda —. Tenemos que irnos.

Sale de la cocina detrás de su tío y su padre; tras cruzar el umbral de la puerta, se vuelve y mira a su tía sentada a la mesa, llorando, tapándose la cara con las manos. Es posible que no la vuelva a ver más.

Salvador entra el último en la iglesia y cierra la puerta. Apenas entra luz por los ventanales, minúsculos entre las piedras irregulares de los muros laterales. Avanzan en la penumbra hacia la fachada norte, donde se encuentra la entrada principal; siempre que están a solas, prescinden de la iluminación artificial, ampliada para la presentación de las iglesias románicas del valle de Boí al concurso de la Unesco que se celebrará a finales de año para ser declaradas patrimonio de la humanidad. No pueden impedir el avance de los tiempos:

primero fueron las centrales hidroeléctricas; después, la mejora de las carreteras y el túnel de Vielha, las pistas de esquí; ahora son las iglesias convertidas en reclamo turístico; la tranquilidad del valle y sus montañas, su aislamiento, pertenecen ya a una época del pasado; tal vez haya llegado el momento de emigrar para permanecer en el anonimato. Cada persona que visita el pueblo y los alrededores es una amenaza para su existencia.

La planta de la iglesia de San Juan es basilical, las tres naves están separadas por arcos de medio punto sobre unos pilares macizos de poca altura. El techo es de madera, lo remodelaron recientemente; en los arcos y en los muros destacan las reproducciones de las pinturas murales expuestas en el MNAC: las arrancaron de la piedra y las trasladaron al museo en dos etapas, la primera durante los años veinte; la segunda, en los setenta.

El trasvase cultural propiciado por el comercio y las relaciones familiares siempre ha existido en la zona pirenaica indistintamente de las fronteras de los países —el valle de Boí se encuentra a menos de treinta kilómetros de Francia—. Cuando los cátaros se exiliaron como último recurso para sobrevivir a principios del siglo XIII, perseguidos por los cruzados, sus creencias y sus costumbres ya habían penetrado en estas tierras en un tiempo en el que las diferencias entre cristianos eran difíciles de establecer.

Las pinturas murales de las iglesias, consagradas en el siglo XII, constituyen una alegoría del pensamiento cátaro. En la iglesia de San Juan las pinturas están distribuidas a conciencia para representar la dualidad del mundo; en los muros se escenifica el universo celestial, lugar de santos, como san Esteban en la imagen de su lapidación o los bienaventurados y los juglares que los acompañan para amenizar su estancia; en la zona inferior de los muros y los intradoses de los arcos se representa el mundo terrenal, habitado por los animales conocidos y mitológicos del bestiario, así como por otros personajes de comportamiento indeseable ejemplificados en el pecador tullido que se toca los genitales. Existía otra pintura mural para describir el día del Juicio Final con sus veredictos maniqueos —Infierno o Paraíso—, pero solo se conserva el dragón de las siete cabezas, la bestia apocalíptica. La teoría más aceptada sobre las pinturas del ábside, borradas por la historia, en consonancia con las demás iglesias del valle donde se encuentran en buen estado, es que estaba representado el Pantocrátor, el Cristo triunfante sobre la muerte, secundado por los cuatro apóstoles, otra imagen de fuerte simbolismo cátaro.

Su tío Francisco se ha detenido junto a la puerta norte. Sobre su cabeza está el gallo pintado en el tímpano, símbolo de la resurrección por su canto al amanecer para celebrar el nuevo día. Por la noche dudará si su tío ha escogido ese lugar a conciencia para la confesión o si ha sido una elección casual.

—Salvador, tu padre y yo tenemos que contarte algo —le dice su tío Francisco con gesto grave.

—¿Vamos a modificar el plan? —pregunta, extrañado.

—No, todo sigue igual —interviene su padre.

—Tu primo Joanet no murió —expresa su tío con rotundidad.

—Pero ¿cómo puedes decir eso? —replica con voz nerviosa sin comprender y mira a su padre—. Fui yo quien lo encontró en la montaña, murió en mis brazos. Cargué su ataúd sobre mis espaldas.

Su padre le pone una mano en el hombro.

—Tu primo murió aquella noche —le dice—, sufrió quemaduras por todo el cuerpo, se fracturó el cráneo, pero conseguimos salvarlo.

—Deberíamos habértelo explicado mucho antes —dice su tío.

—¿Lo sabe la tía?

—No pudimos decírselo —interviene Francisco en tono de alegato.

—Pero es su madre —protesta, enfurecido—, se lo podríais haber dicho. La pobre tía nunca ha vuelto a ser la misma, perdió a su marido y a su hijo en pocos años.

—Pusimos todo nuestro empeño —se excusa su tío—. Tu padre y yo hicimos lo que creímos más conveniente en aquella situación tan dramática. Nuestra intención era contárselo a la tía, pero algo salió mal y preferimos no causarle más sufrimiento. Por favor, no te enfades, todo tiene una explicación. Sabíamos que tarde o temprano llegaría este día.

—Hijo —le dice su padre con gesto afligido—, tú mismo nos has reprochado muchas veces que no utilizáramos la piedra caída del Paraíso para salvar a tu primo. Ayer mismo tuvimos la última de estas discusiones. Siempre hemos insistido en que eso sería actuar en contra de nuestra religión, el pecado más grave que podríamos cometer, nosotros, los elegidos por Jesús para salvaguardar el secreto más importante de la humanidad, la esmeralda que Lucifer, el ángel caído, trajo consigo a la tierra tras su expulsión del Paraíso, capaz de proveer alimentos y riquezas sin límite, pero, lo más importante, de devolver la vida, de obrar la resurrección.

»Nuestra misión es velar por ella para que la codicia no se convierta en el único afán de las personas. Su descubrimiento podría significar el fin del mundo. Para nosotros las propiedades de la piedra son irrelevantes, la muerte es necesaria para alcanzar el Reino de los Cielos. Permanecer en este mundo regido por la maldad de manera innecesaria sería la peor penitencia que podríamos sufrir, pero, a pesar de todo, utilizamos la piedra, conscientes de que jamás regresaríamos al Paraíso en esta vida y de que condenaríamos a tu primo Joanet, una persona inocente y sin elección, a vivir con el peor de los castigos.

—Pecamos, Salvador —dice su tío Francisco— y ya nunca recibiremos el perdón de Dios, pero no fuimos los primeros. Nuestros abuelos tomaron esa decisión cuando la familia disminuyó a menos de una docena de miembros y construyeron varias pilas bautismales en nuestras iglesias para realizar el ritual. Tampoco sirvió de nada. Aunque tu primo estuviera vivo, solo quedaríamos cinco. Ya no albergamos ninguna esperanza de encontrar a mi hermano Marc con vida después de tantos años y ver cómo acabaron los demás. Si la piedra caída del Paraíso no logró enderezar nuestro camino, es porque estamos predestinados a desaparecer y no deberíamos oponernos a los designios divinos.

—¡No teníais derecho a hacer lo que hicisteis! —grita, enfurecido—. Y menos a ocultarlo. Decidme de una vez dónde está el primo y no os andéis con más rodeos. ¿Por qué no sabéis nada de él?

—Salvador —le responde su tío Francisco—, la noche que Joanet sufrió el accidente, tu padre y yo fuimos a Coll con el cuerpo sin vida de tu primo. Supongo que te acuerdas, tú te quedaste aquí haciéndole compañía a la tía. Cuando llegamos allí y vimos su cuerpo tan pequeño... Era solo un niño, no había cumplido los diez años. Caímos en la tentación y lo trasladamos a Saraís. Ni siquiera sabíamos si lo conseguiríamos, pero la fortuna estuvo de nuestro lado y devolvimos la vida a tu primo.

»A partir de aquel momento, todo fue improvisación: Joanet no podía aparecer por el pueblo al día siguiente como si no hubiera sucedido nada; lo habían visto todos los vecinos: su cara quemada, los huesos rotos. Nos encontramos en la obligación de buscarle un nuevo hogar donde permanecer oculto durante algún tiempo hasta que encontráramos una solución permanente. Yo me quedé en Coll preparando el ataúd, lo rellené con varios sacos de tierra. Tu padre se marchó con tu primo en la furgoneta y condujo toda la noche, regresó justo al amanecer. Durante el funeral no le dejamos ver el cuerpo a nadie con el pretexto de las graves quemaduras que había sufrido tu primo Joanet en el rostro.

—Hijo —retoma la conversación su padre—, la primera vez que nuestros abuelos utilizaron la piedra caída del Paraíso descubrieron que las propiedades de resucitar a una persona fallecida recientemente y sanarla por completo de sus heridas eran ciertas, tal y como nos enseñaba la tradición, pero de lo que nadie tenía conocimiento era de que la persona rescatada de la muerte sufriría una amnesia total y jamás recobraría la memoria. Entonces tomaron la decisión de no utilizarla, bajo ningún concepto, en personas adultas. Tu primo Joanet fue la segunda persona devuelta a la vida. Debido a su edad, dispondría de tiempo suficiente para superar el trauma, adaptarse a las circunstancias y volver a aprender todos los preceptos de nuestra religión.

»Tan pronto como recobró el pulso, las quemaduras de su rostro comenzaron a sanar, sus huesos recobraron la firmeza. Lo subimos en la furgoneta y yo conduje hasta Francia. Pensamos que la mejor opción era sacarlo del país. Conocíamos un monasterio de monjas cerca de Toulouse, en las tierras de nuestros antepasados; lo dejaríamos allí con ellas para que se encargaran de él durante unas semanas; ya regresaríamos más adelante a buscarlo para devolvérselo a su madre. Les buscaríamos un lugar lejos del valle donde pudieran vivir juntos sin que nadie los reconociese. —Su padre deja de hablar, cierra los ojos y suspira.

—¿Pero...? —inquiere él.

—Lo dejé a las puertas de la abadía con una nota, pidiéndoles que, por favor, se hicieran cargo de él. Regresaríamos en unas semanas a recogerlo, con mucho dinero. No sabía qué más podía hacer. Después, me fui. Ya no volvimos a saber de él nunca más. —A su padre le caen las lágrimas—. Cuando regresé con tu tío dos semanas más tarde, las monjas nos dijeron que ellas no habían encontrado a ningún niño. Recorrimos todos los orfanatos del sur de Francia, no conseguimos encontrarlo ni hallamos el menor indicio de lo que pudiera haberle sucedido. Regresamos a la abadía con insistencia durante el primer año, hasta que un día nos recibió la abadesa y nos dijo que, si volvíamos a importunarla con nuestras visitas, avisaría a la gendarmería.

—¿Y no seguisteis buscando?

—Había pasado un año y medio y no habíamos averiguado nada —le responde su tío Francisco.

—No sabíamos qué más podíamos hacer —dice su padre con desesperación en la voz—. Llevamos soportando este calvario durante casi dos décadas.

—Desde el 23 de julio de 1981 —dice él con sarcasmo—, la noche de San Juan, ¿cómo lo voy a olvidar? La primera vez que el primo bajaba una de las fallas para adultos.

—Ahora tienes que irte —le exige su tío Francisco zanjando la conversación.

—Ha llegado el día, hijo, tienes que cumplir con tu parte del plan. Sabes muy bien lo que tienes que hacer, lo hemos revisado muchas veces durante las últimas semanas.

—Lo sé —reafirma él—. Antes de que me vaya, quisiera saber en qué monasterio dejasteis al primo Joanet aquella noche.

—En la abadía de Santa María del Desierto —responde su tío—, a unos treinta kilómetros al noroeste de Toulouse.

—Perdonadme si he sido demasiado duro con vosotros —dice él—. Estoy convencido de que tratasteis de hacer lo mejor para la familia.

—Ten cuidado, hijo. —Su padre lo abraza.

—Vosotros también, cuidad de la tía. Volveremos a vernos cuando todo esto se haya terminado.

—Eso espero —dice su padre.

—Saldremos de esta —manifiesta su tío Francisco abrazándose a ellos.

Balaguer. Por la tarde

—Tenía razón, patrón, ese mosso d'esquadra nos ha llevado hasta los cátaros.

—Lo sabía. —Onofre Vila sonríe.

Han rastreado todos los desplazamientos del inspector Font desde el primer día que se presentó en la mansión. Aquella noche le colocaron un localizador GPS en los bajos de su coche mientras lo tenía estacionado en el parking de su domicilio en la avenida Meridiana. Onofre Vila advirtió a Mohamed que estuviera muy atento a los movimientos del inspector Font tras la última visita de este al padre Capmany; confiaba en la posibilidad de que el cura le hubiera revelado la identidad de Joan o el paradero de sus familiares.

—Acabo de buscar en los archivos —informa Mohamed—. He encontrado a dos hombres nacidos a principios de la década de 1910, los dos en Boí. No hay partidas de defunción ni tampoco documentos después de los años cuarenta. No han pagado impuestos ni hay rastro de ellos en los registros civiles, propiedades o ayuntamientos. Uno se llama Pere Palacín; el nuestro, Joan Escoll. El hombre de abajo es su hijo, se llama Marc, no hay documentos después de 1974. La familia de Marc vive en Boí, allí están su mujer y un hermano de Marc que se llama Francisco; también un hermano de su mujer de nombre Josep y su hijo Salvador, todos con actividad... Son cuatro, una mujer y tres hombres.

—Por fin los hemos descubierto. —Onofre Vila da una palmada en la espalda a Mohamed.

—Hay algo más, señor. No existe partida de defunción del abuelo de la mujer. Nació en 1878. El último documento es de 1922.

—Ese tiene que ser el amigo de Joan que vivía en la sierra, así que tenía más de setenta años cuando murió. No importa, ¿dónde está el mosso ahora?

—Llegó a Barcelona hace tres horas, está en comisaría. El coche está en el parking.

—¿Cómo va la investigación de la muerte del intendente Martí?

—No han descubierto nada nuevo desde que encontraron los correos electrónicos en el ordenador de la comisaría.

—El muy estúpido. Ve a buscar a Sergi, tenemos que ir a Boí.

—¿Él también viene?

Onofre Vila vuelve la cabeza lentamente y lanza una mirada reprobatoria a Mohamed. El sirviente agacha la cabeza y abandona la sala de control para dirigirse al ascensor.

—Los hemos encontrado, Sergi. —Su abuelo lo recibe eufórico.

—¿A quiénes?

—¿A quiénes va a ser, estúpido? —lo increpa—. A los cátaros. Ellos fueron los custodios de la piedra caída del Paraíso antes de que yo la encontrara. Estoy convencido de que conocen el secreto para conseguir la vida eterna.

—¿Cómo puedes estar tan seguro de que esas personas sabrán utilizarla?

—¿Quieres dejar de hacer tantas preguntas? —le reprende, molesto—. Lo único que tienes que hacer es confiar en mí. Hemos estado siguiendo al inspector Font, nos ha conducido directos hasta esa familia. Ahora no hay tiempo que perder, saldremos de madrugada. Quiero que estemos allí antes del amanecer, no me gusta actuar de noche. Los sorprenderemos cuando se acaben de despertar. —Su abuelo se levanta de la silla—. Mohamed, asegúrate de que realmente solo sean cuatro, no podemos dejar la misión a expensas del azar. Sergi, quédate aquí con él y asístele en lo que necesite. Iremos los tres a Boí y, sobre todo, recuerda, no vamos allí a matar a nadie, tenemos que pasar desapercibidos. Ya me las ingeniaré yo para hacerles hablar.

Su abuelo coge el bastón y se dirige al ascensor. Sergi detesta quedarse a solas con Mohamed; le repugna y se lo hace saber con la mirada. Tiene que pensar el modo de convencer a su abuelo para deshacerse de él.

Onofre Vila entra en el ascensor, introduce una llave en la ranura metálica situada al lado del número menos dos y la hace girar hacia la izquierda, hasta un tope, tres veces. Suena un pitido por el altavoz, el ascensor se pone en funcionamiento y desciende hasta el tercer nivel. Ve abrirse la puerta con los nervios jugando en la boca su estómago; llevaba más de media vida esperando este momento. Mañana podría ser inmortal.

No había vuelto a bajar a la tercera planta del sótano desde que trasladaron al prisionero, hace ocho años, del monasterio de Les Franqueses. Su frustración por no encontrar el modo de utilizar la piedra caída del Paraíso para lograr la vida eterna coincidió con la aparición de dos empleados leales como María Fernanda y Mohamed para que se hicieran cargo de aquel hombre; tal vez se debiera a la edad y a los ochenta años ya estuviera preparado para confiar en alguien, pero de lo que sí estaba seguro era de que no lo defraudarían. Ninguno de los sirvientes tenía vínculos familiares ni amistades en el país. Mohamed es como un hijo; María Fernanda es tan miedosa que las amenazas de hacerle daño a su familia si hablara con alguien acerca del prisionero la mantendrán en silencio hasta el final de sus días.

El tercer nivel del sótano presenta idénticas dimensiones a los dos garajes que hay en las plantas superiores, aunque en este unos barrotes de hierro que van desde el suelo hasta el techo dividen la sala en dos mitades simétricas. No hay ventanas; cuatro extractores, uno en cada esquina, sirven de ventilación.

Deja la garrota en el ascensor, se apea de él y camina hacia los barrotes que atraviesan la sala. El prisionero, sentado en el jergón leyendo un libro, no se inmuta por su presencia.

—Hoy vienes muy temprano para la cena, María Fernanda —dice el hombre sin alzar la vista.

Onofre Vila mira en el interior de la celda. Hay un camastro, una silla blanca de madera, una cómoda, una mesita y un calefactor. Al otro lado de los barrotes no hay más que una bandeja de oro en el suelo con dos platos sucios, cubiertos, una servilleta y un vaso.

—No soy María Fernanda —dice agarrándose a los barrotes.

El prisionero da un respingo y se pone de pie. El pelo canoso le cubre la mitad del rostro, la barba gris le llega hasta el pecho. Lleva puestas unas gafas de montura muy fina, viste una túnica gris y va descalzo. Se retira el pelo de la frente con la mano, deja el libro —el Nuevo Testamento— encima de la cama y le confronta con gesto desafiante.

—Echaba de menos charlar contigo —dice Onofre Vila con nostalgia fingida—. Siento que nunca pudiéramos llegar a ser amigos como lo fui de tu padre, todo hubiera sido mucho más sencillo. Nos hubiéramos ahorrado todos estos años de sufrimiento. Pero eres demasiado orgulloso y obstinado, como todos en tu familia, imagino. Mas no te culpo, te entiendo, yo hubiese hecho lo mismo en tu lugar.

—¿Para qué has venido? —pregunta el prisionero con ironía, levantando la mano izquierda con los dedos índice y pulgar estirados; el resto son muñones a la altura de la primera falange.

—No he venido para eso, Marc.

—Maldito seas —exclama el prisionero.

Marc se abalanza sobre Onofre Vila, cogiéndolo por sorpresa, y lo agarra por el cuello del batín; la cara del anciano se estampa contra los barrotes.

—¿Cómo sabes mi nombre? ¿Quién te lo ha dicho? —pregunta Marc con agresividad.

—Suéltame —le responde aturdido.

—No te soltaré hasta que me lo digas.

Ese hombre lo ha inmovilizado. No consigue separarse de la reja, nota su aliento en la cara.

—Suéltame o te arrepentirás —le amenaza—. Sé dónde vive toda tu familia.

Marc lo suelta de un empujón. Él trastabilla, da tres pasos hacia atrás, pero consigue estabilizarse.

—Nunca me has creído —dice acercándose de nuevo a los

barrotes—. Yo no maté a tu padre, es la única persona a la que he apreciado en toda mi vida, ¿lo entiendes? Si algún día sales de aquí, lo podrás comprobar por ti mismo.

—Lo apreciabas tanto que has tenido a su hijo secuestrado durante más de dos décadas —le dice con desprecio.

—No te confundas. Yo era amigo de tu padre, no tuyo. Fuiste tú el que se negó a colaborar conmigo, así que no me culpes a mí de tus decisiones. Te voy a contar cómo nos conocimos, nunca se lo había dicho a nadie, era nuestro secreto. Tu padre me descubrió robando comida en el almacén de las iglesias de Terrassa. Me había colado por una de las ventanas, era de noche y al saltar apoyé el pie sobre un madero, me fracturé el tobillo derecho y me quedé allí atrapado. Él me encontró al amanecer y, en lugar de denunciarme, se apiadó de mí y decidió ayudarme. Él sí que era un buen hombre, no como tú; todos podemos elegir en esta vida.

»Así es como nació nuestra amistad. Duró muchos años, hasta que apareció aquel hombre. Yo no fui, ¿lo entiendes? —Se agarra a los barrotes enrabietado—. Yo no fui —repite gritando. Se retira de la reja, nota el pulso acelerado. Tiene que abrir la boca para poder respirar—. Sabía que tu padre ocultaba algo —continúa—. No era posible que los campos de la iglesia, de los que él era responsable, crecieran de esa manera en aquellas condiciones. Soy payés, lo soy de nacimiento, a mí no se me puede engañar. Tras dos años de sequía, perdí todo lo que tenía, yo y muchos allí en Terrassa. Éramos más pobres que las ratas, solo ansiaba saber cuál era su secreto.

»Lo estuve siguiendo durante varios meses. Quizás ese fuera mi pecado, no ser sincero con él, pero yo no lo maté. Era la madrugada del 21 de marzo. Llovía mucho, los caminos estaban enfangados. Su amigo fue a buscarle a la iglesia de San Miguel. Fueron andando hasta la balsa. Los vi meter los pies en el barro. Se arremangaron las túnicas, el agua les llegaba a la altura de las rodillas. Entonces fue la primera vez que vi aquella luz celestial, el resplandor verdoso de lo divino. Sus sombras se proyectaban sobre el agua turbia agitada por la lluvia como si fuera un pasaje bíblico, pero aquella imagen solo duró unos segundos: la estampa más preciosa que he visto en mi vida.

»Sonaron dos disparos, el ruido y los destellos se mezclaron con la tormenta. Tu padre y el otro hombre cayeron a plomo sobre el agua. La luz de la esmeralda, sumergida, marcaba su posición. Vi al hombre descender por el terraplén a unos veinte metros de donde yo estaba con un rifle al hombro. Los rayos lo iluminaban de manera intermitente. Llegó hasta los cuerpos. Entonces el amigo de tu padre emergió del agua poniéndose de pie. Sonaron más disparos y volvió a desplomarse. Tenía que hacer algo; me deslicé por el barro de la pared de la balsa y corrí hasta la caseta donde tu padre guardaba los aperos, cogí un pico y esperé hasta que el asesino de tu padre saliera de la balsa.

»Lo sorprendí por la espalda y le di un golpe con el hierro en la cabeza. Cayó fulminado al instante. Abrí el zurrón de cuero que les había robado: allí estaba la piedra caída del Paraíso junto con una decena de pepitas de oro. Regresé al interior de la balsa y arrastré los cuerpos de tus parientes para sacarlos de allí, decidido a darles sepultura. Cuando estaba cavando la fosa, el amigo de tu padre comenzó a toser. Se había bajado la túnica hasta el abdomen. Me acerqué a él y utilicé la esmeralda para alumbrarlo. Nunca había visto cosa igual: aquel hombre tenía tres o cuatro balazos en el pecho y estaba vivo. Había visto morir a mucha gente en la guerra, aquello no era normal. Sentí miedo, no sabía lo que estaba pasando. El amigo de tu padre intentaba decirme algo, pero no lo entendía, era como un fantasma. No sé por qué lo hice; saqué el machete y le corté el cuello.

Marc se sienta en la cama y se lleva las manos a la cara.

—Mataste al abuelo de mi esposa.

—Ese hombre debería haber estado muerto de todas maneras, no podía verme involucrado en aquel asunto, el pueblo entero habría sospechado de mí. Enterré los tres cuerpos durante la noche y a las pocas semanas abandoné la ciudad para siempre; así es como recalé en Balaguer. El resto no me hace falta explicártelo. Si me encontrasteis es porque descubristeis que yo tenía la piedra. Cuando viniste, yo ya os andaba buscando. No podía creer mi buena suerte, aunque al final no me has servido para nada. Todo por tu culpa. Si me hubierais ayudado, a lo mejor os hubiera devuelto la piedra. Espero que, a partir de ahora, entréis en razón de una vez por todas.

—Déjalos en paz —dice Marc con la voz rasposa—. Ellos no pueden ayudarte.

—Estoy más convencido que nunca de que sabéis el secreto de la vida eterna. Cuando hace dos meses encontraron al abuelo de tu mujer, su cuerpo estaba incorrupto. Los Mossos todavía piensan que acababa de morir, pero a mí no me engañáis. El rostro de ese hombre mientras lo enterraba me persiguió durante muchos años; soñaba que salía de su tumba y venía a por mí para vengarse.

—No hablarán contigo.

—Pues los mataré a todos, a menos que tú decidas contármelo.

—Pretendes engañarme, no sabes dónde están.

—Esta noche voy a Boí —dice, resolutivo—. ¿No tienes nada que decir?

Marc se pone de pie, coge el Nuevo Testamento y camina por la habitación.

—Para realizar el ritual, tienes que llevar la piedra caída del Paraíso. Sabes que le falta una parte, necesitarán juntarla de nuevo.

—Siempre confié en que llegaríamos a entendernos. —Le sonríe—. Al fin y al cabo, tuviste un niño con mi hija Claudia, pero quiero que sepas que nunca te lo perdonaré. Además, ya estabas casado. Si me has mentido, volveré a por ti, pero esta vez no será solo un dedo; ya no te necesito.

Se da media vuelta y se dirige al ascensor.

—¿Quién los mató? —le pregunta Marc.

—Supongo que Pere Palacín.

—¿Cómo lo sabes?

Se vuelve, mira a Marc con aire de superioridad y continúa hacia el ascensor.

Barcelona. Al anochecer

El inspector Font sube en el ascensor hacia su despacho. Son las nueve de la noche, acaba de regresar de Terrassa.

Sintió la ansiedad de nuevo mientras conducía por las curvas del pantano de Escales al poco de abandonar el valle de Boí. Solo pensaba en Mónica, un pensamiento en bucle que amenazaba con paralizarlo. Detuvo el coche en uno de los miradores de la presa, cogió el teléfono y avisó a sus compañeros para que denunciaran su desaparición. Lo ayudó a serenarse haber tomado la iniciativa. Paró en un bar de carretera para almorzar y acudió a la comisaría a las dos de la tarde.

A las seis llamó al padre Capmany por teléfono para informarle de la visita a Boí. Una monja le cogió el teléfono y le comunicó que el párroco había fallecido por la mañana. La mujer, al enterarse de que era mosso d'esquadra, le pidió que fuera a verla. Dudaba que la muerte del padre Capmany se hubiera producido por causas naturales: por la mañana habían acontecido unos sucesos muy extraños que prefería discutir en persona.

Llegó a Terrassa poco antes de las siete. La monja le explicó que dos jóvenes, un hombre y una mujer, habían visitado al difunto, la habían retenido a ella en el portal del caserón y habían huido corriendo tras la muerte del sacerdote. Le mostró la fotografía de Mónica. Era ella. La mujer descartó la fotografía de Sergi y dudó al ver el rostro de Mario, sobre todo cuando él le indicó que podría haberse dejado crecer el pelo o la barba. La tranquilizó para que no denunciara los hechos asegurándole que la joven era una buena amiga del padre Capmany. Él se encargaría de preguntarle para averiguar lo sucedido; regresaría para mantenerla informada.

A pesar de las circunstancias, sintió un gran alivio al volver a saber de Mónica. Pero ¿en qué enredo se había metido? ¿Se había fugado con el ladrón del Museo Nacional en el Vespino? Es difícil creer que se tratara de un secuestro. Mónica se subió en la motocicleta por su propio pie, aunque podría haber estado coaccionada mediante alguna amenaza o chantaje. ¿Descubrió algo el profesor Llull que también sabe ella y está intentando investigar por su cuenta?

Se abre la puerta del ascensor. El pasillo de la comisaría está en silencio, las luces apagadas. En algunas oficinas se puede ver el interior gracias a la iluminación procedente de las pantallas de los ordenadores. A pesar de la fatiga y el cansancio acumulado en las últimas horas, ha regresado para recoger una cinta de vídeo, enviada por la entidad bancaria suiza, que ha llegado en su ausencia; el caporal Ramos la ha dejado encima de su mesa. No la esperaba hasta dentro de unos días; tal vez, por tratarse de un homicidio, hayan actuado con más celeridad.

Entra en su despacho y coge el paquete con la cinta de vídeo. Pensaba regresar a su apartamento para visionarla con más tranquilidad, pero, al tenerla en las manos, le vence la impaciencia. Se dirige a la sala de reuniones, inserta la cinta para verla en el proyector, se sienta en una silla, se descalza y pone los pies sobre la mesa.

En la imagen aparece un individuo delgado y bajito, siempre de espaldas, con una cazadora negra, que se aproxima a una de las mesas y se sienta frente a un empleado del banco. Se aprecia cómo entrega un paquete; después, se levanta y camina hacia la cámara. Apenas puede verle la cara, la gorra le hace sombra. El individuo anda con la cabeza agachada y utiliza la mano para cubrírsela.

El inspector retira los pies de la mesa, se pone en pie y se acerca a la pantalla plástica del proyector. Hay algo en los trazos rectos de la mandíbula de ese hombre que le resulta familiar. Repasa la secuencia a cámara lenta y detiene la proyección en el instante en que se aprecian las facciones con mayor claridad. Es el conserje de Onofre Vila, está seguro. Se fijó bien en su cara la primera vez que fue a Balaguer, tenía las mejillas repletas de cicatrices provocadas por el acné. Le salió a recibir a la puerta de la finca para decirle que se marchara. Onofre Vila no lo recibiría si no llevaba una orden judicial. Su acento era inequívoco del Magreb.

Mira la imagen congelada, tiene que averiguar el nombre de ese individuo. Piensa en alertar a sus compañeros de la comisaría de Balaguer. Desecha la idea. Onofre Vila es demasiado poderoso, podría tener algún contacto entre los mossos de esa comisaría que le facilitara información.

Vuelve a acordarse de Mónica, ¿y si se hubiera fugado con el hombre de la imagen? Extrae la cinta del aparato de vídeo, pasa por su oficina a recoger una carpeta y baja al parking para retirar el vehículo. Tiene que analizar todas las posibilidades cuanto antes. Mónica podría estar con los responsables de la muerte de su padre sin ser consciente de ello.

Durante el trayecto hacia su apartamento solo piensa en Laura; la culpabilidad de antaño magnifica las responsabilidades del presente. Su obligación es proteger a Mónica, es lo menos que puede hacer por el profesor Llull. Tiene que rescatarla de las manos de esos delincuentes antes de que sea demasiado tarde.

Santa María del Desierto. A continuación

Tras despedirse de su padre y su tío Francisco, Salvador no regresó a casa. Tenía que cumplir el plan según lo establecido: huir del valle lo antes posible. Se subió en el todoterreno y condujo hasta la altura del pueblo de Coll, dejó el vehículo estacionado en un camino adyacente a la carretera y desde allí fue corriendo, durante veinte minutos, por el bosque hasta el pueblo abandonado de Saraís. Entró en la habitación oculta bajo la iglesia en ruinas y recogió el material necesario para su nueva vida: DNI, pasaporte y partida de nacimiento falsos, junto con cinco fajos de billetes de diez mil pesetas, cinco millones en total, y una mochila con algo de ropa. Regresó al todoterreno y puso rumbo a Lleida.

Llegó a su destino dos horas más tarde, dejó el vehículo estacionado en un parking cercano a la estación de Renfe —su padre o su tío volverían para recuperarlo—, fue andando hasta Prat de la Riba y contrató un coche en una empresa de alquiler por una semana con su nueva identidad. Esa era la última instrucción. A partir de ese momento, solo indicaciones: esperar por los menos un mes antes de ponerse en contacto con sus familiares —siempre mediante una llamada desde una cabina telefónica, diferente en cada ocasión— y buscar un lugar donde vivir alejado del valle de Boí un mínimo de trescientos kilómetros, sin revelar en ningún caso su paradero en las conversaciones.

Una vez que abandonó el garaje, aparcó el coche a pocos metros de la empresa de alquiler. Estaba confuso, aún no había decidido qué dirección tomar; hubiera agradecido que el plan fuera más extenso, que le hubieran marcado qué pasos debía seguir a partir de ese momento. Paseó su desazón por la calle Mayor, entró en una cafetería, se comió un bocadillo; después, bajó al río y caminó por la ribera izquierda. Habían pasado muchos años desde la última vez que visitó la ciudad. El río era otro diferente tras su canalización: habían talado la extensa chopera que llegaba hasta el Puente Viejo y la habían reemplazado por césped y unos árboles que tardarían demasiado en crecer.

La temperatura a primera hora de la tarde superaba los treinta y cinco grados. El calor insoportable —el sudor continuo— le hizo darse cuenta de que era la única persona que andaba por el río bajo aquel sol fulminante, un acto temerario comprensible solo en un forastero. El sentirse en un lugar extraño avivó la inquietud sobre su futuro incierto.

¿Cuán lejos tenía que huir? Su conocimiento del mundo más allá del valle era muy limitado. Había visitado Lleida con frecuencia cuando era niño, pero hacía más de una década que no acudía a la ciudad; Barcelona, en tres ocasiones, hacía más tiempo aún; y había pasado un verano en el sur de Francia en un programa de intercambio escolar al finalizar el primer año de instituto. No lograría adaptarse a la vida en el llano, la costa o las grandes ciudades. Debería buscar otras montañas tan altas como las suyas, picos blancos y mañanas frías perpetuas para recuperar la felicidad.

Pero su destino estaba escrito desde el día en que nació —proteger uno de los secretos más importantes de la humanidad— y eso no lo podía poner en duda. Su desdicha era insignificante en comparación con el sufrimiento padecido por sus antepasados, que fueron perseguidos y masacrados por los cruzados o vivieron en vilo por miedo a que los descubriera la Santa Inquisición.

Mientras atravesaba el Puente Viejo por debajo, se encontró a dos indigentes durmiendo entre los pilares de hormigón, rodeados de bártulos y cartones. Le hicieron recordar que guardaba cinco millones de pesetas en la mochila. Si los perdía, él también estaría perdido. Subió por la rampa hasta los Campos Elíseos; cogería el coche y conduciría hasta el anochecer para alejarse de esa tierra incandescente cargada de dudas y melancolía.

Se detuvo en medio del puente y asomó la cabeza por la barandilla. El caudal del río era escaso, las algas se balanceaban en la superficie mecidas por la corriente, los enormes bloques de piedra que daban forma al lecho artificial se adivinaban entre las aguas verdosas. Se acordó de su primo Joanet. Se habían asomado a ese mismo lugar cuando eran niños, poniéndose de puntillas , para ver aquellas aguas oscuras de antaño por encima de la antigua valla de hierro , imaginándose que allí habitaban las bestias mitológicas pintadas en sus iglesias.

Le costaba aceptar que hubiera sobrevivido al accidente. Joanet se despeñó por la montaña mientras portaba una falla durante las celebraciones del solsticio de verano, una costumbre de raíces paganas muy arraigada en algunos valles pirenaicos que consiste en descender con una tea encendida o un tronco de árbol prendido en llamas por la ladera de una montaña hasta la plaza del pueblo. Era de noche y tardaron más de media hora en encontrarlo. Él fue el primero en llegar. Joanet sangraba por la cabeza, tenía la cara quemada, la camisa, el brazo derecho y la pierna izquierda doblados en una torsión imposible, la mandíbula rota. Intentaba decirle algo, pero el dolor le impedía articular palabra. Bajó corriendo para buscar ayuda. Cuando regresó con su tío Francisco, Joanet ya no respiraba.

La tristeza de esos recuerdos fue el colmo de su desesperación. Se aferró con fuerza al hierro ardiente de la barandilla y comenzó a llorar. Sus lágrimas volaron hacia el río veinte metros más abajo, desintegrándose por el camino sin llegar a tocar el agua. Vio la sombra de un pez nadando a contracorriente entre el laberinto de algas. Joanet era como esa sombra solitaria, perdido en algún lugar lejos de su familia. Tenía que hacer todo lo posible por encontrarlo, su destino también consistía en estar juntos.

Salió corriendo para coger el coche —calculaba entre cinco o seis horas de viaje hasta Toulouse—. Si se daba prisa, aún estaba a tiempo de llegar al convento donde su padre había visto por última vez a Joanet antes de que anocheciera. Pararía en una gasolinera durante el trayecto para comprar un mapa de las carreteras de Francia; nunca había oído hablar de esa abadía.

La carretera discurre entre bosques y campos de cereal recién segados. Salvador contempla los edificios de la abadía de Santa María del Desierto en la distancia, las fachadas de color ocre, los tejados rojizos, los dos capiteles de las torres de la capilla acabados en punta, otro más alto del campanario de la iglesia. Está anocheciendo.

Al final de una recta se encuentra las primeras construcciones de la abadía: dos casetas de estucado gris con aspecto de haber cumplido funciones de aduana y un edificio de dos plantas con el característico techo rojo de la zona. El muro que delimita el perímetro está envuelto por la vegetación.

Detiene el vehículo delante de una puerta de hierro oxidado que hay entre las dos casetas. La fachada posterior de la iglesia, de forma circular, y el campanario sobresalen por encima del edificio de dos plantas; quizás ahí, al otro lado del recinto, se encuentre la entrada principal. Se baja del coche, empuja la puerta —estaba abierta— y entra en el gran patio rectangular que sirve de acceso a la abadía.

Mira las ventanas de los edificios que hay enfrente y a los lados mientras atraviesa el jardín por el camino central; el negro más allá de los cristales se mezcla con el silencio y el ruido de sus pisadas. La puerta de la abadía comienza a abrirse cuando aún se encuentra a unos veinte metros de distancia. Una monja sale a recibirle.

—Buenas noches, caballero —le dice la mujer en francés.

—He venido a hablar con la madre superiora —le responde con un francés muy básico. Espera poder comunicarse, hace mucho tiempo que no lo practica.

—Ahora no puede atenderle, es demasiado tarde para recibir visitas.

—Dígale, por favor, que necesito hablar con ella. He venido desde muy lejos. Mi primo desapareció a las puertas de esta abadía hace casi veinte años, lo estoy buscando.

La monja lo mira con gesto prudente y abre la puerta invitándolo a entrar en el convento.

—Espérese aquí hasta que regrese —le dice la mujer— y, por favor, no se mueva, está usted en un convento de monjas y no conviene alarmar a las hermanas. Iré a informar a la abadesa.

La monja se aleja por el pasillo y tuerce a la derecha. Salvador se queda contemplando el claustro interior, mira las hileras de cruces blancas —tumbas antiguas—, los dos caminos que se cruzan dividiendo el patio en cuatro partes iguales, el árbol solitario que hay en el centro. La noche se cierra por completo en diez minutos, algunas de las habitaciones que miran al claustro comienzan a iluminarse.

Media hora después, aparece una monja con el hábito negro por el final del corredor. Se le acelera el latido del corazón, no es la misma mujer que lo ha recibido a su llegada. Esta anda con pasos cortos y mirando al suelo. Tal vez sea la madre superiora.

—No acostumbramos a recibir visitas a estas horas —dice la monja sin alzar la vista cuando se encuentra con él.

—Le estoy muy agradecido por haber hecho una excepción.

—Usted no es de por aquí, ¿para qué ha venido desde tan lejos? —le pregunta con indulgencia.

—Estoy buscando a mi primo, desapareció a las puertas de esta abadía hace...

—Lo sé —le interrumpe la mujer—. Me lo ha dicho la hermana.

La monja se frota las manos como si le hubiese entrado un frío repentino. Alza la vista por primera vez. El azul de sus ojos es pálido —de joven debía de tenerlos radiantes—; las arrugas y las manchas de su piel denotan una vida larga e intensa; sus labios son finos, cortados por ese frío imperceptible.

—Sabía que volveríais para remover mi conciencia —dice, apesadumbrada—. Lo siento, ahora la verdad ya no puede hacerle daño a nadie.

—¿Sabe dónde está Joanet? —pregunta, esperanzado.

—Nunca supimos su nombre, pobre niño. No lo he vuelto a ver desde el día que lo encontramos en la puerta de la capilla que hay al lado de la iglesia. —La monja parpadea repetidas veces y traga saliva—. Sucedió de madrugada, una de las hermanas oyó el ruido de un vehículo. Después, alguien llamó a la puerta. Cuando la hermana se asomó a la ventana, vio a un hombre que corría, se subía en un coche y se alejaba del lugar. Habían abandonado a un niño. La hermana bajó a buscarlo, lo hizo entrar en el convento y vino a despertarme. El pobrecito estaba desorientado, no podía hablar. Creímos que sufría alguna especie de retraso y que tal vez ese fuera el motivo de su abandono. Desprendía un olor extraño.

»Le retiramos la capucha y comprobamos que apenas tenía pelo; el poco que tenía estaba chamuscado, de ahí aquel olor. Lo llevamos a mi cuarto y lo duchamos. El muchacho comenzó a recuperarse cuando le dimos un poco de sopa; después, comió dos platos más. Pollo con verdura, aún lo recuerdo. Tenía un hambre voraz. Entonces, de repente, empezó a decir algunas palabras en catalán. La hermana también conocía el idioma. Le hizo algunas preguntas, pero el pobre no recordaba nada de lo que le había sucedido, ni tan siquiera recordaba su nombre, dónde vivía o quién era su familia.

La abadesa baja la vista, mete la mano en un bolsillo de la sotana, saca un rosario y empieza a darle vueltas entre los dedos.

—¿Y qué pasó después, madre? —la urge.

—Espero que me perdones, hijo —dice tras un largo suspiro—. La hermana había padecido mucho. Cuando acostamos al niño, comenzó a llorar desconsolada. La pobre mujer hacía cinco años que residía en la abadía; había llegado como tantas otras huyendo de su pasado. A todas les doy la oportunidad de iniciar una nueva vida consagrada a Dios y a la Virgen, pero la vida monacal es muy estricta y la mayoría no logran adaptarse. Ella sí lo hizo, se entregó con todo su cuerpo y alma, tenía mucha fuerza de voluntad. —La abadesa se detiene para sonarse la nariz con un pañuelo blanco, después alza la mirada y le observa con los ojos vidriosos—. Lo siento, hijo mío —dice arrepentida—, tengo la necesidad de explicarte nuestros motivos, aunque no sirvan de justificación. Si algún día encuentras a esa mujer, te agradecería que intentaras comprenderla. Yo no busco tu perdón, Dios sabe que he pecado.

—¿Sabe dónde puedo encontrar a esa mujer? —pregunta impaciente.

—Tal vez, pero déjame terminar. Esa noche la hermana me explicó su historia, no se lo había contado a nadie hasta ese momento. Su padre le arrebató a su hijo cuando solo tenía unos meses. Ella lo estuvo buscando sin descanso hasta que su padre la amenazó con matar al hombre que la había dejado embarazada si no cesaba en su empeño. Entonces decidió escapar lejos de su padre. Llegó aquí buscando refugio y remedio para aliviar su dolor. Encontrarse a aquel niño fue como una revelación para ella, una respuesta del Altísimo a sus plegarias. El Señor le había ofrecido lo que su padre le había negado. No pensé que causaríamos ningún daño a nadie: al muchacho lo habían abandonado y había perdido la memoria. La hermana le ofrecería una vida llena de amor y lo cuidaría como a un hijo. Era lo mejor para los dos. Al día siguiente, se fueron para siempre.

—¿Qué quiere decir para siempre? ¿No los ha vuelto a ver?

—Jamás —dice rotunda—. Nunca han regresado a la abadía. Era mejor así. Siento mucho haber mentido a tus familiares, regresaron varias veces preguntando por tu primo. Creo que fui demasiado egoísta, no deseaba verme envuelta en ningún tipo de escándalo. Una vez tomé la decisión, ya no supe cómo volver atrás.

—Dejaron una nota explicando que volverían —le reprocha.

—Yo no vi ninguna nota —responde acongojada—. De todos modos, el daño que os hemos causado es irreparable. Espero que aún estemos a tiempo de poner fin a este capítulo que no debiera haber sucedido nunca. Deseo con todo mi corazón que lo encontréis para que podáis reuniros de nuevo con él.

La monja extrae un sobre del bolsillo.

—No he vuelto a ver a la hermana Claudia ni al muchacho, pero desde que se fue no ha dejado de enviarnos un sobre con un cheque todos los meses. Su familia tiene mucho dinero, tal vez sean muy conocidos o incluso de la aristocracia; quizás por eso no denunciara a su padre. Aquí tienes su dirección.

Arranca el sobre de las manos de la monja y lee el remitente: «Claudia Vila Grau». La dirección es de Balaguer.

—¿Joanet está vivo?

—No lo sé, hijo. Siento no poder ofrecerte más información.

Salvador murmura unas gracias y sale corriendo. Cruza el patio, llega a la puerta de hierro y la cierra de un portazo. No puede dejar de llorar. ¿Es posible que después de tantos años vuelva a ver a su primo? En la mano aprieta el sobre arrugado; lo abre y lee de nuevo la dirección. Está temblando. Se mira el reloj, son las diez y media. El viaje desde Lleida ha durado cinco horas; podría llegar a Balaguer en ese tiempo, quizás menos. Desearía llamar a su familia para darles la buena noticia, pero debe ser prudente. En estos momentos, seguir con el plan es lo más importante.

Espera que todo acabe pronto y pueda regresar al valle para reunirse con ellos; si su primo Joanet lo acompañara, les devolvería esa alegría que les está siendo esquiva y los ayudaría a afrontar el futuro con esperanza. Se sube en el coche y se marcha a toda velocidad. Piensa conducir toda la noche sin detenerse hasta llegar a Balaguer.

Tres horas más tarde, a su paso por Vielha, para en un motel a descansar. Las ansias por encontrar a esa mujer permanecen intactas, pero considera más conveniente presentarse a primera hora de la mañana en lugar de hacerlo de madrugada. No puede conciliar el sueño. A las cuatro y media de la mañana reemprende el viaje.

Capítulo XIII

> De Munsalwäsche procedían los dos caballos, que se acercaban rápidamente al ataque ... Un noble parentesco y una alta amistad se enfrentaron aquí con la fuerza del odio ... Aunque eran parientes y amigos, se derribaron mutuamente.

Balaguer. Miércoles, 12 de julio

Claudia oye ruido en el piso de abajo. Se levanta de la cama, se pone una bata y baja las escaleras. Cuando entra en el salón, se encuentra a Sergi abriendo la puerta para salir de la vivienda.

—¿Adónde vas a estas horas? —le pregunta extrañada.

—Lo siento, mamá, no te había avisado. Pero no te preocupes, volveré pronto —le contesta sin ánimo de ofrecerle ninguna explicación, y hace ademán de marcharse.

—Pero ¿se puede saber adónde vas a las cuatro de la madrugada? —insiste más irritada—. Ven aquí, Sergi, por favor.

—Mamá, que tengo mucha prisa, no quiero llegar tarde —le responde quejumbroso.

—Sergi —le dice con tono reprobatorio.

—Voy con el abuelo.

—¿Adónde?

—Te lo explicaré todo cuando vuelva.

—Sabes que no me gusta que vayas con él, ¿cuándo piensas volver?

—Supongo que llegaremos antes de la hora de comer o un poco más tarde, ya te llamaré si me retraso. Y no te preocupes por mí, que ya no soy un niño. Ahora tengo que irme, acabo de oír subir un coche por la rampa; el abuelo y Mohamed deben de estar esperándome.

—¿Ese muchacho también va con vosotros? —pregunta incrédula.

—Sí, mamá, pero no te pongas pesada. —Se le acerca y le da un beso—. Adiós —se despide, y sale corriendo.

Claudia sube la persiana de la ventana del comedor y ve a su hijo alejarse hacia la mansión. Cuando lo pierde de vista, se ajusta la bata y sale al exterior. Avanza por el camino unos cincuenta metros y se esconde detrás de unos setos. Sergi se sube en el asiento trasero del todoterreno. Está demasiado oscuro para reconocer a los demás ocupantes del vehículo, pero Mohamed debe de estar al volante y su padre en el asiento del acompañante. Espera hasta que el todoterreno se pierde al otro lado de la mansión y regresa a casa.

Esta es su oportunidad;. Se pasea pensativa y nerviosa de un lado para otro del salón. A pesar de haber fantaseado cientos de veces con este día, la realidad hace los riesgos más palpables. Si su padre la descubriera, podría poner en peligro a las dos personas más importantes de su vida; si su plan tuviera éxito, todo el sufrimiento habría terminado. El miedo y la incertidumbre retrasan media hora su decisión. Armada de valor, sube a la habitación, se calza los zapatos, se viste con una falda negra y una camisa blanca y abandona su casa para ir a la mansión de su padre.

Accede por la puerta de atrás —aún conserva una llave—, como siempre hacía cuando visitaba a su padre. Sube por las escaleras hasta el segundo piso, entra y enciende las luces. La habitación de María Fernanda está al final del pasillo, detrás de la cocina. Llama a su puerta, espera unos segundos y vuelve a hacerlo con más fuerza.

—¿Quién es? —Oye la voz adormilada de María Fernanda.

—Soy Claudia. Ábrame, por favor.

—¿Pero usted sabe qué horas son, señora? —protesta la sirvienta mientras se oye el ruido de los muelles del colchón y el clic de una lámpara—. ¿Qué sucede, señora? —Se asoma a la puerta.

—Vayamos al salón, pero vístase primero. Voy a la cocina a preparar café.

—Pero, señora...

Claudia la mira con severidad; después le hace un gesto conciliador con la cabeza y se marcha hacia la cocina.

—Sobró un poco si quiere —dice servil María Fernanda—, ahorita voy y lo caliento.

—No se preocupe. —Se vuelve para responder—. Pero dese prisa, por favor.

—No quisiera ser impertinente, señora, pero ¿no podríamos haber dejado este asunto para mañana? Acababa de dormirme; el señor quiso que estuviese despierta hasta que él se fuera por si me necesitaba. —María Fernanda entra en el salón frotándose los ojos con la mano.

—Siéntese conmigo, le pondré un poquito de café para que se espabile.

—Muchas gracias, señora. —Se sienta en el sofá de costado.

—María Fernanda —le dice mientras llena la taza—, necesito que sea sincera conmigo.

—Pero, señora...

—Tranquilícese, que usted no ha hecho nada malo, pero tiene que decirme la verdad. Silencio —la amonesta cuando abría la boca para replicarle—, no me responda todavía. Sé que mi padre tiene a un hombre secuestrado.

—Pero ¿cómo es posible, señora? Eso no puede ser.

—María Fernanda —la regaña; la sirvienta baja la vista—,

no vaya a decir nada que pueda comprometerla. Usted sabe que lo que digo es cierto. Quiero saber dónde está.

—Yo no sé nada, señora, se lo prometo, ¿cómo lo voy a saber? Ay, Virgencita...

—Está bien, María Fernanda. Si no me lo dice usted, tendré que llamar a la policía.

—Eso no lo puede hacer, mi señora. Perderé el trabajo.

—¿Lo ve? Usted sabe algo.

María Fernanda comienza a llorar. Claudia se acerca a ella y la reconforta pasándole el brazo por la espalda.

—María Fernanda. —Le pone la otra mano sobre la rodilla—. Escúcheme, si dice la verdad, no se quedará sin trabajo; le doy mi palabra de que, si eso sucediera, yo la contrataría. Yo también he sufrido mucho por culpa de mi padre.

—Lo sé, señora, perdóneme —dice entre llantos—, le cortó el dedo a ese hombre, pobrecito. Aquel día no me detuve a pensarlo, pero, cuando después lo vi, dije: «Pero qué tonta eres, María Fernanda». Tenía la mano vendada, la misma mano donde le faltaban otros dos, pero no lo pensé hasta que lo vi. ¿Y usted lo conoce? Pero ¿quién es? ¿Por qué lo apresó su padre?

—Mi padre no está bien de la cabeza.

—Pero ¿qué va a ser de mi ahora? Lo meterán en la cárcel.

—Tranquilícese, que si dice la verdad a usted no tiene por qué ocurrirle nada. Conozco demasiado bien a mi padre, estoy segura de que la amenazó de alguna manera para que no se lo dijese a nadie.

—Así es, señora. Me dijo que mataría a toda mi familia allá en Ecuador, que no le costaría mucho esfuerzo.

—No tiene nada que temer. Cuando hablemos con la policía, solo les tiene que decir la verdad. Usted no ha cometido ningún delito, a mí me hizo lo mismo. Yo la ayudaré en todo lo que haga falta, y no se preocupe por el dinero.

—No sé, señora, todo esto me da mucho miedo.

—¿Dónde está?

—Dios la escuche, por favor.

—¿Dónde está?

—No sé si estoy haciendo lo correcto. Lo tiene escondido ahí abajo. Pobre hombre, y todo por mi culpa.

—Enséñeme dónde está —la insta, poniéndose de pie— y no tema nada.

Claudia ve cómo María Fernanda gira la llave hacia la izquierda. Suena un pitido. El ascensor comienza a descender.

Se pregunta cuánto habrá cambiado después de tantos años. Tras secuestrarlo, su padre lo retuvo en una habitación de la casa donde vivían antes de mudarse a la mansión, esposado y anclado al suelo con unos grilletes. Ella cuidaba de él, le llevaba la comida, libros para leer, hasta que su padre se enteró de que estaba embarazada. Ya no lo volvió a ver. Siempre sospechó que su padre lo había trasladado al monasterio de Les Franqueses, pero, por más que intentó buscarlo en el interior de aquella iglesia, no consiguió encontrarlo. Tal vez lo retuvo allí durante algún tiempo, oculto en algún lugar secreto, y después lo trasladó a la mansión. No sabía que existiera una tercera planta bajo la edificación, María Fernanda se lo acaba de decir.

—¿Cuánto tiempo lleva aquí?

—Ocho años, señora.

Claudia cierra los ojos y abre la boca para llenarse los pulmones; después, exhala sonoramente. Aún no puede creerse que esté vivo y que lo vaya a encontrar en cuanto se abra la puerta. Ha vivido todos estos años, hasta que recibió el tercer paquete de parte de su padre, convencida de su muerte.

—Pedro. —Sale corriendo del ascensor.

—Claudia, ¿eres tú? —pregunta Marc con voz ronca al verla llegar; se incorpora en el jergón y enciende la lamparita—. Pero ¿qué haces aquí? —Se levanta y se acerca a ella.

—Lo siento tanto —comienza a llorar—, perdóname.

Marc le pone un dedo en los labios para indicarle que guarde silencio; después, le acaricia la cara.

—No fue culpa tuya, no llores. Le pregunté muchas veces por ti a María Fernanda.

—Pensé que estabas muerto, que mi padre te había matado.

—No sabes lo feliz que me hace volver a verte, pero ¿dónde está tu padre? ¿Y Mohamed?

—Se han ido, regresarán en unas horas. Tenemos que sacarte de aquí cuanto antes. María Fernanda, abra esta puerta de una vez.

—No tengo la llave, señora.

—Maldita sea —se lamenta Claudia—. ¿Sabe dónde está?

—Mohamed guarda la llave —dice Marc—. María Fernanda siempre me pasa la comida y la ropa por este agujero. —Señala una abertura horizontal en los barrotes, cerca del suelo.

—Dese prisa, María Fernanda. Suba al garaje donde vive ese chico, a ver si las encuentra.

—Ahorita voy. —Se marcha presurosa hacia el ascensor.

—Esta vez te sacaré de aquí —dice Claudia con decisión.

—Confío en ti, sé que siempre has hecho todo lo posible por liberarme.

—Si María Fernanda no encuentra la llave, llamaré a la policía.

—No, Claudia, por favor, sabes que eso no puedo permitírmelo.

—No voy a dejar que mueras aquí.

—Tu padre es muy mayor. Si hoy fracasáramos...

—Esta vez no pienso escucharte —lo interrumpe—. Llevas más de veinticinco años en esta situación. Debería haber acudido a la policía desde el primer día. Pero ¿qué es más importante que tu propia vida?

—Ya lo sabes, Claudia —dice con resignación—. Tú viste la piedra caída del Paraíso. Mi vida no importa nada, no puedo poner en peligro el secreto que mi familia ha luchado por preservar durante tantos siglos.

—Pero ¿ya no quieres ver a tu mujer ni a tu hijo?

—No hay deseo más grande en el mundo que el mío, como también lo es conocer a nuestro hijo. María Fernanda me habla mucho de él.

—Sergi no es nuestro hijo.

—¿Cómo?

—Ahora prefiero no hablar de eso. Mi padre se llevó a nuestro hijo cuando solo tenía unos meses.

—Lo siento, no lo sabía, has sufrido demasiado por mi culpa. Ese hombre es peor que el demonio. Te avisé de lo que podía pasar.

—Lo hice todo por ayudarte y porque te quería, eres el único hombre a quien he amado en toda mi vida. Siempre fuiste sincero conmigo, no me importaba que estuvieras casado ni que después me abandonaras y regresaras con tu familia. Además, era la única opción para que mi padre te pusiera en libertad.

—Lo sé, Claudia, pero al final lo único que conseguimos fue hacerte infeliz.

—Toda la culpa es de mi padre. No te compadezcas de mí ahora, a ti te ha tocado vivir una vida mucho peor que la mía. Tendría que haberte sacado de aquí hace ya mucho tiempo.

—Siempre te estaré agradecido por no haber ido a la policía, pero quiero que sigas respetando mi decisión. Tu padre vino ayer a verme y me explicó lo que les sucedió a mis familiares. Parece ser que el principal responsable de su fallecimiento fue un vecino de nuestro pueblo, aunque no sé si debería fiarme de su confesión.

—Mi padre rara vez miente.

—De todas maneras, eso ahora es lo de menos. Nos ha descubierto, sabe dónde encontrar a mi familia. Creo que han ido a buscarlos. —Marc le suelta la mano y echa a andar por la celda—. No sé qué podemos hacer para ayudarlos, confiemos en que María Fernanda encuentre la llave.

—¿Y si no la encuentra?

—Tú podrías ir a visitarlos para averiguar lo sucedido.

Podríamos comunicarnos a través de María Fernanda, no creo que se oponga.

—Pero, Pedro —dice agotada—, tenemos que avisar a la policía. Si mi padre ya no te necesitara, sería capaz de...

—No pienses en eso.

—Esta vez lo haremos a mi manera. Lo siento, llamaré a la policía. Mi padre tiene que pagar por todo lo que nos ha hecho.

—Claudia, te lo suplico, por favor.

—Voy a ver qué hace María Fernanda. —Da media vuelta y se dirige al ascensor.

—Claudia, yo también te quería, siempre te dije que podrías haber venido a vivir con nosotros.

—¿Adónde han ido? —pregunta sin volverse para zanjar la conversación.

—Al valle de Boí.

—Aún tenemos tiempo —musita mientras pulsa el botón del ascensor con insistencia.

—¡Claudia! —grita él—, mi verdadero nombre es Marc, tu padre ya lo sabe. Por favor, no avises a la policía, hazlo por mi familia.

Claudia se vuelve y le sonríe.

—Para mí siempre serás Pedro —le dice con ternura. Después, entra en el ascensor.

—¿Qué va a hacer, señora?

—No lo sé, María Fernanda, hemos estado más de una hora buscando las llaves y no las hemos encontrado. Aquí tampoco están —dice volviéndose hacia la cristalera del salón.

Claudia se queda abstraída mirando la silueta de los árboles de la ribera del río en el horizonte. El día empieza a clarear. Después de más de veinte años, se enfrenta al mismo dilema: denunciar a su padre o respetar la voluntad de su amado. Pero en esta ocasión no está dispuesta a dejarse vencer por las dudas. No hay tiempo que perder. Aparta la vista de la ventana y camina decidida hacia a la mesita para coger el teléfono.

—Voy a llamar a los Mossos d'Esquadra —dice a María Fernanda.

—No lo haga, se lo suplico. Ay, señora, ¿qué será de mí?

El sonido del timbre de la puerta de entrada a la finca interrumpe la conversación. Las dos mujeres se miran desconcertadas. María Fernanda se lleva las manos a la cabeza y abre la boca sin conseguir articular palabra.

—Ellos no pueden ser —reacciona Claudia—. No les haría falta llamar.

—¿Pero entonces quién es?

Claudia sale del salón, enfila el pasillo hacia la derecha y llega a la puerta. María Fernanda va tras ella. Mira la imagen en blanco y negro de la mirilla electrónica. Un hombre muy alto y corpulento está de pie mirando a la cámara; detrás de él, un coche de color claro.

—¿Conoce a ese hombre? —pregunta Claudia.

—Déjeme ver. —Se acerca a la pantalla—. Ese señor es policía. —La mira, asombrada—. ¿Usted lo llamó?

Claudia descuelga el teléfono del interfono y le indica al policía vestido de paisano que entre en la finca y camine hasta la mansión.

Las dos puertas metálicas se empiezan a abrir hacia el interior. El inspector Font se lleva la mano derecha a las lumbares, por debajo de la americana, y palpa la pistola que lleva ceñida al pantalón; después se ajusta los guantes y con la otra mano toca la empuñadura de la segunda pistola, en la parte delantera de los vaqueros, para asegurarse de que podría sacarla fácilmente si la necesitara.

Atraviesa la puerta y enfila el camino de mármol blanco que conduce a la mansión. Prefiere prescindir del coche y hacer el recorrido a pie. Dentro del vehículo sería un blanco fácil si alguien decidiera dispararle. El camino está delimitado por dos filas de setos, una a cada lado; tras estas, otras dos hileras de cipreses dificultan la visibilidad más allá. Es el lugar perfecto para una emboscada. Avanza despacio, se detiene cada cinco metros para inspeccionar los alrededores. La luz del crepúsculo aún no es suficiente para enterrar las últimas sombras de la noche.

Es muy extraño que le hayan abierto de esa manera, ni siquiera le han pedido la identificación. En el bolsillo guarda la orden judicial falsificada que traía preparada para que lo dejasen entrar. Confiaba en que el conserje saliera a recibirlo al pie de la carretera, como en las dos visitas anteriores, para intentar arrestarlo ahí mismo. Pero en esta ocasión una mujer le ha respondido a través del interfono para decirle que entrara y se dirigiera a la mansión. Algo tiene claro: por la rapidez con que han contestado a su llamada cuando ni siquiera son las seis de la mañana y por la ausencia de preguntas, lo estaban esperando.

Avanza por el camino acompañado de un silencio sepulcral, solo interrumpido por los cantos al amanecer de los grajos y los pajarillos de ribera. La doble valla formada por los setos y cipreses finaliza al cabo de unos cincuenta metros. A partir de ese punto, el empedrado de mármol discurre en línea recta por un manto tupido de césped hasta llegar a la mansión, donde forma una especie de jardín ovalado con dos fuentes.

Se relaja un poco al salir a campo abierto. Estudia el edificio; antes lo había visto a lo lejos desde la carretera. De cerca sus dimensiones le parecen descomunales. Observa la cristalera del piso superior, no se aprecia ningún movimiento. Cuando está a pocos metros de la escalinata, el enorme portalón de madera empieza a abrirse. Empuña la pistola que lleva en la parte delantera. Una mujer aparece detrás de la puerta.

—¿Es usted policía? —pregunta.

—Sí, soy de los Mossos d'Esquadra.

—¿Le importaría pasar?

—No será necesario —dice mirando hacia los lados—. He venido a hablar con un hombre que trabaja aquí. ¿Quién es usted?

La mujer aparenta cincuenta y tantos años. Nota su nerviosismo, a pesar de que pretenda disimularlo. Su vestimenta —zapatos negros de medio tacón, falda negra por debajo de las rodillas y blusa blanca— le recuerda la forma de vestir de las monjas que impartían catequesis en el pueblo.

—Me llamo Claudia Vila, vivo aquí. Bueno, tengo una casa un poco más alejada, ahí detrás. Pase, por favor, quiero hablar con usted.

—¿Está sola?

—Sí, solo estamos la sirvienta y yo. ¿A quién busca?

—A un muchacho de origen magrebí.

—Ahora no está aquí. Mi padre, el señor Vila, tampoco. Tardarán en llegar.

—¿Sabe adónde han ido?

—Han salido a las cuatro de la madrugada hacia Boí.

El inspector Font baja la cabeza. Onofre Vila ha descubierto el paradero de los cátaros. Espera que no haya sido por su culpa, no ha comentado su viaje con nadie.

—Lo siento, tengo que irme, gracias por su colaboración. —Se da media vuelta y empieza a correr hacia la carretera.

—¡Espere! —grita Claudia—. Mi padre tiene a un hombre secuestrado en esta casa. —El inspector Font se detiene en seco—. Tiene que ayudarme —le suplica Claudia con desesperación en su voz.

—Está bien. —Trata de calmarla mientras se acerca a ella. Escudriña el rostro de la mujer: no parece que esté mintiendo.

—Venga conmigo. —Le hace un gesto con la mano—. Se lo mostraré.

El inspector Font sube por la escalinata. Antes de entrar en la mansión, se lleva la mano a la espalda y coge la pistola.

—María Fernanda —dice Claudia—, venga aquí.

La sirvienta asoma la cabeza por las escaleras y comienza a bajar lentamente, aferrándose con las dos manos a la barandilla.

—Yo no sabía nada —se la oye decir en un susurro.

Cuando la mujer se encuentra con la pistola apuntándole, cierra los ojos e intenta retroceder.

—Por favor, María Fernanda —la reprende Claudia—, baje de una vez y acompáñenos al sótano, y usted —se dirige a él—, baje esa pistola, por el amor de Dios.

Los tres entran en el ascensor y descienden hasta la tercera planta del sótano. El inspector Font sale detrás de las dos mujeres. Le cuesta creer la imagen que se acaba de encontrar. Unos barrotes de hierro separan el almacén en dos mitades. Dentro del zulo hay un hombre barbudo que se levanta de un camastro al verlos llegar. No puede llegar a imaginarse cómo alguien es capaz de privar a una persona de todas sus libertades. Durante su carrera ha participado en la investigación de varios secuestros; en todos ellos las víctimas eran liberadas a los pocos días, en un par de semanas en los casos más prolongados; independientemente de la duración, los traumas derivados de esas situaciones siempre conllevan secuelas psicológicas importantes. Algunas de las víctimas nunca logran rehacer sus vidas. Si ese hombre es quien piensa, debe de llevar secuestrado más de dos décadas.

—¿Quién es este hombre, Claudia? —pregunta el prisionero.

—Es mosso d'esquadra, la policía autonómica de Cataluña —aclara Claudia al ver el rostro confuso de Marc.

—Usted debe de ser Marc —interviene el inspector. Claudia y Marc se miran perplejos—. Me lo contó el padre Capmany —matiza el inspector Font—. Supongo que se acordará de él.

—¿Para qué ha venido?

—No había venido a por usted, aunque me alegro de haberlo encontrado —dice mientras se acerca a la reja—. Estoy investigando los asesinatos de su padre y su otro familiar; hallamos sus cuerpos hace casi dos meses en Terrassa. También han muerto otros dos hombres relacionados con el mismo caso en las últimas semanas. Onofre Vila y ese joven magrebí son los principales sospechosos. Ahora ya no me hará falta recabar más pruebas para detenerlos a los dos.

—No, por favor, mi secuestro no puede salir a la luz —dice Marc con la voz trémula.

El inspector Font inspecciona la cerradura de la puerta de la celda.

—¿Tienen la llave? —pregunta mirando a Claudia. Ella niega con la cabeza—. Échense a un lado, usted póngase detrás de la cama.

El disparo resuena como un trueno en las paredes del sótano. El inspector Font propina una patada a la puerta de la celda para abrirla. Claudia entra llorando y se abraza a Marc. Permanecen abrazados durante un par de minutos.

—Siento interrumpirlos —dice el inspector Font—, pero no disponemos de mucho tiempo. Claudia, ¿sabe dónde podría guardar su padre las cruces occitanas?

—No sé de qué me habla.

—Dos cruces de oro con una paloma en el centro que pertenecían a la familia de Marc. Su padre ordenó asesinar a un amigo mío para hacerse con una de ellas.

—Tal vez estén en el salón de la segunda planta, ahí tiene expuestas las obras de arte más valiosas; si no, podrían estar en el almacén de la cantera donde guarda el resto de su colección.

—Acompáñeme —se dirige a María Fernanda—, ustedes dos suban cuando estén listos. Marc, póngase otra ropa si tiene, se vendrá conmigo a Boí.

El inspector Font se sorprende al entrar en el salón de la segunda planta de la mansión. Las paredes están repletas de cuadros, retablos y otras tallas de madera; en el suelo, pegados al zócalo, hay capiteles y frisos esculpidos en piedra, trozos de columnas, figuras de mármol, ajuares de orfebrería, relicarios de oro cargados de gemas, coronas; también hay varios expositores sobre unos pedestales con códices en su interior. Recorre el salón fijándose en todas las piezas en busca de las dos cruces cátaras. No están por ninguna parte.

—¿Sabes si Onofre Vila tiene algún ordenador en la casa? —pregunta a María Fernanda.

—En la segunda planta del garaje los hay a montones —contesta nerviosa.

Suena el ruido del ascensor al ponerse en funcionamiento.

—Ahora cuando suban me acompañarás ahí.

La sirvienta asiente con expresión despavorida. El inspector Font está empezando a creer que la mueca de pánico en el rostro de la mujer es perpetua.

Claudia y Marc salen del ascensor. Cuando entran en el salón, suena el timbre. El inspector Font echa un vistazo por la cristalera; desde ahí no se ve la entrada de la finca.

—¿Esperan a alguien? —pregunta.

Claudia mira a la sirvienta, que se apresura a negar con la cabeza.

—Hay una cámara en la entrada de la carretera —dice Claudia dirigiéndose hacia la puerta—. Es un hombre —les informa tras mirar en la pantalla.

—¿Sabe quién es? —pregunta el inspector acercándose a ella.

Marc y María Fernanda van tras él.

—María Fernanda —la llama Claudia—, ¿usted sabe quién es?

—Déjeme ver un momento —dice el inspector Font, acercándose a la imagen—. Me parece que es Salvador.

—Yo no lo conozco —suelta la sirvienta por detrás.

—¿Es un compañero suyo? —pregunta Claudia.

—No, es el sobrino de Marc. Pero ¿qué hace aquí? A lo mejor les ha ocurrido algo.

Marc aparta a María Fernanda para poder ver la pantalla. Vuelve a sonar el timbre. El inspector Font descuelga el aparato y, haciéndose pasar por un miembro del servicio, pregunta a Salvador para qué ha venido.

—Estoy buscando a la señora Claudia Vila.

Claudia abre los ojos sorprendida y mira a Marc. Acto

seguido, al inspector Font. Este se encoge de hombros y abre la puerta a Salvador. Le indica que continúe por el camino de mármol blanco hasta llegar a la mansión; lo recibirán ahí.

Los cuatro bajan por las escaleras hasta la planta baja. El inspector Font se mira el reloj, son las siete menos veinte. Hace dos horas y cuarenta minutos que Onofre Vila salió de Balaguer para ir a Boí. El viaje dura algo más de dos horas en condiciones normales. Si hubiesen ido a toda velocidad, sería posible que Salvador los hubiese visto llegar al pueblo y hubiera escapado. Ahora saldrán de dudas. Pide a Claudia que abra la puerta y a los demás que esperen escondidos en el interior para no ser vistos.

Claudia abre la puerta y él se asoma por detrás de ella. Salvador lo reconoce al instante y empieza a correr.

—¡Salvador, espera! —le grita mientras corre tras él para detenerlo—. No queremos hacerte daño. Detente, por favor.

El inspector lo alcanza —un par de metros antes del comienzo del camino de setos— y se abalanza sobre él. Ruedan por el suelo hasta el césped. Tras un duro forcejeo, consigue reducirlo sentándose sobre su barriga y sujetándole los brazos contra la hierba.

—Salvador, soy tu tío. —Se acerca Marc.

Salvador cesa en su empeño inútil por zafarse del inspector Font y estudia a Marc con la mirada. Por su gesto, parece no reconocerlo.

—Soy yo, el padre de tu primo Joanet.

Salvador lo ignora y ladea la cabeza para observar a la mujer que viene hacia ellos. En la misma dirección, puede ver la figura de otra mujer en lo alto de la escalinata.

—¿Es usted Claudia Vila? —pregunta Salvador enfurecido.

—Salvador —le dice el inspector—, solo te soltaré si prometes no salir corriendo. Estoy de vuestra parte, tienes que confiar en mí. Este hombre es tu tío Marc, ¿no te das cuenta?

Salvador vuelve a mirar a Marc.

—Es normal que no te acuerdes de mí —le dice Marc comprensivo, con lágrimas en los ojos—. Tenías solo siete u ocho años cuando me fui. Salí en busca de mi padre y vine a Terrassa para ver a Onofre Vila y llevar a cabo el plan que habíamos preparado, pero me arrepentí en el último momento y ya no hubo marcha atrás; Onofre Vila me descubrió y me ha tenido secuestrado desde entonces. Tienes que creerme, estas personas me acaban de liberar, están de nuestro lado.

Salvador deja de hacer fuerza con los brazos en su intento por liberarse. El inspector Font empieza a soltarlo lentamente.

—Tengo que hablar con esa mujer —dice Salvador mirando a Claudia con firmeza.

—¿Te has cruzado con ellos? —le pregunta el inspector retirándose de encima de él.

—No sé a quién se refiere —responde mientras se pone de pie.

—A Onofre Vila acompañado por un joven magrebí.

—También iba mi hijo Sergi —apunta Claudia.

—De eso no me había informado —le recrimina el inspector.

—Lo siento, pensaba que lo sabía.

—¿Ha visto a Mónica últimamente? —le inquiere con suspicacia.

—No, hace varios meses que no sé de ella, ¿por qué lo pregunta?

El inspector Font resta importancia a su interés con un gesto.

—Salvador —insta al joven—, tenemos que ir a Boí; esas personas han salido hacia allí en busca de tu familia. A estas horas ya habrán llegado.

—Tienes que confiar en él, Salvador —dice Marc—, este policía nos quiere ayudar, está diciendo la verdad.

—Si fueras mi tío, deberías saber que no puedo regresar allí —se expresa aún enfadado.

—Ven conmigo, Salvador. —El inspector Font lo agarra

por el brazo para que le acompañe a la mansión—. Ahora saldrás de dudas. Marc. —Se vuelve hacia él—. Salimos en cinco o diez minutos, esté preparado.

Salvador entra en la tercera planta del sótano y se dirige hacia la celda. Coge el Nuevo Testamento y lo aprieta contra su pecho.

—Pobre tío. —Menea la cabeza con tristeza.

—Ese hombre tiene que pagar por lo que le ha hecho —dice el inspector e intenta cerrar los labios; el chirlo se lo impide—. Ahora tenemos que irnos.

Suben en el ascensor hasta la segunda planta del garaje. El inspector Font mira atónito la oficina con los veinticuatro monitores que transmiten las imágenes de las cámaras de seguridad. También hay tres ordenadores y una impresora sobre un escritorio que ocupa la mayor parte de la pared.

—No toques nada —avisa a Salvador.

Coge unos papeles arrugados que hay dentro de la papelera; contienen anotaciones de fechas, direcciones y cuentas bancarias. Los ojea por encima: no hay ninguna dirección de Suiza. Vuelve la vista hacia el escritorio, se acerca y mueve uno de los ratones. La pantalla del ordenador se enciende. Abre el buscador y se carga la bandeja de entrada de una dirección de correo electrónico. Repasa los correos electrónicos recibidos hasta que encuentra varios a nombre de F. Font.

Siente una gran satisfacción por haber encontrado a los asesinos del profesor Llull; más que satisfacción es euforia, una descarga de adrenalina que lo llena de optimismo. Onofre Vila ya no tiene escapatoria. Ahí están todas las pruebas. Los malhechores, convencidos de que nadie sería capaz de entrar en la mansión, no se han molestado en ocultarlas. Aún es pronto para llamar a sus compañeros. Desenchufa la torre del ordenador conectada al monitor encendido y se la lleva.

Regresan a la planta baja. Los demás los están esperando en el recibidor. Salvador se acerca a su tío Marc y los dos se funden en un abrazo.

—No se lo van a creer cuando se enteren —dice Salvador a su tío.

—¿Cómo se te ha ocurrido venir a enfrentarte con Onofre Vila? —lo regaña Marc—. ¿No te dabas cuenta de lo peligroso que podría haber sido?

—No sabía que Onofre Vila vivía aquí hasta que he llegado y he visto su nombre en el buzón de la entrada. Entonces ya era demasiado tarde para echarme atrás.

—¿Y para qué has venido?

Salvador vuelve la vista por encima del hombro y se mueve hacia un lado para darle la espalda a Claudia.

—He venido para hablar con la hija de Onofre Vila —le responde en voz baja.

—¿Para qué? —le pregunta al ver que no continúa la frase.

—¿Qué ocurre, Salvador? —interviene el inspector Font—. Tenemos que darnos prisa.

—Quiero hablar un momento a solas con la señora Claudia Vila —manifiesta con seriedad.

El inspector Font mira a Claudia en un intento por averiguar qué está sucediendo.

—¿Conmigo? —dice Claudia sorprendida.

—Dense prisa —los urge el inspector intrigado.

Claudia abre la puerta situada a la izquierda de las escaleras y entra en la sala que su padre utiliza para recibir a las visitas. En el centro hay una mesa alargada de madera con más de una decena de sillas alrededor; las paredes están decoradas con cuadros de arte abstracto, paisajes impresionistas y pinturas de costumbres realistas. Salvador entra detrás de ella y cierra la puerta.

—Ayer por la noche estuve en Santa María del Desierto —le dice sin miramientos.

La cara de Claudia refleja su incredulidad y estupefacción.

—La madre superiora me lo explicó todo —prosigue Salvador—. El niño que te llevaste era mi primo, no tenías ningún derecho a hacer lo que hiciste.

—Pero ¿cómo que era tu primo? Lo habían abandonado. —Claudia empieza a sollozar—. Solo quería lo mejor para él.

—Dejaron una nota —dice con tono acusador.

Claudia baja la cabeza avergonzada.

—¿Dónde está? —inquiere Salvador.

—Pero ¿cómo es posible? —se lamenta Claudia sin alzar la vista.

—Se llamaba Joanet.

—Lo siento mucho. —Coge a Salvador por el brazo y lo mira a la cara—. El pobre niño ni siquiera sabía su nombre —continúa, llorando—. Sufría una amnesia total, no se acordaba de nada.

—¿Dónde está? —insiste.

—Es mi hijo Sergi. Se ha ido con mi padre y Mohamed.

—Mierda —masculla Salvador—. ¿Lo sabe mi tío?

—¿El qué? ¿Pedro? Digo, Marc. Él nunca ha conocido a Sergi.

—Es su padre.

—¿Marc es el padre de Sergi? —balbucea Claudia antes de caer desmayada en sus brazos.

—Venid a ayudarme —grita a los demás.

—Pero ¿qué ha pasado? —entra diciendo el inspector Font, alarmado.

Salvador enarca las cejas y tuerce la boca como si desconociera el motivo. El inspector coge a Claudia y la tumba en el suelo con delicadeza. Le pasa la mano por la espalda, le levanta la cabeza y le da unas palmaditas en la mejilla. Claudia empieza a recobrar la conciencia. Marc observa la escena con las manos en las rodillas; María Fernanda, desde el marco de la puerta.

—No ha sido nada —la reconforta el inspector Font—. Alguno de vosotros —se vuelve para mirar a Marc y a la sirvienta—, que traiga un vaso de agua, por favor, y tú —se dirige a Salvador con tono inquisitivo—, después me explicarás qué ha ocurrido aquí.

Claudia se pone de pie transcurridos cinco minutos. Les ha explicado que desde hace algún tiempo sufre desmayos sin causa aparente. Entretanto, Salvador se ha mostrado evasivo con su tío, que le pedía explicaciones con disimulo. El inspector Font los mira a los tres con recelo.

—Vámonos —dice—, ya son casi las siete y media. Claudia, será mejor que se quede aquí. Hasta que no averigüemos lo que está sucediendo en Boí, no avisaré a mis compañeros, pero después es muy probable que vengan a registrar la mansión. Me pondré en contacto con usted de todos modos. Por favor, eliminen cualquier rastro de Marc en el sótano. Tiene que parecer que ahí abajo nunca ha habido nadie. Suban los trastos a las otras plantas del garaje, pero, sobre todo, no toquen nada de la sala de los ordenadores.

Los tres hombres bajan por la escalinata y enfilan el camino embaldosado.

—Inspector. —Claudia se asoma a la puerta.

El mosso, con la torre del ordenador bajo el brazo, se detiene y se vuelve para atenderla.

—Haga todo lo posible por no hacerle daño a mi hijo Sergi. —Claudia junta las manos en forma de plegaria a la altura del pecho—. Se lo suplico, dudo que él tenga algo que ver con las actividades de mi padre. Hasta hace dos meses, ni siquiera se dirigían la palabra. Hace ya varios años que no vive aquí. Tampoco sabía que Marc estaba secuestrado en el sótano.

—No se preocupe, Claudia. Si su hijo es inocente, usted no tiene por qué temer nada.

El inspector Font se da la vuelta y continúa andando. Marc se queda mirando a Claudia con rostro preocupado. Salvador lanza una mirada reprobatoria a Claudia y coge a su tío por el hombro para indicarle que deben marcharse. Se van a paso rápido para dar alcance al mosso d'esquadra.

Han llegado al pueblo a las seis de la mañana. Una hora y media después, Sergi permanece en el interior del todoterreno con su abuelo. Se encuentran estacionados en el ensanche de la primera calle que se desvía hacia la derecha desde la carretera principal. Hay varios vehículos aparcados a su alrededor; a su izquierda, una plaza pequeña, carteles que ofrecen información del Parque Nacional de Aigüestortes en la fachada de un edificio; a su derecha, una calle estrecha penetra en el pueblo medieval mediante una arcada dibujada sobre un muro alto de piedra. Las construcciones más antiguas parecen surgir del interior de la montaña; se afianzan sobre un saliente de roca que forma parte de su estructura mimetizándose con el entorno.

Le impacienta la indecisión de su abuelo: le ha dicho que esperarían hasta que amaneciera para actuar. A las siete, el sol ha comenzado a reflejarse en los picos de las montañas más elevados y algunos vecinos han salido de sus casas en ese momento como si aguardaran puntuales dicho acontecimiento. Han pasado varios vehículos por su lado. Es cierto que el pueblo sigue en penumbra, pero el cielo está claro y despejado. Mira la torre del campanario por el retrovisor; la cruz de hierro, situada en lo alto a modo de veleta, empieza a brillar. El sol desnuda el campanario de sombras en cuestión de minutos y avanza hacia el pueblo.

La vivienda que pretenden asaltar se encuentra en la misma calle empedrada que atraviesa el muro, a veinte metros de distancia. Mohamed espera al otro lado de la calle desde las seis y cuarto, en guardia por si alguno de los cátaros abandonara la vivienda.

—Vamos —dice su abuelo.

Inspecciona los alrededores antes de salir. No se ve a nadie. Ojea el móvil: Mohamed no ha dicho nada. Abre la puerta y se apea del vehículo. Hace más frío del que pensaba. Se pone la capucha de la sudadera, se cuelga la mochila a la espalda y sigue a su abuelo. Una vez que cruzan el muro, descubre a Mohamed en la distancia, escondido en una esquina. Se oyen los pasos torpes de su abuelo en el empedrado, el sonido lejano de un transistor, ruido de cubiertos.

Se reúnen los tres en el portal de la casa; la puerta está entreabierta. Aferra la empuñadura de la pistola que lleva ceñida en la parte delantera del pantalón mientras Mohamed golpea tres veces en la puerta con los nudillos. Una mujer sale a recibirlos. Mohamed se abalanza sobre ella sin darle tiempo a reaccionar. El cuerpo menudo del joven contrasta con la corpulencia de su presa, una mujer de huesos recios y estatura considerable. La agarra por el cuello del jersey y el delantal como si fuera un animal salvaje que se arroja a la yugular de su víctima y la empuja hacia el interior de la vivienda.

La mujer ha visto la pistola de Mohamed apuntándole al abdomen y no ofrece resistencia. Dos hombres se asoman a la puerta del recibidor alertados por el alboroto. Sergi entra en la casa y los amenaza con la pistola.

—Quietos o disparo.

Su abuelo entra detrás de él y cierra la puerta.

—Caminen hacia atrás con las manos en alto y no cometan ninguna estupidez —dice su abuelo—. No queremos que nadie salga herido. Usted también —le dice a la mujer—. Entre en la habitación.

El anciano les sigue; después lo hacen él y Mohamed.

—Siéntense —exige su abuelo.

Están en la cocina. Sergi examina la habitación sin dejar de apuntar a los dos hombres. Los muros son de piedra; hay una chimenea enorme con las paredes ennegrecidas y restos de brasa y ceniza en la base; junto a la chimenea, una cocina de leña; el fuego que crepita en su interior calienta una olla de grandes dimensiones y el aroma a caldo en forma de vapor se escapa por la tapa mal ajustada. De las paredes cuelgan utensilios de cocina metálicos, ristras de ajos y guindillas, ramilletes de romero y otras especias, algunos cuadros de flores de ganchillo. Sobre la mesa maciza de madera con capacidad para ocho personas que ocupa la parte central del salón —un mantel de hule a cuadros rojos y blancos cubre solo una mitad—, hay pan, ajos, tomates de untar, embutidos, una aceitera, tres platos soperos medio llenos y cubiertos. Los han sorprendido desayunando.

—Mohamed —ordena su abuelo—, registra la casa. Aquí falta uno. Ustedes no se muevan y mantengan las manos encima de la mesa.

El anciano espera a que Mohamed salga de la habitación por una segunda puerta diferente a la del recibidor y se dirige al hombre de mayor edad.

—Usted debe de ser Francisco.

El hombre baja la mirada y permanece en silencio.

—¡Conteste! —le grita Onofre malhumorado.

El hombre sigue sin responder. El viejo camina hasta la pared y coge uno de los cuchillos que cuelgan de los imanes. Rodea la mesa, se acerca a la mujer y le pone el cuchillo en el cuello.

—Déjela —interviene el otro hombre haciendo ademán de levantarse.

—No se mueva. —Sergi le apunta con la pistola—. Y usted. —Mira al otro hombre—. Conteste a mi abuelo, díganos su nombre.

—Me llamo Francisco —dice el hombre, levantando la cabeza y mirando a su abuelo—. Por favor, no le haga daño.

—Tenía ganas de conocerlo. —Onofre Vila sonríe y retira el cuchillo del cuello de la mujer—. Su padre fue un gran amigo mío.

En el silencio de apenas unos segundos, Sergi siente un cosquilleo en las manos, como si le abandonaran las fuerzas y se le fuera a caer la pistola al suelo, una sensación extraña que viene acompañada por el mal augurio que rezuman las paredes de esa cocina. Analiza el comportamiento de los tres cátaros, parecen estar relajados a pesar de la situación. La mujer apenas ha movido los ojos cuando su abuelo la ha amenazado con el cuchillo. El único gesto agitado lo ha realizado uno de los hombres al intentar levantarse, pero después ha vuelto a serenarse. Tiene la impresión de que esas personas controlan la situación, como si llevaran toda la vida esperando ese momento y supieran cómo afrontarlo. La frialdad que muestran le perturba, le hace sentirse en inferioridad y desconfiar de ellas; quizás les hayan tendido una trampa. Otra vez el cosquilleo, ahora una sensación aún más extraña, una especie de *déjà vu* que no consigue explicar. El olor de la cocina de leña, las ristras de ajos, la chimenea, las estrías de la madera de la mesa, incluso esas personas, todo le resulta familiar. El cúmulo de sensaciones es tan potente que le produce un terrible dolor de cabeza.

—¿Para qué han venido? —pregunta Francisco a Onofre Vila.

—Ya saben para qué hemos venido —explota Sergi con agresividad.

Avanza dos pasos y propina un golpetazo en la cara al otro hombre con el dorso de la mano en la que tiene el arma.

—Sergi —le regaña su abuelo—, ven aquí a mi lado y baja la pistola. Lo siento, Josep, pero no nos hagan perder más el tiempo. ¿Dónde está Salvador?

El hombre mira a la mujer —el ojo derecho se le ha entrecerrado debido al manotazo, pero continúa sin perder la compostura—; después, mira al anciano.

—Nunca lo encontrarán —contesta Josep—. Ayer abandonó el pueblo y no...

—Cállese, mentiroso —le corta Sergi con rabia—. Nos están mintiendo —dice a su abuelo.

—Ya está bien, Sergi. —Su abuelo lo mira de arriba abajo—. Déjalos que hablen. Josep, continúe.

—No tengo nada más que decir.

—Espero por su propio bien que no nos crucemos con él —amenaza el viejo—. Si no, será hombre muerto.

—¿Y usted, señora? —Sergi increpa a la mujer.

Ella lo ignora.

—Ayer estuve hablando con Marc —comienza a decir Onofre mostrando un cierto desinterés—. Me dijo que trajera la piedra caída del Paraíso.

La mujer se lleva las manos a la cara y empieza a llorar. Sergi vuelve a sentir el cosquilleo en las manos. Pero ¿de qué está hablando su abuelo? ¿Quién es ese Marc?

—¿Está vivo? —pregunta la mujer.

—Sí. —El viejo asiente—. Y, si quiere volver a ver a su marido, será mejor que colaboren con nosotros.

—María —interviene Francisco.

Ella lo mira. Francisco tuerce la boca para transmitirle que no se lo crea.

—No sea tan incrédulo, Francisco —se ríe el anciano—. Se parece mucho a su hermano, los dos son igual de tercos.

—No hay nadie más en la casa. —Mohamed entra en la cocina.

—Está bien. Ve a la puerta de entrada y estate atento por si viniera alguien.

—Por esta puerta hay unas escaleras que bajan a un patio —responde Mohamed—. Hay otra puerta que da a la calle de atrás. Sergi, vigila este pasillo.

Sergi se vuelve hacia él y se lo queda mirando con desprecio.

—Ya lo has oído —dice su abuelo—. Vigila esa puerta.

Mohamed sale hacia el recibidor. Sergi va a la otra puerta, echa un vistazo al pasillo y vuelve a mirar hacia la cocina.

—Sabemos para qué ha venido —dice Josep con voz calmada—. Muéstrenos la piedra caída del Paraíso.

—Sergi —lo llama su abuelo con una sonrisa entre dientes—, dame la piedra.

Se quita la mochila, la deja en el suelo sin dejar de mirar a los dos hombres, abre la cremallera y extrae un bulto envuelto en una pieza de cuero.

—Mejor déjala encima de la mesa —manda su abuelo—. Que la descubra Francisco.

Los tres cátaros lo observan expectantes mientras coloca

el bulto sobre la mesa delante de Francisco. El hombre cierra los ojos y suspira profundamente; después, mira de reojo a sus familiares, estira los brazos y comienza a retirar el envoltorio con sutileza.

Por vez primera advierte el nerviosismo en los gestos de Francisco, el temblor de sus manos, su respiración contenida. De repente, el rostro de ese hombre se ilumina de un resplandor verdoso, sus ojos brillan como si fueran esmeraldas.

—Sergi —dice su abuelo—, regresa a tu posición. Es la primera vez que ustedes la ven. —Se dirige a los cátaros con aire de superioridad—. Espero que no hayan extraviado el trozo que le falta, porque, de lo contrario...

—Lo ayudaremos —ofrece Josep—, pero después...

—Después me llevaré la piedra —dice el anciano tajante—. No creo que estén en disposición de negociar nada; ya saben para qué hemos venido, no son tan estúpidos. Si me engañan, los mataré a todos. A Marc también. Desaparecerán de este mundo sin dejar rastro.

—Tenemos que ir a Durro —dice Francisco.

—Explíquese —exige el viejo.

—Para alcanzar la vida eterna deberá someterse a un ritual. Para eso se necesita la piedra caída del Paraíso al completo. Si no, es imposible realizarlo. Tenemos que ir a Durro; desde allí, caminaremos una hora hasta Saraís. No hay otra posibilidad.

—Es una trampa —dice Sergi, enfadado.

—Si mienten, los mataré a todos —repite su abuelo mirando a los cátaros con gesto amenazante—. Saben que soy capaz de ello, no sería la primera vez.

—Solo queremos acabar con todo esto cuanto antes —interviene Josep.

—Necesitamos otro coche —dice Onofre, pensativo—. Ustedes nos lo prestarán. ¿De qué vehículos disponen?

—Tenemos una furgoneta aparcada al lado de la iglesia —contesta Josep.

—Suficiente. Usted se vendrá con nosotros —se dirige a Francisco—. Sergi, ve a buscar a Mohamed.

Sergi sale al recibidor y regresa acompañado de Mohamed.

—Mohamed —lo llama Onofre—, Sergi y yo nos iremos en el todoterreno con este hombre. —Señala a Francisco—. Tenemos que conducir hasta Durro; está muy cerca, por la carretera que hemos venido. Tú irás con el otro en una furgoneta que tienen aparcada junto a la iglesia. Espera diez minutos desde que hayamos salido para seguirnos. Aún falta uno, podría intentar tendernos una trampa. Estaremos en contacto por el teléfono móvil. La mujer no vendrá con nosotros; átala a la silla para que no pueda moverse y tápale la boca. Si pretenden jugar sucio, regresaremos a por ella.

—No os preocupéis por mí —dice la mujer con voz firme.

Sergi pone la mochila encima de la mesa, saca unas esposas, una cuerda, un rollo de cinta aislante y, después, guarda la piedra caída del Paraíso. Su abuelo le hace un gesto a Francisco para que se levante. Mohamed comienza a inmovilizar a la mujer.

—Andando —dice Onofre a Francisco—, y compórtese con naturalidad cuando salgamos a la calle.

Sergi se vuelve antes de salir de la cocina y se dirige a Mohamed.

—No le hagas daño —le pide.

Capítulo XIV

Eran dos hombres de la misma carne y de la misma sangre los que se atacaban tan despiadadamente. Los dos eran hijos del mismo hombre.

Oro árabe resplandecía sobre él, con muchas tórtolas bellamente bordadas, representando el blasón del Grial.

En la inscripción que apareció sobre la piedra se leyó que tú debes ser el rey del Grial.

Nadie puede conseguir nunca luchando el Grial; solo quien es designado por Dios puede alcanzarlo ... por lo que aún hoy permanece oculto.

Boí. A continuación

Abandonan la carretera principal del valle y toman el desvío hacia el pueblo de Boí. Al girar hacia la derecha, el sol deslumbra a Mario y tiene que bajar la visera del coche para protegerse. Solo les resta el último kilómetro de un viaje sin retorno.

Ha estado varias veces en el valle de Boí, pero nunca ha asaltado ninguna de las iglesias —las obras de más valor están expuestas en el MNAC—. El botín que en ellas se encuentra es equiparable al de otras iglesias de zonas más desprotegidas; no le ha merecido la pena correr riesgos innecesarios. Ayer estudió las carreteras con la ayuda de internet; el desvío que acaban de coger asciende por la montaña hacia Boí, después Taüll y al final las pistas de esquí. Allí se acaba. No hay otro acceso para llegar hasta esos lugares. Si algo saliera mal, no tendrían más remedio que regresar por la misma carretera. Siempre que acude al Pirineo para apropiarse de su preciado arte, alquila un todoterreno por si tuviera que escapar por alguna pista de montaña. Ayer descartó la idea: era demasiado arriesgado después de su aparición estelar en las noticias.

—¿Dejamos el coche en el parking de la iglesia? —pregunta Mario al encontrarse las primeras casas del pueblo que hay en el lado izquierdo de la carretera.

—No, gira por la siguiente calle después del parking a la derecha, suele haber sitio para aparcar junto a la oficina de información. Los taxis nos recogían ahí cuando venía con mi padre a visitar las iglesias. No creo que haya mucha gente. Estamos a miércoles y aún no son ni las ocho de la mañana.

Entran por la calle siguiendo las instrucciones de Mónica.

—Pero si ese es el señor Vila —dice Mónica sobresaltada al ver al anciano aparecer por el arco que hay en el muro, acompañado por otro hombre—. Y también está Sergi. —Viene andando detrás de su abuelo—. Frena un poco, Mario.

—Agáchate, rápido. No nos han visto.

—Pero ¿qué hacen aquí?

—Ese mosso debe de trabajar para ellos —dice preocupado mientras circulan a escasos metros de los tres hombres—. Así que ese es el cerdo —murmura con resentimiento.

Sergi se queda mirando el Seat Ibiza, Mario vuelve la cabeza hacia el frente con disimulo. Los vigila de reojo por el retrovisor mientras rodean la plaza para regresar a la carretera principal. La comitiva de Onofre Vila se ha detenido junto a un todoterreno. Sergi le entrega las llaves al otro hombre y, después, le susurra algo al oído. Por los gestos y la seriedad de sus rostros, no parecen mantener una relación amistosa. Onofre Vila se sienta en la plaza del acompañante; el otro hombre, en el asiento del conductor; Sergi, en la parte de atrás.

—¿Conoces al otro hombre?

—No lo he podido ver bien, pero a simple vista no me suena —contesta Mónica, incorporándose un poco.

—No te levantes aún, voy a parar un poco más adelante. Quiero ver hacia dónde se dirigen. Supongo que darán la vuelta y se irán hacia El Pont de Suert.

Mario estaciona el vehículo en un lado de la carretera a cincuenta metros en dirección a Taüll.

—Ya te puedes levantar si quieres, pero ten cuidado por si vinieran hacia aquí. Ahí están, hemos tenido suerte, están dando la vuelta.

—A lo mejor el otro hombre es uno de los cátaros —sugiere Mónica preocupada.

—Puede ser.

—Creo que deberíamos seguirlos. Quizás se lo lleven secuestrado. Podrían hacerle daño.

—Es demasiado arriesgado, será mejor ir primero a la dirección que nos dio el padre Capmany para ver qué ha pasado.

—Podríamos perderlos.

—Está bien, pero, si llegan a la carretera de Vielha, volveremos aquí. Seguro que se irán para Balaguer. Dame la pistola, está en el bolsillo de la mochila.

—Por favor, ten cuidado.

—No te preocupes, solo es por precaución. Esa gente es muy peligrosa.

El todoterreno desaparece carretera abajo. Giran en redondo y comienzan a seguirlos. Cuando acceden a la carretera principal, pueden ver el vehículo en la distancia. Circulan a quinientos metros por detrás de ellos. Al llegar a Barruera, el todoterreno toma el desvío hacia la izquierda que conduce al pueblo de Durro. Los han perdido de vista. La carretera es muy estrecha; asciende mediante curvas cerradas por la ladera de la montaña, dejando a su izquierda un barranco visible entre los claros del bosque.

—Pararemos un momento —dice Mario cuando se encuentran un almacén de ladrillo con maquinaria de obra alrededor. Los tejados de pizarra del pueblo asoman por encima de los árboles a unos doscientos metros—. La carretera no tiene otra salida. No me gustaría encontrármelos de frente, tu ex se ha fijado en el coche.

Reanudan la marcha al cabo de cinco minutos. Encuentran el todoterreno estacionado en el aparcamiento público a la entrada del pueblo.

—Mira —dice Mónica señalando hacia la derecha—, están ahí, a la derecha de la iglesia. Ahora los tapan esos árboles.

—Será mejor que me esperes aquí.

—No, yo te acompaño.

Mario aparca el coche detrás de unos contenedores y comienzan a correr hacia la iglesia de la Natividad de Durro. Mónica está convencida de que los ha visto alejarse por un camino que continuaba hacia la derecha entre prados y bancales hasta adentrarse en un bosque de pinos.

Avanzan por el sendero hasta llegar a la pineda y al poco localizan a los tres hombres. A Onofre Vila le está costando avanzar por la senda pedregosa, a pesar de discurrir por un llano con ligeras bajadas. El ritmo es muy lento. Empieza a hacer calor. Mario y Mónica tienen que detenerse a cada momento para no acercarse demasiado.

Carretera N-230, dirección Vielha. A continuación

Realizan una parada en la gasolinera de Arén para repostar. Antes de salir del coche, el inspector Font despega la sirena del techo y la deja en el asiento. Ese tramo de carretera pertenece a la provincia de Huesca y está patrullado por la Guardia Civil; no quisiera retrasar el viaje por tener que darles explicaciones. Aprovecha para ir al baño mientras el empleado del establecimiento le llena el depósito. Piensa en lo rápido que han recorrido los primeros cien kilómetros de viaje. Solo han empleado cuarenta minutos, superando los doscientos kilómetros por hora en varias ocasiones. A partir de ahora, se verán obligados a reducir la velocidad; la zona del pantano de Escales es una sucesión de curvas cerradas y túneles estrechos con el añadido de las caravanas de camiones que se dirigen hacia la frontera. Calcula que necesitarán media hora para recorrer los cuarenta kilómetros que los separan del pueblo de Boí.

Marc ve cómo el inspector Font entra en la gasolinera. Se vuelve para hablar con Salvador, sentado en el asiento trasero.

—Salvador, ¿qué ha pasado con Claudia?

—Es una historia muy larga.

—Pues date prisa, el inspector regresará en cualquier momento.

—Lo siento, no podía decir nada delante del mosso. El primo Joanet tuvo un accidente cuando tenía diez años.

—Tenía un mal presentimiento —dice Marc apenado—. Lo tenía desde que te vi esta mañana, pero continúa.

—Se despeñó por un barranco cuando bajaba una falla en la noche de San Juan.

—Pobrecillo. —Cierra los ojos y se suena la nariz.

—Pero mi padre y el tío Francisco lograron rescatarlo de la muerte; utilizaron la piedra —dice flojito, como si alguien los escuchara.

—¿Y perdió la memoria como le ocurrió a Pere, el abuelo de tu tía María?

—Sí, pero yo no lo supe hasta ayer. Nos lo habían ocultado a la tía y a mí. De hecho, la tía aún no lo sabe; pensábamos que había muerto.

—¿Y dónde está mi hijo Joanet ahora?

—Lo dejaron a las puertas de un convento cerca de Toulouse y no volvieron a saber de él, pero, tío, lo he encontrado.

Ayer por la noche estuve allí y la madre superiora me lo confesó todo. Por eso he ido a Balaguer. Claudia Vila se llevó al primo el mismo día que lo abandonaron a las puertas de la abadía.

—¿Claudia se llevó a mi hijo Joanet? —pregunta, sorprendido.

—Sí, las monjas mintieron a mi padre y al tío Francisco cuando regresaron a buscarlo. Cuidado, viene el inspector.

—Pero ¿qué hacía Claudia en aquel convento? —se pregunta Marc—. Hacía más de veinte años que no sabía de ella. Entonces, Sergi es mi hijo.

—Así es —confirma Salvador.

—Y pensar que hasta esta mañana pensaba eso mismo.

—Pero ¿qué estás diciendo?

—Lo siento —dice con tono avergonzado—, pensaba contároslo en cuanto pudiera: tuve un hijo con Claudia. Su padre, Onofre Vila, lo dio en adopción a los pocos meses de nacer. Pensaba que Sergi es el hijo biológico de Claudia —termina la explicación apresurado en el mismo instante que el inspector Font abre la puerta.

—Supongo que tendrán muchas cosas que contarse —dice al tomar asiento—. Pueden continuar la conversación si lo desean, a mí no me molestan.

Reemprenden el viaje en silencio. Cinco minutos más tarde, el inspector Font se dirige a Marc.

—Siento lo de su padre, supongo que Salvador ya le habrá puesto al corriente —dice al no ver ningún atisbo de sorpresa en su rostro—. Yo era el responsable de la investigación de su asesinato, por eso llegué a conocer al padre Capmany. Junto a su padre, encontramos el cadáver de otro familiar suyo y hace solo unas semanas el cadáver de un tercer hombre junto al fusil utilizado para perpetrar los crímenes. ¿Sabe quién era?

—No digas nada, tío —dice Salvador—. La policía no sabe quién es, no podemos permitirnos atraer la atención hacia el valle.

—Salvador —responde Marc—, el inspector ya sabe demasiado. Si quisiera exponernos ante el mundo, le sobrarían los motivos para hacerlo. Anoche Onofre Vila bajó para hablar conmigo, hacía muchos años que no lo hacía. Hasta ese momento siempre había creído que él había sido el único implicado en la desaparición de nuestros familiares, pero, después de lo que acaba de decir el inspector, la versión de Onofre Vila sobre lo que sucedió cobra sentido. Pere Palacín mató a mi padre. Era un vecino del pueblo. ¿Es eso cierto, Salvador?

Salvador responde con un sonido gutural.

—Pero ¿no pereció en la guerra?

—Mi padre dijo que nunca encontraron el cuerpo.

—Es verdad, ya no me acordaba, ¿lo sabe su familia?

—No, de la casa de los Palacín solo queda Jordi. Vive con su madre en el pueblo, su padre falleció de una enfermedad del hígado al poco tiempo de que tú te marcharas.

—Jordi... —suspira Marc—, el mejor amigo de mi hijo, eran inseparables. Lástima que su familia no fuera de fiar, siempre andaban detrás de nosotros.

—¿Quién era el otro familiar suyo que murió junto a su padre? —interviene el inspector Font.

—El abuelo de mi esposa —responde Marc.

El inspector Font tuerce el cuello con brusquedad y mira a Marc, aunque tiene que volver la vista a la carretera para no despistarse en las curvas traicioneras del pantano. Marc se incorpora en el asiento y busca con la mirada a Salvador.

—No lo sabía —dice Salvador apesadumbrado señalando con la cabeza al inspector—. Nadie lo sabía.

—Cuando encontramos el cadáver del abuelo de su esposa —relata el inspector Font—, su cuerpo estaba en perfecto estado de conservación. Yo estuve allí y le vi la cara; hasta las pruebas forenses indicaron que había muerto hacía menos de cuarenta y ocho horas. No tenía ningún sentido considerando las demás circunstancias que rodeaban el caso, pero ahora todo cuadra. El abuelo de su esposa murió hace cincuenta años y, por alguna razón, su cuerpo se ha mantenido incorrupto.

Marc vuelve la cabeza y mira por la ventanilla. Recuerda la mención de Onofre Vila sobre el abuelo de su esposa; no había vuelto a pensar en ello. Salvador está de brazos cruzados con la cabeza baja.

—¿Qué fue lo que se llevó Onofre Vila? —pregunta el inspector Font—. Supongo que él presenció la escena de la muerte de sus familiares, o que tal vez participó de manera directa estando aliado con el tal Pere Palacín, aunque al final decidiera acabar también con él por alguna desavenencia o por no querer compartir el botín.

—Ya está bien —espeta Salvador enfadado.

—Salvador —le dice el inspector Font con seriedad—, le prometí al padre Capmany que haría todo lo posible por manteneros en el anonimato. Ten por seguro que cumpliré mi promesa y que nunca revelaré vuestros secretos a nadie, pero habéis de saber que han muerto otras dos personas por culpa de todo esto. El profesor Llull era completamente inocente, me estaba asistiendo en la investigación de la muerte de vuestros familiares, lo mataron a sangre fría. No puede morir más gente, ¿lo entiendes? Ese hombre es capaz de todo. Si estoy aquí es para ayudaros.

»Sé que Onofre Vila os robó alguna cosa que le hizo muy poderoso y que todavía anda detrás de vosotros buscando algo más. Pensad también en lo que puede ocurrir a partir de hoy si detenemos a ese hombre y lo metemos entre rejas. Es muy probable que encontremos cierto material en su mansión o en alguna de sus propiedades que apunte directamente hacia vosotros o, peor aún, algo más sorprendente incluso que esas dos cruces occitanas que siguen sin aparecer y que por sí solas ya representan un desafío a las leyes de la naturaleza tal y como las conocemos hoy en día. Necesito que seáis sinceros conmigo y me digáis todo lo que sabéis; en breve llegaremos a Boí y debemos estar preparados para enfrentarnos a esa gente.

—El inspector tiene razón —dice Marc mirando a Salvador—. Yo tampoco quiero que muera nadie más. Nosotros solos no podremos hacer frente a esas personas.

—Pero mi padre y el tío Francisco lo tienen todo planeado —protesta Salvador—. Los estábamos esperando.

—¿Y si sale mal? —dice Marc—. ¿Y si cuando llegamos ya los han matado a todos? Conozco ese plan, lo preparamos juntos, pero confiábamos en que solo fuera él y ahora son tres personas. El día que fui a ver a Onofre Vila supe que nos habíamos equivocado. Ese hombre nos estaba buscando, estaba obsesionado. Tuve la certeza de que, si le hubiésemos engañado, nos habría perseguido durante el resto de su vida hasta acabar con nosotros. Por eso decidí no llevarlo a cabo, no podía poneros a todos en peligro. Ahora ya no hay vuelta atrás, solo podemos aspirar a escapar de esta situación lo más indemnes posible.

—Será mejor que me pongan rápido al corriente de lo que tienen planeado —dice el inspector Font—. Llegaremos en menos de veinte minutos.

—¿Sabes si Onofre Vila ha llevado la piedra? —pregunta Salvador a su tío.

—Confío en que así sea —responde Marc—. Se lo advertí anoche.

—La piedra caída del Paraíso —murmura el inspector Font—, el grial.

—Onofre Vila nos la robó —dice Salvador—, ahora ya lo sabe. Cuando vino al pueblo, conoció a mi tía María y a mi tío Francisco. Ella es la esposa de Marc y él, su hermano mayor. —Señala con la cabeza a su tío Marc; el inspector lo mira por el espejo—. También conoció a mi padre Josep. Si no pudieran recuperar la piedra por algún descuido de sus asaltantes, intentarán convencer a Onofre Vila para que la intercambie por la promesa de la vida eterna. No será muy difícil; al fin y al cabo, parece que eso es lo que ha estado buscando ese hombre durante toda su vida. Harán que los acompañe hasta Durro y desde allí caminarán dos horas por la montaña hasta el pueblo antiguo de Saraís.

»Entrarán en la sala que hay debajo de la iglesia y le explicarán el ritual para conseguir la inmortalidad. Onofre Vila deberá sumergirse en una pila de aguas termales mientras ellos utilizan la piedra caída del Paraíso después de haberla reunido con el trozo que estaba en nuestro poder. Entonces lo dormirán y aprovecharán para huir por un túnel que sale a más de cincuenta metros del pueblo.

—Pero son tres —dice el inspector Font.

—Solo dejarán entrar a Onofre Vila; pueden bloquear la puerta desde dentro —se justifica Salvador.

—Esa gente son unos profesionales —dice el inspector Font con preocupación—. No se dejarán engañar tan fácilmente.

—Ese hombre haría lo que fuese por conseguir su propósito —trata de tranquilizarlo Marc.

—Espero que tengan razón y aún estemos a tiempo —dice el inspector Font—. ¿Existe otro camino más rápido para llegar hasta ese pueblo?

—Sí —contesta Salvador—, eso formaba parte del plan. Escaparán en otra dirección por un camino más corto hasta el pueblo de Coll.

El inspector Font baja la ventanilla y esconde la sirena antes de entrar en El Pont de Suert.

—Tengo que confesarle otra cosa —dice Marc.

—Dese prisa, se nos acaba el tiempo —replica el inspector.

—Sergi es mi hijo.

El inspector Font tarda unos segundos en asimilar la noticia. Después, mira a Marc buscando una explicación.

—Cuéntaselo, Salvador —dice Marc.

—Espero que no nos hayamos equivocado con usted —dice Salvador—, aunque ya no veo otra solución para salir de esta.

Salvador le explica al inspector Font la historia de la muerte de su primo Joanet, su resurrección gracias al trozo de la piedra caída del Paraíso que aún conservan, el viaje de su padre a Santa María del Desierto y cómo él mismo descubrió la noche anterior que Claudia Vila se lo había llevado a Balaguer a vivir con ella.

Sendero de Durro a Saraís. A continuación

Después de cuarenta minutos de persecución, Mónica y Mario se adentran en el Obac de Barruera, un bosque de pinos denso, húmedo y sombrío. El sendero comienza a desaparecer borrado por una vegetación que sobrepasa la altura de sus rodillas, numerosos troncos caídos y unas lianas que los obligan a agacharse. Hace un rato que han perdido de vista a los tres hombres, tampoco oyen sus pisadas, las ramas troncharse a su paso, la respiración agitada del anciano.

—Mario —le avisa Mónica en voz baja—, al suelo. Vienen detrás de nosotros.

Mario se agacha y mira hacia atrás. Los tres hombres aparecen por otro sendero, a unos veinte metros de distancia. Se han equivocado de camino y, desorientados, los han adelantado por la derecha. Se tumban en el suelo. Él saca la pistola y hace un gesto a Mónica indicándole que deberían actuar. Ella niega con la cabeza, nerviosa. Primero, pasa el hombre que no conocen; después, Onofre Vila. Sergi cierra el grupo con una pistola en la mano.

—Menos mal que hemos venido con ropa oscura —dice Mario incorporándose cuando la comitiva de Onofre Vila se ha alejado lo suficiente.

—Aún me late el corazón a mil por hora —responde Mónica, sacudiéndose la hojarasca de las mallas.

—Ya somos dos. —Sonríe con gesto de alivio y complicidad.

—Esperemos un poco —sugiere ella—. Ahora ya sabemos cuál es el sendero que tenemos que seguir. Debemos estar muy atentos para no perdernos otra vez.

—Tienes razón —dice Mario mientras se ajusta la pistola en la parte trasera del pantalón—, hemos de andarnos con más cuidado.

Aguardan unos minutos y comienzan a andar. Llegan al límite del bosque después de recorrer una distancia de unos cien metros. Miran el sendero: desciende por la ladera de la montaña a cielo descubierto y vuelve a internarse en el bosque.

—Deberíamos haber traído la botella de agua —dice Mónica mientras descienden con precaución por el camino de piedras para no hacer ruido.

—Sí, tengo la boca seca. —Mario se humedece los labios con la lengua—. El sol está pegando cada vez más fuerte.

—Me pregunto adónde irán.

—Pronto lo sabremos, no puede quedar mucho. Como se alargue la excursión, el viejo no lo cuenta.

Se adentran en el siguiente tramo boscoso; la vegetación no es tan espesa como antes y el sendero es fácilmente reconocible.

—¿Has oído eso? —Mónica se vuelve para preguntarle.

Mario se pone el dedo en la boca para indicarle que guarde silencio. Los dos se agachan lentamente mientras inspeccionan los alrededores. Pareciera que el tiempo se hubiese detenido si no fuera por el zumbido de los abejorros. Él también ha oído un ruido de ramas al moverse. Ahora no se oye nada. La mira con gesto confuso; se lo habrán imaginado, o se trata de algún animal. Con la mano le indica que esperen un poco. Después, empiezan a levantarse con prudencia. Entonces ven aparecer algo de color rojo entre los árboles.

—¡Quietos, no os mováis! —Un hombre viene corriendo hacia ellos.

—¡Corre, Mónica! —grita Mario.

Él se queda quieto, de espaldas al hombre, y levanta los brazos. Suena un disparo. Ve saltar en pedazos la corteza de un árbol, a escasos centímetros de la cabeza de Mónica, tras el impacto de la bala.

—¡Para, Mónica! —le grita—. No te muevas, por favor.

Mónica se detiene. El hombre se acerca a él.

—No te muevas —le dice.

El hombre le registra por la zona de las lumbares, encuentra el arma y se la quita.

—Ahora date la vuelta —le ordena—, despacio.

Mario se enfada consigo mismo cuando ve a Mohamed. ¿Cómo ha sido tan estúpido? Debería habérselo figurado, era previsible que el esbirro de Onofre Vila hubiera venido con ellos para enfrentarse a los cátaros.

—¿Qué haces aquí? —pregunta Mohamed extrañado. Él permanece en silencio—. Creíamos que habías muerto en el atraco al museo —prosigue—. El patrón se va a llevar una sorpresa cuando se entere. —Sonríe enigmático—. Muévete —dice señalando hacia adelante con el arma—. Mujer —dice cuando se acercan a Mónica—, date la vuelta.

—Mohamed —dice Mónica sorprendida.

—¿Hay alguien más? —inquiere Mohamed también desconcertado.

—No —contesta Mario.

—¡Usted! —grita Mohamed volviendo la cabeza hacia atrás—, venga aquí. —Un hombre emerge de entre los árboles y avanza hasta llegar a su posición—. Usted va primero —le dice Mohamed—, vosotros después. Si escapáis, os disparo.

Mario interroga a Mónica con la mirada antes de que ella comience a seguir al hombre. Por su expresión, infiere que ella tampoco lo conoce. Ese hombre ha de ser otro de los cátaros señalados por el padre Capmany. Onofre Vila y sus secuaces habrán secuestrado a dos de ellos. ¿Qué esconden en la montaña? ¿Por qué se han brindado a colaborar con el anciano? ¿Han matado a alguno de sus miembros cuando los han asaltado en la vivienda de Boí? La melodía del móvil de Mohamed interrumpe sus cábalas.

Mohamed responde la llamada e informa a su interlocutor que ha encontrado a dos excursionistas.

Boí. A continuación

—¿Estás seguro de que no quieres llevar el arma? —insiste el inspector Font.

—No servirá de nada —contesta Salvador—. No podemos hacer daño a ninguna otra persona, sería actuar en contra de nuestros principios.

—Está bien, te la daré descargada para que al menos sirva de intimidación. —Extrae el cargador y comienza a retirar las balas—. Usted nos esperará aquí hasta que Salvador y yo aseguremos la zona —comunica a Marc—. No abandone el vehículo bajo ningún concepto. Si no regresamos en veinte minutos, significará que algo ha salido mal. Yo, si fuera usted, sería prudente y no acudiría a la vivienda hasta transcurridas unas horas. Toma, Salvador. —Se vuelve en el asiento para entregarle la pistola—. Ten mucho cuidado. Aunque no hayamos encontrado el todoterreno, es muy posible que en la casa topemos con alguno de ellos, y seguro que van armados. Yo iré primero, no te separes de mí y, por favor, tienes que acatar en todo momento mis instrucciones. Si la cosa se pone fea y ves la oportunidad, sal de ahí corriendo.

Se apean del coche y pasan por debajo del arco en el muro. El inspector Font sujeta la pistola con las dos manos y comienzan a avanzar por la calle con la espalda pegada a las casas de la derecha. A pesar de la tensión, no deja de pensar en Sergi. Si lo tuviese enfrente y fuera necesario, no dudaría en dispararle. Ese joven ya no es el niño que perdieron sus padres cuando solo tenía diez años. Por mucho que quisieran recuperarlo para la causa, hace tiempo que dejó de ser un cátaro. Se ha convertido en un criminal y tendrá que responder por sus delitos; tal vez fuera él quien apretó el gatillo que acabó con la vida del profesor Llull.

Cuando llegan al portal de la vivienda de los cátaros, se apoya en la pared y alarga el brazo para empujar la puerta. Está cerrada; la última vez que estuvo ahí se la encontró entreabierta. Asoma la cabeza en busca del timbre. En la puerta solo hay un picaporte de hierro en forma de mano. Registra el alféizar con los dedos para asegurarse. Después, golpea en la puerta de madera maciza con el puño. Aguardan unos segundos, no oyen ningún ruido.

—Podemos entrar por atrás —dice Salvador en voz baja.

Empiezan a correr por el empedrado hacia el centro del pueblo. Doblan por la primera calle a la derecha y llegan hasta un callejón sin salida donde solo hay una serie de muros irregulares, con puertas minúsculas, correspondientes a las partes traseras de las casas. Salvador le indica la vivienda. El inspector se encarama a la tapia y examina las ventanas de la primera planta: unas cortinas de cuadros blancos y rojos impiden ver el interior. Después, baja la vista.

Las gallinas se mueven alocadas en el patio ante su presencia, se desplazan mediante aleteos nerviosos hacia el gallinero de alambre, situado en la pared izquierda, para continuar picoteando entre la tierra y las malas hierbas. Entremezclado con el olor a plumas y excrementos, percibe un olor a menta. Mira hacia el otro lado. Un jardín tupido de plantas aromáticas y arbustos crece pegado al muro; las trepadoras de flores blancas invaden la pared de roca y en el suelo se apelotonan maceteros con margaritas de color amarillo y naranja. En el centro hay una mesa victoriana de hierro de color verde con cuatro sillas y una regadera grande de hojalata en lo alto.

Salta al interior, Salvador lo acompaña. Se esconde junto al marco de la puerta de madera que da acceso a la vivienda: está ajustada. Le pide a Salvador, al otro lado, que no se mueva. Con un movimiento rápido, se coloca frente a la puerta y la abre de una patada. Entra en la casa apuntando con la pistola en todas direcciones. No hay nadie. Salvador entra detrás de él, enciende las luces del almacén y señala las escaleras que conducen al piso superior, la planta baja de la vivienda.

—¿Qué habitación hay detrás de esta puerta? —pregunta a Salvador en voz baja cuando llegan al final de las escaleras.

—La cocina.

El pasillo es estrecho, la postura para derribar la puerta de una patada, demasiado complicada. Pide a Salvador que se la abra y entra con la pistola en alto. Se encuentran a María atada a una silla al lado de la mesa. Salvador intenta entrar, pero él le cierra el paso con el cuerpo.

—¿Hay alguien más en la casa? —pregunta a María sin alzar la voz.

María niega con la cabeza.

Salvador lo empuja para entrar en la cocina, coge un cuchillo de la pared y comienza a cortar las cuerdas para liberarla. Él se acerca a ella y le retira la cinta aislante de la boca.

—Salvador, ¿qué haces aquí? —pregunta María con las palabras cortadas por su respiración.

—No te lo vas a creer, tía —comienza a decir Salvador mientras se pone de pie tras haber cortado las últimas cuerdas que ataban los tobillos de María a las patas de la silla.

—¿Dónde están? —lo interrumpe el inspector Font para interrogar a María.

—Se han ido a Durro.

—¿Hace cuánto de eso?

—Hace una hora y media —responde mirando el reloj colgado encima de la chimenea—, quizás un poco más. Nos han sorprendido cuando nos acabábamos de sentar a la mesa para desayunar.

—Sí que han llegado tarde —murmura el inspector—. ¿Usted se encuentra bien?

María asiente con la cabeza y comienza a levantarse de la silla.

—Salvador —dice el inspector Font—, ve a buscar a Marc, date prisa. Tenemos que salir lo antes posible si queremos llegar a tiempo.

—Marc —balbucea María sentándose de nuevo.

Salvador sale por la puerta delantera.

—Su marido se quedará con usted. —Le sonríe con ternura—. Pero será mejor que vayan a otro lugar hasta que regresemos. ¿Cuántos eran?

—Tres. Onofre Vila y dos jóvenes, uno era extranjero.

—¿Les han hecho daño?

—No, pero el joven que no era extranjero estaba muy nervioso. Le ha pegado un manotazo bien fuerte en la cara a mi hermano. Tengan cuidado, se han marchado en dos grupos. Iban armados con pistolas. Primero se ha ido mi cuñado Francisco con Onofre Vila y ese joven en el vehículo con el que habían venido y, diez minutos más tarde, lo ha hecho el joven extranjero con mi hermano Josep en nuestra furgoneta.

Marc entra corriendo en la cocina —María empieza a llorar—, se arrodilla a los pies de ella y la abraza. Al inspector Font se le humedecen los ojos; no puede haber sentimientos más intensos que los de esas dos personas. Han estado separadas durante casi tres décadas de una de las maneras más crueles, torturadas por la incertidumbre de no saber que le ocurrió a la otra, de si volverían a reunirse o la balanza se decantaría por el peso de la muerte.

Mira a Salvador, también está llorando. Le hace un gesto para indicarle que deben irse.

Saraís. A continuación

La vegetación ha invadido los edificios abandonados pasando a formar parte de su arquitectura. Un elemento hermoso pero desestabilizador por su dinamismo y voracidad, presagio de ruina, derrumbe y olvido. Las plantas crecen en los agujeros de los muros que un día fueron de roca sólida, colonizan de verde los cristales de las ventanas y los restos de los tejados maltrechos que aún no se han venido abajo; los árboles emergen del interior de las casas, los establos y la iglesia.

El núcleo del poblado de Saraís lo formaban alrededor de nueve casas en lo alto de una pequeña colina, al lado de un riachuelo de aguas gélidas proveniente de las cumbres más elevadas, con suministro constante y suficiente para abastecer a sus habitantes durante todo el año.

Resulta difícil comprender cómo alguien pudo abandonar ese lugar bucólico cargado de encanto; quienes lo hicieran no pudo ser sino debido al infortunio. Un incendio arrasó el poblado durante una noche y sus habitantes no quisieron volver a recordar los eventos trágicos que allí acontecieron; construyeron el pueblo nuevo a la otra orilla del río, dejando sus memorias enterradas bajo una espesa capa de cenizas.

La soledad de las casas abandonadas inquieta a Sergi, como si los fantasmas de las personas que vivieron ahí en el pasado lo estuvieran vigilando. Siente sus miradas, los busca en los rincones escondidos entre la maleza. El presentimiento de que puedan ser víctimas de un engaño le parece ahora casi inevitable.

Observa el rostro de su abuelo, que va asido a su brazo; el sudor le cubre toda la cara y lleva el cuello de la camisa empapado. Lo ha tenido que ayudar desde que han salido del bosque y se han topado con la primera bajada. A partir de entonces, el estado de su abuelo ha ido empeorando: respira con dificultad, su cuerpo tiembla como si las piernas le fueran a fallar en cualquier momento. Comenzaba a pensar que no lograrían alcanzar su destino, pero el cátaro se acaba de parar frente a la fachada de la iglesia y les ha dicho que acaban de llegar.

La iglesia románica también sucumbió a las llamas: la mitad del tejado se hundió sobre las endebles vigas de madera ennegrecidas y derribó parte de los muros laterales. La espadaña de la fachada principal del templo es la pieza, en todo el pueblo, que mejor ha resistido los embates del tiempo y la naturaleza. En la parte alta sobrevive huérfana una de las dos campanas que tocaban cada año por san Lorenzo.

Mira la puerta, cerrada con un candado: los tablones de madera están rotos por la base —algunos también en la parte superior—, tal vez un niño consiguiera entrar arrastrándose por la tierra. De todos modos, cualquiera podría abrirse paso entre los arbustos y colarse por los laterales del edificio. Mira al cátaro con desconfianza cuando este saca una llave del bolsillo y abre el candado.

En el interior de la iglesia no hay muestras de actividad humana. Los arbustos y las plantas silvestres superan el metro de altura y se extienden por todos los rincones de la nave. Francisco comienza a avanzar hacia el ábside abriéndose camino a base de manotazos y pisotones. Los insectos revolotean alterados, a lo lejos se oye el canto de las cigarras. Su abuelo le suelta el brazo y sigue al cátaro. Sergi entra en la iglesia tras echar un último vistazo a los alrededores; después, ajusta la puerta y saca la pistola. Mira hacia arriba; el sol se cuela entre las ramas del chopo que ha crecido en el centro de la iglesia, las hojas del árbol se mueven ligeramente, el cielo está despejado.

Francisco abre una puerta de madera en mal estado, situada en el muro derecho a la altura del ábside, y accede a otra sala. Su abuelo entra detrás de él. Sergi prefiere esperar, sin cruzar el umbral de la puerta, hasta averiguar las intenciones del cátaro. La habitación está tan oscura que no puede distinguir sus dimensiones con claridad. Por el tejado de paja se filtran los haces de luz como agujas sin afilar; tal vez, antes de la desgracia, formara parte de las dependencias del párroco, pero, en tiempos más recientes, fue utilizada como establo, a juzgar por el bebedero de piedra que hay en un lateral.

El cátaro se arrodilla en una esquina, empieza a cavar en la tierra con las manos y descubre una losa pulida de color gris a unos cinco centímetros de la superficie. Después, dibuja el contorno de forma rectangular en la tierra y acaba de limpiarla. Sergi se acerca para mirar la losa. Francisco golpea la tierra que hay incrustada en unos agujeros con el dedo índice; las gotas de sudor resbalan de su frente y se marcan en el polvo. Tras desatascarlos, introduce los diez dedos en otros tantos orificios y los hace girar hacia un lado. El cátaro tuerce la cabeza y lo mira con desprecio; después, se levanta y, con las rodillas flexionadas, vuelve a introducir los dedos en los agujeros, retira la losa y la deja a un lado.

—Ya podemos entrar —dice Francisco.

Sergi observa a su abuelo con gesto de preocupación. El anciano está apoyado en la pared con las manos sobre las rodillas, tiene la vista perdida en algún punto de la tierra polvorienta del suelo sin prestar atención a la entrada sombría que acaba de descubrir el cátaro; la saliva reseca pinta sus labios como si fuera cemento, hace una hora que no abre la boca para hablar; su respiración es la única señal de una cierta mejoría. Su cadencia ha comenzado a normalizarse, pero, aun así, tardará tiempo en recuperarse de la fatiga y el calor.

—¿Cómo vamos a entrar ahí? ¿No ve cómo está mi abuelo? —protesta con indignación y chulería.

—Lo ayudaremos a bajar —responde el cátaro.

—¿Ayudarlo? —dice furioso—. Tendrían que habernos avisado de que este sitio estaba tan lejos. Que tiene casi noventa años, joder —finaliza, levantando el brazo como si fuera a pegarle.

—Yo iré primero —dice el cátaro sin alterarse.

Francisco se sienta con los pies dentro del agujero, se vuelve, pone la barriga en el suelo y comienza a descender. Su cabeza sobresale un par de centímetros sobre la superficie.

—Me echaré a un lado para dejarle espacio a tu abuelo

—dice el cátaro alzando la vista—. Ayúdalo a entrar en el agujero, yo lo cogeré por las piernas.

—Como nos hayan hecho venir hasta aquí para nada, juro que los mataré a todos.

Se despoja de la mochila y la deja encima de la losa para no ensuciarla. Se acerca a su abuelo y lo agarra por el brazo. El anciano ni siquiera reacciona; es como si se hubiera quedado en el limbo, con los ojos abiertos sin parpadear apenas. Tal vez haya sufrido un golpe de calor, el muy tozudo no ha querido desprenderse de la americana durante la caminata. Se la quita y la lanza al suelo con desgana. Sujeta a su abuelo por debajo de las axilas y le hace sentarse en el borde del agujero.

Sergi no tiene un físico acostumbrado a la actividad. Si a eso se suma su constitución de aspecto infantil, acarrear el cuerpo de su abuelo —que, a pesar de haber perdido peso en las últimas semanas, ronda los sesenta kilos y, además, no colabora—, le resulta una tarea ardua y complicada. Los pantalones de su abuelo se rompen por el roce con el borde, y también la camisa; ve la sangre de los rasguños en su espalda. Por un momento ha creído que lo soltaría, pues los músculos de los brazos le ardían de dolor, pero el cátaro ha cogido a su abuelo por las piernas justo a tiempo.

Francisco sienta a su abuelo en el suelo y mira hacia arriba.

—Baja tú ahora.

—¿Es necesario? —dice con hastío mientras coge aire.

—Sí —responde el cátaro con autoridad; después, comienza a arrastrar a su abuelo hacia atrás y desaparecen de su vista.

Sergi ha visto los bordes del encaje de la losa, repletos de capullos peludos de insectos, larvas translúcidas, gusanos lechosos y telas de araña que se desprenden hacia el subsuelo, pero ha decidido no prestarles atención. Ahora los mira con detenimiento y le sobreviene una arcada. Odia los insectos. Recoge la americana del suelo, la coloca en uno de los lados del agujero, se sienta encima, se da la vuelta y empieza a arrastrarse con los ojos cerrados. Cuando ya solo se aguanta con los codos, los vuelve a abrir para mirar hacia abajo —está a punto de tocar con los pies en una silla— y acaba de deslizarse.

La sala, cuadrada y de unos ocho metros de largo, es más grande de lo que pensaba. El cátaro está en el extremo opuesto con una lámpara de aceite en una mano y una vela en la otra, anda pegado al muro encendiendo unos cirios gruesos colocados en unos salientes de roca que hay en las paredes. La luz de las velas cobra intensidad e ilumina toda la sala. En el centro hay una estructura octogonal de piedra de un metro de altura llena de agua, las llamas de las velas se reflejan en la superficie, lisa como un cristal. Se acerca para comprobar el estado de su abuelo, recostado en el suelo sobre una de las paredes de la piscina.

—Lo tenemos que sumergir en la pila —le informa el cátaro mientras deposita la lámpara en uno de los bordes.

—Pero ¿qué está diciendo? Si metemos ahí a mi abuelo, no sale de esta, ¿no ve cómo está? —le contesta irritado.

—Son aguas termales —dice el cátaro—. La temperatura permanece constante a treinta y seis grados y medio durante las cuatro estaciones del año.

—¿Se está riendo de mí?

—No, compruébalo tú mismo. ¿O es que nunca has oído hablar del balneario de Caldes? —Sergi introduce la mano en el agua y comprueba la temperatura—. Ahora ayúdame a desvestirlo —dice el cátaro—. Cuanto antes comencemos, mejor.

Desnudan al anciano y lo ayudan a meterse en la pila valiéndose de dos escalones que hay en uno de los costados. El agua se desborda por las paredes. La piscina no es muy profunda. Francisco tumba al anciano y le coloca la cabeza sobre uno de los bordes.

Su abuelo empieza a abrir y cerrar la boca sacando la lengua como si quisiera tocar el agua, pero no la alcanza. Sergi coge un poco de agua en la mano y se la acerca a los labios; su abuelo bebe despacio. Después, le moja la cabeza por la coronilla. Su abuelo lo mira y cierra los ojos tras una exhalación profunda. Si no fuera por el movimiento inquieto de sus globos oculares bajo los párpados, pensaría que esa era su última respiración.

—Regresa a la iglesia para esperar a Josep —lo apremia el cátaro—. Cuando llegue, le dices, por favor, que venga conmigo. No puede haber nadie más aquí con nosotros mientras realizamos el ritual.

—No pienso dejar a mi abuelo aquí solo con ustedes dos —protesta, airado.

—Lo siento, pero solo podemos estar nosotros presentes. Necesitamos mucha concentración, si no...

—Silencio. —Lo apunta con la pistola—. Aquí mando yo.

—Sergi —dice su abuelo con voz trémula—, haz lo que te piden.

—Pero, abuelo...

El anciano saca una mano del agua y le hace un gesto para que se marche.

—Necesito que me entregues la piedra caída del Paraíso para sumergirla en la pila y así comiencen a emanar sus propiedades —demanda el cátaro a Sergi.

—¿Dónde está el trozo que le falta?

—Escondido en esta sala.

—Lo quiero ver.

Francisco camina hasta la pared y retira un bloque de piedra. Una esmeralda pequeña resplandece en la cavidad. Sergi le entrega la piedra caída del Paraíso. El cátaro junta los dos trozos y la sumerge en la pila. Vuelve a estar completa después de más de doscientos años, desde que se rompió por accidente y decidieron conservar las dos partes en diferentes lugares para una mejor protección.

—¿Hay otra salida? —pregunta Sergi algo más relajado.

—No —responde el cátaro—. Por favor, una vez comenzado el ritual, no podréis interrumpirnos. Tu abuelo morirá en el acto si no llegamos a completarlo.

Capítulo XV

Bajo el blasón del Grial llega el hombre que tanto habíamos esperado desde que fuimos apresados por el lazo de la desgracia.

Los templarios ... recibieron a Parzival. Subieron a caballo a Munsalwäsche.

Dios, que a ruego de san Silvestre despertó de la muerte a un toro ... y que mandó levantarse a Lázaro, ayudó a Anfortas a sanar y a curarse por completo.

Ningún pagano podía ver la fuente de la que vivía toda la comunidad del Grial, y le aconsejaron que se bautizara para conseguir la vida eterna.

Inclinaron un poco la piedra en dirección al Grial. De repente se llenó de agua, ni demasiado caliente ni demasiado fría.

Cuando se realizó el bautismo se vio escrito en el Grial que si Dios hacía a un caballero templario soberano de un país lejano ... debía prohibir las preguntas sobre su nombre y su linaje ... los miembros de la comunidad del Grial odian las preguntas. No quieren que les pregunten.

Mi hijo está destinado al Grial. Si Dios lo lleva por el buen camino, servirá al Grial de todo corazón.

Sergi acaba de ascender al piso superior. Piensa en lo complicado que será —salvo que la piedra caída del Paraíso obre el milagro de devolverle la juventud a su abuelo— sacarlo de ahí abajo. Se sienta en el borde del bebedero para descansar, está sudando. Ve la suciedad, briznas de hierbas y polvo, en sus mocasines azul marino y trata de limpiarlos frotándose los empeines en los pantalones tejanos. Se desabrocha otro botón de la camisa. En la sala inferior se estaba fresco; en esta especie de establo, a pesar de hallarse en la sombra, hace un calor insoportable. Será por el esfuerzo de haber trepado por el agujero. Tiene mucha sed, debería haber bebido el agua caliente de esa pila antes de meter a su abuelo. No recuerda que Mohamed lleve agua, pero tal vez haya conseguido gracias a los dos excursionistas que se ha cruzado por el camino. De todas maneras, está tardando demasiado; ya hace más de quince minutos que ellos han llegado al poblado. Entra en la iglesia y se dirige a la entrada.

Cuando se asoma a la puerta, ve llegar al cátaro por la esquina de la casa abandonada más próxima. Detrás de él va una mujer. «Pero si es Mónica», se sorprende. Saca la pistola y anda hacia ellos para averiguar qué está sucediendo. Levanta el brazo y apunta a la tercera persona que aparece en el camino. No conoce a ese hombre, pero tal vez sea el nuevo amigo de Mónica del que le habló el informador que la ha estado siguiendo por Barcelona durante las últimas semanas. Mohamed cierra el grupo. Se planta en mitad del sendero para impedirles que continúen avanzando.

—Usted —le dice al cátaro—, entre ahí, le están esperando.

Lo deja pasar y se encara con Mónica.

—Así que es por culpa de este tío que estabas tan callada.

Mónica evita mirarlo a los ojos e intenta avanzar saliéndose del camino; él le corta el paso.

—¿Dónde está el patrón? —pregunta Mohamed.

—Tú cállate —le responde.

—Sergi —dice Mohamed con seriedad—, déjalos pasar, nos encargaremos de ellos más tarde.

—Te he dicho que te calles —repite Sergi con voz rabiosa.

—Yo solo cumplo órdenes del patrón —le reta Mohamed—. Ahora sal de ahí, el patrón dirá qué hacer con ellos.

—¡Yo decidiré qué hacemos con la zorra esta! —grita a escasos centímetros de la cara de Mónica—, ¿me entiendes? —Desafía a Mohamed mirándolo por encima del hombro de ella.

—Déjala en paz, cerdo —lo amenaza el joven que acompaña a Mónica, acercándose a ellos con rapidez.

—No te muevas —advierte Mohamed al chico.

Mohamed se ha movido con la misma agilidad que Mario y le ha puesto la pistola en la espalda. Sergi se acerca a Mario y le propina un golpe en la cara con la mano que empuña el arma.

—Apártate de él. —Mohamed lo empuja—. Como le vuelvas a pegar...

Sergi da unos pasos hacia atrás sin retirar la vista del joven. Le duelen los dedos de la mano por el impacto, pero intenta disimularlo. Le ha golpeado con todas sus fuerzas y Mario apenas se ha movido, se ha mantenido con los dos pies firmes en el suelo. Lo mira con gesto desafiante y escupe hacia un lado. Sergi se conforma al ver sus dientes y su labio inferior manchados de sangre. Vigila de reojo a Mohamed, se da la vuelta y le propina un empujón a Mónica.

—Muévete —le dice—. Después ajustaremos cuentas tú y yo.

Entran en la iglesia. Mohamed ata a Mónica y a Mario de pies y manos en el árbol que hay en el centro. Sergi se ríe burlón mientras presencia la escena.

—¿Dónde están? —pregunta Mohamed.

—Ahí dentro —dice señalando la puerta del edificio anexo.

Mohamed entra en la habitación seguido de Sergi.

—Pero si aquí no están —objeta Mohamed después de darse la vuelta.

—Tranquilo, se han metido ahí abajo, debajo de esa piedra.

—Pero ¿cómo has dejado al patrón solo con esos hombres? ¿Estás loco?

—Ten cuidado con lo que dices —se dirige a él con tono amenazante—. He bajado a la sala y no hay otra salida. Tienen que hacer un ritual y no podemos molestarlos. Si lo hacemos, mi abuelo podría morir.

Mohamed lo mira negando con la cabeza. Después se arrodilla en la losa e introduce los dedos en los agujeros para levantarla; al ver que no lo consigue, comienza a aporrearla con las dos manos.

—¡Abran! —grita repetidamente.

—¿Quieres parar? —Lo empuja con el pie en los riñones—. Mi abuelo ha dicho que siguiéramos las instrucciones de los cátaros. Ha sido su voluntad.

Mohamed lo ignora y continúa gritando para que le abran. Sergi se enfurece y le da una patada en la barriga. Mohamed cae al suelo de costado.

—¿Y la piedra caída del Paraíso? —le pregunta con gesto desencajado mientras se apoya con las manos en el suelo para levantarse.

—La necesitan para...

—Pero ¿cómo puedes ser tan estúpido? —dice Mohamed haciendo ademán de coger la pistola que lleva ceñida en la parte delantera del pantalón.

—Quieto. —Le apunta a la cabeza—. Juro que, si te mueves, disparo.

En ese preciso instante, el sonido de una melodía emerge por los orificios de la losa. Mohamed y Sergi la escuchan con atención. Se distinguen las dos voces graves y acompasadas de los cátaros convertidos en tenor y barítono. La música gana en intensidad y hace vibrar el suelo como si el sótano fuera una gran caja de resonancia; después, se apaga hasta hacerse casi inaudible y vuelve a empezar.

—¿Lo ves ahora, imbécil? Mírame a la cara, juro que como vuelvas a insultarme acabaré contigo.

Mohamed se levanta y se queda de pie con la mirada fija en la losa.

A Sergi le vuelve a doler la cabeza. La mujer cátara asoma en sus pensamientos. Está convencido de haberla visto antes. Se lleva la mano a la frente mientras intenta recordar. El esfuerzo mental solo agrava su dolor de cabeza. Comienza a sentir unos pinchazos fuertes en las sienes, tal vez se deba a esa música repetitiva. Necesita salir al exterior. Se dirige hacia la puerta.

—¿Dónde vas? —pregunta Mohamed.

—No me apetece estar aquí encerrado —responde sin volverse—. Voy a ver qué hacen esos dos.

—Espera a que acaben. ¿Sabes cuánto van a tardar?

—No lo sé, avísame si dicen algo.

—No les hagas daño, el patrón se enfadará.

—Tú te crees muy listo. —Se vuelve con aire vacilón—. ¿Ya te has olvidado de que falta un cátaro y que podría tendernos una trampa? Saldré afuera a vigilar por si aparece.

Abandona el cobertizo y echa a andar hacia la puerta de la iglesia. Su astucia alimenta su sentido de superioridad sobre Mohamed, un mero principiante a su lado, y deriva en delirios de grandeza hasta tal punto que se siente en pleno control de la situación. Se fija en Mónica atada al árbol; está con la cabeza agachada mirando al suelo.

—¿Tenéis agua? —le pregunta.

—No —responde Mónica con voz tímida.

—No servís para nada —refunfuña, disgustado.

Cuando supera el árbol y se dirige a la salida, nota la mirada del joven clavada en su nuca. Piensa en volverse, pero un profesional no se dejaría guiar por las emociones; con solo mirarlo a la cara se desataría esa furia que no hace más que provocarle dolor de cabeza y se acercaría a él para pegarle puñetazos hasta dejarlo inconsciente.

Sale al exterior y comienza a inspeccionar las primeras casas abandonadas. Realiza una vuelta de reconocimiento por el poblado y regresa a la iglesia. El dolor ya no es tan intenso. Mohamed continúa sin decir nada. Se apoya en el muro de la fachada; esperará unos minutos antes de entrar. Piensa en su abuelo y en la idea de la inmortalidad. ¿Le devolverá la piedra caída del Paraíso la juventud o se mantendrá con los impedimentos de una persona de casi noventa años hasta el final de los tiempos?

Pierde el interés transcurridos dos minutos. Empieza a rememorar los días pasados con Mónica en Llançà, la experiencia más excitante de su vida. Observa la pistola en su mano; tal vez, si la hubiera amenazado con un arma como esa en lugar del cuchillo, la diversión podría haber sido incluso mejor. Simula que aprieta el gatillo, acompaña el movimiento con un chasquido de labios. Después pulsa el botón para retirar el cargador, comprueba las balas, vuelve a cargar la pistola, desplaza la corredera del cañón varias veces.

Aburrido, regresa al interior de la iglesia para ver qué está haciendo Mohamed. Lo encuentra sentado junto a la losa con la cabeza entre las piernas. Se lo queda mirando unos segundos. Mohamed permanece en la misma posición, ni se atreve a levantar la vista; parece que al final ha comprendido quién está al mando. Sale de la habitación y se dirige con sigilo hasta donde se encuentra Mónica.

—¿Te gusta estar atada? —le susurra al oído tras ponerle la pistola en el vientre.

—Eres un cobarde —le increpa el joven.

—Vaya amiguito tan valiente que te has buscado —se burla mientras rodea el árbol.

—La gente como tú es escoria —dice Mario.

—Déjalo ya, Mario —interviene Mónica.

—¿Sabes que tu novia es una puta? Lo que más le gusta es que le den por detrás.

—¡Suéltame si te atreves! —grita Mario, encolerizado, intentándose liberar de las cuerdas.

—Sergi. —Mohamed sale del cobertizo—. Ven aquí.

—¿Para qué? ¿Ya han acabado? —Mohamed niega con la cabeza—. Pues vuélvete para dentro, no les voy a hacer nada.

—Eres hombre muerto —dice Mario—. Cuando salga de aquí...

—Mario Luna —grita Mohamed—, cállate, por favor.

—¿Cómo sabes su nombre? —pregunta Sergi.

La tensión y el silencio sobrevuelan la iglesia durante un par de minutos. Los tres hombres se resisten a perder el desafío y mantienen la mirada fija en sus oponentes. Mohamed y Mario manifiestan su odio hacia Sergi; él les devuelve, de manera alterna, gestos de superioridad. Cansado del juego, se guarda la pistola en la parte trasera del pantalón para mostrar sus buenas intenciones a Mohamed. Se dirige al otro extremo de la iglesia y sale al exterior.

Espera unos segundos detrás de la puerta y se asoma a la iglesia. Mohamed ya no está. Entra otra vez, se sitúa enfrente de Mario y comienza a reírse de él. Mario le lanza un escupitajo a la cara. El rostro de Sergi se pone colorado, sus pupilas se dilatan fruto de la excitación. Saca la pistola y le apunta al cuerpo.

—Ahora sí que te has pasado —dice, limpiándose la mejilla con la mano—. Tú no sabes de lo que soy capaz .

—Tú eres un mierda —le reta Mario.

—¡Baja el arma! —grita Mohamed, poniendo un pie dentro de la iglesia.

Sergi ladea la cabeza para mirar a Mohamed: le está apuntando con la pistola; después, vuelve a mirar a Mario y dispara. La bala atraviesa el hombro de Mario y en la salida roza a Mónica en el cuello. Sergi se queda pasmado contemplando la punta del cañón de la pistola, las pequeñas volutas de humo que ascienden y desaparecen en el aire. Es la primera vez que dispara un arma. Cuando se fija en Mario para analizar las consecuencias, la camiseta de manga corta de color gris ya está teñida del color oscuro de la sangre; el líquido se aclara por el contacto con la piel, le resbala por el brazo desnudo y empieza a gotear sobre las malas hierbas que rodean el árbol. Oye los gritos de Mónica como si procedieran de un lugar lejano. Entonces vuelve la cabeza hacia la izquierda y se encuentra a Mohamed abalanzándose sobre él.

Los dos caen al suelo. La pistola de Sergi vuela por los aires. La disputa apenas dura unos segundos. Mohamed consigue ponerse de pie y vuelve a apuntarlo con la pistola.

—Estúpido. —Acompaña su enfado de una patada en las costillas—. No te muevas —le advierte cuando alarga el brazo para intentar recuperar la pistola.

Mohamed camina hasta el arma y la recoge del suelo. Después se inclina como si fuera a hablarle, pero, en su lugar, le vuelve a pegar otra patada en las costillas.

—Pero ¿cómo eres tan estúpido? —dice Mohamed pasándose la mano por la cabeza mientras comprueba el estado de Mario—. ¿No sabes lo que has hecho? Casi matas al hijo de tu madre, el de verdad, no como tú. El nieto de tu abuelo, nunca te enteras de nada. No sé cómo el patrón se fía de ti, se lo dije —reniega.

—Pero ¿qué estás diciendo?

—¡Cállate! —le responde con otra patada.

—¡Mohamed! —grita Mónica desesperada—, suéltame, por favor.

—No —le responde con firmeza; luego examina la escena antes de tomar una decisión—. Levántate —dice a Sergi apuntándolo con la pistola—. Entra ahí dentro y no te muevas.

Sergi se pone de pie, clava sus ojos en Mario mientras trata de encontrarle algún sentido a lo que acaba de revelarle Mohamed. Su madre siempre se ha mostrado esquiva a hablar del pasado. Cuando lo encontró en el monasterio de Francia —ni siquiera sabe el nombre—, ella le dijo que desde ese día solo mirarían hacia el futuro. Él atribuía su comportamiento a que quizás quería ocultarle quién era su familia biológica o la causa por la que él había perdido la memoria, pero la noticia de que tiene un hermanastro es un hecho del todo inesperado.

Se dirige al cobertizo arqueado sobre el costado derecho y con las manos en las costillas. El dolor de cabeza se agrava a cada paso.

Mohamed espera hasta que Sergi abandona el recinto de la iglesia para acercarse a Mario. Se levanta el pantalón, saca un machete que lleva ligado al tobillo y le corta la camiseta.

—La bala ha salido por detrás —dice Mohamed—. Tenemos que parar la sangre.

—Desátame, por favor —le suplica Mónica.

—Silencio, ya he dicho una vez que no.

—¿Adónde vas? —pregunta Mónica.

Mohamed se dirige a la habitación donde está Sergi y desaparece por la puerta.

—Estoy bien —dice Mario—, no ha sido nada. ¿Y tú cómo estás? He visto que también te ha tocado, tienes el cuello manchado de sangre.

—Solo me ha rozado —responde Mónica—. ¿Estás seguro de que te encuentras bien?

—Creo que saldré de esta, ya sabes que soy como la mala hierba —se ríe. El movimiento le produce dolor y emite un gemido.

—No estás bien —dice, preocupada—. Te tiene que ver un médico, estás perdiendo mucha sangre. Tenemos que encontrar la manera de escapar de aquí.

—Sí —responde aguantando la respiración.

—¿Sabes de qué estaba hablando Mohamed? Después me lo explicas —dice nerviosa al ver al marroquí entrando en la iglesia.

Mohamed envuelve el hombro de Mario con la americana de Onofre Vila doblada y la sujeta con cinta adhesiva. Satisfecho con su acción, regresa al establo.

Sergi, sentado en el suelo, levanta la cabeza para mirar a Mohamed cuando este regresa al cobertizo.

—¿Qué es eso de que el amigo de Mónica es el hijo de mi madre? —le pregunta.

—Cállate —le responde, enojado.

La música hipnótica se prolonga otros cinco minutos. Sergi mira la pistola en la mano derecha de Mohamed —la otra arma se la habrá guardado en el pantalón—; después lo mira a él: está a menos de dos metros de distancia, ensimismado con los ojos puestos en la losa. Intentará arrebatársela si se presenta la ocasión. La melodía se interrumpe de forma abrupta cuando alcanzaba su punto álgido.

Los han engañado. Mohamed se agacha y comienza a golpear la losa con el puño gritando que le abran. Vuelve a intentar retirarla metiendo los dedos en los agujeros. Se levanta al poco tras darse por vencido.

—Todo ha sido culpa tuya —le dice con el rostro encendido. Se acerca a él y le pega una patada—. No sé por qué te he hecho caso. —Sergi lo observa en silencio—. Vamos a buscarlos —continúa Mohamed—, tiene que haber otra salida. Pasa tú delante.

—Espera —le dice—, sé cómo se abre esta losa.

Introduce los dedos en los agujeros y hace fuerza hacia los lados. El mecanismo no se mueve. Tuerce el cuello mientras coge aire para intentarlo de nuevo. Mohamed se ha colocado detrás de él. Sergi ha atisbado la pistola de soslayo, está al alcance de su mano.

—He visto cómo la abría el cátaro —dice para despistar a Mohamed—. Le ha costado un buen rato encontrar el juego a este mecanismo. —Señala la raya de la circunferencia que encierra los agujeros.

Mohamed se le acerca aún más. Él finge, moviendo las manos con delicadeza, buscar ese juego inexistente; en su lugar, se concentra en visualizar el movimiento perfecto para recuperar el arma. Se vuelve de repente y estira el brazo. Alcanza a tocar la punta de la pistola, pero Mohamed reacciona rápido y rota la muñeca para protegerse. Aun así, consigue agarrarlo por la mano y tirar de él para hacerle caer al suelo. Mohamed aprieta el gatillo. Sergi se lleva la mano derecha al corazón. La última imagen que ve, antes de desplomarse, es la palma de su mano ensangrentada. El hombro y la cabeza de Sergi impactan en la losa, la sangre corre por la piedra y se filtra por los agujeros hacia el sótano. Mohamed lo agarra por el brazo para ladearlo y comprobar su estado. Los ojos abiertos e inmóviles de Sergi certifican su muerte. Lo despide pegándole otra patada y se marcha corriendo. Atraviesa la iglesia sin atender a los ruegos de Mónica. Se asoma a la esquina de la primera casa abandonada. Después, escala por uno de los muros derruidos y, con la mano en la frente para protegerse del sol, busca a los cátaros en la distancia. Los localiza a unos doscientos metros hacia el oeste. Descienden por la ladera de la montaña por un sendero diferente —Durro se encuentra al norte— al que han utilizado para llegar al poblado. Acaban de salir a un claro del pinar, avanzan unos metros y se pierden de nuevo bajo el espeso manto verde de los árboles. Su patrón no va con ellos.

Empieza a perseguirlos. Desciende por la montaña con la pericia de una cabra montesa, saltando de piedra en piedra y sorteando los árboles con facilidad. Adquirió esas facultades en su lugar de nacimiento, una aldea perdida en las montañas del Rif marroquí, y también el sentido de la orientación; habilidades que conservará grabadas de por vida en su cerebro y musculatura. Sin embargo, el estado de sus pulmones no entiende de memoria —las dos cajetillas de tabaco sin filtro que se fuma a diario han dinamitado su capacidad pulmonar— y la tos le hace detenerse. Mira hacia delante, encuentra el sendero por donde iban los cátaros y eso le sirve de acicate. No pueden andar lejos. Reemprende la persecución extremando las precauciones.

Desde que descubrió que su patrón poseía la piedra caída

del Paraíso, ha estado esperando a que se presentara la ocasión para hacerse con ella. Su lealtad hacia él le ha impedido traicionarlo y ha estado aguardando su muerte sin impaciencia, consciente de que el tiempo juega a su favor. La piedra le pertenece a él en compensación por los servicios prestados. Pero las condiciones de ese contrato que Mohamed ha suscrito por cuenta propia finalizarían si su patrón obtuviera la vida eterna y cumpliera así sus sueños. Cada cual tiene sus metas en la vida, y la suya no es la inmortalidad, sino conseguir la piedra caída del Paraíso. Gracias a ella y a todo el dinero acumulado en Suiza, podría llegar a ser más poderoso incluso que el rey de Marruecos.

Los acaba de ver. Se aparta del sendero y se acerca a ellos deslizándose entre la vegetación.

Francisco, que desciende siguiendo los pasos de Josep, lo avisa para que se detenga.

—¿Has oído eso? —pregunta en voz baja.

—No he oído nada.

Examina los árboles a su espalda. El sendero desaparece a los pocos metros en su propio zigzagueo a través del bosque frondoso de pinos y matorrales. La pendiente en ese tramo es muy pronunciada.

—Despacio. —Acompaña la indicación con la mano y después le hace un gesto con la cabeza para que reanude la marcha.

Descienden con cautela, buscando la tierra para pisar y así evitar el crujir ruidoso de las ramas y hojas secas. No han transcurrido cinco minutos cuando oyen el movimiento veloz de una bestia que avanza entre la maleza. Al volverse, se encuentran a Mohamed apuntándolos con la pistola.

—No se muevan —les grita.

Francisco aprieta la piedra caída del Paraíso, dentro de un zurrón de cuero negro, contra su vientre. Daría su vida por protegerla como lo hicieron sus antepasados; está preparado para ello, moriría feliz si cumpliera su cometido. Pero es inútil morir por una causa perdida; no duda que ese joven les dispararía si trataran de huir y les arrebataría la piedra.

—Ponga la bolsa en el suelo —dice Mohamed.

Deja la piedra caída del Paraíso encima de unas hierbas junto con sus esperanzas, sus anhelos y el futuro de los suyos. Ve con lágrimas en los ojos cómo Mohamed la recoge y se la guarda en la mochila. Parece que no se acuerda del pequeño fragmento de esmeralda que le falta a la piedra —Josep lo guarda en el bolsillo— y ambos deciden colaborar con él cuando los obliga a andar por delante de él para guiarlo hasta la carretera, a fin de conservarlo.

Sendero del Pont de Saraís a Saraís. A continuación

Han abandonado la carretera principal del valle y han cruzado el río Noguera de Tor —discurre paralelo a la carretera— por el puente de Saraís. Han dejado el vehículo en una explanada repleta de acopios de piedra nada más atravesar el puente y desde ahí han iniciado el ascenso hacia el pueblo abandonado de Saraís.

El plan de los cátaros consistía en fugarse por ese sendero para llegar hasta al pueblo de Coll, situado al otro lado de la carretera, esconderse en una casa de su propiedad donde guardaban otro vehículo y escapar al día siguiente lejos del valle. Sus perseguidores, desorientados, no tendrían más remedio que regresar por el camino de Durro o perderse en la inmensidad de las montañas.

Según la estimación realizada por Salvador, es difícil que su padre y su tío hayan conseguido llegar hasta Coll y ponerse a salvo. El trayecto a pie de Durro a Saraís es de dos horas. Desde Saraís hasta donde han dejado el coche deberían tardar por lo menos veinticinco o treinta minutos en caso de que lo hicieran corriendo al límite de sus capacidades. A esas dos horas y media de caminata, habría que añadir la posible dificultad de Onofre Vila para afrontar el terreno en un día tan caluroso y el tiempo necesario para persuadirlo de someterse al ritual sin ningún testigo presente. De cualquier manera, haya tenido éxito la confabulación o hayan sufrido algún percance, pronto saldrán de dudas. Solo les restan veinte minutos para llegar al pueblo abandonado de Saraís.

Los tres kilómetros de subida apenas dan tregua. Salvador asciende por la montaña a gran velocidad. Al inspector Font le cuesta seguirle el ritmo, lo pierde de vista a cada momento y tiene que sisearle como si fuera una serpiente para que lo espere. Han recorrido la mitad del camino. El sendero discurre bajo el cobijo y la sombra del pinar, circunstancia que el inspector agradece, pero, en algunos tramos, que suelen ser los de mayor desnivel, avanza al pie de unas paredes verticales de roca seca, por su constante exposición al sol, donde el calor provoca en los caminantes la sensación de necesitar el triple de esfuerzo para continuar avanzando.

El inspector Font anda pegado a una de esas paredes. Se detiene para coger aire y, con la mano a modo de visera, ve cómo Salvador, veinte metros delante de él, se interna en el bosque y desaparece entre los árboles.

—Papá —le parece oír decir a Salvador.

—Quieto o disparo. —Oye la voz amenazante de otro hombre.

Por el acento extranjero, ha de ser Mohamed.

Examina los árboles a su derecha. Los pinos se descuelgan por la ladera de la montaña hasta perderse en la oscuridad del barranco. Podría esconderse detrás de los primeros arbustos, pero daría a sus contrincantes la ventaja de defenderse desde lo alto. El instinto le hace retroceder unos pasos. La pared de piedra presenta un ángulo que invade tres cuartas partes del sendero: una persona de menor corpulencia tal vez pudiera refugiarse en él; a un metro y medio sobre su cabeza existe una concavidad en la roca lo bastante grande como para resguardarse en ella. Se encarama a la pared, dos apoyos en falso —la tierra se desmorona sobre el sendero como si fuera la fina arena de un reloj—. Al tercer intento consigue aferrarse con la mano a una grieta y escala hasta su objetivo.

Oye las voces de Salvador y Mohamed. No logra entender sus palabras. Después, sus pasos acercándose. Ve, con la respiración contenida, desfilar a Josep y Francisco por debajo de él. No lo han visto. Salvador es el siguiente en pasar; mira hacia arriba sin alzar el cuello y lo encuentra. Él le pregunta insistentemente, solo con el movimiento de sus labios, cuántos son. Salvador estira el dedo índice para informarle que uno.

Ve asomar la pistola, el brazo de Mohamed, su cabeza. Entonces salta encima de él mientras grita:

—¡Al suelo!

A Mohamed le da tiempo a levantar el brazo, más como reflejo de protección que de ataque. Se le dispara el arma —la bala sale despedida hacia el cielo— cuando los pies del inspector le impactan en el hombro.

Los ciento veinte kilos del mosso d'esquadra aplastan el cuerpo diminuto de Mohamed como si un bloque de pisos se hubiera derrumbado sobre su cabeza. La pistola ha salido volando hacia atrás y ha caído en mitad del sendero.

El inspector Font se incorpora —Mohamed está tendido en el suelo inconsciente— y recoge la pistola. Los cátaros se acercan.

—Esa mochila es nuestra —dice Francisco.

—¿Ahí dentro está la piedra caída del Paraíso? —le pregunta.

Francisco lo mira sorprendido.

—Lo sabe todo —informa Salvador.

La curiosidad asalta fugaz al inspector Font. Solo abrir la cremallera de la mochila y podría contemplar el objeto más preciado que haya conocido la humanidad. Hasta cree sentir su poder por un instante, latiendo en su interior. El recelo en la mirada de los tres cátaros le devuelve a la realidad. Él no ha venido a buscar poder o riqueza, ni tampoco a saciar su curiosidad; solo está aquí para que se haga justicia. Se agacha para dar la vuelta a Mohamed. Tiene la cara magullada y el hombro le cuelga dislocado como si fuera el de un muñeco de trapo; tal vez le haya roto la clavícula y algunas costillas. Cuando lo agarra por el brazo, el joven suelta un quejido de dolor, los ojos le parpadean como si quisiera abrirlos. Después, los cierra para continuar inmerso en su letargo.

Le quita la mochila y se la entrega a Francisco.

—Gracias. —Francisco sonríe aliviado.

El cátaro coge la mochila, la aprieta contra su pecho y se vuelve para mirar a sus familiares. Su sensación de alivio y felicidad es compartida.

—Tenemos que irnos —dice Josep.

—Esperen —dice el inspector cuando Francisco se dispone a marcharse—. ¿Qué ha pasado ahí arriba? ¿Dónde están Onofre Vila y Sergi?

—Papá, tío —interviene Salvador—, he encontrado al primo Joanet. Ayer estuve en la abadía de Santa María del Desierto.

Los gestos de Francisco y Josep se paralizan ante el asombro, sus mejillas pierden el color en esas centésimas de incertidumbre.

—Es Sergi, el nieto de Onofre Vila.

Los dos reaccionan echando el torso hacia atrás, como si la noticia les hubiera golpeado en la cara.

—Y el inspector ha liberado al tío Marc, ese hombre lo tenía secuestrado.

Francisco se lleva las manos a los ojos y comienza a llorar. Josep se le acerca por detrás y le pone una mano en el hombro.

—Por favor —dice el inspector—, explíquennos qué ha sucedido. Después, podrán marcharse. Marc les espera en Boí con su mujer.

—Onofre Vila está dormido en la pila —responde Josep.

—¿Y Joanet? —pregunta Salvador.

—Nuestro pobre Joanet ha cambiado mucho —dice su padre—, ya no puede regresar con nosotros.

—No digas eso —replica Salvador enfurecido—. ¿Dónde está?

—No lo sabemos, nos pareció oír un disparo cuando salíamos del túnel. Diez minutos después, nos sorprendió este muchacho.

—Entonces es posible que este delincuente haya disparado a Sergi —dice el inspector volviéndose para mirar a Mohamed.

Se agacha y le da unas palmadas en la cara para despertarlo. No responde.

—Despierta —lo zarandea.

—Había dos personas más en el pueblo —declara Josep—. Por el sendero de Durro nos encontramos a una pareja, un hombre y una mujer de veintitantos años.

—¿Los conocían? —inquiere el inspector.

—Nosotros no, pero ellos sí. —Josep señala a Mohamed—. Joanet se ha convertido en una persona muy agresiva; ha insultado a la mujer y se ha encarado con el hombre.

—Ahí arriba puede haber pasado cualquier cosa —reflexiona el inspector Font rascándose la cicatriz de la cara.

De repente, se acuerda de Mónica. Se ha dejado su foto en el coche, dentro del bolsillo de la americana.

—¿Han oído decir sus nombres?

—No —responde Josep.

El inspector medita unos segundos.

—Josep, ¿podría acompañarnos para abrirnos la trampilla del sótano mientras nosotros averiguamos qué ha sucedido con Sergi y las otras dos personas?

El cátaro asiente.

—Por el camino me acaba de explicar todos los detalles de lo ocurrido desde que los han asaltado en su casa de Boí —dice a Josep; después, se dirige a Francisco—. Usted ya puede irse, pero manténgase en alerta por si se topa con ellos.

Francisco se cuelga la mochila a la espalda y mira con gesto de preocupación a su sobrino.

—Salvador —le dice—, haz caso a tu padre y al mosso. Y, sobre todo, ten en mente que ese joven ya no es tu primo.

Salvador evita la mirada de su tío. Francisco se da la vuelta y desaparece por el sendero cuesta abajo.

—No podemos dejarlo aquí —subraya el inspector agachándose para comprobar el estado de Mohamed.

Le tuerce los brazos para esposárselos a la espalda. Mohamed reacciona y comienza a gritar de dolor. Le da la vuelta y le pone las esposas por delante. El joven respira con dificultad y de forma arrítmica. Entreabre un ojo, lo vuelve a cerrar y pierde la conciencia.

Lo agarra por el tronco y lo levanta. Los pies de Mohamed no reaccionan al contacto con el suelo, sus piernas parecen de goma, caería desplomado si lo soltara.

—Yo lo cargaré —se ofrece Salvador.

—¿Estás seguro?

—No creo que pese más de cincuenta kilos.

Salvador se carga a Mohamed en el hombro como si se tratara de un cordero y comienza a subir por el desfiladero con el mismo ímpetu exhibido anteriormente.

El sendero se endurece y tardan más de quince minutos en ascender los trescientos metros de desnivel del último kilómetro y medio.

El inspector Font había olvidado la dureza de las montañas del Pirineo, el caminar hacia arriba sin divisar las cumbres, el pensar que la cuesta se acaba donde alcanza la vista, pero siempre aparece un pico más alto en el horizonte. El mar y la gran ciudad habían borrado esas sensaciones. Un pequeño descenso antes de atacar el último repecho lo ayuda a recobrar el aliento. Josep se separa de ellos antes de finalizar la subida para entrar por el túnel que conduce a la habitación oculta bajo la iglesia.

—Espérame aquí —indica el inspector Font a Salvador

cuando llegan al muro de piedra de la primera construcción abandonada—. No salgas hasta que yo te llame. Si oyes algún disparo, escóndete dentro de esta casa.

Saca la pistola. Avanza hasta la puerta de la iglesia asegurando su posición tras cada esquina con el brazo armado. Abre la puerta de una patada.

—¡Mónica! —exclama el inspector al encontrarla atada a un árbol.

Junto a ella hay otro hombre, pero no es el nieto de Onofre Vila.

—¿Dónde está Sergi? —le pregunta antes de acceder a la iglesia.

—Creo que le ha disparado Mohamed. Tiene que estar detrás de esa puerta. —Le señala la dirección con la cabeza.

El joven vuelve la cabeza para mirarlo cuando entra en la iglesia. Es el ladrón del museo. Ve su brazo ensangrentado bajo una tela negra que le envuelve el hombro, el charco en el suelo. Su vida corre peligro, es vital que se mantenga despierto. Mónica también tiene sangre en el cuello.

—¿Estás bien? —se interesa por ella al pasar por su lado.

Mónica asiente.

—Ahora vuelvo.

Se asoma a la puerta de la habitación con precaución. Descubre el cuerpo de Sergi tumbado en el suelo de costado en una postura incómoda. Le da la vuelta. Está muerto. Tiene los ojos abiertos, la camiseta y la mejilla que apoyaba en la losa, empapadas de sangre, un orificio producido por una bala a la altura del corazón. Le baja los párpados y regresa a la iglesia.

—¿Cómo has podido escaparte con él? —le reprocha a Mónica mientras le desata las cuerdas.

—Lo siento —se disculpa ella—, tendría que haber confiado en usted.

—Salvador —vocifera el inspector—, ya puedes venir.

Una vez liberada, Mónica comienza a deshacer los nudos de los tobillos de Mario.

—Ha perdido mucha sangre —dice, nerviosa.

—¿Qué pasó con el padre Capmany? —le pregunta el inspector con enfado en su voz—. Bueno, ya hablaremos. Ahora no es el mejor momento. —Rebaja el tono al ver que ella no le presta atención—. Mónica. —Le pone una mano en la espalda—. Haz todo lo posible para que se mantenga despierto.

—¿Está muerto Sergi?

Él asiente.

Mario se apoya en el brazo de Mónica. Está muy pálido.

—¿Puedes andar? —le pregunta el inspector.

—Creo que sí —responde Mario. Se cae de rodillas al intentar dar el primer paso—. Solo estoy mareado —dice, incorporándose despacio con la ayuda de Mónica—, tengo mucha sed.

—Ahora preguntaremos a los cátaros si hay alguna fuente cercana o si el agua de la pila es potable.

Salvador entra en la iglesia cargando a Mohamed, lo sienta en el suelo pegado al muro.

—¿Dónde está Joanet? —pregunta, acercándose a ellos con los brazos abiertos.

—Salvador —dice el inspector alargando la mano para recibirlo y darle la mala noticia—, tu primo ha muerto.

—No puede ser. —Le aparta el brazo y sale corriendo hacia el cobertizo.

El llanto y los lamentos de Salvador resuenan en el pueblo abandonado como ecos del pasado. La tragedia sacude de nuevo las débiles edificaciones. Entre esos muros derruidos y techos de madera quemada se escapan las esperanzas de Salvador por volver a reunir a toda su familia y el futuro de una religión entera. Sostiene en sus brazos el cuerpo sin vida de su primo Joanet. El dolor es tan intenso como la primera vez y, como en aquella ocasión, no ha podido hacer nada por remediarlo.

—Tenemos que llevarlo a un hospital cuanto antes —dice Mónica al inspector refiriéndose a Mario.

—El coche está a solo cuarenta minutos, hemos venido por otro camino, pero primero tenemos que sacar a Onofre Vila de la sala que hay debajo de esa habitación.

—¿Los dos cátaros también siguen ahí encerrados?

—No, han escapado por un túnel.

—¿Y quién es Joanet? —pregunta Mónica confusa.

—Así es como se llamaba Sergi antes de que fuera adoptado —admite el inspector.

—No lo sabía, creo que él tampoco. ¿Y ese hombre con el que has venido y dice ser su primo?

—Salvador es otro de los cátaros, el hijo de Josep Mestre. Supongo que el padre Capmany te había hablado de este último. Salvador acaba de descubrir que Sergi era su primo. Se perdió en las montañas cuando solo tenía diez años y desde entonces no habían vuelto a saber de él —miente para encubrirlos—. Salvador ha ido a buscarlo a Balaguer esta mañana; yo había ido para interrogar a Mohamed y se ha encontrado conmigo.

—Pero ¿quiere decir que los cátaros son la familia biológica de Sergi? —pregunta, aún incrédula.

—Sí. Voy a ver qué está haciendo Salvador —dice, cambiando de tema para zanjar la conversación—. Josep nos tiene que abrir desde dentro; avísame si Mohamed intenta algo, aunque no lo creo.

Espera cinco minutos en el establo. Salvador llora sentado en el suelo con el cuerpo de Sergi recostado sobre sus piernas, las lágrimas caen sobre la cara de su primo y se mezclan con la sangre. Los dedos de Josep emergen por los agujeros de la losa. El inspector le ayuda a retirarla y la deja a un lado.

—Déjeme a mí solo —se oye protestar a Onofre Vila.

El anciano se sube a una silla y estira los brazos para agarrarse a los bordes del agujero. El inspector, sorprendido, vacila un instante antes de agarrar al anciano por las muñecas y subirlo a pulso.

—Está usted detenido —le comunica.

—¿Yo? ¿Por qué? —se indigna Onofre Vila.

—Por la muerte del profesor Llull y del intendente Martí.

—No tiene pruebas —dice con prepotencia.

—He estado en su mansión, he visto los ordenadores. Ahora cállese, espero que pase el resto de sus días entre rejas.

—¿Y qué más da? —se ríe burlón Onofre Vila—. Poco importa si me condenan por diez o veinte años. —El anciano mira hacia la izquierda y ve a Sergi en los brazos de Salvador—. ¿Qué le ha pasado a mi nieto? —pregunta, sorprendido.

—Cállese, le he dicho —repite el inspector.

—Pobre bastardo —masculla Onofre Vila—. Se lo había dado todo sin merecerlo.

El inspector Font lo registra en busca de algún arma. Después, lo empuja fuera del establo. Siente no haber traído unas segundas esposas. Antes de abandonar el lugar, deteniéndose en el umbral de la puerta, se vuelve para mirar a Salvador. Josep acaba de salir del sótano.

—Salvador —le dice—, siento mucho lo de tu primo, pero aún tenemos mucho trabajo por delante; sin tu ayuda no podré bajar a Mohamed hasta el coche. Tu padre puede quedarse aquí con él.

—No pienso dejar aquí a mi primo —le responde sin enfado en su voz.

Josep se ha agachado junto a su hijo y acaricia la cara imberbe de Sergi.

—Pobrecillo —susurra en un lamento—, tiene la misma cara que cuando era niño.

Los gritos airados de Mónica interrumpen la escena.

—Apártese de él —la oyen gritar.

El inspector vuelve la mirada hacia el interior de la iglesia y entra con la pistola en alto.

Mario está sentado sobre la hierba con la espalda apoyada en el árbol. Onofre Vila pretende acercarse a él. Mónica forcejea con el anciano para evitarlo.

—Es mi nieto —se expresa rabioso Onofre Vila—, ayúdenle, por el amor de Dios. Quien le haya disparado es hombre muerto.

El inspector agarra al anciano por la espalda y lo inmoviliza.

—Cállese —le advierte—, no se lo volveré a repetir.

—Mario —continúa Onofre Vila—, eres mi nieto, tienes que creer...

El inspector tapa la boca al anciano con la mano, dispuesto a llevárselo donde se encuentra Mohamed para esposarlos juntos.

—Déjele hablar. —Salvador entra en la iglesia con el cuerpo de su primo en brazos.

Tanto el inspector como Mónica lo miran extrañados. Salvador aprieta los labios y hace un gesto con la cabeza para transmitirles que confíen en él. El inspector Font retira la mano. El anciano comienza a hablar atropelladamente, como si no hubiese dejado de hacerlo:

—Confía en mí, Mario, te lo ruego. Cometí el error más grande de mi vida al dejarte solo en el orfanato de Collserola, pero siempre estuve pendiente de ti. Eres lo único que tengo. Algún día saldré de la cárcel y podremos estar juntos. Ahora soy inmortal, te lo daré todo...

—¿Qué ocurre, Salvador? —demanda el inspector Font.

—Puede que esté diciendo la verdad —contesta Salvador—. Mi tío Marc tuvo un hijo con la hija de este hombre. Me lo ha explicado cuando hemos parado en la estación de Arén a repostar.

—¿Con Claudia?

—Mohamed también ha dicho algo parecido —manifiesta Mónica.

Onofre Vila continúa justificándose, sus frases comienzan a carecer de sentido. El inspector se vuelve para interrogar a Mohamed. El joven abre un ojo como si percibiera su mirada; el otro permanece cerrado a causa de la hinchazón.

—Ya aclararemos esto más adelante —decreta el inspector—. Sobre este joven pesa una orden de busca y captura. Lo llevaremos al hospital y avisaré a mis compañeros.

—No, por favor —le suplica Mónica.

—Vámonos —dice el inspector dirigiéndose a los cátaros.

—Por favor, inspector Font —insiste Mónica—, es una buena persona. Devolverá todas las obras de arte robadas.

—Tú misma lo has dicho, Mónica, es un ladrón. Ahora no perdamos más el tiempo, tiene que verlo un médico lo antes posible y yo tengo que regresar a Balaguer. En el coche tengo una botella de agua.

Josep se ha quedado en el poblado para custodiar a Mohamed hasta que regrese Salvador a buscarlo. Los demás descienden por el sendero hacia la carretera.

Onofre Vila, con el inspector pegado a sus talones, ha iniciado la bajada con mucho brío, revitalizado por el descanso de más de una hora sumergido en las aguas medicinales procedentes de uno de los abundantes manantiales que brotan en el valle de Boí. Cuando ha despertado de los somníferos que le han administrado, después de lo que había sufrido para llegar hasta el pueblo abandonado, se ha sentido tan rejuvenecido que ha creído que por fin había conseguido la tan ansiada vida eterna. Pero el calor y la fatiga lo han devuelto a la realidad: los ochenta y ocho años pesan sobre sus huesos afectados por la artrosis como lo hacían esa mañana. Tiene que detenerse cada vez más a menudo para aliviar los dolores y recuperar las fuerzas.

El inspector Font comienza a hacerse a la idea de que Onofre Vila no podrá completar el descenso por su propio pie. El anciano ha vuelto a sentarse en una roca y su aspecto no es nada bueno. Transige en cederle el paso a Mónica, ante sus reiteradas imploraciones, para que se adelanten y así Mario pueda descansar mientras los esperan en el coche. Le ofrece la misma posibilidad a Salvador, que carga el cuerpo de Sergi sin mostrar signos de flaqueza, pero este se niega, como si cerrar la procesión y llevar el cuerpo de su primo por más tiempo mitigara sus penas a modo de penitencia.

Salvador ve alejarse a Mario, su amiga lo sostiene por la cintura para ayudarlo en el descenso. Después, se fija en el rostro del anciano sentado en la roca con la vista perdida, buscando cualquier mínimo parecido que confirme su parentesco. Si el anciano dice la verdad, ese joven es su primo. La sucesión de los acontecimientos acaecidos en las últimas horas le ha impedido asimilar la noticia; la aflicción por la muerte de Joanet, cualquier atisbo de alegría. Pero ahora se ha despertado su curiosidad por conocerlo, saber quién es y si algún día podrá formar parte de la familia.

El inspector Font agarra a Onofre Vila por el brazo, le hace levantarse y comienza a tirar de él para que eche a andar. Solo han avanzado unos pasos cuando Salvador nota un espasmo en el cuerpo de su primo.

—Inspector —dice Salvador—, espere un momento.

—¿Qué sucede? —pregunta volviendo la cabeza.

El cuerpo de Sergi empieza a convulsionar. El inspector suelta a Onofre Vila y se acerca corriendo para prestar auxilio a Salvador, petrificado ante el suceso. Sergi expulsa un coágulo de sangre por la boca y comienza a toser. Después, su cuerpo vuelve a relajarse como si se hubiera quedado dormido. El inspector le pone dos dedos en la yugular.

—Tiene pulso —manifiesta incrédulo.

Salvador cierra los ojos y suspira profundamente. En sus labios se dibuja una sonrisa de esperanza. Al inspector Font no le hacen falta las palabras para comprender lo que está sucediendo. Sergi ha regresado de entre los muertos por segunda vez en su vida.

—¿Qué hacemos? —se inquieta Salvador.

—Toma las llaves del coche y baja tú corriendo, llévalo a Boí. Tu padre o tus tíos sabrán qué se debe hacer en estos casos. Después, vuelve a recogerme. Aún tienes que ayudarme a bajar a Mohamed.

Salvador coge las llaves y retoma el descenso. Su experiencia le permite desplazarse con rapidez, deslizándose sobre las piedras sueltas del camino, frenándose en los giros cerrados.

Alcanza a Mónica y Mario en menos de cinco minutos. Acaban de salir del bosque y ya se divisan los primeros sembrados cercanos al río y la carretera. Se apartan para dejarlo pasar.

—Aún vive —les comunica, entusiasmado.

Ellos no parecen compartir su entusiasmo. Mónica lo ha mirado a él con indiferencia; Mario se ha fijado en la cara de su primo Joanet con actitud de rabia y desprecio.

Los adelanta, pero al cabo de unos metros se detiene y se vuelve para dirigirse a Mónica.

—Creo que será mejor que se venga conmigo —dice en alusión a Mario—. Tal vez podamos curarle la herida en casa.

—¿Estás seguro?

—Sí —contesta con rotundidad—, el hospital tiene que ser la última opción. Démonos prisa, el inspector viene detrás de nosotros. Me ha dejado las llaves de su coche.

El inspector Font llega a la explanada donde se encuentra estacionado el vehículo veinte minutos después de ellos. El sudor le escuece en los ojos —los cierra con fuerza para aliviarse—, la camisa está tan empapada que no hay un trozo de tela seco y el dolor en las rodillas comienza a ser intolerable. Exhausto, deja a Onofre Vila en el suelo. Se ensancha el cuello de la camisa y se seca los ojos.

El anciano se ha quedado dormido en los últimos quinientos metros y ha sido imposible despertarlo. Ha utilizado la técnica de Salvador para cargárselo al hombro y después lo ha llevado en brazos. Ha tenido que detenerse en varias ocasiones para recobrar el aliento, cada vez con más frecuencia. Le pesa más la falta de costumbre que su corpulencia y envergadura.

—Inspector Font. —Mónica aparece para recibirlo desde detrás del acopio de piedras donde estaba el coche.

Se acerca a ella sin decir palabra mientras respira profundamente para recuperarse del esfuerzo.

—¿Dónde está Mario? —le interroga con suspicacia al comprobar que el joven no está por ninguna parte.

—Se ha ido con Salvador.

—Tenía que venirse conmigo —le recrimina, molesto.

—Él no tiene nada que ver en todo esto —le responde con ánimo de convencerlo—. Sé que en el pasado ha cometido muchos delitos, pero puede cambiar. Confíe en mí, por favor.

—Mónica, ese joven ha de ir al hospital, tiene una herida de bala —dice razonando para hacerle ver las consecuencias.

—Salvador ha dicho que se harán cargo de él. Si toda esa historia es cierta, puede que forme parte de la familia cátara. Piénselo por unos días, por favor. Yo me ocuparé de que devuelva todas las obras de arte robadas. Dele una oportunidad —dice más irritada—, y démela a mí también —finaliza con la voz entrecortada.

—Ya hablaremos con más calma —dice tras un largo suspiro—. Te llamaré por teléfono para que me vayas informando de la situación, pero no os deis a la fuga como la última vez. Me has tenido muy preocupado.

—Muchas gracias, inspector Font —dice con lágrimas en los ojos—. Le prometo que responderé a sus llamadas. Debí confiar en usted desde el principio, pero, después de lo de mi padre y José María, estaba muy confusa.

Salvador ha regresado con el Seat Córdoba media hora más tarde. Les ha traído una garrafa de agua, manzanas, frutos secos, una barra de pan, queso y embutidos. Han disfrutado de las viandas mientras él subía de nuevo al pueblo abandonado para bajar a Mohamed.

Cuando ha regresado con el cuerpo menudo del delincuente a cuestas, Salvador continuaba sin mostrar signos de agotamiento. El inspector Font, aún acalorado y con molestias en las piernas tras su experiencia, ha pensado en lo complicado que ha sido para él cargar con el cuerpo de Onofre

Vila —el peso era parecido al de su lacayo— durante unos centenares de metros. La fuerza de Salvador se le antoja desmesurada, casi sobrenatural, en su propio estado de extenuación, solo comprensible con la ayuda de la piedra caída del Paraíso.

Ha vuelto a prestar su coche a Salvador para que se acercara a Durro con su padre a recoger la furgoneta. Ha permanecido en silencio junto a Mónica durante la espera —los cuerpos de Onofre Vila y Mohamed dormitaban en la semiinconsciencia, tumbados en la hierba a escasos metros de ellos—, mientras ambos trataban de asimilar todos los sucesos y revelaciones acontecidos en el transcurso de esa mañana.

Después, se ha ido de allí sin despedirse de nadie, con los dos delincuentes sentados en el asiento trasero. Le espera un viaje de más de dos horas hasta Balaguer en el que tiene que fabricar una historia convincente para no despertar las sospechas de sus compañeros.

Ojea el teléfono móvil mientras conduce; tiene varias llamadas perdidas de comisaría y del caporal Ramos. Las devolverá cuando haya limpiado de pruebas la mansión de Onofre Vila: hay una bala suya incrustada en la pared de hormigón del sótano. Mira los rostros del anciano y Mohamed por el retrovisor. Si fuera por él, mejor que no despertaran nunca.

Boí. Jueves, 13 de julio

Las pocas horas dormidas —el día se alargó hasta la madrugada—, las emociones, los reencuentros, las historias que contar, las preocupaciones, no han alterado las costumbres en la casa de la familia cátara. Los cuatro hombres, sentados a la mesa de la cocina, desayunan a la misma hora de siempre.

La tarde anterior decidieron trasladar a Mario a Vielha. Le habían curado la herida y se la habían cerrado con puntos de sutura, pero el joven había perdido mucha sangre y consideraron que, para no correr ningún riesgo, era necesaria una transfusión. Acudieron a la clínica privada de un conocido de la familia. Ingresaría al enfermo, previo pago de cinco millones de pesetas, hasta que se recuperase. Mónica se quedó con él. Los ha llamado hace media hora para comunicarles que ha pasado buena noche y que el tratamiento avanza según lo esperado.

María ha pasado la noche en vela al lado de su hijo. No ha querido bajar a desayunar por si despertaba en su ausencia. Hace un par de horas que se mueve inquieto en la cama, como preso de las pesadillas. Ella lo ha estado consolando, limpiándole el sudor de la frente con un paño húmedo.

No saben cómo reaccionará cuando despierte, es la primera persona que ha regresado de la muerte en dos ocasiones, pero confían en que, como mal menor, pierda la memoria por completo y no recuerde su vida anterior como nieto de Onofre Vila.

Joanet abre los ojos y se incorpora en la cama de sopetón al tiempo que toma una gran bocanada de aire.

—¿Mamá? —pregunta desconcertado al verla.

—Sí, hijo, soy yo. —Lo abraza llorando.

—Fue Jordi —dice enfadado.

—Pero ¿qué estás diciendo, hijo?

—Él me empujó. Venía detrás de mí, me tiró algún líquido.

—Ya está, hijo, ya pasó. —Le acaricia la cara.

—Joanet. —Salvador entra en la habitación.

Corre hasta la cama y comienza a llorar sobre las piernas de su primo. Joanet lo observa confuso. Josep y Francisco también entran en el dormitorio. Marc espera en el umbral de la puerta con los ojos cerrados.

—Tuviste un accidente —dice Josep.

—No fue un accidente —protesta Joanet testarudo—. Jordi me empujó, me tiró un líquido en la ropa y me prendió fuego con la falla. Después, me dio un garrotazo y yo caí rodando por el barranco.

—Te creemos, Joanet —responde Josep—. Estuviste muy grave y te salvaste de milagro.

Joanet se pasa la mano por el vendaje del pecho; después, se mira las manos asombrado.

—Has estado muchos años en coma —dice Francisco—, pero, gracias a Dios, has despertado.

—Joanet, hijo. —Marc se acerca y le acaricia la cabeza—. Soy tu padre.

—Papá. —Lo abraza—. Has vuelto. Debí hacerte caso —se disculpa llorando—. Siempre me dijiste que no confiara en los Palacín.

—Ya pasó, hijo, ya pasó. Ahora tienes que descansar para que acabes de recuperarte.

—Salvador, ¿eres tú? —dice Joanet—. Pero qué gordo te has puesto, pareces una mula.

Todos se echan a reír.

Sierra de Collserola. Sábado, 15 de julio

La bruma espesa oculta el horizonte del mar Mediterráneo. Hay cargueros detenidos a varios kilómetros de la costa, ferris que zarpan con destino a las islas, centenares de barcos de velas blancas que surcan el mar sin rumbo definido. El inspector Font, desde uno de los miradores de la carretera de la sierra, contempla los barcos, inmóviles desde la lejanía, a merced de un mar sin olas.

Acaba de visitar el orfanato religioso donde vivió Mario hasta los dieciocho años. Aprovechó el único momento de lucidez de Onofre Vila, a pocos kilómetros antes de llegar a Balaguer, para obtener más información acerca del joven delincuente. El director de la institución ha verificado la historia relatada por el anciano.

El cura estaba muy preocupado porque el orfanato apareciera en las noticias relacionado con el multimillonario después del escándalo que había estallado en los últimos días. En la ciudad de Barcelona no hay otro tema de conversación. Le ha confesado, a cambio de su silencio, que Onofre Vila dejó un bebé a su cargo hacía veinticinco años. Permaneció bajo su tutela hasta que cumplió la mayoría de edad. Nunca volvieron a tratar el asunto directamente con Onofre Vila, pero recibieron diez millones de pesetas anualmente de sus empresas, además de su colaboración en la reinserción de algunos jóvenes.

Ayer habló por teléfono con Mónica. Trasladaron a Mario a una clínica privada para que recibiera tratamiento, el lunes podrían darle el alta. Tienen pensado quedarse a vivir durante una temporada en el valle de Boí. La llamará más tarde para comunicarle que Onofre Vila decía la verdad. Mario es el hijo de Claudia y Marc. La vida le ha dado a ese ladrón la oportunidad que nunca tuvo de formar parte de una familia y él no se siente con derecho a arrebatársela. La montaña tiene la capacidad de hacer invisibles a las personas que huyen de algo, ofrece cobijo y tiempo, el perdón si son bien empleados. El destino parecía tenerle reservado su castigo. Si su principal pecado ha sido robar, su condena es la más adecuada: le espera un futuro en el que deberá proteger con su vida uno de los mayores secretos de la humanidad, la piedra caída del Paraíso.

Las primeras informaciones aparecidas en la prensa se han centrado en la desarticulación de la banda organizada, especializada en el comercio de arte y encabezada por Onofre Vila, responsable de los asesinatos del profesor Llull y el intendente Martí. Con el paso de los días, las últimas noticias comienzan a ensalzar la figura del delincuente convirtiéndolo en personaje mediático. Los muertos ven cómo sus vidas comienzan a pasar a un segundo plano para dar protagonismo a su verdugo. Le entristece que la biografía del profesor Llull no despierte tanto interés como las excentricidades del magnate, aunque, para los cátaros y para cerrar la investigación, tal vez sea mejor así. El misterio de los asesinatos de Terrassa también ha caído en el olvido; la implicación del anciano solo está relacionada con el robo, facilitado por el intendente Martí, de la cruz occitana. Las dos cruces originales no han aparecido, pero nadie se pregunta por ellas; en las dependencias policiales se encuentra la recuperada en casa del intendente Martí. Esa mañana no ha podido evitar reírse cuando ha oído en el boletín de las ocho que, además de coleccionar obras de arte y coches deportivos, el multimillonario también era amante de las bestias salvajes; no hacía mucho tiempo había tenido alguna fiera encerrada en el garaje de su mansión. El animal podría haber sido un tigre o un león, a juzgar por las dimensiones de la jaula. La idea se le ocurrió a Claudia.

Cuando llegó a Balaguer, Claudia ya había limpiado el zulo, subido el camastro y demás mobiliario al piso superior donde residía Mohamed y convencido a María Fernanda para que dijera que allí nunca había habido nadie. El casquillo y la bala los había enterrado en el jardín de su casa. Los agentes de los Mossos d'Esquadra y de la Guardia Civil que interrogaron a Claudia no dudaron de ella.

Según la versión oficial, el inspector Font había viajado a Balaguer con la intención de interrogar a Mohamed tras sus sospechas después de ver el vídeo proporcionado por la entidad bancaria suiza. Se presentó en la mansión a las dos y media del mediodía. No le abrieron la puerta. Cuando se subía en el coche para marcharse, Claudia, que tenía su contacto de la última vez que había estado allí, lo llamó por teléfono para confesarle que su padre atesoraba una gran colección de piezas de arte robadas en la mansión. Ella le abrió la puerta. Mohamed lo sorprendió en el jardín y lo amenazó con una pistola. Él consiguió reducirlo. El joven sufrió varias lesiones —tres costillas rotas, el hombro dislocado, esguince de tobillo y diversas magulladuras— durante el forcejeo. Claudia lo acompañó a la segunda planta de la mansión y le mostró las obras de arte, expuestas en el salón principal. Allí encontró a Onofre Vila, sentado en un sillón durmiendo. Según su hija, llevaba enfermo desde principios de semana. Entonces llamó a sus compañeros. El anciano lleva hospitalizado desde ese día con pronóstico reservado. Mohamed está detenido a espera de juicio; se ha negado a declarar.

Tanto el comisario como sus compañeros saben que su actuación está repleta de irregularidades, pero el caso ha sido de gran trascendencia para el cuerpo y los criminales están entre rejas. En tales circunstancias, las tácticas empleadas son excusables, puesto que lo contrario no beneficiaría a nadie. En los ordenadores encontraron las pruebas suficientes para incriminar a Onofre Vila y a Mohamed como responsables de los asesinatos del profesor Llull y del intendente Martí. El día después de su arresto, procedieron a la detención de los autores materiales de las muertes, dos matones, ya fichados por los Mossos d'Esquadra por diversos altercados en la provincia de Barcelona, que trabajaban para el anciano.

El multimillonario también se enfrenta a duras penas por los delitos de compraventa ilegal de obras de arte. En el salón de la mansión estaban expuestas las piezas más valiosas —entre ellas el Beato de Liébana de la Seu d'Urgell—, pero fue en un almacén de las canteras Vila donde encontraron el casi millar de obras que formaban su colección. Esperaban que el alijo fuese incluso mayor cuando entraron en la iglesia de Les Franqueses, dotada de grandes medidas de seguridad, pero allí no había nada, solo dos sarcófagos de piedra vacíos.

Era inevitable que relacionaran a Onofre Vila con el Nuevo Erik el Belga, el ladrón que hace tan solo tres semanas asaltó el Palacio Nacional sin demasiada fortuna. Una decena de los robos que se le atribuían han aparecido en la mansión del magnate. Se especula que pudo trabajar para él por encargo. La búsqueda del ladrón continúa —su compinche guarda silencio en la cárcel a espera de juicio—, aunque, tras demostrarse que no tuvo relación alguna con los asesinatos del profesor Llull y el intendente Martí, la hipótesis de que muriera en la montaña de Montjuïc vuelve a cobrar fuerza; es imposible que escapara de allí con vida. Confía en que Mónica cumpla su palabra y Mario entregue de forma anónima todas las obras que estén en su poder. Tras su cambio de imagen y la recuperación de las obras robadas, si no reincide, en poco tiempo nadie se acordará de él.

Contempla el edificio del Palacio Nacional —su cúpula central y las cuatro torres idénticas, su posición estratégica para dominar toda la ciudad— mientras piensa en la conversación que acaba de tener en el orfanato, en lo sorprendente y absurda que es la vida. Sergi estuvo a punto de matar a su propio hermano de un disparo.

Es posible que también estuviera implicado en la muerte del profesor Llull: lo han podido situar en la ciudad de Barcelona el día de los hechos. Su imagen aparece en todos los telediarios. Hay una orden de busca y captura internacional. No serviría de nada que lo detuvieran. Ahora vuelve a ser Joanet. Ha despertado como si tuviera diez años otra vez, como si su vida se hubiera detenido el día de su primera muerte y su existencia desde entonces fuera la de otra persona. Todos sus recuerdos han desaparecido: los paseos por la ribera del río con Claudia, los castigos de Onofre Vila, su relación con Mónica.

Marc y María se han llevado a su hijo bien lejos, donde nadie los pueda encontrar. Nunca más regresarán a Boí, a sus montañas queridas, a sus iglesias sagradas, a sus casas de piedra y tejados de pizarra. Pero la esperanza siempre vence a la nostalgia, y ellos nacieron sabiendo que sus vidas no eran suyas, que el secreto que guardaban decidiría su destino. Lo que no esperaban era que la piedra del Paraíso les devolviera un futuro, una segunda oportunidad para una familia que llevaba separada demasiado tiempo, un futuro tal vez en otras montañas, otros países, otras iglesias.

No puede evitar pensar en su novia Laura, lo daría todo

porque volviera a su lado. También recuerda al profesor Llull, el orgullo y la felicidad que hubiese sentido si hubiera llegado a conocer a la familia cátara y a ver cómo la leyenda del grial y la piedra caída del Paraíso se hacían realidad. Pero, en este caso, la historia permanecerá oculta. La última familia cátara es la encargada de mantenerla en secreto, si puede, durante mil años más.